教育部人文社会科学研究青年基金项目(批准号:13YJC752007)
江南大学学术专著出版基金

现代西方审美主义

思潮与文学

顾梅珑 著

中国社会科学出版社

图书在版编目（CIP）数据

现代西方审美主义思潮与文学/顾梅珑著. —北京：中国社会科学出版社，2018.5
ISBN 978-7-5203-2378-9

Ⅰ.①现… Ⅱ.①顾… Ⅲ.①外国文学—文学美学 Ⅳ.①I106

中国版本图书馆 CIP 数据核字（2018）第 076148 号

出 版 人	赵剑英
选题策划	罗　莉
责任编辑	刘　艳
责任校对	陈　晨
责任印制	戴　宽

出　　版	中国社会科学出版社
社　　址	北京鼓楼西大街甲 158 号
邮　　编	100720
网　　址	http://www.csspw.cn
发 行 部	010-84083685
门 市 部	010-84029450
经　　销	新华书店及其他书店
印　　刷	北京明恒达印务有限公司
装　　订	廊坊市广阳区广增装订厂
版　　次	2018 年 5 月第 1 版
印　　次	2018 年 5 月第 1 次印刷
开　　本	710×1000　1/16
印　　张	18.75
插　　页	2
字　　数	277 千字
定　　价	79.00 元

凡购买中国社会科学出版社图书，如有质量问题请与本社营销中心联系调换
电话：010-84083683
版权所有　侵权必究

序

审美主义通过多种形态，从 19 世纪后期起延续至今，从西方国家传播到华夏中原，影响遍及众多艺术领域和文化生活，渗透了现代化进程的每一环节，从而构成了现代性的一个重要方面，始终吸引着思者和学者们的关注。世纪之交以来，汉语学界研究成果也不断出现。顾梅珑副教授在读博期间，就对西方审美主义产生了兴趣，博士学位论文即以审美主义为题，任职高校后仍将其作为研究重点，陆续有论文发表。现在积多年潜心研讨之力，她又推出了《现代西方审美主义思潮与文学》一书。读到寄来的书稿，作为她曾经的导师，我深深为年轻学者的不断努力高兴。她邀我为之作序，不能不欣然从命。

毫不夸大地说，顾梅珑的新著在已有研究的基础上，是有所突破有所推进的。这值得给予充分肯定。通览全书，我发现，作者在方法论上相当自觉。对于现代西方审美主义思潮这一范围广泛而又歧象纷纭的研究对象，本书既未仓促下一断语式的定义，也不满足于历时式的追溯，而是运用描述方法，多方位地突显了审美主义的形态结构，包括它的萌生初胎、凡俗形式、表达模态、主题界域和内在危机等。一如本书称引甚多的刘小枫《现代性社会理论绪论》所言，一旦将审美性界定为现代现象，必须要做的下一步即是追问其结构形态，以此来考察其品质。从根本上说，审美主义也好，现代性也好，均是人的心智对社会文化动态的表象。通过表象作用形成的现象，本身的丰富程度不允许单一的抽象概括，那样会剥离其复杂交叉、多层融汇的内涵，容易导致独断论式的偏执。但一般的理论思维往往难以避免。本书则采用描述的方法，从多个方面来把握西方审美主义在演变发展中的形态特征，让读者对其有更加全面更加完整的了解。虽然尚是初步的尝试，还不敢说穷尽了西方现代审美主义的所有结构（如艺术的和身心的、形上的和形下的），但这一尝试是成功的。

与此同时，顾梅珑新著立题伊始，就将文学当作考察审美主义的形态结构的依据。这是本书的另一特点和长处。对比那些通常的理论性著述，只限于概念分析、观念梳理和逻辑证实或证伪，作者把对西方现代审美主义的现象形态结构的多方位考察，奠基在有代表性的文学作品的分析上，然后再进行理论的阐发。确实，唯有以语言现象为形式的文学创作，才能够在艺术虚构的世界里，将外在的事物和内在的心灵自由地组合，进而给予综合性的形象定型，让作为现代性的审美性的多向张力，得到丰满程度不一的展现。由此，有关现代西方审美主义现象的结构形态，就不再局限于理论思维上的单维度，而是增添了形象感悟的另一维度。这一从现象探究现象的方法，应该说也是个开拓性的尝试。尤其本书第三章，在这点上做得分外突出，读者不妨着重读一下，相信能更深切地体会到审美主义现象结构形态的多层交叉、弥漫与纠缠。

还有一点也应指出，即本书作者觉悟到了历时既久、已成习性的二元分立思维方法的局限。有这样的觉悟，应当说难能可贵。事实上，感性与理性、精神与肉体、审美与认知、本能与意识、物质与心灵、此岸与彼岸、个体与群体……这一系列概念的二元对立，本就是人为的观念上的拆分。说到底，现代性乃至审美主义的悖谬和危机，就导源于这样的二元对立。书中论述得相当清楚：启蒙现代性高扬理性，忽略了感性，于是审美现代性反其道而行之，高倡感性；但感性膨胀过了头，又陷于困顿，不能不反过来再求救于理性；但感性如何结合理性，又成为新的难题。审美主义现象的演变进展，可以说就在如此这般的左支右绌中设法突围，耗损了不少作家、诗人、批评家与理论家的才华，乃至毕生的精力，却很少有人意识到自己是在自建的迷宫中左冲右突。不妨更大胆一些，干脆彻底打破二元分立的思维框架，或许出路就在脚下。书中不止一次提到的海德格尔有关存在的哲思，实际就指出了这样一种可能。另外西方学界在理论上也有做出探索的，如法兰克福学派的马尔库塞提出的实践感性一元论，即为美学研究上的成果。当然，本书的主题不在于艺术哲学的探讨，只能点到为止，不可能充分展开。

读毕顾梅珑的新著，也有一点希望。谈到审美主义，无法回避审美性的问题。这一概念或范畴，近20年来在汉语学界出现频率相当高。单从汉语的文义来看，它似乎意指同审美相关的义域，涉及艺术的活动（包括创作与欣赏）和成果，以及审美行为本身。但由于文化观念的普泛和现代性问题的突出，审美性范畴早已溢出了美学与艺术学的领域，因跨界增添了诸多的含混性，以至中文版维基百科、百度百科等网上辞书至今尚未收录有关它的精确释义，使用者也在"自明之理"的情境下模糊地使用着这一概念。本书也受到影响，是在宽泛化的意义上，即社会文化学的视域里使用审美性的概念的，基本等于卡林内斯库所说的审美现代性。不过我认为，归根结底，审美性属于艺术审美的范畴，作为艺术审美行为内在的属性和特征，恰恰是人们难以把握却又往往忽视的。只看到外在相对明显的因素，看不到内在隐秘的但更具决定性的因素，应该说也是种思维缺失。审美主义现象和审美性密切相关，如果能在描述前者形态结构的同时，也探究一下作为审美行为内核的审美性，肯定也是意义重大的贡献。不用说，这样的希望，已超出本书范围，近乎苛求。毋宁说，此乃对顾梅珑今后学术研究更上一层楼的期待。我想，有志于学术事业的她，是会欣然接受的吧。

张 弘

2017年8月3日，堪培拉，橡庐

目 录

导言 …………………………………………………………… (1)

第一章 现代性视野中的审美主义思潮 ……………………… (9)
 第一节 现代转型与审美主义思潮显现 …………………… (9)
  一 审美性、现代性与审美主义 ………………………… (10)
  二 启蒙现代性与审美现代性 …………………………… (17)
 第二节 审美精神的现代哲思变迁 ………………………… (23)
  一 尼采：审美价值观 …………………………………… (25)
  二 马尔库塞：审美政治学 ……………………………… (28)
  三 福柯：审美主体论 …………………………………… (32)

第二章 审美主义思潮的浪漫序曲 …………………………… (37)
 第一节 浪漫主义：一个审美现代性问题 ………………… (38)
 第二节 浪漫园地的审美表征 ……………………………… (40)
  一 "返魅"和"诗化" …………………………………… (40)
  二 回归自然与解放人性 ………………………………… (49)
  三 张扬感性与表现自我 ………………………………… (57)
 第三节 从浪漫到审美的本体性转向 ……………………… (66)

第三章 审美主义思潮的凡俗表达 …………………………… (70)
 第一节 世俗的走向：艺术化生存与此岸信仰 …………… (70)
  一 从"为艺术而艺术"到"生活模仿艺术" …………… (71)

二　从"彼岸世界"回归"此岸世界" ……………………（86）
　第二节　救赎的火焰：爱欲悸动与生命历险 …………（98）
　　一　文明桎梏下身体的舞蹈 ……………………………（99）
　　二　现代荒原上的漫游之旅 …………………………（113）
　第三节　"垮掉"的叛逆：后现代审美 …………………（126）
　　一　极端体验："嚎叫"与"在路上" …………………（127）
　　二　"洛丽塔"情结下的审美困境 ……………………（143）

第四章　审美主义思潮的模式探究 ………………………（153）
　第一节　颓废和审美主义 ………………………………（155）
　　一　颓废：一种现代时间的危机意识 …………………（156）
　　二　反叛：颓废的潜在激情 …………………………（159）
　　三　颓废的审美化与审美的颓废化 …………………（161）
　　四　颓废危机：以绝望对抗绝望 ……………………（163）
　第二节　先锋与审美主义 ………………………………（166）
　　一　先锋：一种未来时间的激进想象 …………………（167）
　　二　否定精神：先锋的拒绝姿态 ……………………（169）
　　三　极端颠覆：先锋的审美策略 ……………………（172）
　　四　先锋死亡：艺术的自杀与沉默 …………………（175）
　第三节　身体与审美主义 ………………………………（178）
　第四节　后现代与审美主义 ……………………………（187）

第五章　审美主义思潮的主题揭示 ………………………（197）
　第一节　审美主义思潮主题场域 ………………………（197）
　　一　个体场域：凡俗生存与自我救赎 …………………（198）
　　二　社会场域：审美反叛与伦理自由 …………………（203）
　　三　哲思场域：刹那时间与永恒之境 …………………（209）
　第二节　审美主义文学悖谬主题 ………………………（214）
　　一　叛逆与堕落间的生存危机 ………………………（214）
　　二　美与罪交织下的伦理困境 ………………………（221）

三　虚无与反思中的救赎抉择 …………………………（228）
　第三节　审美艺术发展逻辑及其危机 ……………………（235）
　　一　自律艺术：为艺术而艺术 ……………………………（235）
　　二　先锋艺术：为艺术而反艺术 …………………………（238）
　　三　媚俗艺术：艺术中的伪艺术 …………………………（242）
　　四　现代危机中艺术何以自救 ……………………………（245）

第六章　审美主义思潮的危机及其超越 ……………………（249）
　第一节　感性与理性的分裂：矛盾的焦点 ………………（250）
　第二节　个人主义：审美人难逃的牢笼 …………………（256）
　第三节　价值虚无：感性至上论的终点 …………………（263）

结语 ……………………………………………………………（271）

参考文献 ………………………………………………………（277）

已发表文章附录 ………………………………………………（287）

后记 ……………………………………………………………（289）

导　言

　　美国社会学家福恩特（Fuente）曾经深刻地指出："西方的社会正在经历一场深刻的'审美化'（aestheticization）过程，以至于当代社会的形式越来越像一件艺术品。"[①] 德国美学家韦尔施（Welsch）也将19世纪中后期以来的一个多世纪称为审美的时代，指明西方现代思想体系充满了审美特性，现代人开始用一种审美的思维方式来认识和对待周围的世界。[②] 必须指明的是，当下这股席卷全球的审美热潮的出现不是突兀的，它是现代化进程的必然结果。可以说，在现代发轫之初，感性和理性就已经作为人的主体性的两个层面被确立起来了，只不过在那个时候，乐观进步的启蒙思想占据着时代的统治地位，人们相信可以依靠理性的力量改造自然，创建出人间天堂般的文明世界。然而，随着现代社会的发展，启蒙主义所许诺的人类理想蓝图不仅没有实现，反而似乎离现实越来越遥远：席卷全球的经济危机、两次惨烈的世界大战、规训僵化的技术社会、众声喧哗的消费时代让人们越来越感受到启蒙理想的遥远与机械理性的弊病，审美问题由此浮出地表。因此，虽然感性审美在现代性内部一直存在，对理性起着纠偏和补充作用，但其作用被人们自觉关注并成为话题焦点却是在理性危机全面爆发之后，特别是在技术社会中，一切都成为工具，理性成为窒息生命的凶手，给人类造成了极大的戕害。为了避免人的

[①] Eduardo de Fuente, "Sociology and Aesthetics", *European Journal of Social Theory*, May 2000, pp. 239－247.
[②] ［德］沃尔夫冈·韦尔施：《重构美学》，陆扬、张岩冰译，上海译文出版社2002年版，第46页。

彻底死亡，审美主义（aestheticism）开始以激进的姿态登上历史舞台，呼唤感性的回归。可见，"'审美现代性'是历史进程在文学艺术领域，扩大而言，在人的精神领域中所必然提出的命题"。[①]

独特的现实意义加上复杂的外在表现，审美主义思潮已经成为国内外学术界关注的热点话题，对其研究几乎涉及社会学、哲学、文化学、心理学、传播学、文学等各个领域。

从社会学视角来看，许多著作都开始关注现代性内部的分裂和矛盾，从中我们可以清晰地了解到审美主义思潮彰显的内在线索。丹尼尔·贝尔在《资本主义文化矛盾》中明确表示：后工业社会的经济、政治与文化之间存在着明显的断裂，而这种断裂实际就是审美文化与技术现代性之间矛盾对抗的表现。近年来，商务印书馆集中推出了一批涉及社会学诸多领域的"现代性研究译丛"。这些关于现代和后现代的翻译著作充分展现出国外社会理论界现代性研究的最新动态，如齐格蒙特·鲍曼的《现代性与矛盾性》、马歇尔·伯曼的《一切坚固的东西都烟消云散了》、安东尼·吉登斯等所著的《自反性现代化》、戴维·弗里斯比的《现代性碎片》、大卫·库珀尔的《纯粹现代性批判》等等，他们都试图打破传统对于现代性问题的单向认识，即不再认为现代性仅仅是启蒙运动以来社会的进步和文明的发展。相反，他们看出了现代性的矛盾、复杂、自反性以及碎片化状态，为我们勾勒出一幅充满暧昧与悖谬的现代图景。其中，美国教授马泰·卡林内斯库的《现代性的五副面孔》直接提出了审美现代性（aesthetic modernity）这一概念，将现代性的进程看作是审美现代性和启蒙现代性分庭抗争的过程，并且详细阐释了审美现代性的五种基本表现形态，即颓废、先锋、媚俗、现代主义、后现代主义，着重关注它们对抗启蒙理性的种种特征，这是国外研究审美现代性问题重要的成果之一，已成为研究审美主义思潮的一本重要参考书目。

国外的研究势头极大影响了国内学界对于现代性的看法，并加速

[①] 党圣元：《总序：新世纪文论转型及其问题域》，载陈定家选编《审美现代性》，中国社会科学出版社2011年版，第2页。

了许多学者对于审美主义问题的思考,近10年内与之相关的学术论文便多达百篇,一些专门探讨现代性问题的社会学著述都辟专章讨论审美现代性,如陈嘉明的《现代性和后现代性》、张凤阳的《现代性谱系》、吴予敏的《美学与现代性》、杨春时的《现代性视野中的文学与美学》等等。其中,刘小枫的《现代性社会理论绪论》产生了广泛的影响,"审美主义与现代性"一章篇幅虽然不长,但对审美主义概念予以了明确界定,确定其与现代性之间的密切关系,并且言简意赅地阐述了它的世俗化特征。随着研究的深入,审美现代性相关专辑与文丛也开始出现,2011年中国社会科学院出版的"新世纪文论读本"中,便有一辑名为《审美现代性》,集中收集了众多有价值的论文。南京大学周宪教授的《审美现代性批判》是近年来从社会学视角研究审美现代性的代表性成果,在他的推动下,2009—2011年之间陆续出版了"审美现代性研究文丛"系列,包括《艺术终结的现代性反思》《审美乌托邦的想象:从韦伯到法兰克福学派的审美救赎之路》《先锋派美学与现代性》等专题性论著,将这一研究推向了新的深度与高度。

随着后现代话题的提出和当下文化热的兴起,许多研究者开始从日常生活的种种审美现象本身切入来关注审美主义问题。如前所述,在大众文化和日常生活之中,随处可以体会到"审美化"的趋向。实际上,关于日常生活的审美化、后现代消费文化等问题,西方学者的研究已经持续了很长一段时间,在国内产生广泛影响的有迈克·费瑟斯通的《消费文化和后现代主义》、韦尔施的《重构美学》等。前者从审美和消费共谋的角度出发,提出了"日常生活审美化"(aestheticization of daily life)这一概念,并研究其当前的种种表象;后者则从美学学科建设角度出发,指出了日常生活对于美学文艺学领域的侵蚀,呼吁人们关注美学学科的重建问题。在他们的影响下,国内学者以前所未有的热情投入审美文化的研究,他们或采取肯定赞扬立场,欢呼人类的审美解放,或运用法兰克福学派的社会学批判理论对审美文化进行反思。所有这一切都促成了审美主义问题成为研究热点。

可以说，以上这些研究涉及了审美主义思潮在社会领域、意识形态、现代性危机、后现代困境、消费文化等各个层面的表现，极大地拓展了研究的空间。然而，要想真正了解审美主义思潮给人类思想领域与精神世界带来的裂变式变化，还必须回归艺术审美内部予以审视，研究关注点首先应该聚焦在艺术审美的内在构成上。2003年美国学者约翰·尤金和西蒙·马尔帕斯（John Joughin & Simon Malpas）共同提出了"新审美"（the new aestheticism）的概念，他们列举了文化批评大举侵入的种种表现之后，毫不留情地批判了当今学界对于审美现象艺术特性的忽视，呼吁人们从文学艺术本身来关注当前的审美主义问题。① 诞生在现代社会内部的审美主义思潮，横跨现代与后现代两大社会语境，表征复杂，影响巨大，唯有从文学或艺术的内部视角出发，才能避开空泛的评介，深入至一些核心问题，如艺术崇拜、感性生存、极端体验、灵肉分裂、时间感悟、伦理危机等等。此外，审美主义思潮从19世纪中后期萌发至今，经常以复杂矛盾甚至抵触对立的多副面孔出现，如颓废与先锋、自律与媚俗、艺术与生活、美与罪、灵与肉等，把握其本质有一定的难度。走入文学的世界，倾听大师的独特言说，才能揭开审美主义神秘的面纱；通过审视文学的内在表现，才能洞察外来影响的效应。可以说，审美主义思潮诸多问题，隐藏在丰富复杂的文学现象之中，研究现代西方文学中审美主义思潮的初衷由此萌发。

其实，从文学艺术内部来探讨审美现代性问题的专著在国外早就出现过，如莱昂·谢埃（Leon Chai）的《唯美主义：后浪漫文学的艺术宗教》（*Aestheticism: the Religion of Art in Post-Romantic Literature*）、威廉·冈特（William Gaunt）的《美的历险》（*The Aesthetic Adventure*）等等，但视野较为局限，多集中于唯美主义流派的研究。近年来，国内学者的专题著述也颇丰富，如李欧梵的《上海摩登》、解志熙的《美的偏至：中国现代唯美—颓废主义文学思潮研究》、张旭春

---

① John Joughin & Simon Malpas, eds., *The New Aestheticism*, N.Y., Manchester University Press, 2003, p.1.

的《政治的审美化与审美的政治化——现代性视野中的中英浪漫主义思潮》、叶世祥的《20世纪中国审美主义思想研究》、寇鹏程的《中国审美现代性研究》等都是这方面的代表性成果。此外，很多文学个案研究如浪漫主义、唯美主义、颓废主义、王尔德、纪德、纳博科夫、"垮掉一代"、性爱文学等或多或少也都触及审美主义问题，不乏真知灼见，但大多较零散，尚待形成系统。

文学的研究离不开思想的研究，有些思想家如尼采、弗洛伊德等甚至直接影响到西方文学的创作。现代审美主义理论的研究至今也取得了较大成就，广受关注的有叔本华、尼采、福柯、西美尔、海德格尔以及以马尔库塞为代表的法兰克福学派的相关理论。刘小枫主编的《人类困境中的审美精神》收集了一批与审美精神相关的先哲文章，展示出国外思想界对审美问题思索的精神脉络。20世纪90年代以后国内代表性研究著述也陆续出版，并且还有一大批专门研究审美主义哲学的高质量硕博论文。研究者已经就某些重要问题达成了基本共识，如：尼采力图以审美的方式解决人类在上帝死后的价值虚空问题，从价值论角度确定了现代审美的核心地位，肯定了此岸有限的生存；法兰克福学派赋予审美以革命的力量与政治性意义，反叛规训社会，力图完成人的解放，实现对于理想社会的乌托邦憧憬；福柯从文化视角出发，关注社会的疯癫、犯罪、性等边缘领域，揭示了无处不在的权力控制，积极呼唤审美的解放……这一切为深入研究审美主义思潮提供了极好的思想支撑。

审美主义往往展现出一种世俗的生存姿态，崇尚短暂绚丽的瞬间时间价值，重建了伦理评判尺度，制造出恐怖怪诞等所谓"震惊"（shock）美学效果，有助于人们重新审视存在、自我、时间、生命、道德、文明、情爱、理性这些与个体生命切身相关的问题。因而，研究文学中审美主义的纷繁表达意义深远。这一思潮在19世纪末的唯美—颓废文学中已初露端倪，形成了颇具规模的流派和运动，并且引发了很多研究者的兴趣。实际上，在此后一个世纪的文学中，它从未中断过，许多文学大师都曾受其影响，在作品中展现过审美的困惑，并就相关问题进行了深入思考。审美主义文学从诞生到发展再到扩张变异的复杂的流变过程，揭示了现代性内部的矛盾与人类的生存困境，呈现出丰富而深刻的文学景观。此外，审美主义思潮在西方文学中有着多变乃至充满悖论的样态，这些文学现象表面矛盾纠结却又内在统一，其多重面孔背后隐藏着现代人感性张扬而又焦虑分裂的内心。文学借助于艺术化的叙事手法展现了审美主义的种种矛盾与内在危机，探索着救赎之路，这不但帮助人们辩证看待种种审美现象，而且能促使其保持清醒的姿态，寻找走出审美陷阱的通路。总之，深入分析这些纷繁复杂的文学现象将帮助人们更为深入地思考和把握这一思潮。

本书尝试从文学的内部视角走近审美主义思潮，揭示其与现代西方文学的密切联系：纵向上，梳理西方文学中的思潮流派、具体个案，选择重点，揭示审美主义在文学中的流变趋向；横向上，采用模式研究的方法，对典型的文学类型予以重点关注；宏观上，对审美主义思潮进行"现代"定位，关注其"后现代"发展趋势，做到在整个现代语境下把握零散的文学现象；微观上，研究审美主义文学种种复杂悖谬现象，挖掘其中显现的思想主题与艺术构架，揭示审美的困境与危机。依据这一思路，本书内容大致包括以下几个部分：

首先，揭示西方文学中审美主义思潮的流变过程。在启蒙主义昂扬奋进的主旋律中，浪漫主义文学的出现首先加入了一些不和谐的音符，它们所描绘的想象、感性、神秘、个体化与变动的世界让人们感受到了诗意飞腾的生命激情和才情四溢的天才光华，首次昭示了人类审美世界的丰富多彩。然而，它和真正意义上的审美主义文学却有着本质性差别。其后，审美主义思潮真正走上了历史前台，构建出五彩斑斓、惊心动魄的文学图景：它首先和彼岸世界划清了界限，反对任何宗教、理性对生命的归罪，确立起此岸生存绝对的优先权；接着它又毫不留情地批判现代文明对个体的压抑，赞颂生命与本能的美丽，向中产阶级市民阶层发动了全面攻击，展现了拒绝平庸的决绝姿态；第二次世界大战以后，被称作"垮掉一代"的创作中出现了一群在吸毒、纵欲、酗酒之中寻找极端体验的青年们，将曾经还停留在一定规范之内的审美冲动推向了巅峰；在后现代语境下，审美主义更是变异扭曲，失去其精神内涵，走向表层与媚俗，甚至和消费文化形成了合谋，造成了审美的尴尬。

必须指出的是，审美主义思潮的显现不是一个激变的结果，加之它与启蒙现代性之间千丝万缕的联系，因此问题显得错综复杂，这种复杂性在西方文学中表现得尤为明显，我们从中可以清晰理出一条"萌芽—发展—扩张—变异"的流变线索。浪漫主义文学虽然在一定程度上肯定了个体与情感等感性因素，但较之真正的审美主义文学还是有根本区别的；同样，经历了两次灭绝人寰的世界大战之后，理性大厦彻底垮塌，信仰消失的一代青年进一步扩大了审美需求，甚至走向极端；伴随后现代思潮和消费文化的冲击，审美主义更是失去其精神内涵，仅仅留下了感官的外壳，引发许多文学大师深深的担忧。

其次，揭示与审美主义相关的基本文学模式。从19世纪中后期开始，贯穿整个20世纪，至今还影响巨大的现代审美主义思潮和这一漫长时期的文学流派、文学运动、文学现象、文学个案之间联系密切，唯美文学、颓废文学、先锋文学、存在主义文学、后现代文学等都与其保持着密切的关联，有的运动流派甚至便是其主要的表现样态。它们相互交织，互有补充，表面矛盾抵触却内在统一，本书另一研究目标便是挖掘这些思潮流派或文学个案背后统一的类型线索，以便集中展示审美主义思潮在一个多世纪文学中多姿多样的文本表达。

最后，深入探索西方文学中呈现的与审美主义相关的主题思想与艺术特色，这是本书研究的又一重点。文学承载着作家对于时代的敏锐感受，其中包容的问题与思考也更加复杂多元。审美主义思潮与个体生存密切相关，它从生命本身出发，正视存在的悲剧性，将感性的激情、生存的焦虑、情感的体验作为关注的中心，在生命的狂欢中表达拒绝平庸的决心和反抗绝望的勇气。存在、自我、时间、艺术、情爱是其经常呈现的思想命题，真切表达了现代人在上帝死后独特的此岸生存态度。可以说，这些主题的研究触及了人类命运、人性秘密与生存意义等文学本质性精神问题与价值层面的追求，因而极具研究意义。审美主题的表达还影响着审美叙事方式的构建，影响着文学的艺术风格和美学风范，甚至超越了传统文学的道德讽喻，营造出怪诞惊异的美学效果，将生存的痛苦与悲剧融入生命的狂欢与审美的狂喜中，造就了别具一格而又特色鲜明的文学潮流。

此外，在一个多世纪的文学发展进程中，审美主义潜在的复杂性与困境都得以充分展现，阅读者不难从审美世界中感受到作者对于理性和感性、灵和肉、精神和道德、个人与集体、生活和艺术等矛盾关系的深深困惑。从"为艺术而艺术"到"为艺术而反艺术"，从"艺术至上"到"生活至上"，从先锋反叛到颓废媚俗，从象牙塔尖到大众娱乐，从灵到肉，从美到罪，从自我解放到失去自我，从生命追求到价值虚无，探索这些悖谬现象并揭示其内在原因是文学研究的另一重要目标。建立在反抗理性基础上的现代审美主义有其不可克服的弊病，在置换传统二元对立模式之后，它以极端的感性对抗极端的理性，在多元、扩张和庸俗化的进程中走向了价值的虚无。面对审美的危机，劳伦斯、纪德、黑塞、纳博科夫等文学大师的作品中已透露出种种担忧，然而和许多在审美中沉沦的现代人不同，他们积极筹划，为探索和谐圆融的"新审美"寻求着方向。

由于19世纪中后期以来的现代西方文学涉及的作家的作品汗牛充栋，文学思潮流派更是纷繁复杂，很难面面俱到。为此，本书择选一些具有代表性的作家（如王尔德、纪德、劳伦斯、黑塞、纳博科夫等）和流派（如唯美主义、颓废主义、先锋派、"垮掉一代"等），并针对一些基本问题（如艺术追求、凡俗生存、生命体验、时间感悟、自我表达、感性本能等）深入展开分析研究，用动态的眼光看待审美主义思潮的流变，理论阐述与文本分析并重，以期探寻出审美主义思潮在各个文学阶段的主要表现，揭示其内在的发展逻辑，挖掘出它的矛盾危机，尝试从文学大师的文本世界里寻找走出审美困境可能的途径。

第一章　现代性视野中的审美主义思潮

审美主义思潮与现代性之间存在着密不可分的关系。和传统相比，现代似乎便是审美的天下：人们以往对上帝与神的崇拜已经让位于对艺术和美的膜拜，对知识的追求让位于对审美品位的肯定，对理性的赞颂让位于对审美过程中的情感、印象、感觉、情绪的推崇，对文艺作品中政治道德宗教意义层面的分析已经让位于审美因素的挖掘工作，等等。当前社会更是如此，人们的许多审美行为就发生在他们的日常生活之中，如逛百货商店、街心公园，去度假胜地、听流行歌曲等等，他们甚至对身体进行美化，美容院、健身房、整形医院等等就是这样建立起来的。任何日常生活似乎都能以审美的方式来呈现，审美与娱乐不分彼此地纠缠在一起，高雅艺术和大众艺术的界限消失了，电影、广告、流行歌曲、时装表演、游戏动漫、选美活动等等日趋活跃，审美成为一种时尚。总之，审美现象在现代社会频频亮相并呈现出了燎原之势，已然成了现代性的一大表征，它正逐渐以其轻盈飘逸的姿态登上历史前台，并试图彻底取代理性、宗教曾经管辖的晦暗沉重的世界。在深入分析阐释西方文学中审美主义思潮特点之前，极有必要探讨一下审美主义这一概念出现的现代背景及其种种现代与反现代的表现。

第一节　现代转型与审美主义思潮显现

对于"审美"一词的把握我们必须和现代性的问题联系在一起考

察，从现代性本身的复杂性上去探求审美主义思潮出现的重要意义及其潜在危机。从词源学角度来看，审美性（aesthetic）这个词的希腊原意为"感觉"（aisthesis），后来才逐渐为理性所规设，但却一直拥有自身的感性本质。随着现代化的"祛魅"进程，人们还原了"审美"一词的感觉论本义，将其从理性的桎梏中解放出来，用以描述现代生活普遍的世俗性质态。在现代语境下，人们常用的"审美"一词已经远远超出文艺概念的范畴，深入到了社会生活的各个角落。审美主义（aestheticism，逐渐超越其旧译"唯美主义"文学思潮的范围）体现为一种主张感性生存方式和行为方式的现代思潮，即对生活采取所谓审美的态度，是现代性的重要组成部分。建立在感性一元论基础上的审美主义思潮在某种程度上契合了现代社会的发展，它和现代性之间有着密不可分的关系。以感性为核心的审美主义既是现代性的一个重要组成部分，也是现代性的内在反叛力量，它和启蒙现代性之间构成的矛盾张力充斥着整个现代进程，影响了社会生活的方方面面。深入探索审美性的现代感性特质，关注审美现代性与启蒙现代性之间的矛盾纠葛，显然为进一步审视西方文学中的审美主义思潮提供了一个重要的时代背景。

一 审美性、现代性与审美主义

  作为现代性的审美性的实质包含三项基本诉求：一、为感性正名，重设感性的生存论和价值论地位，夺取超感性过去所占据的本体论位置；二、艺术代替传统的宗教形式，以至成为一种新的宗教和伦理，赋予艺术以解救的宗教功能；三、游戏式的人生心态，即对世界所谓的审美态度（用贝尔的说法，"及时行乐"意识）。

——刘小枫：《现代性社会理论绪论》

  审美性是目前学术界使用频繁，却又引起广泛混乱的一个词语，研究者一方面秉承传统美学观念，突出审美的文艺本性，将审美问题转换成了文艺理论问题；另一方面却又困扰于当前审美文化的兴盛，在消费与娱乐化的时代里，将审美泛化为一种时尚。特别是前者，审美问题曾经一度局限于文学艺术领域的研究之中,以至于人们谈到审美,就想到某种艺术类型,想到某本文学著作;尤其是在当前汉语学界,美学似乎还和文艺哲学相等同,经常被看作是研究某种艺术现象的学说。不过,尽管审美的确和艺术之间存在着某种联系,但是把审美性仅仅局限在艺术鉴赏的范围之内却是狭隘偏颇的。审美性的古希腊文 aisthesis,其原始语义为"感觉",描述了个体内心深处带有某种不确定性和流变性的心性品质;17世纪新兴学科美学诞生之初,鲍姆加登决定给自己的书命名为"审美学"(aesthetics)时曾表示:"美学作为自由艺术的理论、低级认识论、美的思维的艺术和与理性类似的思维的艺术是感性认识的科学。"① 将美学看作一种低级的认识,正是出于其对"感性认识"的偏见,美学最初便与感性学紧密地联系在了一起。可见,感性才是研究审美的根本出发点,而艺术只不过是其中一小部分相关问题而已。

当然,审美性最初并不是现代性话语的一种独创品质,它在古希腊思想体系中就已经占据了重要位置。审美不仅仅是欣赏美、创造美的活动,它还构成了人与现实的某种关系,其所表现出来的"无功利""非理性""游戏化"等特征满足了人们情感和心灵的某种需要,更契合了希腊人原始古朴的人生态度或生存原则。随着现代"祛魅"进程与世俗化转型,主体感性的一面高度膨胀,审美开始代替宗教,并与理性分庭抗争,成为现代现象的重要结构品质之一,"审美性的特质就在于:人的心性乃至生活样式在感性自在(für-sich-sein)中得到了足够的生存理由与自我满足"。② 可见,将审美问题和现代人的世俗感性生存密切关联起来,这才是审视当下审美主义热潮的根本出发点。

其实对于现代审美和感性之间的联系,学界已经基本达成共识,这使得现代审美区别于其他美学史中的审美概念。感性,成为审视现代审美问题的根本出发点。刘小枫给审美性下的定义最具有代表性,

---

① [德] 鲍姆加登:《美学》,简明、王旭晓译,文化艺术出版社1987年版,第13页。
② 刘小枫:《现代性社会理论绪论》,上海三联书店1998年版,第302页。

他追溯了古希腊人的思维体系与审美人生观,充分阐述了审美的现代思想立场:"概要地讲,作为现代性的审美性的实质包含三项基本诉求:一、为感性正名,重设感性的生存论和价值论地位,夺取超感性过去所占据的本体论位置;二、艺术代替传统的宗教形式,以至成为一种新的宗教和伦理,赋予艺术以解救的宗教功能;三、游戏式的人生心态,即对世界所谓的审美态度(用贝尔的说法,'及时行乐'意识)。"① 南京大学周宪教授从现代性内部的矛盾来谈论审美问题,把审美性看作对抗理性社会的有效手段,但这并不妨碍他对审美的感性品质的认识。他表示现代性内部有一种以感性为特征的审美现代性,它被用作对抗和监控另一种以理性为特征的启蒙现代性,审美作用之大恰恰是因为它解放了主体人的感性生命:"它关注着被非人的力量所压制了的种种潜在的想象、个性和情感的舒张和成长;它又像是一个精神分析家或牧师,关心着被现代化潮流淹没的形形色色的主体,不断地为生存的危机和意义的丧失提供某种精神的慰藉和解释,提醒他们本真性的丢失和寻找家园的路径。"② 审美,与宗教、伦理一样,是人类对待自我和世界的重要方式之一。审美需求之所以在现代社会如此凸显,恰是因为它补充了这一时期宗教与伦理衰微后的空缺,能够让人们在回归内心的感性自由中找到某种程度的自我满足和生存理由。在传统的神义论与终极善恶观遭遇普遍质疑的时刻,生存个体往往能够依靠这种力量安慰自我、获取满足,为此岸的人生进行最后的辩护。

如果说"审美性"突出呈现了现代性的某种感性品质,那么审美主义便是围绕种种共通的感性现象而形成的颇具规模的思想潮流,它扩散至文学、文化、社会等诸多领域,产生了广泛的影响力。从字面含义来看,审美加上了"主义"(-ism)这样一个后缀,就意味着它包含了以审美为核心的系统理论主张,尝试用审美的原则来代替其他一切理性、宗教、道德的法则,以审美为中心,将审美视作最高的

---

① 刘小枫:《现代性社会理论绪论》,上海三联书店1998年版,第307页。
② 周宪:《审美现代性批判》,商务印书馆2005年版,第71页。

价值评判标准。这是一种主张感性的生活方式和行为方式的现代思潮，它虽然与文艺现象有着密不可分的联系，但更为重要的是在描述现代世俗生活感觉性结构品质。审美主义思潮是现代性进程中必然会出现的现象，它的许多特征都是与现代人的感性需求紧密联系在一起的，凸显了审美对于世俗生存的重要意义。

首先，审美主义概念之所以引起诸多含混，的确是因为它和艺术之间存在密切的联系。在现代社会中，人们一旦无法从宗教和伦理救赎中获得满足，便开始求助于艺术，种种审美现象是和艺术现象纠缠在一起的。但这里值得强调的是，审美主义中的"艺术"概念和古典主义语境下人们对艺术的理解已经完全不同。按照传统，艺术或者作为理性精神的承载，或者被看作神性的最高展示，更多被看作感性精神与理性精神的完美结合，这种具有古典意味的艺术审美往往强调它给人们带来的精神的洗礼和灵魂的提升。与此不同，审美主义者通过艺术所要表达的是个体的情感需求，艺术带来的瞬间快感甚至和个体膨胀的欲望联系在了一起，隐藏在艺术创造和审美追求背后的基本动力是人的感性冲动。如果说以往的文艺家所追求的境界是"真"，那么现在的艺术家更多追求的是"满足"，他们的出发点不是要建立什么理想的超验王国和精神乌托邦，而是满足个体的情感需求和生存愉悦。自从人类把"上帝"逐出了世俗生活之后，人类生存的好坏已经不需要传统意义上的道德和苍白的理性作居高临下地指示了，担当价值尺度的重任落在了艺术的身上。真正完美的生存感是从艺术那里获取的，艺术在现代社会实际上已经承担了某种宗教的功用。个体可以借助艺术来抒发内在的情感需要，安慰那颗四处漂泊居无定所的迷惘之心。艺术和宗教、伦理最为不同的特征在于它既不在来世给幸福寻找一个港湾，也不否认此世幸福的可能；相反，在艺术理想美的处所里，幸福得到了满足，生命得以肯定。总之，审美主义者对待艺术的态度是和他们的感性需求紧密联系在一起的，因为：现实是苍白的，艺术是丰富的；现实是枯燥的，艺术是灵性的；现实是"散文"，艺术是"诗"；现实是痛苦的，艺术却能挣脱这种苦难。艺术在人们心中取代了"上帝"的位置，不但为人类的生存平添了几分精神性追求的诗意，而且它本身就是生命伟大的兴奋剂。艺术和功利无关，人生应该和"诗"结合起来，人生最高境界是建立富有诗意的世界，尼采便在酒神艺术中获得了生命的真谛。他创建了自己关于艺术的形而上学，用来代替一般理性的形而上学，"艺术的根本仍然在于使生命变得完美，在于制造完美性和充实感"，"艺术本质上是对生命的肯定和祝福"。[①] 艺术形而上学的提出，是基于现代人生和世界缺乏形而上意义的事实，是为了肯定世界和生存的意义。人类在艺术世界中获得了慰藉，这本身就是对个体灵性生命的肯定。19世纪中后期以来西方文学家几乎都在推崇艺术，无论他们打出"为艺术而艺术"的旗号，还是标榜"反艺术"（如"垮掉一代"用即兴写作来颠覆写作规范；超现实主义用拼贴、剪接、下意识等创作手法进行的反艺术活动），都是为了塑造一种艺术形式来表达属于本己的感性生命冲动。所以，当黑格尔在他的《美学》中哀伤地宣布合乎理性规范的艺术终结的时候，实际上新的审美性艺术已经诞生了。

其次，审美主义是一种生存哲学，它最重要的特征之一就是其此岸性，审美主义者往往对有限的此岸生存采取审美的态度，从而展示出感性的生存姿态。在现代语境下，审美精神归根结底是一种生存态度和生存原则，这种态度或原则无关功利，无关道德评价，它强调个人生存的快意自适，如同游戏一般的洒脱自由。自从"上帝"被宣布死亡之后，人类已经不再相信能够从虚幻的彼岸世界中获得幸福，他们一下子被抛入了对于死亡和不可知命运的原始恐惧之中，因此必须寻求新的救赎方式，来弥补失去神灵之后的价值虚空；另外，出于对现代线性时间敏锐的感知，人们重新发现了此岸生活的有限和可贵，知道幸福只能在此岸生存的短促时光中获得，与其在理性的束缚下过着单调乏味的生活，不如选择听从自己内在的感性呼唤，在心灵的自足和感性的狂欢中忘却人生的烦恼和悲剧，哪怕这种快乐只存在于一瞬间。审美主义之所以在现代社会如此流行，正是因为它所推崇

[①] ［德］尼采：《权力意志——重估一切价值的尝试》，张念东、凌素心译，商务印书馆1996年版，第543页。

的生活态度与宗教所宣扬的来世思想是截然相反的，它要彻底推翻古典基督教所赋予的彼岸世界对此岸世界的绝对管辖权，恢复世俗人生的价值维度，让人类在"感性自在"中找到充分的生存理由和自我满足。为此，刘小枫曾经多次强调："审美性乃是为了个体生命在失去彼岸支撑后得到此岸的支撑。"①"审美性标识一种自成体统的此岸世界态度，这种生存态度的取向是回返内心。"② 在这种生存哲学的支配下，审美主义者似乎更能直面人生的原始痛苦和悲剧，乃至死亡。尼采所提倡的酒神精神正是这一审美生存精神的集中体现，它有着这样深刻的意味：即使人生是一场梦，也要把梦做得有滋有味；即使人生充满了悲剧，也要让这场悲剧上演得轰轰烈烈；即使生命之路的尽头等待着人们的是死神，面对坟墓也要跳着欢快的舞蹈。审美精神使得存在的悲剧变成了生存的欢歌。③ 这种审美人生观必然与启蒙理性在合理化社会进程中造就的平庸枯燥生活方式形成鲜明的对比，它以自己特有的内省和恣肆的姿态对待现象界里丰富多彩的一切事物，以特有的方式珍惜着个体有限的生命，对墨守成规、循规蹈矩的芸芸众生瞥去自己不屑的眼神并发出嘲弄的冷笑。总之，审美主义生存观通常表现为肯定个人的此岸生存，重视个体的生存体验，重视"瞬间""刹那"这样短暂有限的时间，反对刻板和平庸的生活，使得生命如同烟火一般闪耀着夺目的灿烂光华。因此，当基督教对感性生存的正当性进行抑制和贬损时，与审美主义相伴随的却是人类此岸生存感的极度高涨。审美主义中断了人与上帝的关系，最终走向了此世的一元感性论。不过由于失去了最终的价值目标和方向，当极端放纵的自由超出一定限度之后，人类必将走向虚无的末路，并由此带来危险与损耗。

最后，心性情感等经验世界的呈现。作为建立在感性一元论基础上的现代思潮，审美性与主体感性之间有着本质性关联。感性是审美

---

① 刘小枫：《现代性社会理论绪论》，上海三联书店1998年版，第301页。
② 同上书，第302页。
③ [德]尼采：《悲剧的诞生》，周国平译，生活·读书·新知三联书店1986年版，第23页。

主义思想的内在核心词，审美与感性具有同源性，无论是艺术还是生存问题都是围绕人的感性展开的。对于许多审美者来说，只要能满足他们的情感需求，这样的东西都可以被看作美的，那些传统语境下被认为是恶和丑乃至带有禁忌（如"性"）的事物都能在感性之光的烛照下呈现美丽动人的光晕，这样的价值取向是对理性社会的全面反戈。在传统世界里，自从柏拉图把诗人逐出"理想国"之后，感性就一直处在压抑的状态之下，感性本能与世俗生存往往被认为是低等的和堕落的。特别是在18世纪哲学家笛卡尔所划分出来的"感性/理性"的二元对立模式中，理性相对于感性确立了绝对的权威，感性永远处在被否定和压抑的负面位置。为感性正名成了审美主义思潮的重要任务，它是随着现代主体意识的高涨而逐渐显现的，这种感性张扬的努力到后期甚至发展到了极端，走向了一元感性论的巅峰，造成了价值评判的历史性颠覆：用感性抵制理性，用肉体对抗灵魂，用"审美人"代替"理性人"，感觉和情感的需要被予以高度重视，体验、情绪、印象、本能、感官、爱等非理性感受进入了历史前台。总之，感性个体的生命成为审视这个世界的唯一出发点，审美主义成为主体人的一次本能大暴动。在审美主义的世界里是没有上帝的，大写的"人"取代了一切，特别是具有强烈生命意志和感性冲动的"超人"更是审美者所崇拜的对象，因为在他身上，个体的有限生命彰显得如此灿烂辉煌。随着这种建立在感性一元论基础上的审美主义思想的逐步孕育成熟，许多概念、语汇也开始在现代历史舞台上频频亮相，包括身体、感觉、性、爱欲、情绪、印象、感官、体验、个体感、生命意识等等。其中"性"作为内在黑暗世界深处涌动的原始暗流更是备受关注，从英国作家劳伦斯勇敢拉开第一道帷幕开始，性文学也在西方文学中频频出现。不过，感性问题往往和人的感官、欲望的需求联系在一起，人的欲望过分膨胀，将把最初纠偏性的审美主义导向"泛审美化"和"审美庸俗化"的危机当中，特别是在完全剥离了精神、道德、理性的束缚之后，审美也会将人类领向绝望的深渊。在审美主义的世界里，是不存在什么道德上的善恶评价的，感性夺取了以往超感性的本体论位置，后来发展到极端便完全取消了超感性如彼岸、精神、理性、知识、秩序等存在的某种合理性，向身体、感官、欲望的领域进发。刘小枫认为，"从感觉崇拜到身体崇拜，构成了现代主义向后现代主义的发展逻辑，身体成为在体论和认识论的关注焦点"，而"一旦文化制度或个体存在的意义奠定在身体之上，而这具身体又脱离了理念的制服，就得服从身体的本然原则：自性的冲动和快意或合意的自虐"①。这种情况在 20 世纪 60 年代"垮掉一代"青年身上表现得最为明显，从他们身上我们能深刻地感受到感性主义发展到极端后的疯狂。

审美作为一种人生态度或生存原则，将其推向历史前沿的是现代进程，它建立于主体性确立的"祛魅"时代，一个世俗文化和社会成型时期。在没有上帝监管的世界里，一切回归斑斓五彩的现象界，个体内在晦暗的本能得以全面解放，审美性最终成为现代性的重要标识之一。面对僵化规训的机械社会与没落文明，一场前所未有的造反开始了。

二 启蒙现代性与审美现代性

与社会统一观点相反，我认为较有益的方法是把现代社会看作由三个特殊领域组成，每个领域都服从于不同的轴心原则。我把整个社会分解成经济—技术体系，政治与文化。它们之间并不相互一致，变化节奏亦不相同。它们各有自己的独特模式，并依此形成大相径庭的行为方式。正是这种领域间的冲突决定了社会的各种矛盾。

——丹尼尔·贝尔：《资本主义文化矛盾》

就艺术和它们同社会的关系而言，我不禁要回到我早先在现代性研究中所区分的两种剧烈冲突的现代性：一方面是社会领域中的现代性，源于工业与科学革命，以及资本主义在西欧的胜利；另一方面是本质上属论战式的美学现代性，它的起源可以追溯到波德莱尔。

——马泰·卡林内斯库：《现代性的五副面孔》

---

① 刘小枫：《现代性社会理论绪论》，上海三联书店 1998 年版，第 347 页。

在追溯希腊人的思维结构与生活方式的过程中,研究者发现审美学的方式与知识学的方式共同构成了其互补的思想要素:知识学所追求的理念、实体是确定的,而审美所欲求的却具有感性与流变特质。这种原始的审美思想影响着希腊人的世界观与人生观,使其能够在追求知识的同时自性适意地生存,表现出人类"儿童时代"的纯粹,生活对于他们如同孩子和艺术家在游戏,毫无功利性与罪恶感。尼采与福柯都曾经追溯过希腊人的审美世界观,作为建构其现代审美主义思想大厦的基石。然而,这种原始的审美思维与态度后来却受到了两方面的挑战:一方面来自日渐强化的理性精神;另一方面来自基督教的道德观念。

为了认识变动无常的现象界,人们逐渐形成了以理性、逻辑思维为主看待世界的方式,审美活动在苛刻的理性审判下被迫进入了漫漫无期的黑暗王国。柏拉图是审美的第一个审判者,据说他曾经想做个诗人,但是后来在遇到恩师苏格拉底之后,他烧毁了自己所有的诗稿,全身心地投入到对知识和智慧的追求之中,从此开始了和审美的作战,并坚定地要求把诗人驱除出"理想国"。那么究竟是什么让柏拉图对审美活动(诗歌创作只是审美活动的一种,在柏拉图眼中,一切审美活动都是低等的)如此仇恨呢?理由其实很简单。在追求知识的高峰时期,理性因其清晰的逻辑性、辩证的思维性和认识改造世界的有效性折服了挣扎在混沌黑暗自然界中的人们;相反,审美活动过程中强调的感性体验和个人经验方面的东西却由于其模糊性和暧昧性对改造世界形成障碍。在柏拉图那里,对审美最明显的拒绝就是把"美"和"审美"分离开来,他对美的探讨完全绕开了审美活动,把"美"分为"美的事物"和"美本身",认为对美的事物的声调、色彩、形状的欣赏都不能接近真正的美,相反必须通过"向上引导"(epagoge)的阶梯式方法到达"美本身"。因此所谓"美",并不局限于艺术审美范围,还波及学问、知识和制度。他的逻辑是这样的:"从个别的美开始探求一般的美,他一定能找到登天之梯,一步一步上升——也就是说,从一个美的形体到两个美的形体,从两个美的形体到所有美的形体,从形体之美到体制之美,体制之美到知识之美,最后再从知识之美进到仅以美本身为对象的那种学问，最终明白什么是美。"① 根据这样的思路，审美活动成了低层次的探索，那些从事艺术审美活动的诗人、艺术家也不再拥有评判美的资格。主观感觉的变动性和客观理性的刻板严肃相比，似乎距离真理太遥远。由此，从柏拉图开始，审美活动就一直受到外在的理性权威的监视、控制、规定，处于压抑、奴化、低劣的位置。

此外，根据基督教的禁欲主义和神学理性主义的观念，感性活动和此岸生存相对于绝对信仰和彼岸救赎是短暂而腐朽的，艺术审美活动往往会激发人的天性中"恶"的因素，走向极端便会引起人们灵魂的堕落，甚至走向淫乱或犯罪。中世纪著名的神学家奥古斯丁曾在《忏悔录》中回忆自己年轻时候由于被荷马史诗吸引，陷入种种感情的旋涡，以致坠入不可自拔的困境。后来，在上帝的光烛引照下，他对于自己过往的"沉沦"深感自责，陷入了无尽的忏悔之中。很显然，面对上帝无言的审判，个体的审美活动在无形之中便被笼罩上一层罪恶的色彩，审美所引发出的感性激情和官能快感正是这种罪恶的根源。只有上帝才是美的，而肉体的欲望则是丑陋的，带有原罪的色彩。当然，中世纪的教堂、壁画等艺术形式也很丰富，不过这种审美活动的最终目标不是为了让人们体验到具体事物的美，而是要通过它们领略到神性的伟大。哥特式教堂那高耸入云的尖塔和五彩斑斓的窗画无不出于此类目的。这种把上帝的美作为一切标准的神学美学观，剥夺了人类个体此岸存在中任何的美感享受。

因此，尽管艺术审美古已有之，但是全面审美化的热潮却出现在现代社会。目前学术界普遍接受的"现代"（modern）指的是从中世纪特别是宗教改革以来直到现在还在展延着的时间，这段时间较之以往发生了巨大的变化。"现代性"（modernity）则是对这一特定时段表征的定性，它被人们用以描述这个被称为"现代"历史时期的社会的性质、状态和发展程度等等。按照韦伯的观点，现代性的进程是

---

① ［希腊］柏拉图：《会饮篇》，载《柏拉图全集》，王晓朝译，人民出版社2003年版，第254页。

一个"祛魅"的过程，现代社会在消解和废弃了对上帝和彼岸的信仰之后，日益赋予了人类此岸的生活至高无上的地位，现代人的追求也从对彼岸的向往转变成为对此岸世俗生活的审美直观，与之相伴随的正是人类作为新主人的那种高涨和昂扬的此岸感。这一具有历史性意义的社会转折至少在两个方面肯定了审美感性存在的合理与必然性。首先，审美乃是个体生命在失去彼岸支撑后获得的此岸慰藉。在宗教思想统治的时期，人类往往从对上帝和彼岸世界的信仰中获取生存的理由，尽管此岸世界充满了罪恶和痛苦，但一想到死后可以从一个神性的王国中获取幸福，现世的一切都显得不太重要了。然而，随着科技的进步和知识的增长，那个虚幻的彼岸世界存在的可能性受到了普遍的质疑，人们失去了精神的支柱，一下子被抛入无尽的黑暗和生存的恐惧之中，特别是现代时间的紧迫感让人们倍感在世的短暂与有限，这时从此岸生存本身寻找救赎和幸福就显得极为重要，审美主义思想恰好为他们提供了心灵和情感上的巨大慰藉。另外，审美感的高涨也是社会发展的必然，它是现代人主体地位确立的重要标识。"现代"意味着神的退场和人的登台。一旦确立了人的主体地位，那种久被压抑的情感、本能、感官等种种审美因素从漫漫长夜中苏醒，必然空前高涨起来。现代社会为拥有感性品质的审美提供了足够丰饶的土壤，全方位肯定了这种来源于个体自身的世俗感性冲动。

审美主义思潮反对以任何理由对生命与生存的归罪，因而在理念以及生活质态上都与现代社会保持了一致的步伐，审美性成为现代性的一种重要结构品质。在全面现代化阶段，现象界普遍呈现出审美性，这在某种程度上是符合现代性"祛魅"和世俗化进程的。可见，审美主义问题有着自己的历史视域，它对感性审美的推崇是现代社会发展的一种必然，具有特定的时代内涵。这是我们研究审美主义思潮必须注意的一个重要出发点。

不过，现代社会发展的初期占据主导地位的不是审美而是理性。人类试图依靠理性来征服自然界，由此引发了一系列深刻的社会结构和思想的变革，到处高扬着理性的旗帜，这在启蒙主义者那里得到了充分展现。他们相信知识的重要作用，相信社会的无限进步，相信人类可以借助于理性、科学、道德和民主实现最终的解放。强调知识、进步的启蒙理性和强调逻辑、科学的工具理性在现代化前期占据了绝对的统治地位，它们共同构成了"现代性"的一个重要方面，即启蒙现代性（enlightening modernity）。和启蒙思想相伴随的是现代工业的迅速发展，特别是伴随着科学技术的大爆炸，人类在征服自然的过程中取得了巨大的成绩，连马克思也不得不承认："资产阶级在它不到一百年的阶级统治中所创造的生产力，比过去一切时代创造的全部生产力还要多，还要大。"①

启蒙理性精神在促进科技和经济发展的同时也出现了新的变化。在韦伯看来，理性可以根据各自特征分为两个部分，即价值理性（value-rationality）和工具理性（instrumental-rationality）。价值理性包含了伦理、美学和宗教的阐释，而工具理性则是和科技进步与功利问题分不开的，它的显著特征就是："通过对外界事物的情况和其他人举止的期待，并利用这种期待作为'条件'或者作为'手段'，以期实现自己合乎目的性所争取和考虑的作为成果的目的。"②韦伯认为，随着社会发展，理性由于和科技紧密结合在一起，并伴随着经济效益的追求，从而逐渐被机制化了，③这样的理性把触角深入社会的每一个角落，造成了社会的理性化和个人的理性化，并在性质上发生了转变，从价值理性走向了工具理性。很显然，工具理性及其形成的规训社会是建立在压抑和排斥个体性基础上的，极大地束缚了人的自由。历史在这里出现了二律背反：一方面，人类必然要借助于科技手段来改造自然和社会，获得更安全、更舒适的生存环境；但另一方面，文明的发展却成了一种异在的客观力量，反过来窒息着人的生命活力与存在意义。如今，人类历史已经进入了高速发展时期，这一二律背反不但没得以解决，反而更加突出了。

启蒙理性工程所带来的现代成果具有双重性，这是毋庸置疑的。

---

① ［德］马克思：《马克思恩格斯全集》第1卷，人民文学出版社1972年版，第250页。
② ［德］韦伯：《经济与社会》，林荣远译，商务印书馆1997年版，第56页。
③ ［德］韦伯：《新教伦理与资本主义精神》，黄晓京、彭强译，四川人民出版社1986年版，第23页。

吉登斯表示："现代性是一种双重现象。同任何一种前现代体系相比较，现代社会制度的发展以及它们在全球范围内的扩张，为人类创造了数不胜数的享受安全和有成就的生活机会。但是现代性也有其阴暗面，这在本世纪变得尤为明显。"[1] 同样，鲍曼也说过："现代生活就是过一种充满悖论和矛盾的生活"，"最深刻的现代性必须通过嘲弄来表达自己"。[2] 现代社会的根本症结就在于：它一方面在观念上肯定人的自由和个性；另一方面却在体制上实施规训和组织，而且随着社会的发展，它们都走向了极端，导致了社会同其成员之间尖锐的矛盾。在经历过一段时间对于理性狂热的崇拜之后，人们开始反思自己的片面和激进。面对理性的危机，一个问题自然地生成了，那就是：用什么来纠正理性的偏颇？究竟什么能够给人类当下生存提供救赎？审美，作为现代性内在的反叛之维，就这样走向了历史的前台。一部分现代人为了捍卫自己的个性和自由，公开和机械理性进行决裂，以"审美"的姿态对灰暗现实表示出不屑与嘲弄，他们极为反对理性主义的价值标准和生活方式，自觉对自身和生活采取一种审美的姿态，走向了现代性的另一极。

可见，"审美"是针对启蒙运动以来现代社会的弊端而呈现出来的现代性的另一副感性面孔。审美之所以能够被用来抵抗理性的极端，主要是因为它具有独特的感性维度，对工具理性造就的平庸、功利、压抑的社会现实进行深刻的揭露、批判、反驳，最终达到释放生命实现自由的目的。审美主义对于理性主义的对抗必然造成二者之间激烈的冲突，它们之间的斗争构成了现代性内部最主要的矛盾，已经有许多现代社会学家对这种矛盾进行了清醒的认识。马泰·卡林内斯库在他的代表著作《现代性的五副面孔》中曾经明确提出"两种现代性"的概念，即作为西方文明史一个阶段的现代性与作为美学概念的现代性："一方面是社会领域中的现代性，源于工业与科学革命，以及资本主义在西欧的胜利；另一方面是本质上属论战式的美学现代

---

[1] ［英］安东尼·吉登斯：《现代性后果》，田禾译，译林出版社2000年版，第6页。
[2] Marshall Berman, *All That Is Solid Melt Into Air: The Experience Of Modernity*, N.Y., Penguin, 1988, p.15.

性，它的起源可以追溯到波德莱尔。"① 这两种现代性有着不共戴天的矛盾："一个是理性主义的，另一个若非公然非理性主义，也是强烈批评理性的；一个是富有信心和乐观主义的，另一个是深刻怀疑并致力于对信心和乐观主义进行非神秘化的；一个是世界主义的，一个是排他主义或民族主义的。"② 丹尼尔·贝尔也表示："与社会统一观点相反，我认为较有益的方法是把现代社会看作由三个特殊领域组成，每个领域都服从于不同的轴心原则。我把整个社会分解成经济—技术体系，政治与文化。它们之间并不相互一致，变化节奏亦不相同。它们各有自己的独特模式，并依此形成大相径庭的行为方式。正是这种领域间的冲突决定了社会的各种矛盾。"③ 可见，现代性内部并不平静，相反它充满着汹涌澎湃的矛盾斗争，这些矛盾最终都可以归结为现代人对工具理性的严重不满，是现代社会中的生命个体用以对抗社会机制、维护本我天性的一种企图，用审美的感性维度来对抗启蒙的理性维度，最终借助审美的方式来实现对机械化体制化了的社会现实的反叛。

通过深入梳理审美性的发展源流及探索审美现代性与启蒙现代性的关系之后，我们可以清晰了解审美主义思潮出现的现实意义与历史必然。审美性虽然古已有之，却是在现代社会才占据了时代的舞台，它伴随着整个现代化进程，浸润于现代生活的方方面面。在许多伟大的哲学家、思想家与文学大师的文本中，我们可以看到许多与之相关的精神探索及其思想精华。

第二节 审美精神的现代哲思变迁

现代世界是一个风云变幻的时代，在这个时代，人类创造力空前

---

① [美] 马泰·卡林内斯库：《现代性的五副面孔》，顾爱彬、李瑞华译，商务印书馆2002年版，第343页。
② 同上。
③ [美] 丹尼尔·贝尔：《资本主义文化矛盾》，赵一凡译，生活·读书·新知三联书店1989年版，第56页。

高涨，科学文化突飞猛进，创造出的财富比过去几个世纪生产力加起来的总和还要多。不过，两次世界大战、灭绝人寰的大屠杀、巨大的自然灾难却极大打击了人类的自信。在这样一个动荡不安与激变的世纪中，人们的自然观、人生观、社会观、伦理观都发生了巨大的变化，它们在思想领域都有深刻的展示。直面现代社会困境，关注人类此岸生存成为许多现代思想潮流的核心。刘放桐教授对20世纪的哲学思想有着这样的认识，他说："现代西方哲学家（特别是'人本主义'哲学思潮的哲学家）在从哲学上重新研究人时大都一方面反对把人对象化，要求恢复人的本真的存在，重新认识人的存在及其活动的价值和意义。他们强调要把人看作是完整的人，看作是目的而不是手段；认为人不是哲学体系中的某个环节或组成部分，而是整个哲学的核心，任何哲学问题都是因人的存在及其活动而获得意义。传统哲学的失误归根到底是由于它们实质上'遗忘'了人；而哲学的重建归根到底是人的回归。"[①] 审美作为一种生存论与世界观主张，契合了现代社会转型后人们对于自身及存在的种种忧思，对西方思想界产生了巨大的影响，其出于对感性的回归、对理性的抗争、对生命和本能的推崇而备受关注，许多现代的重大思潮都和它有着这样或者那样的联系。

梳理西方思想脉络，对审美问题的关注在卢梭、康德、席勒等启蒙思想家那里已初露端倪，并至叔本华、尼采、波德莱尔达到了一个探索高峰；本雅明、阿多诺、马尔库塞等法兰克福理论家主要从社会批判角度探索其解放意义；福柯、海德格尔则进一步加以丰富完善……这些探索共同促成了现代审美主义思想的成熟。其中，以尼采为代表的生命意志派首次明确推翻了传统本体论，强调人的情感意志的核心地位。他用艺术和美来解决失去上帝之后人类生存的根本问题，提倡审美的人生态度，超越了善恶评判，确立了审美的核心价值。马尔库塞从社会学角度出发，赋予审美以革命力量与政治意义，反叛理性化的规训社会，推崇艺术的否定维度，表达其对于理想社会

---

① 刘放桐等编著：《新编西方现代哲学》，人民文学出版社2003年版，第18页。

的乌托邦憧憬。福柯则结合二者，既关注了现代社会无处不在的权力网络对主体的压抑控制，又肯定了生命主体不依赖普遍规范约束的自由的美学生活方式。几位思想家分别在各自视域中探析了现代审美的独特功用，赋予了审美现代价值与意义，勾勒出一条审美哲思现代变迁的明晰线索。

一 尼采：审美价值观

对于艺术世界的真正创造者来说，我们已经是图画和投影，我们的最高尊严就在作为艺术作品的价值之中——因为只有作为审美现象，生存和世界才是永远有充分理由的。

——尼采：《悲剧的诞生》

酒神艺术也要使我们相信生存的永恒乐趣，不过我们不应在现象之中，而应在现象背后，寻找这种乐趣。我们应当认识到，存在的一切必须准备着异常痛苦的衰亡，我们被迫正视个体生存的恐怖——但是终究用不着吓瘫，一种形而上的慰藉使我们暂时逃脱世俗变迁的纷扰。我们在短促的瞬间真的成为原始生灵本身，感觉到它的不可遏制的生存欲望和生存快乐。

——尼采：《悲剧的诞生》

尼采的出现无疑是在西方思想界投下了一枚重磅炸弹。他的贡献不仅在于创建了一套自成系统的理论体系，而且试图用审美的方式来解决失去上帝之后价值虚空问题，赋予艺术宗教的魅力，以审美观取代传统的宗教、理性观，提倡一种审美的人生态度。在尼采看来，只有作为一种审美现象，人生和世界才有充足的存在理由；只有化身艺术，才能拯救生命的苦难和绝望；只有在"醉"与"癫狂"的生存体验中、在痛苦与喜悦交织的生命舞蹈里、在放纵与迷狂的感觉狂欢中才能拒绝现代时间的线性流逝。总之，尼采的哲学早已超越了一般苍白的理论说教，他书写一生目的只是为了将个体从宗教、理性、道德、科学等外在束缚中解放出来，徜徉于善恶之外，享受心灵的自由与人生的酣畅。可以说，这是现代审美生存论思想最集中的一次爆发。

尼采的审美价值观是在宗教衰亡的前提下提出的，他让一个疯子在大白天提着灯笼到处向人们宣讲"上帝死了"这样一个事实。① 显然，上帝死亡是现代化进程与科技发展的必然结果。作为天才的先驱者，尼采和叔本华等思想家均敏感地感受到了现代社会的这场大变动。上帝的死亡意味着传统价值体系的彻底坍塌，彼岸的天堂被证实为虚妄，因此回归此岸、直面生命的有限与虚空是每个个体不得不面对的命运。上帝承载着以往人类存在的最高价值评判尺度，有限的生命可以在上帝的庇护下获取精神慰藉，也不得不在上帝的威慑下谨慎生存。尼采等人在指明了基督教解体、欧洲出现价值真空的事实后，都将价值的评判体系从彼岸世界拉回到了此岸生活，将生命本身而不是形而上的理念看作是一切问题的出发点。

不过，与叔本华绝对的悲观主义不同，尼采虽然也看清了生存的悲剧性，但并不想逃避，对否定生命意志的那一套言论更是不屑一顾，甚至赞颂上帝的死亡，表示"一听到'老上帝已死'的消息，就觉得周身被新的朝晖照亮"。② 尼采的伟大正在于此，也使得他超越了叔本华，因为他不但看到了一个旧世界的衰亡，还试图建立一个新的世界；不但不悲观虚空，反而在上帝的尸体面前跳起了欢快的舞蹈。在他看来，与其在对生存的失望中唉声叹气地看着韶华流逝，还不如在欢歌笑语中享受人生的每一个"刹那"。最终，他在"酒神之舞"这一具有蛊惑力和召唤力的生命狂欢中找到了生命的归属，赋予了个体人生独特的审美价值，创建了属于现代人的审美人生观。

酒神艺术来自于一种原始的迷狂体验。在原始生命力的驱动下，古希腊人在酒神祭祀的仪式上开怀畅饮、欢歌畅舞，尽情地表达着个体的生命欲望，"此刻他觉得自己就是神"，如此欣喜若狂、居高临下地变幻，在迷狂与梦幻中进入一种忘我的境界，"人不再是艺术家，

---

① [德]尼采：《查拉图斯特拉如是说》，黄明嘉译，漓江出版社2007年版，第39页。
② [德]尼采：《快乐的知识》，黄明嘉译，中央编译出版社2005年版，第187页。

而成了艺术品"。① 在这种境况下，阻隔人们的栅栏被打破了，束缚个体的禁忌被解除了，生命成了一场狂歌欢舞的审美盛宴，一种破坏规则和越界的野性放纵，个体实现了他生命最高的表达。可见，酒神艺术为悲剧人生注入了最好的兴奋剂，正如尼采所述："酒神艺术要使我们相信生存的永恒乐趣，不过我们不应在现象之中，而应在现象背后，寻找这种乐趣。我们应当认识到，存在的一切必须准备着异常痛苦的衰亡，我们被迫正视个体生存的恐怖——但是终究用不着吓瘫，一种形而上的慰藉使我们暂时逃脱世俗变迁的纷扰。我们在短促的瞬间真的成为原始生灵本身，感觉到它的不可遏制的生存欲望和生存快乐。"② 用审美（艺术、狂欢、幽默）的眼光看待人生的痛苦，现实的苦难便化作了审美的欢歌，通过个体的毁灭，人们反而会感觉到生命意志的丰盈和不可战胜，产生生的快感。显然，尼采通过酒神精神表达了他审美的人生态度，它源于对生命的肯定，追求的是一种尘世的慰藉，"肯定生命，连同它必然包含的痛苦和毁灭，与痛苦相嬉戏，从人生的悲剧性中获得审美快感"，这就是尼采由悲剧艺术引申出来的审美人生观，也是酒神精神的要义。③

审美人生坚决驳斥传统伦理学的是非善恶评判，建立了新的价值评判尺度。在尼采看来，生命本身并无善恶可言，基督教的原罪教义和绝对的道德原则实则是对生命的刻骨仇恨，必须彻底推翻这种罪恶感，超脱于善恶之外，解放本该属于个人的自由和欢乐。尼采不仅批判基督教的上帝，而且还批判理性的上帝，因为它们共同特点就在于把生命之外的观念强加于生命。从某种意义上来看，理性和宗教是共谋的，都试图用确定不移的外在实体来规设、监控、掌管和支配人的生命本身，形成了笼罩欧洲长达几个世纪的形而上学传统。基督教的原罪观压抑着个体本该充盈、升腾、欢畅、高昂的生命，但在它阴森恐怖的背影后人类生存是苍白呆滞的；同样，理性乃是没有生命的木

---

① ［德］尼采：《悲剧的诞生》，周国平译，生活·读书·新知三联书店1986年版，第70页。
② 同上书，第71页。
③ 同上书，第2页。

偶，吸人精血的"吸血鬼"，无视肉体的快乐与痛楚。总之，尼采反对一切虚假和伪善的道德，在他看来，"理念""共相""永恒""真理""上帝""天国""神性""美德"这些形而上的概念，都隐藏着对个体生命的刻骨仇恨，正是虚弱者害怕激情、恐惧本能的结果，由此他吹起了战斗的号角，宣布要"重估一切价值"。① 生命本质上是非道德的，在尼采的价值世界中，道德是和生命相对立的概念，"就道德蓄意制服各类生命而言，它本身就是敌视生命的惯用语"，"道德很'不道德'，正如世间的任何其他事物一样；道德本身就是某种形式的非道德"，"只要我们信仰道德，我们就是在谴责生命"。② 与道德的反生命本质相反，纯粹的审美评价来自于个体生命的本身，因此审美的人生永远徜徉于"善恶的彼岸"，为生命本身进行辩护。

尼采说："作为美学现象，存在对于我们总还是可以忍受的。"③"只有作为审美现象，生存和世界才是永远有充分理由的。"④ 与宗教理性规设下的灰色人生相比，尼采推崇的审美人生将生存变成了艺术。存在本身就是五彩斑斓的画卷和动人心魄的音乐，个体所需要做的就是在这审美的王国中尽情沉醉与狂欢，让生命的"刹那"散发出耀眼灿烂的光芒。面对失去上帝庇佑无光的黑暗世界，尼采向人类指明了一条灿烂的审美之路。审美的人生是充满活力的人生，"美必须表现出生命和力"，只有生命力足够强大的个体才能充分体会并享受生存的美丽，尼采的"强力意志"（或称为"权力意志"）与"超人"理论也是在此基础上提出的。总之，审美的人生观要求把人生看作一种审美现象，不但肯定了生命的美丽，而且激发了生命的活力，最终在价值论基础上确立了感性个体的现代核心地位。

二 马尔库塞：审美政治学

新感性，表现着生命本能对攻击性和罪恶的超升，它将在社会的

---

① ［德］尼采：《权力意志》，张念东、凌素心译，商务印书馆1996年版，第135页。
② 同上书，第295页。
③ ［德］尼采：《悲剧的诞生》，周国平译，生活·读书·新知三联书店1986年版，第2页。
④ 同上书，第21页。

范围内，孕育出充满生命的需求，以消除不公正和苦难；它将构织"生活标准"向更高水平的进化。

——马尔库塞：《审美之维》

艺术对爱欲的执着，即艺术在反抗本能和社会的压迫时，对生命本能的深切肯定。艺术用它的恒常性即它经历千万次劫难之历史性不朽，证明着它的这种执着。

——马尔库塞：《审美之维》

如果说尼采是在以上帝为代表的传统价值体系崩溃后，从凡俗生存的价值论角度确立了审美的现代核心位置，肯定了个体高涨的此岸生命感，那么法兰克福学派的批判理论家则更多从社会学角度出发，关注西方社会在社会结构、阶级组成、权力中心、意识形态层面的变化，揭示现代社会潜藏的危机与意识形态无形的压迫，反叛机械规训的社会，最终目的是实现人的现实解放，促进人类社会向着和谐、自由、完满的未来世界发展。马尔库塞正是他们的代表人物。在构建理想社会的宏伟蓝图中，马尔库塞发现了审美的解放意义，赋予它以政治力量与革命功用，艺术的审美之维被用以变革现代社会中日渐异化的人性，释放人的美感需求以及那些被压抑的追求愉悦的潜在本能。可见，马尔库塞的现代审美思想本质上是一种严肃的政治理论，属于社会学领域，正如他自己所述："在今天，为生命而战，为爱欲而战，也就是为政治而战。"[1]

按照韦伯的观点，现代性的进程就是一个"祛魅"的过程，现代社会在消解和废弃了对上帝和彼岸的信仰之后，日益赋予了人类此岸的生活以至高无上的地位，现代人的追求目标也从对彼岸世界的向往转变成为对此岸现实生活的审美直观，与之相伴随的正是人类作为新主人的那种高涨和昂扬的此岸生命感。尼采审美价值观正是在此基础

---

[1] ［德］马尔库塞：《爱欲与文明》，黄勇、薛勇译，上海译文出版社1987年版，第11页。

上建立起来的。不过，在现代社会发展的初期，审美的功用并没有被提升到这样的高度，人类的生存需求使得理性、知识、科技的价值远大于了审美的价值，这种意识蔓延到社会的每一个角落，最终导致了建立在工具理性基础上的"规训社会"的出现，极大束缚了人的自由。① 历史在这里出现了极度的尴尬：一方面，人类必然要借助科学知识与技术手段来改造自然社会，获得更安全、舒适的生存环境；另一方面，文明的发展却成了一种异在的客观力量，反过来又窒息着人类的感性生命。

在当代一些发达的工业社会中，这一悖谬现象不但没有得以解决，反而更加突出了，甚至以更为隐蔽的方式掩藏在发达的经济表象背后。工业生产方式积累了大量社会财富，极大改善了人们的生活，然而物质享受却让他们丧失了反抗精神，情感被流行的模式所规设，生命为外在的技术所控制，灵性消失，人们沉溺于对商品消费的快感中而忘却了真正意义上的自由与幸福，虚假需求取代了真实需求，最终丧失了对社会的审视和批判能力，被"合理"异化了。这种科学技术的合理性思想正逐步渗透在意识形态之中，成功地压制了社会中的反对声音，缺乏否定、批判、超越现实的理想维度，使得社会、个人、思维方式、文化等一系列领域发生了单一化的趋势，造成了人的异化与萎缩，个体成了毫无个性、思想麻木、依附驯化的"单维人"。② 马尔库塞的审美解放学说便是在如此堪忧的社会现状上提出的。

在对发达工业社会人的生存现状进行分析之后，马尔库塞明确表示要想摆脱物的异化和技术的钳制，必须解放人的感性，他说："如果没有个人本身的新的合理性和感性的发展，那么也就不可能有社会的质的变化，不可能有社会主义。"③ 社会的解放，依赖于人的解放，

---

① [德] 韦伯：《新教伦理与资本主义精神》，黄晓京、彭强译，四川人民出版社1986年版，第23页。
② [德] 马尔库塞：《单向度的人》，张峰译，重庆出版社1988年版，第12页。
③ [德] 马尔库塞：《反革命和造反》，载《工业社会和新左派》，任立编译，商务印书馆1982年版，第118页。

人的解放源于感性的解放，这是马尔库塞为饱受物化与技术钳制的"单维"社会开出的一剂良药。为此，他吸收了弗洛伊德本能理论与其他精神分析派的思想，表明了重建"新感性"的至关重要。在他看来，面对发达资本主义社会潜在与隐蔽的控制形式，必须唤醒人们内在的"爱欲"需求，解放人的美感、快感和追求愉悦的潜能；要实现人的真正自由与幸福，就必须把具有颠覆和反抗力量的人的感性从工业社会精心编织的虚幻谎言中解放出来，才能建立富有生命色彩以及具有精神价值的非压抑性文明。马尔库塞在此赋予了感性以解放人性和改造现实的革命化理想效能，在他看来："新感性，表现着生命本能对攻击性和罪恶的超升，它将在社会的范围内，孕育出充满生命的需求，以消除不公正和苦难；它将构织'生活标准'向更高水平的进化。"① 符合感性生命的需求，超越技术社会的种种弊病，这应该是马尔库塞心目中真正理想社会构建的基础。

感性，是单维人走出单维社会的唯一途径。如何解放感性？对于这个问题的追问促使马尔库塞最终走向了一条"审美—艺术"的道路，如其所述："艺术对爱欲的执着，即艺术在反抗本能和社会的压迫时，对生命本能的深切肯定。艺术用它的恒常性即它经历千万次劫难之历史性不朽，证明着它的这种执着。"② 总之，艺术作为具有想象力和创造性的审美活动，保存着人性中尚未被控制异化的领域，可以为人提供感性直观的幸福，表达着生命对现实的反抗以及对自由的向往，隐含着改造禁锢社会的新的生机。不过，并不是所有的艺术都能带来感性的解放，因为作为现存文化的组成部分，艺术也有着其两面性，即它的肯定面与否定面。在现代规训社会，技术合理性不断消除和破坏着艺术中否定与批判性因素，从而克服了艺术同现实之间的对抗，艺术批判性的消失使得西方社会单向度倾向更为严重。为此，马尔库塞所推崇的是否定的艺术。

马尔库塞认为，发达工业社会的艺术必须作为现存社会秩序的异

---

① ［德］马尔库塞：《审美之维》，李小兵译，上海译文出版社1989年版，第106页。
② 同上书，第213页。

在者存在，才能发挥其批判性与革命性，实现对社会的重构，在此基础上建立一个非压抑的文明。"艺术，作为现存现实的异在，它是一种否定的力量。"① "在这个意义上，每一个真正的艺术作品都是革命的，即它颠覆着知觉和知性的方式，控诉着既存的社会现实，展现着自由解放的图景。"② 可见，艺术的审美价值就在于它与社会规范和体制保持不妥协的批判距离，是反叛资本主义社会的一种独特的政治斗争形式。"艺术就是政治实践。"③ 为了防止被规训社会所同化，马尔库塞认为艺术只有保持独立，才能摆脱现实控制，担负起革命的任务，他将这种对理想艺术的期待放在了对独特审美形式的推崇上，与容易受控的内容不同，"只有在审美形式中，才有这些冲突，以及这些资产阶级艺术批判的、否定的、超越的性质，也就是说，只有在审美形式中，才有资产阶级反资产阶级性质"④。布莱希特的戏剧、先锋派的诗歌、卡夫卡的小说正是以其独特的表达形式对现实社会构成了"破坏性的潜能"，实现了真正的解放。

从对发达资本主义的社会的批判到寻求人类的爱欲解放、审美艺术的革命，马尔库塞的学说本质上是批判现代文明畸形发展的社会学理论，是一场严肃的政治探讨，他的现代审美思想建构于对未来理想社会的憧憬与规划之中，将对资本主义社会的批判、为新社会建立而进行的革命这些政治实践问题，与感性解放的审美问题结合起来，赋予"异在"的艺术形式审美的维度和解放的功效，为人类社会的和谐与完善而不懈努力！

三 福柯：审美主体论

规训"造就"个人。这是一种把人既视为操练对象又视为操练工具的权力的特殊技术。这种权力不是那种因自己的淫威而自认为无所不能的得意扬扬的权力。这是一种谦恭而多疑的权力，是一种精心计

---

① ［德］马尔库塞：《审美之维》，李小兵译，上海译文出版社1989年版，第181页。
② 同上书，第191页。
③ 同上书，第14页。
④ 同上书，第164页。

算的、持久的运作机制。

——福柯:《规训与惩罚》

  人们不仅为自己设立了行为规则,还力图改变自己,在自己的个体生存中改变自己,使自己的生活成为具有某种审美价值并符合风格标准的作品。

——福柯:《性史》

  现代社会不仅是理性统治的社会,还是权力钳制的社会。以马尔库塞为代表的社会批判理论家主要关注工具理性造就的规训现实,力图通过审美唤醒个体的感性生命,摆脱文明世界的异化现实,促进人类社会的和谐发展。作为后现代主义代表理论家之一,福柯已不再停留于对现代理性危机的直接批判,他关注边缘地带与知识领域,发现了现代社会中无处不在且呈网状分散的权力,预言了"主体"的消亡,深入探索个体与国家层面出现的规训化现实,最终肯定具有自由抉择能力的边缘反抗,提倡审美生存,重塑主体。

  福柯最大贡献便是发现了现代社会各种关系网络中隐藏的权力。作为一个持有后现代立场的思想家,福柯没有将目光停留在诸如国家机构等传统宏观权力的概念上,也并不局限于统治阶级与被统治阶级之间的二元对立,他说:"如果我们在看待权力的时候,仅仅把它同宪法,或者是国家和国家机器联系起来,那就一定会把权力的问题贫困化。权力与法律和国家机器非常不一样,也比后者更复杂、更稠密、更具渗透性。"[①] 他采用历史谱系学的方法,关注疯癫、犯罪、性等边缘领域,挖掘其中隐藏的权力运作,揭示了包括疯人院、监狱等各社会领域遍布的权力关系;并进一步呈现了知识、理性、社会制度等现代形式背后隐藏着权力控制的结构,全景化展示出微观权力的多元、分散、碎片性质以及其毛细血管般的无处不在。这样的权力,

---

① 包亚明编:《权力的眼睛——福柯访谈录》,严锋译,上海人民出版社1997年版,第161页。

分布更为广泛,控制更为严密,并随着规范性、技术化的现代社会的发展而达到其控制的顶峰,整个世界都被权力的网络所覆盖。

和许多现代社会批判理论家类似,福柯在历史性地考察了权力发展进程外,指明现代社会是一个布满"规训性"权力机制的社会,而现代性实质便是一种特殊的权力控制形式。规训是其代表作《规训与惩罚》一书中的核心概念,其英译本名为 Discipline,具有纪律、教育、训练、校正、训诫等多种释义,中文则将其译为"规训",正意指"规范化训练",正如译者所指明的,"规范化(normalize)是这种权力技术的核心"。① 所谓规训性的权力机制就是通过规范化的训练,来支配、控制甚至造就人的行为,这种支配和控制不是借助暴力、酷刑使人服从,而是通过日常的规范化的纪律、检查、训练来达到支配、控制的目的,行使权力的功能,通过规范化训练把人变成为权力操纵的对象和工具。规训"造就"个人,"这是一种把人既视为操练对象又视为操练工具的权力的特殊技术。这种权力不是那种因自己的淫威而自认为无所不能的得意扬扬的权力。这是一种谦恭而多疑的权力,是一种精心计算的、持久的运作机制"。②

与国家机构、法律制度这些宏观的政治权力相比,规训性权力渗透在日常生活与社会关系方方面面,甚至是知识话语体系中,它主要不是通过对暴力、经济的控制,也不是通过意识形态的控制来运作,而是通过规范化的监视、检查、管理来运作。在福柯看来,这是一种轻便、精致、迅速有效的权力技巧,它的渗透与控制甚至比暴力、酷刑、国家机构、法律制度更为有效。福柯认为最能体现这种规训性权力机制的是边沁所设计的"圆形监狱",它所提供的全景敞开式结构本身便保证了权力的有效发挥。这个被设计成圆环形的建筑,占据中央位置的便是拥有360°观看视角的高高塔楼,即使不知是否有人无时无刻地在监控他们,环绕四周囚室中的犯人还是感到了无形的压力。权力通过"注视"默默无声地进行着,"没有必要发展军备、增加暴

---

① [法]福柯:《规训与惩罚》,刘北成、杨远婴译,生活·读书·新知三联书店2004年版,第375页。
② 同上书,第193页。

力和进行有形的控制。只要有注视的目光就行了。一种监视的目光，每一个人在这种目光的压力之下，都会逐渐自觉地变成自己的监视者，这样就可以实现自我监禁。这个办法妙极了：权力可以如水银泻地般地得到具体而微的实施，而只需花费最小的代价"。① 这是一种有效而精致的权力技术，真实地体现了规训性权力的支配与控制技巧。

福柯将这种全景敞视监狱管理形式扩展到整个社会，认为现代社会完全被规训性权力的网络所覆盖，成为大型的全景敞视的"圆形监狱"。最初这种规训性权力机制主要只是存在于监狱、修道院中，随着统治技术与权力机制的进步，它开始扩展到每一个角落，学校、兵营、工厂、城镇……在现代化社会中，人类被规范化训练，按照一定的标准被监视、训练、检查、管理、支配、控制。由于现代权力多元、分散、隐蔽与毛细血管状的分布特点，使得现代人不自觉地被权力所桎梏，导致了主体最终消亡。主体不仅仅是话语构造的产物，更是权力钳制的中心，福柯的"人之死"实际上是当前世界的现实状况的反映，具有明显的社会批判的性质。

在揭示了权力对个人的规训化塑造之后，福柯还在整个国家权力运作过程中发现了一种奴役个体的新的权力模式，将关注的重点从规训权力（disciplinary power）转向了"生命权力"（biopouvoir）。② 生命权力依旧是一种规训的力量，这是一种全新的、伴随现代性而来的政治形态，目的是将驯服的人作为整体的大众来管理。生命权力的运作，带有极强的隐蔽性和复杂性：它虽然保持着某种潜在的压迫性和否定性力量，却更多强调其生产性和保护性，行使着规范化和规则性的"生命治理"职能。譬如，建立在人口统计学上的国家安全技术，关注出生率与死亡率，人类整体健康状况、人均寿命与社会财富等问题，来确保整体人民的安全。现代国家正是以这种表面"合理化"

---

① 包亚明编：《权力的眼睛——福柯访谈录》，严锋译，上海人民出版社1997年版，第158页。
② [法]福柯：《必须保卫社会》，钱翰译，上海人民出版社2010年版，第226页。福柯第一次使用"生命政治"一词，是1976年3月17日在法兰西学院的授课中。

的借口将个体生命置于诸多权力装置隐秘而有效的控制之下,使得其运作变得"标准化"与"正常化"。总之,生命政治构成了现代社会根本的政治形态,它以"管理人口"与"扶植生命"为名义,有效地将整个社会"标准化",最终却不过是将每个生命个体缩减成人口统计学数据,剥夺了"异在"生命存在的可能,驯服生命中的偶然因素,压制了个体内在自由与真正需求。

在现代国家中,生命在个体与全体这两个层面都已受控于规训权力隐秘而有效的控制之中。不过,福柯并没有仅仅停留于权力关系对人的操纵和控制中,他在《疯癫与文明》《规训与惩罚》《性经验史》等论著中从另一侧面看到了权力边缘上的反抗,在疯癫、犯罪、性等领域力图重新恢复主体观念。他指出权力与抵制是相互纠缠在一起的,理性的规训社会和自由感性的个体之间存有矛盾,在罪犯和疯子等审美人身上,生命展现其不屈的层面。他们被权力所压,但以独特的方式反叛着权力,拒绝被规训。抵制的模式在福柯后期作品中发生了一种转变,人们由消极地抵制权力关系转向积极地对待自己的行为,从而开始对生存美学的伦理生活方式进行探讨。福柯认为古代道德实践以及道德个体的自我塑造是"审美的"和艺术的,最终构建出超越性的生存境况:"人们不仅为自己设立了行为规则,还力图改变自己,在自己的个体生存中改变自己,使自己的生活成为具有某种审美价值并符合风格标准的作品。"① 通过对古希腊罗马人把自我建构为主体的实践过程和方式的考察,福柯试图找到一种不依赖普遍规范约束的自由的美学生活方式,主体在其中可以自觉地选择自己的生活方式,改变被控制的命运,这为抵制现代社会权力关系指出了新的可能性。

从尼采到马尔库塞再到福柯,现代思想家从各自精神层面展现了审美的现代哲思变迁历程,无论是肯定人的此岸价值,解放爱欲的呼声,还是反叛机械社会、超越权力的羁绊,都是社会发展的必然,他们赋予了审美独特的现代意义和价值评判。

---

① Michel Foucault, *The Use of Pleasure: Volume 2 of The History of Sexuality*, Trans. Robert Hurley, New York: Pantheon Books, 1985, p.10.

第二章　审美主义思潮的浪漫序曲

以赛亚·伯林曾经说过:"浪漫主义的重要性在于它是近代史上规模最大的一场运动，改变了西方世界的生活和思想。对我而言，它是发生在西方意识领域里最伟大的一次转折。发生在19、20世纪历史进程中的其他转折都不及浪漫主义重要，而且它们都受到浪漫主义深刻的影响。"① 不过，在给予浪漫主义极高评价的同时，伯林却认为给浪漫主义定义是一个危险而又混乱的工作，如同面对一个黑暗的洞穴，一旦进入，便不可重见天日。② "对浪漫主义的解释和申论与其说回答了问题，不如说引起了问题。"③ 之所以出现这样的状况，根源在于浪漫主义自身所包容的多重的、复杂的、异质的甚至是矛盾对立的因素，如想象、热情、感伤、快乐、死亡、人性、自由、放纵、诗意、怀旧、神秘主义等诸多类似却又不完全等同的特征，这就是人们通常所说的浪漫主义的"雅努斯面相"(Janus's face)。在迄今为止对于浪漫主义所做的各种权威性定义中，存在着各种各样普遍表面化甚至自相矛盾的解释，究竟哪一层面的界定才能揭示浪漫主义本质性内涵？什么才是浪漫主义的独特品质？这的确是一个重要的问题。其实，只有作为审美主义思潮的组成部分，浪漫主义独特的现代品质才能为人们所理解。

---

① [英]以赛亚·伯林：《浪漫主义的根源》，吕梁等译，译林出版社2008年版，第8页。
② 同上。
③ 刘锋：《浪漫派与审美主义——施米特的〈政治的浪漫派〉》，《国外文学》2003年第3期。

第一节　浪漫主义：一个审美现代性问题

　　要界定浪漫的事情（romantischen），不能以任何被浪漫地感受的对象或论点为起点，不能以中世纪或废墟为起点，而应以浪漫的主体为起点。这里涉及的总是某种类型的人，要从这类精神的人自身来理解"浪漫"。

——卡尔·施米特：《政治的浪漫派》

　　今天，当我们跨越世纪回头重新审视浪漫主义这一文学现象的时刻，就会发现，浪漫主义的出现不是历史的偶然，它实际上是现代化进程的一个重要组成部分，和现代审美主义思潮有着密切联系。浪漫主义萌发的 18 世纪正是世俗社会取代神性王国的现代转折时期，人类本来视为权威的东西发生了变化，意识形态发生了一种世俗化的位移，浪漫主体最终取代了上帝的位置与权威。刘小枫表示："从思想内容上看，形而上学之终结，人的终结等论点，以及对原知识学的攻击和诗的隐喻、感性的美化和强调，浪漫派已着先声。在这一意义上，浪漫派思想本身就是现代性原则的一种类型，它包含着对现代性的独特提法，对现代政治和日常生活结构的转变的独特反应态度。"[①] 可见，浪漫主义问题首先是一个现代性的问题，并且和现代主体感性萌发有着密切的联系。因而只有把审美主义思潮作为背景引入对其进行阐释，才能看清它的庐山真面目。

　　德国哲学家和社会学家卡尔·施米特在否定了对浪漫主义种种印象式的定义之后，曾经深刻地表明："要界定浪漫的事情（romantischen），不能以任何被浪漫地感受的对象或论点为起点，不能以中世纪或废墟为起点，而应以浪漫的主体为起点。这里涉及的总是某种类型的人，要从这类精神的人自身来理解'浪漫'。"[②] 一旦把关注的眼

[①] 刘小枫：《现代性社会理论绪论》，上海三联书店 1998 年版，第 187 页。
[②] ［德］卡尔·施米特：《政治的浪漫派》，冯克利、刘锋译，上海人民出版社 2004 年版，第 4 页。

光从五花八门的浪漫化现象转向拥有丰富情感的人自身，浪漫主义的问题便和审美主义的问题联系起来了，因为："无疑，这种审美化的枢纽就是绝对自我和自由的主体性，因为正是浪漫主体将世界消解成触发审美情趣的机缘和机遇。"① 由此，浪漫主体"人"的绝对权威得以确立，一切混乱状态得以重新清理，其中矛盾的现象也可以得到相应的解释。浪漫派那种无风格的风格，那种千变万化的角度，那种天马行空甚至有些怪异奇特的想象最终都停留在那些不受任何束缚的私人情感领域中，它最精美的成就也存在于个人最私密的感情之中。在浪漫主义里，审美创造的主体已经把精神中心转移到了自己身上，正如施米特在他的专著中所论证的那样，他表示："浪漫派是主体化的机缘论（subjektivierter occasionalismus）。换言之，在浪漫派中间，浪漫的主体把世界当作他从事浪漫创作的机缘和机遇。"② 总之，表面看来纷繁复杂的浪漫主义问题最终是一种审美和心理层面的东西，它和主体人的内在情感和自我世界密切相关。浪漫主义的问题显然就是审美主义的问题，和浪漫主义相关的种种现象也都可以从感性主体角度作全面的解释，其中矛盾混乱的成分与现代性内部复杂纠葛的状况是紧密相连的。

浪漫主义的主体性原则在一定程度上是在现代进程中确立的，发展到一定阶段又对现代性进行着激越的批判，是针对启蒙现代性弊端的第一次反戈。卡林内斯库曾经表示："在19世纪前半期的某个时刻，作为西方文明史一个阶段的现代性同作为美学概念的现代性之间发生了无法弥合的分裂。"③ 他所表述的这一时期正是欧洲浪漫主义盛行的时期。哈贝马斯也曾经将早期浪漫主义视为通往审美现代性的"第一步"。在启蒙理性和进步文明日渐转化为压抑灵性和窒息生命

---

① 刘锋：《浪漫派与审美主义——施米特的〈政治的浪漫派〉》，《国外文学》2003年第3期。
② ［德］卡尔·施米特：《政治的浪漫派》，冯克利、刘锋译，上海人民出版社2004年版，第15页。
③ ［美］马泰·卡林内斯库：《现代性的五副面孔》，顾爱彬、李瑞华译，商务印书馆2002年版，第48页。

的新统治权威之时,浪漫主义以其特有的感性表达方式首次对资本主义现代文明做出了具有明确意味的审美反思和审美批判,而它的武器正是审美。对于浪漫主义来说,它所确立的主体中心位置包括自我表达、艺术自足、现实诗化等一系列原则,不仅在"人的情感、想象等审美领域里完成了主体性的现代性的革命",而且对资产阶级机械文明以及工具理性进行了强烈的批判,它所张扬的情感、想象、灵性、诗意挣脱了黑暗、僵化、冷冰冰的机器世界,第一次对启蒙主义的新传统与新神话进行了明确的攻击。可见,"浪漫主义是人类历史上对资本主义现代文明所作出的首次具有明确意识的审美反思和审美批判,其美学旨趣和价值取向构成了审美现代性毋庸置疑的最初的精神源泉"。①

第二节 浪漫园地的审美表征

浪漫主义开启了通向审美主义的最初道路,其对主体情感的重视、对文明社会的批判契合了审美主义思想内核,这在现代西方浪漫主义文学中有不同程度的呈现:德国浪漫主义的神秘倾向、英国浪漫主义的自然之风、法国浪漫主义的宗教回归都能从审美主义视角予以解释;同样,诺瓦利斯的黑夜情结、华兹华斯的田园梦想、拜伦和雪莱的昂扬激情、雨果的理想世界也是浪漫主体寻求的多重出路。作为社会转型时期的重要思潮,浪漫主义承载着太多复杂的现代性问题,开启了通往现代审美主义思潮的关键一步,它的出现预示着一个澎湃激情时代的到来。

一 "返魅"和"诗化"

古老的宇宙起源学说早已说过,夜是万物之母,现在,这个说法在每一个人的生活中又东山再起:人们认为,世界脱胎于泰初的混

---

① 张旭春:《政治的审美化与审美的政治化——现代性视野中的中英浪漫主义思潮》,人民出版社2004年版,第51页。

第二章 审美主义思潮的浪漫序曲

沌，通过爱与恨、同情与反感的相互作用而成形。生活的魔力赖以存在的基础，正是一片黑暗，我们存在的根正是消失于其中以及无法解答的奥秘之中。这就是一切诗的魂。而启蒙运动则由于缺乏对于黑暗的最起码的尊敬，于是也就成了诗最坚决的敌人，对诗造成了一切可能的伤害。

——奥·威·施勒格尔：《启蒙运动批判》

诗与生活之间的关系这个大问题，对于它们深刻的不共戴天的绝望，对于一种和解的不间断地追求——这就是从狂飙时期到浪漫主义结束时期全部德国文学集团的秘密背景。

——勃兰兑斯：《德国浪漫派》

在科技革命日新月异与破除迷信的年代，人们却可以从许多浪漫主义作家的作品那里发现种种奇怪的"返魅"的现象：德国的施勒格尔兄弟反复呼吁人们回到远古的神话时代，年轻诗人诺瓦利斯的诗歌中永远游荡着黑夜和死亡等神秘主义气息，而荷尔德林则曾经多次深情地呼唤神灵的回归。这些"返魅"现象出现在日益"祛魅"的现代社会是很值得玩味的。如果说宗教和上帝曾经在传统文化价值体系中占据着统治性位置，那么这种价值观已经在现代化的进程中遭遇了前所未有的挑战，近代自然科学的发展一步步地摧毁了种种传统的神学观，将它们看作是古代人类愚昧和迷信的产物，特别是在哥白尼的日心说确立以后，乐观的理性主义者就认为人类是能够逐步认清宇宙、了解世界的。在这个时候，重新注目于宗教信仰、神话世界等问题，的确是浪漫主义文学中令人颇为费解的现象，但是如果仅仅用倒退或消极论来解释这些现象显然是太过于简单了，因为这里更多蕴含着现代人的某种情感需求，也是审美主义思潮萌发的重要表征之一。

"返魅"是和"祛魅"相对应的一个概念。按照马克斯·韦伯的理解，现代性的过程实际上是一个"祛魅"的过程。在原始的巫术时代，世界万物都被看作具有灵性的自然界的一部分，人、神、物相互交混、互相替代，人类就在这样对神灵的敬畏中获得生存的慰藉和勇气。不过这种原始的思维方式在现代社会开始解体。随着理性知识和科学技术的发展丰富，人们逐渐用一种对象化的方式看待周围的一切，试图剥下世界和自然的神秘外衣。科学理性的清晰严谨在祛除世界的神秘面纱的同时，也把人类抛入了前所未有的恐慌之中，人成了无限时空中渺小的生物，根本无法掌握自己的命运，理性的太阳发出的耀眼光芒在刺穿笼罩在世界周围黑色暮霭的同时，也刺穿了人们的生存信念。况且，人类真的能够认识世界并且掌握自己的命运吗？其实，早在莎士比亚、蒙田、帕斯卡尔那里，理性的局限就已经逐渐被人们所感知，人们所能够认识和掌握的只不过是浩瀚宇宙中的极小部分知识，甚至连这部分知识的准确性都是值得怀疑的。作为一个科学家，帕斯卡尔取得了非凡的成就，然而当他一个人独自面对着茫茫宇宙的时候，却感叹道："这无限空间的永恒沉默使我恐惧。"① 正是从这样的认识角度出发，面对启蒙主义者的乐观，夏利布多昂、诺瓦利斯、荷尔德林、霍夫曼、柯勒律治等浪漫主义文学家却在作品中描绘了神灵、黑暗、死亡、神秘的世界，他们以义无反顾的姿态开始重新返回人类因为狂妄自大而离弃的神性本原。

浪漫主义文学理论家奥·威·施勒格尔曾经专门撰文对启蒙运动做出批判。在他看来，启蒙主义根本无法解决人的生存恐惧，那种出自对未知事物的恐惧和害怕是人类生存世界的"原始组成部分之一"，因而和启蒙主义者一味地歌颂光明不同，他要求人们必须学会敬重黑暗，他说："古老的宇宙起源学说早已说过，夜是万物之母，现在，这个说法在每一个人的生活中又东山再起：人们认为，世界脱胎于泰初的混沌，通过爱与恨、同情与反感的相互作用而成形。生活的魔力赖以存在的基础，正是一片黑暗，我们存在的根正是消失于其中以及无法解答的奥秘之中。这就是一切诗的魂。而启蒙运动则由于缺乏对于黑暗的最起码的尊敬，于是也就成了诗最坚决的敌人，对诗

---

① [法]帕斯卡尔：《思想录》，何兆武译，商务印书馆1985年版，第101页。

造成了一切可能的伤害。"① 可见，浪漫主义者已经深刻认识到了启蒙理性主义的根本缺陷，第一次反击了那些关于认知和进步的乐观谎言，从而能够深沉地思考人类生存的真实境况和世界的黑暗本质，重新回归生命原始的母体——那混沌一片充满奥秘的世界。

在对世界的黑暗本质予以承认的同时，浪漫主义者唱起了对死亡的赞歌。诺瓦利斯为了悼念早年夭折的美丽情人，写下了著名的《夜颂》。在这首赞美黑夜和死亡的作品中，浪漫主义者的"返魅"思想表达得淋漓尽致。他这样写道："黑魆魆的夜呀……你展开了心灵的沉重的翅翼……我感到光明是多么可怜而幼稚啊！白昼的告别是多么可喜可庆啊……夜在我们身上打开了千万只眼睛，我们觉得比那灿烂的群星更其神圣。它们比那无数星体中最苍白的一颗看得更远，它们不需要光，就能看透一个热恋的、心灵的底层，心灵上面充满了说不出来的逸乐。"② 科学认知和理性思想无法解决死亡所带给人类的痛苦和伤害，而黑暗和朦胧夜色的笼罩下的神秘世界似乎能够包容人们那颗饱受伤痛的心。勃兰兑斯曾经表示，诺瓦利斯对于黑夜和死亡的赞美是与个体的情感体验以及对不可知世界的向往分不开的。③ 的确，从诺瓦利斯对于黑夜这样深情的赞美中，我们可以明显体会到诗人那种隐秘的情感需求，黑夜给失去爱人的痛苦心灵提供了幻想中的慰藉，似乎让他能够在夜色的掩映下和自己的爱人快乐地相会。

这种对于黑暗和死亡等神秘事物的赞美很快引起了许多浪漫主义者的共鸣，并在文学史上形成了一股崇尚怪异和神秘氛围的"返魅"潮流。霍夫曼的《金罐》《离魂》《魔鬼的万灵药》等作品描写了一个个离奇曲折、古怪恐怖的故事，充满了中世纪哥特式的神秘、恐怖氛围。柯勒律治《古舟子咏》更是展现了大自然神秘诡谲的一面：老水手不听劝告杀死了一只信天翁后，厄运就接踵而至，船上所有的

---

① ［德］奥·威·施勒格尔：《启蒙运动批判》，载《德国浪漫主义作品选》，张凤城等译，人民文学出版社1997年版，第378页。
② ［德］诺瓦利斯：《夜颂》，载［丹麦］勃兰兑斯《德国的浪漫派》，刘半九译，《十九世纪文学主流》第二分册，人民文学出版社1988年版，第189页。
③ 同上书，第188页。

人最终都死去，只留下他一人漂泊在大海上以向过往船只讲述自己遭遇的方式而终日忏悔。很明显，与科学主义者把自然看作需要征服的对象不同，浪漫主义者对世界充满了恐惧和敬畏。在浪漫主义的文学作品中，人类在自然面前往往显得十分渺小，根本无法掌握自己的命运。他们返回黑夜、返回中世纪、返回神话时代无不来源于某种心灵的需要，来源于对现实世界恐惧的真实体验，这是和个体的内在情感世界紧密联系在一起的。布鲁纳曾经表示："神秘论与审美主义是孪生姐妹。它们有共同的确信：体验。它们有共同的视角：心灵的内在过程。它们有共同的最高价值：情感的强度。"[①] 这种审美式的神秘主义显然不同于蒙昧状态下的神秘主义，它着重表现个体对世界的体验和感受，满足情感无拘无束的奔流，人们关注世界的立足点已经从彼岸挪到了此岸。

同样，呼唤神灵的回归也是来自于这样的情感和灵性的需求。个体生命是有限和短暂的，这种有限性和短暂性使人很难从自身获得一种自足完满，更不用说从启蒙理性所造成的那种僵化刻板的生活方式中了。体验到自己的局限并渴慕救赎的生命个体，往往会在内心深处产生出对超乎自身之上并且具有某种无限和永恒意味的事物的追求和依赖，神学信仰的重要性在这里就体现出来了。这种信仰显然和个体的生存焦虑、恐惧以及渴望超越现实的情感世界紧密联系在一起，因而和传统神学的内涵已经有所不同。它并不是出自无知，而是根源于个体内在的心灵需求和真切的生命感受。荷尔德林曾经表示："什么是神？不清楚。而/他那天空的表情/却那么丰富。闪电便是/某一位神的愤怒。越是/看不透的东西……越显得生疏。"[②] 早期浪漫主义表现出来的宗教情结，显然也来自"返魅"的需要。刘小枫说过，审美主义的感性审美性和宗教神学观在本质上并不矛盾，审美主义集中反对的只是后来那种对感性生存合理性进行压抑和贬损的西方（奥古

---

① ［美］E. Brunner：《神秘论与圣言》，载刘小枫《现代性社会理论绪论》，上海三联书店1998年版，第326页。

② ［德］荷尔德林：《荷尔德林诗选》，顾正祥译，北京大学出版社1994年版，第73页。

斯丁）式的基督教样式，而"浪漫派神学建构的审美基督教思想样式，堪称基督教精神与希腊精神的又一次联姻"，他说："在施勒格尔、诺瓦利斯和浪漫派神学的集成者施莱尔马赫那里，心理主义的本体论、情感认识论与神学命题融贯在一起。此岸与彼岸、有限与无限之差异不是被强调，而是通过主体情感弥合了：浪漫派神学的主题词是情感直观。"① 可见，浪漫主义文学中表现出的种种"返魅"性和宗教化倾向正预示着现代主体性本位的建立和人的感性情感地位的提高。

卡林内斯库曾经指出，在18世纪后期由浪漫派推动的宗教复兴，将对情感、直觉、想象的推崇与对中世纪文明的痴迷结合起来，② 虽然看上去有些复杂和混乱，但它构成了抗拒启蒙世纪理性霸权的现代性批评的一部分。人们在夜色和神灵的庇护下获取某种心灵的安慰，正是为了反对启蒙主义"祛魅"进程对人的想象力和信仰空间的剥夺。这种反抗在蒂克笔下的主人公威廉·洛维尔身上表现得极为明显。洛维尔对现代化进程造成的赤裸裸的荒凉现实表示厌倦，大声抗议启蒙主义盲目乐观的理性至上思想，他的表达爱憎分明、富有特色，他说："我恨那些人，他们用他们仿造的小太阳（即理性）照亮了每个舒适的阴暗角落，赶走了如此安稳地住在拱形的树荫下面的可爱的幻影。在我们的时代里，有过一种白天，但是浪漫主义的夜色和曙色要比这种阴云密布的天空的灰色光辉更要美。"③ 宁可要可爱的夜色和曙色，也拒绝启蒙主义理性的小太阳，洛维尔的论断似乎传达出了所有浪漫主义者的反叛心声，传达出他们文学创作的一个重要诉求。

启蒙主义除了把个体拉出了世界神秘的母体和神灵温暖的怀抱之外，还以其特有的运作方式戕害了人类生命的完整。随着现代西方工

---

① 刘小枫：《现代性社会理论绪论》，上海三联书店1998年版，第323页。
② ［美］马泰·卡林内斯库：《现代性的五副面孔》，顾爱彬、李瑞华译，商务印书馆2002年版，第68—69页。
③ ［德］蒂克：《威廉·洛维尔》，载［丹麦］勃兰兑斯《德国的浪漫派》，刘半九译，《十九世纪文学主流》第二分册，人民文学出版社1988年版，第28—29页。

业文明的发展，人们虽然分享到技术进步带来的丰富物质财富，但更多的是必须面对技术文明建立起来的无灵性的机械世界。这个世界对完整和谐的生命体进行了强行的分割和重组，人们成了飞速运转机器上的呆板零件。浪漫主义者敏锐地感觉到，现代文明的发展在双重意义上伤害了人的灵性生命。一方面，功利主义的欲求使得生活日渐乏味，人们成了利益和金钱的奴隶；另一方面，知性思维、技术规则和专业分工破坏了个体生命的丰富和完整，人类成了没有生命的断片。荷尔德林曾经多次在他的诗歌中对现代人生存境况表示哀叹，并真诚呼唤充满爱与灵性的诗意王国的回归，他写道："哀哉！我的同时代人却在黑夜中摸索，仿佛/生活在阴曹地府一般，索然无味。光为/自己的事奔忙，在隆隆的作坊里/全都闭目塞听，蛮人般地挥动巨臂，/埋头苦干，毫无间歇，却总是，总是/像复仇女神指使的那样徒劳无益。/直至人类的灵魂从可怕的噩梦中/苏醒，朝气蓬勃，直至爱的吉祥气息/如当年吹拂意气风发的希腊儿女/在新的时代重又吹拂，在我们舒展的额头/自然的精灵，这位神，自远方而来重又/悄悄地架起朵朵祥云出现。"① 诗的开始描写了现代人噩梦般僵化和枯燥的生活，表达了对日渐机械化生活的强烈不满，而在结尾处则用富于诗意的想象表达了对丰盈生活的种种渴望。和灰色的现实图景相反，在浪漫主义的文学作品中，我们往往看到种种洋溢着生命活力和充满诗情画意的生活画面，这正是诗人和文学家对现实直接"诗化"的结果。张凤阳在其现代性著作中对此进行了阐述，他说："当浪漫作家以其与大自然的神秘交感，谛听着清泉的吟唱和树木的低语，从奇花异葩的眼睛读出相思的神情，乃至于在古堡废墟、精灵鬼怪、巫术魔法中咀嚼某种神奇意味的时候，他们都是以各自的方式表达着对现代文明的功利旨趣、知识旨趣的抵御与抗争。"② 可见，浪漫主义文学中构想的中世纪、古希腊、神话的世界都不是复古那么简单，它们表现了作者对理性化卑劣现实的强烈不满，他们通过对现实的"诗化"而强

---

① ［德］荷尔德林：《阿尔希沛拉古斯》，载《荷尔德林诗选》，顾正祥译，北京大学出版社1994年版，第123页。
② 张凤阳：《现代性谱系》，南京大学出版社2004年版，第397页。

烈呼唤健全丰盈人性的回归。

浪漫主义者认为,只有在诗和艺术化了的世界中,人类才能超越现实的鄙俗,恢复被现实异化和肢解了的个体。所以在浪漫主义者那里,诗和现实是截然对立的。施勒格尔表示浪漫主义者所推崇的是浪漫诗,也是一种"超验诗"(transtendental poesie),它唯一的目的就是帮助诗人超越和逃避现实的平庸灰暗,寻找一片充满温情和想象力的审美化了的乌托邦,他曾经这样揭示道:"有一种诗,它的唯一和全部的内涵就是理想与现实的关系。这种诗按照类似的哲学化的艺术语言,似乎必须叫作超验诗。它作为讽刺,从理想与现实的截然不同入手,作为哀歌,飘荡在二者之间,作为牧歌,以二者的绝对同一而告终。"① 从这个意义上来说,浪漫主义最终"把诗变成生活和社会,把生活和社会变成诗",在那里,"浪漫诗包罗了一切稍有诗意的东西,大到一个自身内又包含了许多其他体系的最宏大的体系,小至歌童轻声哼进他那淳朴歌声中的一个叹息,一个吻"。② 这很显然表现了一种超越现实、审美化生活的企图。在浪漫主义者那里,诗已经超越了一般意义上的艺术体裁的范围,成了一个具有本体论意义的范畴,它主要是为了解决现实人生的苦闷和人性普遍的分裂等种种现代问题,试图让枯燥的、机械化、僵化的生活重新富有诗意,给漂泊在大地上的灵魂建构一个富于审美意味的精神家园。刘小枫把这种现象看作是对"诗的本体论"的追求,他表示:"早期浪漫派首先提出了人生向诗转化的学说,希望在诗的国度里消除束缚、庸俗和一切对立,达到绝对自由,从而在由诗的想象、激情、爱、幻想给有限生命带来的出神状态中,把握住超时间的永恒。诗,在他们那里,是理想的天国,它具有超验的自由,能使充满重重矛盾和对立的现实生活化为一种梦幻式的永远使自由得到保证的生活。"③ 因此,无论是德国

---

① [德]弗·施勒格尔:《雅典娜神殿断片集》,李伯杰译,生活·读书·新知三联书店1996年版,第238条。
② 同上书,第116条。
③ 刘小枫:《诗化哲学——德国浪漫美学传统》,山东文艺出版社1986年版,第28页。

浪漫主义文学中虚构出来的充满传奇色彩的骑士故事、具有魔幻色彩的恐怖小说，英国浪漫主义诗歌中展现的宁静平和的田园风光、奇特瑰丽的湖光山色，还是法国浪漫主义小说中充满幻想的天堂国度、异国风情都是创作者对现实生活"诗化"的结果，个体的灵性和情感需求在诗意的王国中最终获得了满足，那些颇具想象力的对浪漫世界的描绘尽管带有幻想性质，却是诗人和创作者心灵深处情感最真实的表达。从这个意义上来看，"浪漫"实则是一个审美的概念，浪漫化意味着"诗意化"，那些充满了想象和奇幻色彩的异国景象如果没有强烈的感情的推动是不可能产生的，那片被浪漫化了的审美世界包容着个体丰盈恣肆的情感狂潮。

总之，在浪漫主义特别是德国浪漫主义文学中，无论是"返魅"的表现还是"诗化"的追求，都是为了反对机械理性带给世界的贫瘠和对人性造成的戕害，重新开辟一个充满神秘氛围和诗意气息的生存空间以超越荒凉的现实图景，所以勃兰兑斯表示："诗与生活之间的关系这个大问题，对于它们深刻的不共戴天的绝望，对于一种和解的不间断地追求——这就是从狂飙时期到浪漫主义结束时期全部德国文学集团的秘密背景。"① 而这样的追求正是和个体的内在情感世界紧密相连的，满足了人们追求灵性超越现实的内在需要。可见，浪漫主义者不是生活在现实世界中，而是生活在自己的情感世界里，这也是他们身上审美主义感性精神最为集中的表现。

不过，正是出于对现实生活的不满而生发的绝望，浪漫主义者往往只是一味地沉溺于不切实际的幻想和幽闭的情感世界中。在他们眼里，真实的生活只不过是平庸的散文，而艺术和诗意化的世界才是人类值得追求的终极目标，这种想法必然给浪漫主义者带来了另一重困境，那便是他们往往忽略和轻视了世俗世界对于个体生存的重要意义，从而让存在失去了其现实的根基；并且正因为远离现实，浪漫主义笔下的主人公似乎永远生活在自己的心灵世界的梦幻中，和外界现

---

① ［丹麦］勃兰兑斯：《十九世纪文学主流》第二分册，人民文学出版社1988年版，第37页。

实完全隔绝了。诺瓦利斯在小说《亨利希·封·奥弗特丁根》的最后，让他的主人公做了一个梦，在梦中他看见了一朵蓝色花，这朵蓝色花便成了他最终的追求和憧憬。后来，"蓝色花"也成了浪漫主义文学中一个永远无法企及的神秘之物的象征，象征着极为缥缈的理想、永恒的希望以及一个能使人获得平静的家园。在平庸乏味的现实和情感烛照下的审美王国（神秘或诗化世界）两者之间，浪漫主义者最终选择了后者，从而把现实生活看作是最粗鄙和糟糕的事情。这种选择显然潜藏了一个巨大的危险，即否定了此岸有限却丰富多彩的生存本身。此外，浪漫主义者虽然也强调感性，却把情感世界绝对化，他们永远活在自己的世界里，试图通过一种不切实际的幻想来弥补此岸与彼岸、有限与无限之间的距离。总之，他们还没有勇气完全抛开对于彼岸世界的幻想，无法直视人类此岸生存的有限性以及无法逃避的生存悲剧。因此和后来的审美主义者相比，浪漫主义者重在建构一个超越于现实世界的审美乌托邦，尽管他们也强调个体情感和灵性的需求，但更多是为了让有限个体获得一个自足的精神空间，而不是追求现世的享受。不过，现实的苦难是否可以在充满诗意和神秘氛围的王国中被忘却？这还是个问题。大多数的浪漫主义者徘徊在现实和幻想的王国之间，生存的丑恶与苦难还是如同梦魇一般环绕着他们，这便是许多浪漫主义文学普遍流露出感伤和幻灭情绪的内在动因。

二　回归自然与解放人性

人与自然根本互相适应，人的心灵能映照出自然界中最美最有趣味的东西。因此，诗人被他在全部探索过程中的这种快感所激发，他和普遍的自然交谈着，怀着一种喜爱。

——华兹华斯：《抒情歌谣集》

回归自然、崇尚天性是浪漫主义的重要特征之一。在浪漫主义文学家笔下，自然不再是对象化的需要征服的实体，它浸润着主体丰富的情感，是主体内在感性世界的外在投射；同样，浪漫主义对于"自然人"的推崇，对于个体天性的肯定更是直接对应了主体的感性本质。可见，无论是回归自然还是解放人性的诉求都来源于浪漫主体的感性崇拜，这显然和审美主义思潮有着密切的联系。

回归自然是浪漫主义针对理性社会和现代文明开出的又一大良方。如果说"返魅"和"诗化"的过程都期待着把个体从"祛魅"和"散文化"的现实中解放出来，契合了人们某种生命体验或者满足了某种情感需求，那么回归自然则试图给现代人寻找到一个更为实在与温暖的家园。浪漫主义者追求人与整个大自然的交流，反对现代技术文明带来的身心戕害。更为重要的是，他们笔下的自然还意味着一种本真的生命状态，是人的天性和质朴情感的化身，为此他们的文本中经常出现"自然人"形象。自然相对于文明的优先地位在浪漫主义文学创作中占有绝对重要的分量：以华兹华斯为代表的英国湖畔诗人寄情山水，大自然的一草一木都在他们的笔下闪动着诗意与灵性的光辉；美国浪漫主义的代表作家梭罗直接把家迁到了瓦尔登湖畔，和那里的湖光山色、鸟兽飞禽相依为伴。不过第一个提出自然法则的还要推衍至启蒙时代的卢梭，他首先发出了与当时占据主导位置的启蒙主义思想家所不同的声音。在他那里，自然不仅仅是理想家园那么简单，还和朴实善良未被文明扭曲的自然天性紧密联系在一起，用于抵抗现代文明对于人性的戕害和侵蚀。这种思想极大地影响了后来浪漫主义者的文学创作。自然，成了一个远离尘嚣、充盈着和谐纯朴生命力的美好家园的象征。

如果说伏尔泰、狄德罗等启蒙思想家的基本价值取向，是要通过在社会合理化过程中获得的进步文明为个体的自由提供保证，通过创造丰富物质财富把人类从原始野蛮的状态中解放出来，那么卢梭的观点刚好与之相反。在他看来，现代社会发展中起支配地位的理性思想已经逐渐演变成为压抑主体人格的罪魁祸首，社会规范已经成为束缚个体自由的牢笼。启蒙主义的理性崇拜无论在逻辑上还是在现实中都和现代工业文明形成了合谋，变成了谋划功利的工具与手段，它不但窒息了个体的天性，而且扭曲了个体的灵魂，需要引起人们的警觉。面对日渐教条化和僵死化的社会现实，他表现出无比的愤慨："我们种种智慧都是奴隶的偏见,我们的一切习惯都在奴役、折磨和遏制我们。文明人在奴隶状态中生,在奴隶状态中活,在奴隶状态中死:他一生下来就被人捆在襁褓里;他一死就被人钉在棺材里;只要他还保持着人的样子,他就要受到我们的制度的束缚。"① 为了将个体从文明的压迫中解放出来,卢梭开出的良方便是自然,他认为只有回归自然的原始状态,人的天性生命才能得以张扬。为此,卢梭的创作中首次出现了善良质朴的自然人形象,他们和现代文明人形成了鲜明的对比。卢梭还推崇自然教育观,拒绝启蒙主义的教育方式,极为愤慨地控诉了文明社会对于儿童天性的戕害。在教育小说《爱弥儿》中,他痛斥旧教育戕害人类天性的本质,表示要想不成为文明的牺牲品,必须承认儿童所表现出的"天性的最初冲动永远是正当的",必须认识到"对我们来说,存在就是感觉;我们的感觉力无可争议地是先于我们的智力的",相反,"偏见、权威、需要、先例以及压在我们身上的社会制度都将扼杀他的天性,而不会给他添加什么东西"。②

深受卢梭自然人性观的影响,浪漫主义文学刻画了许多未被文明所玷污和侵蚀的"自然人"形象,他们大多生活在乡村,和大自然融为一体。施米特曾经表示:"描绘自然状态时的卢梭,讲述中世纪的诺瓦利斯,在文学修养上可能有别,但在实质上或心理上,他们并无不同。因为,用来编造浪漫主义神话的情境和题材,本质上是一样的东西。所以,我们遇到的是一系列规定了浪漫派特点的人所共知的形象:无害人之心的童稚的原始人、bonsauvage(善良的初民)、有骑士风的封建领主、淳朴的农民、仗义的强盗头子、周游四乡的学徒、可敬的流浪汉,还要加上俄罗斯农民。他们都源于这样的信念:在某处可以找到人的天性之善。"③ 这种"自然人"是"审美人"的最初形态,他们和"理性人"划清了界限,重新树立起主体的感性维度。从卢梭开始,人们已经普遍感觉到了本真生

---

① [法]卢梭:《爱弥儿》,李平沤译,商务印书馆1978年版,第15页。
② 同上书,第416、1页。
③ [德]卡尔·施米特:《政治的浪漫派》,冯克利、刘锋译,上海人民出版社2004年版,第4页。

命的可贵。

　　通过浪漫主义文学所描绘刻画的种种"自然人",我们可以察觉到感性个体对于理性规范抗争的意图。他们所要表现的显然不是简单地让个体返回森林,过起原始人的生活,而更多是试图恢复被现代文明压制和扭曲的人的健康天性。自然人天真淳朴、人格独立、生命健全、自由奔放,拥有活泼生动的生命形态,这和在理性控制下成长起来的死气沉沉的文明人是完全不同的,儿童是这一生命形态最为鲜明的代表。华兹华斯曾经在他的诗歌中多次歌颂儿童保持的纯真天性。在一首题为《颂诗:忆幼年而悟不朽》的小诗里,他赞颂了六岁儿童哈特莱,他拥有未被文明和成人世界所蒙蔽的纯洁和聪慧,"你还保持着/传得的财富,你是盲眼中的明眼人,/虽听不见、不出声,却看清永恒的深奥——/那儿,永远有永恒的智者去寻问——",因此这个孩童才是那"灵验的先知""有福的观察者",成人需要花毕生经历寻找的真理就由他掌握着,而原因就在于"你这小孩呀,在你这样的身材上/还有着天生自由的光辉的力量"。可见,天性的自由是浪漫主义者推崇儿童这样的"自然人"最为根本的原因。当然,华兹华斯对孩童的天性在文明社会中是否可以长久保存表示怀疑,因为现代文明往往摧残和侵蚀着人的纯洁善良,他叹息地说道:"可为什么做出这样热切的努力,/要岁月带来那无从避免的压力,/竟这样同你的福分盲目地开仗?/你灵魂很快就有其人世的重担,/沉甸甸压在你身上的还有习惯,/深得几乎像生命,重得像冰霜!"① 华兹华斯这种忧虑并非空穴来风,个体适应现代文明规范的过程也是丧失纯真自我、被剥夺天性的过程,最终背负起沉重的社会负担。重返自我是浪漫主义最为突出的追求之一,这在后期一些具有浪漫主义文风的作家那里依旧存在,如黑塞、里尔克等等,他们认为个人必须学会根据自己的内在生命的本真需要才能选对真正属于自己的道路。

---

　　① [英] 华兹华斯:《颂诗:忆幼年而悟不朽》,载《华兹华斯抒情诗选》,黄杲炘译,上海译文出版社1986年版,第182页。

第二章 审美主义思潮的浪漫序曲

除了对生命的尊重以及天性的需要之外,浪漫主义者重返自然更多依然出自某种"诗化"的情感需求。面对都市文明的喧嚣,个体生命在自然之中得以保留一片不饰伪装的精神家园,自然和其他审美王国一样,寄托着诗人和文学家许多美好愿望,是他们内在情感的外在投射,这就是以华兹华斯为代表的湖畔诗人以及美国作家梭罗等浪漫主义者选择它作为心灵驿站的根本原因。对法国革命的失望、对都市文明的厌倦使得诗人华兹华斯把目光转向了和谐的大自然,他在自然风光之中寻找到了生存的寄托和慰藉,他说:"我通常都选择微贱的田园生活作题材,因为在这种生活里,人们心中的主要的热情找到了更好的土壤……因为在这种生活里,人们的热情是与自然的美而永久的形式合而为一的。"[①] 他徜徉于秀丽的湖光山色之中,终身定居于田园乡野,深受自然的陶冶,是一个典型的"大自然的崇拜者"。他一生写下了许多脍炙人口的生命与美的赞歌,如《致杜鹃》《燕子花》《致蝴蝶》《绿雀》《三月》《丁登寺》等等,这一系列优美平和的抒情写景诗都是在他定居于湖畔农舍时期写出的。面对大自然的一草一木、一山一水,他思古怀今,感慨万千。借景抒情是浪漫主义文学最常见的手法,华兹华斯诗歌中的自然往往被人格化了,充盈着诗人丰富的内在情感体验:他或寻求心灵的慰藉(如《丁登寺》),或表现对现实功利的反抗(如《这尘世拖累我们太多》),或表现对生命的热爱(如《萤火虫》),或表示自己对弱者的同情(如《坎伯兰的老乞丐》)等等。华兹华斯曾经说过"诗是强烈情感的自然流露",他以为:"人与自然根本互相适应,人的心灵能映照出自然界中最美最有趣味的东西。因此,诗人被他在全部探索过程中的这种快感所激发,他和普遍的自然交谈着,怀着一种喜爱。"[②] M. H. 艾布拉姆斯在其代表作《镜与灯》中极为强调浪漫主义者的这种自我的情感表达,他借用哈兹里特关于"镜"和"灯"的比喻,这样说:"哈兹里特在

[①] [英] 华兹华斯:《抒情歌谣集·序言》,载伍蠡甫、胡经之编《西方文艺理论名著选编》中卷,北京大学出版社2004年版,第42页。

[②] [英] 华兹华斯:《抒情歌谣集·序言》,载《华兹华斯抒情诗选》,黄杲炘译,上海译文出版社1986年版,第54、51页。

镜子之外又加上了灯,使这一比方的寓意更加丰富,从而表明,诗人所反映的世界,业已沐浴在他自己所放射出的情感光芒之中。"① 可见,浪漫主义者和他所推崇的"自然人"一样,追求着不带功利色彩的淳朴单纯以及不受规范约束的自由愉悦,他们不是通过理智的头脑,而是依赖敏锐的感觉和创造性的诗意想象,在个体的心灵深处发现了"自然",把外在的自然转化成了内在的自然。

由于强调表达情感和展示内在的心灵世界的需要,浪漫主义文学往往对理性主义思维方式和生活方式很反感。他们认为精神生活应该以人的本真情感为出发点,智性是否能保证人的判断正确是大可怀疑的,人应该以自己的灵性作为感受外在的根据,以直觉和信仰为判断的依据。因此,相对于大自然给个体带来的情感陶醉来说,浪漫主义者认为才智却"横生枝节",是"宰了美再解剖"。华兹华斯曾经写道:"读书可是一件没完没了的苦事;/来听听林中红雀——它的歌唱得有多甜!确实,/歌声中有更多智慧。/你听,画眉的歌声多么欢!/它出色地讲道理。/你来把事物的本质看看,/让这大自然教教你。"② 我们知道,随着工业革命的不断深入,商业意识的不断滋长,人们开始绞尽脑汁摄取财富,一时间英国社会世风日下,人们精神生活贫乏,他们已经不再关注大自然的美景和情韵。华兹华斯对此倍感痛心,因为在他看来,自然是生命的最好慰藉,他写道:"在城镇和都市的喧闹声里,/在我困乏地独处屋中的时候,/这些景致会给我甜美的感觉,/会使我的血脉和顺,心头舒畅;/它们进入我心灵深处,使那些沉睡的往日欢乐感情开始/渐渐地苏醒。"③

这种通过自然来超越世俗生活的浪漫思想在美国作家梭罗那里表现得也非常明显,他曾经独自一人来到瓦尔登湖畔体验那种属于个人的真正完整的生活,他表示:"我到林中去,因为我希望谨慎地生活,

---

① [美] M. H. 艾布拉姆斯:《镜与灯——浪漫主义文论及批评传统》,郦稚牛等译,北京大学出版社1989年版,第75页。
② [英] 华兹华斯:《转守为攻》,载《华兹华斯抒情诗选》,黄杲炘译,上海译文出版社1986年版,第74页。
③ [英] 华兹华斯:《丁登寺》,载《华兹华斯抒情诗选》,第77页。

只面对生活的基本事实,看看我是否学得到生活要教育我的东西,免得到了临死的时候,才发现我根本没有生活过。"① 自然对他来说,不但对抗着现代社会的病态文明,而且有利于个人精神升华,完善心灵。在散文集《瓦尔登湖》中,梭罗精心刻画了和自然亲密接触的整个过程:他写一年的春夏秋冬,雨雪阴晴,写各种飞禽走兽,写湖中的野鸭,林中的松鼠,写屋边的老鼠,地上的蚂蚁;他写树叶飘零的沙沙声,写大雁飞过的惊叫声,还写冰层融解时候发出的咔咔声;对于那一潭蔚蓝平静的瓦尔登湖水,他更是倾注了自己的深情厚爱。相反,对文明世界中的报纸、铁路、邮局等构建出的现代生活样式,梭罗则表示不屑一顾,他大声疾呼"我们如大自然一般自然地过一天吧",字里行间流露出对自然的喜爱和对文明的抗拒,而这一切都来自现代人备受窒息的心灵的真实需要。

不过,对自然的推崇旨在把个体的情感需求投射到个体之外的实体(自然)身上,并不是从个体生命本身来寻找解决问题的答案,这就使得浪漫主义文学中的自然崇拜带有了超验性质,依旧忽视了对审美自足性的考虑。美国超验主义思想是这一自然观的突出表现,梭罗的浪漫主义思想就是和当时理论家爱默生的超验哲学紧密结合在一起的。超验,在康德哲学中,同"内在的"相对,表示超出一切可能经验之上,非人的认识能力所达得到的事物,如上帝、不朽的灵魂等。康德认为,感觉以外的物质世界("自在之物")是客观存在的,它作用于人们的感官而产生感觉;但人们通过感觉只能认识它的现象,不能认识它的本体,本体就是超验的世界。浪漫主义者在某种程度上深受这种超验思想影响,他们普遍认为,在人的经验世界之外还存在一个人所不能把握的超验世界,它或者叫作上帝、神,或者就是灵魂、精神。超验主义者认为这些超验的精神,或者说是超灵(super soul),它无处不在,弥漫于自然的万物之中,人和自然的统一便是为了从自然中汲取这种超自然的力量。这种超验思想使得浪漫主义者眼中的自然充满了灵性的美,而不仅仅只是为人类提供实在功用,

---

① [美]梭罗:《瓦尔登湖》,徐迟译,上海译文出版社2004年版,第85页。

特别是它能够让个体从中获得精神上的提升。

爱默生进一步发挥了这种超验概念,表示自在的自然其实是人心灵中的自然,自然之美实际是人心灵中的美,这种美是"超验"的,即超越了人们感官的认知限度。在爱默生看来,这种心灵与自然的呼应须有赖于"精神"(spirit)方能实现,而这"精神",实际上就是他所谓的"将自然通过我们的心灵展现出来的最高实在",即类似于上帝的神秘东西。人人心中都存在一种能使其心灵认知自然之美的东西,这种抽象的、无形的,存在于所有人的心灵之中的东西,便是超灵,或是一种绝对精神。爱默生曾经表示一旦和自然亲密接触:"一切意味着自我主义消失了,我变成了一个透明的眼球;我是虚无;我看见一切。宇宙本体的流在我体内循环着;我是神的一部分或一片断。"[①] 梭罗的瓦尔登湖畔的实验使得爱默生的这种思想变得具体,他回归自然的目的并不是简单逃避,相反他把这作为提升自我精神的重要手段。这契合了上升时期的资产阶级进步发展的需求,美国精神有一部分就体现于此。

其实其他浪漫主义作家也或多或少保留着这种思想,如华兹华斯是万物有灵论的主要提倡者,在他看来人类必须静静地聆听自然,和天地万物密切交流,才能获得让心灵平静的力量。在重游丁登寺的过程中,他已经不再像年轻时代那样盲目地宣泄感情,而是学会了和自然交谈,他说:"这是一种绝妙的感觉——/感到落日的余晖,广袤的海洋,/新鲜的空气和蔚蓝色的天空和人心/这些事物中总有什么/已经远为深刻地融合在一起;/是一种动力和精神,激励一切/有思想的事物和思想的对象,并贯穿于一切事物之中。"[②] 这种超验思想使得自然充满了神秘感和灵性,满足了人们某种情感的寻求和寄托,不过一旦过于强调绝对精神和超灵的世界,势必和"返魅"与"诗化"的结果一样,相对贬低了世俗个体此岸的感性生存。并且,在肉体和灵魂的争夺战中,爱默生、华兹华斯这样的浪漫主义者往往贬低前者

---

① [美]爱默生:《自然论》,胡仲持译,商务印书馆2000年版,第12页。
② [英]华兹华斯:《丁登寺》,载《华兹华斯抒情诗选》,黄杲炘译,上海译文出版社1986年版,第80页。

而弘扬后者，这也是浪漫主义和审美主义之间的最大分歧。可以说，在浪漫主义文学这里，上帝、彼岸、无限等概念还没有完全地死去，它以一种精神化的形式控制着人们的现实生活，人们总是试图通过自己的想象、情感来弥合有限与无限、此岸与彼岸、人和上帝之间的距离，因此虽然浪漫主义文学已经体现出审美主义的感性倾向，但还是受到传统世界观的巨大影响，致使人们无法正视感性的现实生存本身的重要性。"自然人"和"审美人"的本质差别也正在于此。"自然人"虽然也强调天性，但更多强调天性之善，过于看重人身上的精神和道德层面的自我完善，而"审美人"则已经超越了精神、道德感的限定，走向了绝对此岸化、世俗化的感性自足。

总之，在浪漫主义者的文本中，我们可以清晰地感受到他们对现代文明生活方式与奢华物质享受的排斥，而崇尚一种源于天性的精神自由和心灵快乐。自然在浪漫主义者那里不仅意味着保持天性，而且寄托着个体的情感和想象，提供了一片自由徜徉的精神园地。因此，自然和文明的对立与诗与现实的对立一样，都是为了帮助人们摆脱理性社会的平庸、压抑和戕害，维护属于本己的纯洁天地。自然成了个体情感世界又一重要创造物，这是审美主义思潮萌芽的一个主要表现。不过，回归自然依旧带有超验色彩，意味着对现实的逃避，使得许多浪漫主义文学表现出消极和感伤的情态，这在英国湖畔诗人那里表现得最为明显：他们寄情山水为的是忘却人世的苦难，摆脱庸庸碌碌现实生活的束缚，这是法国大革命失败后人们的普遍情绪。不过短暂的逃避并不能使得他们真正忘却现实，回归自然只不过是在看透启蒙理性的乐观谎言之后无可奈何的一种消极反应罢了，他们无法以积极姿态正视现实生存的悲剧，因此诗作中的感伤、迷惘、虚无的情绪就非常明显，这和成熟阶段审美主义者轻盈高扬的姿态形成了鲜明的对比。

三 张扬感性与表现自我

我现在要做一项既无前例，将来也不会有人仿效的艰巨工作。我要把一个人的真实面目赤裸裸地揭露在世人面前。这个人就是我。——卢梭

一切好诗都是强烈感情的自然流露。——华兹华斯

诗与快感是形影不离的：一切受到诗感染的心灵，都会敞开来接受那掺和在诗的快感中的智慧。——雪莱

诗歌的本质就是热情。——拜伦

我赞美我自己，歌唱我自己。——惠特曼

提到浪漫主义文学，人们还会感受到火一般的激情、放荡不羁的反叛、天马行空的想象、无拘无束的自由，这些因素构成了对古典文学和谐严谨范式的巨大挑战，是审美主义感性至上观最为突出的外化。面对浪漫主义所掀起的丰富充盈的情感狂潮，古典主义强调的义理和规范往往显得苍白和困窘，人的感性生命力量在这里第一次得到了解放。雪莱表示："诗与快感是形影不离的：一切受到诗感染的心灵，都会敞开来接受那掺和在诗的快感中的智慧。""审美力最充沛的人，便是从最广义来说的诗人；诗人在表现社会或自然对自己心灵的影响时，其表现方法所产生的快感，能感染别人，并且从别人心中引起一种复现的快感。"① 华兹华斯也表示诗人"比一般人具有更敏锐的感受性，具有更多的热忱和温情"，"他更了解人的本性，而且有着更开阔的灵魂；他喜欢自己的热情和意志，内在活力使他比别人快乐得多；他高兴观察宇宙现象中的相似的热情和意志，并且习惯于在没有找到它们的地方自己去创造"，所以"一切好诗都是强烈感情的自然流露"。② 感性力量的展现是现代人主体地位确立的一个重要标志，它充分肯定了个体的自由本质。

我们明白，在打破占统治地位的宗教神学观后，人类已经开始决定自己解决生存问题，从而确立了人的主体性，这种主体性开始是集感性和理性于一体的。不过随着现代社会理性化、世俗化和功利化的进程，理性逐渐变成了窒息人的生命活力的枷锁，正如社会理论家贝

---

① ［英］雪莱：《为诗辩护》，缪灵珠译，载《十九世纪英国诗人论诗》，人民文学出版社 1984 年版，第 127、121 页。

② ［英］华兹华斯：《〈抒情歌谣集〉序言》，曹葆华译，载《十九世纪英国诗人论诗》，第 6 页。

尔所阐释的那样:"资产阶级的经济冲动力被导入一种高度拘束性的品格构造,它的精力都用于生产商品,并形成了一种惧怕本能、自发和浪荡倾向的工作态度。"① 浪漫主义所推举的无拘无束的表达,正是为了反对拜金主义和机械主义对个性生命的压抑,试图在诗意奔腾的世界、天马行空的想象、真挚狂热的情感中释放遭受重重羁绊的感性的生命活力。这种张扬个性和表现自我的浪漫主义潮流最初依旧要追溯至卢梭。在启蒙思想家吹奏起昂扬奋进的号角时,卢梭首先发出了和他们不同的声音。他敏锐地捕捉到了理性主义、乐观主义以及一切关于进步文明的思想背后的不足,转而推崇表达情感和表现个性的浪漫哲学,展现出反叛姿态,他的《忏悔录》实际上是一部张扬感性自我的个人宣言书。他说:"我现在要做一项既无前例,将来也不会有人仿效的艰巨工作。我要把一个人的真实面目赤裸裸地揭露在世人面前。这个人就是我。"他表示:"我生来便和我所见到的人和人都不同;甚至我敢自信全世界也找不到一个生来像我这样的人……大自然塑造了我,然后把模子打碎了。"② 在作品最后,他甚至继续以一种激昂自豪的姿态宣布:"是的,仅我一人,因为到目前为止,我还不知道有任何人敢于做我要做的事。"③ 可见,卢梭的忏悔和奥古斯丁的忏悔完全不同,在忏悔的外表下作者想要以一种前所未有的坦率来宣泄狂放不羁的炽热情感,展示不加约束的自由天性,反对现代社会对个体的戕害。因此,他的"忏悔"自始至终洋溢着挑战意味和反叛精神,按照贝尔的说法,卢梭为张扬感性的现代主义文化立下了一块划时代的界碑。从他之后,浪漫主义掀起了表现个性的狂潮,蕴含着巨大的感性颠覆力量,这在英国第二代浪漫主义诗人特别是拜伦、雪莱的身上表现得最为鲜明。

如果说一些浪漫主义诗人选择黑夜和死亡,渴望在诗意的王国中

---

① [德]丹尼尔·贝尔:《资本主义文化矛盾》,赵一凡译,生活·读书·新知三联书店1992年版,第63页。
② [法]卢梭:《忏悔录》第一部,黎星译,人民文学出版社1980年版,第3页。
③ [法]卢梭:《忏悔录》第二部,范希衡译,人民文学出版社1982年版,第818页。

超脱现实社会的枯燥乏味;另一些诗人寄情山水,徜徉在大自然宁静平和的怀抱里忘却人世间的苦难;那么还有一批浪漫主义诗人则显得不那么温和,他们用惊世骇俗的言论和昂扬澎湃的激情对抗着现实。在早期浪漫主义文学当中,这类诗人的情感表达方式和反叛姿态更为接近后来审美主义的感性张扬的风格。这种情绪化的个体超越了生活平庸的大众,他们藐视一切清规戒律,任凭自我本能的内在冲力推动去对待世界,在现代文明社会中形成了一股反功利、反理性、反世俗、反规范的颠覆性潮流。这批浪漫主义文学还直接挖掘出了现代人掩埋在内心深处情感和欲望的源泉,把个体从习俗和理性的限制中解放了出来,这种解放不论在抗拒理性规范方面,还是在颠覆传统道德方面,都是狂放不羁、惊世骇俗的,它所表达的英雄者的激情和孤独者的感伤都蕴含了一种"情感对理智的价值优先性"。[①]

拜伦作为一个现实社会的反叛者和时代是格格不入的,他那自由狂放的个性不容于世俗理法,对于庸众的喧嚣他也避而远之。在他的长诗《恰尔德·哈洛尔德游记》中,我们看到了这样一个不与世俗妥协的孤独个体,诗的开头写道:"如果是在人群、喧嚣,和杂沓中,/去听、去看、去感受,一心获取财富,/成了一个疲倦的游民,茫然随世沉浮,/没有人祝福我们,也没有谁可以祝福,/到处是不可共患难的、荣华的奴仆!/人们尽在阿谀,追随,钻营和求告,/虽然在知觉上和我们也是同族,/如果我们死了,却不会稍敛一下笑:/这才是举目无亲;呵,这个,这才是孤独!"[②] 出于对现实人群的失望,主人公表现出了浪漫主义者特有的痛苦与挣脱牢笼的情感渴望,诗中这样描写他的挣扎和处境:"在人居的地方,他却成了不宁/而憔悴的怪物,他倦怠,没有言笑,/他沮丧得像一只割断翅膀的野鹰,只有在漫无涯际的太空才能逍遥;/以后他又会一阵发狂,抑不住感情,/有如被关闭的小鸟要急躁地冲击,/嘴和胸脯不断去撞击那铁丝的牢笼,/终于全身羽毛都染满血,同样地,/他那被阻的灵魂的情热噬咬

---

① 张凤阳:《现代性谱系》,南京大学出版社2004年版,第357页。
② [英]拜伦:《拜伦诗选》,查良铮译,上海译文出版社1982年版,第137—138页。

着他的心胸。"① 具有浪漫主义精神的个体往往是孤独的，但他们傲立于世，俯瞰众生，藐视禁忌，唯我独尊，张扬自由坦率、无拘无束的个体本性，鄙视循规蹈矩的常人，力图挣脱理性社会的牢笼，宣泄感性的情绪。哈洛尔德就是作者本人的化身，他是一个自命不凡、愤世嫉俗的青年；他生性孤傲，超然离群，憎恨文明的堕落，试图通过出游在异族文化中寻找一份纯洁与真挚的情感。拜伦诗歌中的许多主人公都和哈洛尔德一样，具有激昂的叛逆精神和巨兽般的强大力量，《海盗》中的康拉德，《锡隆的囚徒》中的囚徒，《唐璜》中的唐璜都是这样具有反叛激情的个体。拜伦的诗歌还常常对宗教人物关系进行颠覆，歌颂反面人物撒旦和该隐：撒旦被描写成一个反对专制神权的叛逆者，上帝则被刻画成一个心狠手辣的暴君；亚伯成了一个唯命是从的奴隶，而弑兄的该隐则成了自由精神的化身。这种颠覆性的主题在后来的审美主义文学那里还反复出现。

和拜伦一样，从雪莱的诗歌中我们同样看到了狂放自由的反叛者，最为著名的就是那个被缚在高加索山上的人类英雄普罗米修斯，这个半人半神的先驱为了给人间带来温暖光明和统治者宙斯进行了无畏的抗争，即使遭受巨大身心痛苦也决不低头。他还借云雀、西风等形象生动地表现出个体的叛逆精神，写下了许多脍炙人口的著名诗篇。从这些饱含激情的抒情诗作中，我们可以清晰感受到现代个体的汹涌澎湃的内在感性力量。

从卢梭以来，浪漫主义者就经常以这种弃绝平庸的高傲姿态不断地为感性个体确立无可取代的地位。这样的个体能够打破一切外在的约束：金钱功利不能诱惑他，他视功名利禄为粪土；理性规范不能限制他，他弃绝一切道德立法。在他看来，唯一重要的是他的本心、天性以及由此带来的狂放的自由追求和永不停歇的生命探险。惠特曼的"自我之歌"唱出了所有浪漫者的心声，他表示："我要尽情歌颂自我主义，并指出那是一切的基础"，② 他甚至直接高呼："我赞美我自

---

① ［英］拜伦：《拜伦诗选》，上海译文出版社1982年版，第147页。
② ［美］惠特曼：《从巴门洛克开始》，载《草叶集》，楚国南、李野光译，人民文学出版社1997年版，第50页。

己,歌唱我自己",① 从而以前所未有的激情肯定了自由个体——人的独一无二性。

惠特曼所要表达的个人主义显然突破了理性规范所限制的主体内涵,因为他第一次明确表示肉体和灵魂具有同样的重要性,这个创作主题在他的代表作《草叶集》中频频出现,他曾经直接写道:"肉体包含着,同时也就是意义、要点,/肉体包含着,同时也就是灵魂;/无论你是谁,你的肉体或这肉体的任何一部分,/都是多么的壮丽,多么的神圣!"② 在《亚当的子孙》这部分诗歌里,他吟唱和赞美的中心就是那些拥有健康本能和性爱冲动的人们,《我歌唱带电的肉体》《我是那个因性爱而疼痛的人》《自发的我》《一小时的狂热和喜悦》等都是这样的诗作,他曾富有激情地表示:"男人或女人的肉体的美是难以形容的,肉体本身是难以形容的,/男性的肉体是完美的,女性的肉体也是完美的。"③ 为此他冲破一切阻力吟唱人的潜在世界,并认为那是人的正常的天性合理而基础的一部分,具有超越一切道德规范的神圣,肉体也因此发出耀眼的光芒。在他眼中,女性的肉体具有超越了一切书籍、宗教、道德的伟大力量,他写道:"这是女性的形体/从它的头顶到脚踵都发射着神圣的灵光,/它以强烈的不可抵抗的吸力,吸引着人,/我被它的气息牵引着,就好像我只是一种无力的气体,/除了它和我以外,一切都消失了,/书籍、艺术、宗教、时间、看得见的坚固的大地,/及希望在天堂里得到的一切,或惧怕在地狱里遇到的一切,/现在都消失了。"④ 能够这样描写女性肉体之美以及吸引力的诗作恐怕在今天来看都是极富冲击力的。

惠特曼的描写性爱的场面同样是大胆和惊世骇俗的,在那首题为《我歌唱带电的肉体》诗中,他对两性之爱进行了极具感性诱惑力的描绘,他描写肉体之爱带来的感性狂潮:"狂热的纤维、不可控制的电流从其中发散出来,/反应也是一样地不可控制,/头发、胸脯、臀

---

① [美] 惠特曼:《自己之歌》,载《草叶集》,人民文学出版社1997年版,第59页。
② [美] 惠特曼:《从巴门洛克开始》,载《草叶集》,第51页。
③ [美] 惠特曼:《我歌唱带电的肉体》,载《草叶集》,第159页。
④ 同上书,第163页。

部、大腿的弯曲，散懒低垂的双手/全松开了，我自己的双手也松开了，/爱的低潮被高潮刺激着，爱的高潮被低潮刺激着，/爱的血肉膨胀着，微妙地痛楚着，/亲爱的无限的澄澈的岩浆，微颤的爱胶，白色的狂热的液汁，/爱的新婚之夜，坚定而温柔地进入疲惫地曙晓，/波澜起伏直到乐于顺从的白天，/消逝于依偎紧抱着的和肉体甘美的白天。"① 从这样的性爱场面的描写来看，我们就不难理解为什么后来"垮掉一代"和以写性文学而出名的亨利·米勒们把惠特曼称为其鼻祖的原因了。诗作的发表在当时社会立刻引起了轩然大波，惠特曼也由此被称作"淫秽"作家。可见，如果说有那么一批浪漫主义者还希望从富于神秘气息的艺术和超验的王国里获得拯救和安慰的话，那么惠特曼则彻底放弃了这种自欺欺人的安慰，他彻底批判了宗教的"原罪"思想，大胆探索了以往被禁止描写的原始冲动和性爱本能的边疆，彻底解放了个体被长期约束的感性生命。

从雪莱、拜伦以及惠特曼的创作中，我们可以感受到浪漫主义更为接近成熟审美主义思想的一面，它已经脱离了以往宗教道德对于个体的干预，确立了大写的人的位置，肯定了自我的情感表达、快感享受，甚至是性爱的自由，承认了自由奔放的越界冲动和狂放不羁的叛逆天性存在的合理性。不过，值得注意的是，浪漫主义者虽然以其审美主义式的感性方式对资本主义现代文明中的种种弊端进行了坚决抵抗，但是他们张扬感性和表现自我的最终目的依旧是和启蒙主义精神理想紧密结合在一起的，并非是脱离缰绳奔驰的野马：他们追求的自由总是和社会的解放、民主的确立紧密相关；他们表现的自我总是和一定的时代使命血肉相融。张旭春曾经表示："浪漫主义诗人们对审美主体的想象、灵感、个人审美经验的独一无二性和不可重复性，尤其是他们以诗人为世界立法的乌托邦精神则与现代人对私人快乐、个体自由的追求理想是完全一致的。"② 为此，浪漫主义诗人一般都怀有

---

① ［美］惠特曼：《我歌唱带电的肉体》，载《草叶集》，楚国南、李野光译，人民文学出版社1997年版，第164页。

② 张旭春：《政治的审美化与审美的政治化——现代性视野中的中英浪漫主义思潮》，人民出版社2004年版，第52页。

高度的社会责任感和道德担当的追求；英国和法国的浪漫主义者基本上都曾经狂热地参加过或向往过法国革命，都对公共精神的衰落和政治自由的丧失进行过猛烈的抨击和批判；美国爱默生、梭罗和惠特曼等人所强调的个人独立与自由精神，是和发展中的美国寻求独立、民主的社会理想分不开的。正是因为如此，浪漫主义笔下的主人公和真正的审美主义者还是有所不同的。后者着重强调属于本己的身体感，甚至在欲望的狂欢和没有目的的热情宣泄中寻求这种感性生命的私人性感觉，而浪漫主义文学中的主人公却依旧为一些启蒙理想和公共事业而奔波忙碌着，他的感性狂潮只是出于对黑暗社会现实的愤怒。

在拜伦的诗歌中，作者不屈不挠的大无畏精神和争当一名与黑暗势力抗争到底的战士的坚强决心是紧密联系在一起的，个体的自由和社会的解放是不可分割的。《恰尔德·哈洛尔德游记》虽然歌颂的是桀骜不驯的自我，但主要目的还是为了反对外来压迫，文章穿插着大量支持西班牙人、希腊人、意大利人反抗外来斗争的片段，以此来表达自己炽热的反战情感。同样，从个人品质方面来看，唐璜只是一个耽于肉体享乐的浪荡子，但是拜伦赋予了他革命的激情，通过他表达了对英国的封建贵族、贪官污吏和金融寡头的憎恨，表现了上升期的资产阶级对一个自由、民主的理想国度的追求。浪漫主义的个人主义还和他们具有乌托邦性质的政治理想紧密联系在一起，雪莱笔下的普罗米修斯就为这样的理想而奋斗着。他忍受着种种痛苦和孤独最终迎来了新的生活，在他的理想王国里："令人厌恶的假面具已经被撕去，/人类不再有君主，/自由自在，无拘无束，但还是人，/人人平等，不分阶级、种族和国家，/摆脱了恐惧、崇拜、差别和头上的君主，/人类变得公正，温和，聪明，但还是人。"① 因此，如果仅仅因为浪漫主义肯定个体的感性情感力量和潜在本能冲动就认为它完全背离了启蒙主义的理想和精神，我们就会犯下简单化的错误。浪漫主义者大多继承了启蒙思想家关于人民主权和公共自由的构想，浪漫主义

---

① [英]雪莱：《解放了的普罗米修斯》，邵洵美译，上海译文出版社1987年版，第176页。

对个人主义的弘扬和启蒙主义所推崇的现代主体的自由追求是一致的,对个人感性冲动的肯定正是为了实现个体和社会的自由,这才是追求的最终目标。

同样,惠特曼在他的诗作中说得很明白,他表示:"我歌唱一个人的自身,一个单一的个别的人,/不过要用民主的这个词、全体这个词的声音。"① 可以说,这是惠特曼所有诗歌的基本主旨,因此他是从民主的角度来推举个人的。这样的个体一方面具有"情感、意向和能力上的巨大生命",但更重要的是"能采取合乎神圣法则的最自由的行动",惠特曼把他们称为"现代的人"。很显然这样的个体是完全符合资产阶级民主思想的要求并能积极行动的。为此,《草叶集》中更多的篇章描绘了美国那些具有独立精神的社会建设者,对个人自由的追求是和社会民主思想的表现水乳相融的。在他眼中,最理想的个体是能带领广大民众前行的领袖,为此他写下了许多歌颂当时美国总统林肯的诗歌。即使是普通的个体,也应该具有开拓精神,如推动整个民主事业进展的农民和机械工人,他们为世界默默地贡献着物质财富。这是继美国独立战争和法国大革命以来,时代的主要潮流和精神。这种个人精神在惠特曼的《斧头之歌》《大路之歌》《我听见美洲在歌唱》《自我之歌》《开拓者哟!啊,开拓者哟!》《向世界致敬!》等一系列诗作中都有所表现。在《欢乐之歌》中,他歌颂了司机的欢乐,因为"他和一辆火车头一齐并进";他还歌颂消防队员、捕鲸者、士兵们、农民、演说家的快乐,也是因为他们喷涌流泻的生命激情和社会建设是连为一体的。在惠特曼看来,真正的自我应当是:"当我活着时我要做生命的主宰,而不做他的奴隶,/以一个强有力的胜利者态度去面对生活,/没有愤怒,没有烦闷,没有怨恨或轻蔑的批评,/在大气、流水、陆地的尊严的法则面前,/证明我的内在精神不可克服,/外在的任何事物不能支配我。"② 为此,他要求同

---

① [美]惠特曼:《我歌唱一个人的自身》,载《草叶集》,楚国南、李野光译,人民文学出版社 1997 年版,第 7 页。
② [美]惠特曼:《欢乐之歌》,载《草叶集》,楚国南、李野光译,人民文学出版社 1997 年版,第 312—313 页。

代人如同大海中乘风破浪的帆船,怀着对未来的美好愿望向着自己的理想之梦"更远更远的航行"!很显然,浪漫主义者的感性冲动和他们建设民主社会的理想目标是一致的。

第三节 从浪漫到审美的本体性转向

浪漫主义文学实现了现代西方文学的第一次审美转向,它首次确立了情感对理智、诗对现实、审美对功利、天才对庸众的价值优先性,建起了情感主体的绝对位置,是审美现代性对启蒙现代性的第一次反动,对后来成熟阶段的审美主义文学产生了重大影响。不过由于浪漫主义文学毕竟处在审美主义思潮的萌发阶段,并且此时的资产阶级还处于上升时期,这使得它和后来真正意义上的审美主义还是有着明显的区别。

首先,浪漫主义者往往把个人的审美情怀和伟大的政治抱负、社会理想紧密联系在一起,解放个人的目的是为了解放社会,个人的自由必须和社会的民主血肉相连,因此他们的审美反抗最终是和启蒙主义理想有着千丝万缕关系的,不单单是为了获得感官的享受和快感的满足,最终还是要融入启蒙主义理想之中,二者目的是一致的。"浪漫主义诗人们都有着强烈的社会责任感和道德担当冲动。""我们如果仅仅认为浪漫主义因其审美现代性对资产阶级现代性的批判精神而与后者完全是相悖的,那么,我们又会犯下过度简单化的错误。一个基本的事实是,浪漫主义对审美个体主义的弘扬与现代自由对个人主体性的追求是完全一致的。""浪漫主义诗人们都有着强烈的社会责任感和道德担当冲动。"[①] 浪漫主义者在诸多方面继承了启蒙思想家的社会理想,特别是卢梭的自由民权观,包括那种"人文主义的悲悯"和"感伤的道德情怀",他们只是对启蒙理想进行了审美化,最终目的还是为了在审美领域实现他们的政治抱负,这是资产阶级上升阶段出现的浪漫主义所必然具有的理想色彩,在各国浪漫主义者那里均有

---

① 张旭春:《政治的审美化与审美的政治化》,人民出版社2004年版,第51—52页。

不同的表现。浪漫主义所表现出来的这种责任感与担当意识和后来彻底反理性、反道德、反启蒙的审美主义有着明显不同，两者有着各自突出追求的终极目标。

其次，浪漫主义者大多企图通过自己的想象和情感弥补有限与无限、此岸与彼岸、人与上帝之间的距离，建立起审美的王国与诗意的世界，满足个人的种种生命体验和情感需求。不过，这种审美追求和世俗化的感性生存本身还是有着一定差别的，特别是许多浪漫主义者在饱受黑暗现实的迫害、无法实现自己政治抱负的时刻，最终选择了远离尘嚣、归隐山林。这种消极避世的思想，使得他们永远生活在虚幻的审美乌托邦中，和积极乐观的审美主义生存论思想形成了鲜明的对照。浪漫主义者虽然也强调感性，却把情感世界绝对化，他们活在自己的世界里，通过一种不切实际的幻想试图弥补此岸与彼岸、有限与无限之间的距离。他们还没有勇气完全抛开对于彼岸世界的幻想，更不用说直视人类此岸生存的有限性和无法逃避的生存悲剧了。因此和后来的审美主义相比，浪漫主义重在建构一个超越于现实世界的审美乌托邦，尽管它也强调个体情感和灵性的需求，但更多是为了让有限个体获得一个自足的精神空间，而不是追求现世的享受。不过，现实的苦难是否可以在充满诗意和神秘氛围的乌托邦中忘却，这还是一个问题。大多数的浪漫主义者徘徊在现实和梦幻的王国之间，生存的丑恶与苦难还是如同梦魇一般环绕着他们，这就是许多浪漫主义文学流露出感伤色彩的内在动因。可以说，审美主义者是积极的入世者，他们身处现代性中，已经学会正视人类根本无法逃避的生命的原始苦痛和现实生存的悲剧性，表示要在生命之中而不是生命之外寻找存在的理由。酒神精神就是这样一种审美生存精神的体现，尼采说："酒神艺术也要使我们相信生存的永恒乐趣，不过我们不应在现象之中，而应在现象背后，寻找这种乐趣。我们应当认识到，存在的一切必须准备着异常痛苦的衰亡，我们被迫正视个体生存的恐怖——但是终究用不着吓瘫，一种形而上的慰藉使我们暂时逃脱世俗变迁的纷扰。我们在短促的瞬间真的成为原始生灵本身，感觉到它的不可遏制的生存欲望和生存快乐。"① 这种高昂的生命意志与虚幻的浪漫主义的审美乌托邦拉开了距离，不再企图另建一个超脱人世的伊甸园，而直面现实与人生中个体情感领域的喜怒哀乐。

可见，浪漫主义还是没有逃脱传统的本体论范畴，依旧试图通过某种实体，而不是从生命本身出发给人类带来救赎。所谓实体（substance），又译为本体，一般是指能够独立存在的、作为一切属性的基础和万物本源的东西。它是古希腊哲学家亚里士多德首创的一个重要哲学概念，也是后来西方哲学史上许多哲学家使用的重要哲学范畴。人们对实体的认识经历了从感性的具体上升到抽象的过程。西方中世纪的经院哲学认为上帝是最圆满的实体，近代资产阶级上升时期的哲学家们总结新兴科学的成就，提出了有关理念的实体观。浪漫主义通过诗化、情感化曲折表达的依旧是对一个绝对本体界的渴望，那是"一个神性的超越的世界"，浪漫派和黑格尔的差别只在于把握这个绝对本体界的中介不同，后者提倡理性思维，而前者通过"诗化的诸中介"。② 例如，浪漫主义所崇尚的自然虽然给个体心灵与情感提供了一个徜徉的场所，维护了人类天性的本真与自由，但他们心目中的自然带有了超验性质。精神层面的自我完善已经超越了审美层面的感性自足，这同样意味着一种逃避，和后来的审美主义思想有着本质性差别。真正意义上的审美主义将"传统的实在的绝对的本体论转变为个体感性生命的本体论"，最终确立了"生存的本体论"，③ 把生命的激情、生存的焦虑、欲望的灵性作为关注的焦点，以取代传统哲学中涵盖一切绝对的实在。从生存和生命本身出发，正视人生悲剧性的世俗生存观让审美主义最终彻底脱离了传统思维的羁绊，走向了现代，最终实现了现代审美思想的本体论转折。

尽管浪漫主义和真正意义上的审美主义有着这样或那样的差别，不过必须肯定的是：在浪漫主义世界里，我们已经清晰地感受到了个

---

① ［德］尼采：《悲剧的诞生》，周国平译，生活·读书·新知三联书店1986年版，第71页。
② 刘小枫：《诗化哲学》，山东文艺出版社1986年版，第112页。
③ 同上书，第112—113页。

体越界的冲动和本能的反叛,它是世界走向审美旅途的一个必不可少的中间环节。浪漫主义文学里所萌发的审美倾向在后来的文学中得到了进一步扩大,从而真正出现了表现现代人世俗化感性冲动的审美主义文学,对启蒙现代性的反抗也更为直接和深入了。

第三章　审美主义思潮的凡俗表达

雅斯贝尔斯说过："由于我们现在所知的世界不是最终确定的，我们希望就不再寄托于天国，而是转向了人间。人间可以由我们自己的努力来改变，所以，我们对尘世完善的可能性抱有信念。"① 在上帝被宣布死亡以后，宗教神秘的彼岸世界已经不能再为多数人提供避难的场域和栖息的寄所，人们只好把拯救的希望寄托在此岸生存本身，一些激进的个体更是把感性的生存当作独特的反抗姿态。审美作为个体的生存支撑之一，在人类的历史发展过程中曾一直处于劣等地位，感官和欲望受到抑制，理性和神学一直以高居的姿态压抑着它的萌发；然而在现代这样一个个性张扬的年代，它终于作为一种反叛力量浮出了地表，为备受压抑的人们提供一个生存和呼吸的空间。审美在与理性的对抗中，表现出救赎、反叛和超越等特性，它构造了独特的审美领域，超越了千篇一律、空虚而琐碎的日常生活，反叛了机械工业与现代文明带来的个性压抑，将个体此岸的世俗生存看作审美现象，为失去上帝的一代人提供了救赎的新方向。然而，随着感性维度的扩张，它却陷入了尴尬的境地。

第一节　世俗的走向：艺术化生存与此岸信仰

审美主义繁盛于宗教性的世界图景在西方崩塌，一个世俗的文化

---

① ［德］雅斯贝尔斯：《时代的精神状况》，王德峰译，上海译文出版社1997年版，第2页。

和社会成型时期；人们不再把救赎的渴望寄托于虚无缥缈的天国，而是投向现实生活与生存本身。这种转型在现代西方文学世界中有着显著表现。然而同为世俗化了的生存渴望，在不同作家那里却又有所差别。以王尔德为首的唯美主义者首先走上了审美生存之路，这是失去上帝后的现代人面对灰色现实的第一声呐喊，唯美主义也成为西方文学中第一个具有鲜明审美特征的流派。艺术作为此岸生活的绝好安慰剂与增色剂，以特殊的感性方式为唯美者提供了来自生命本身的存在理由。他们反对功利主义与道德主义造就的灰暗现实，抵抗了当时流行的实用功利倾向与虚伪道德，要求"生活模仿艺术"，将生活审美化，最终催生出一种世俗化的"新享乐主义"思想。这种及时行乐的思想正是世俗化了的审美生存观的集中体现，但最终因其颓废和消极的姿态，走向了感官放纵和道德堕落，面临着重重危机。与此相对，以纪德为代表的一批现代作家则肯定了审美生存的积极价值，让人们体会到了生命意志的坚不可摧，体会到美的眩惑和生命真美之间的差别。他们从失去天堂后的绝望、陷入灵肉分裂的痛苦，到正视人生的悲剧，肯定生活本身的意义，表现出对于更高精神生活与生存真理的追求。

一 从"为艺术而艺术"到"生活模仿艺术"

不是艺术模仿生活，而是生活模仿艺术。

——王尔德：《谎言的衰朽》

新享乐主义虽然也有借助于理性的地方，但绝不接受可能包含牺牲强烈感情的体验的任何理论或体系。因为新享乐主义的目的就是体验本身，而不是体验结出的果实，不管它是甜是苦。扼杀感觉的禁欲主义固然与之无缘，使感觉麻木的低下的纵欲同样与之格格不入。新享乐主义的使命是教人们把精力集中于生活的若干片刻，而生活本身也无非是一瞬而已。

——王尔德：《道连·葛雷的画像》

继浪漫主义之后,"唯美主义"(aestheticism)思潮出现了,这场欧洲艺术和文学领域中自发产生的组织松散却声势浩大、影响深远的运动,是现代性内部矛盾激化的最终产物。19世纪末期,一批艺术家、作家、批评家针对当时中产阶级狭隘的社会功利哲学、市侩作风和死气沉沉的庸人哲学(philistinism),共同提出了"为艺术而艺术"(art for art's sake)这一口号。从字面上看,"唯美主义"是以艺术的形式美作为绝对美的一种艺术主张。唯美主义者认为艺术的目的仅在于艺术本身的美,强调超然于生活的纯粹美,追求形式完美和艺术技巧,提倡艺术本身非凡的价值。唯美者身体力行地维护艺术的独立与尊严,对沉闷灰暗的社会现实表达了强烈的不满。这一运动在文学史上影响深远:在法国,戈蒂耶、波德莱尔和福楼拜都是身体力行的唯美主义创作者;美国诗人爱伦·坡成为"为艺术而艺术"的理想典范;当然,无论在理论还是创作上,英国都占据着重要的位置,佩特的理论和王尔德的实践将这一运动推向了高峰。可以说,唯美主义提出的许多价值理念体现了审美主义思潮各个层面的特征,如艺术自律、唯美生存、感性至上等等,真正构成了现代审美思想的发端和核心力量。而我们目前更需要关注的是:作为审美主义的重要代表性流派之一,唯美主义对艺术推崇的背后究竟隐藏着怎样的现代审美动因?从"为艺术而艺术"到"生活模仿艺术",这里有着怎样的演变逻辑?唯美者究竟是象牙塔中的隐士还是享乐主义的倡行者?唯美主义最终将会走向何处?这些问题的深入研析将帮助我们更好地把握审美主义思潮的本质性特征,甚至能够引导我们正确判断眩惑之美与生命真美之间的差异,从而帮助人们走出唯美的陷阱。

唯美主义"为艺术而艺术"观的提出是建立在现代艺术自律基础上的,它是一个极具现代意味的观念。在人类社会发展的原初阶段,由于分工不明,艺术和许多技艺、技能、工艺等活动是混沌地结合在一起的,它们更多偏重于处理人类事务过程中的实用的功利作用。后来,随着启蒙运动和社会分工的发展,艺术和其他许多部门一样,获得了自己的独特的审美领地,从而和其他价值领域区分开来,这就是人们通常所说的"艺术自律"。艺术之所以可以作为独特的门类独立

第三章 审美主义思潮的凡俗表达

出来，正是因为它有着自己独特的价值，从而摆脱了道德、社会、政治、经济等外在束缚，审美性成为其安身立命之所在。1970年，康德在他的《判断力批判》中率先确立了审美的自主性立场，强调了审美的"无功利性"。他表示，美与快适和善的判断不同，"快适对某个人来说就是使他快乐的东西；美则只是使他喜欢的东西；善是被尊敬的、被赞成的东西，也就是在里面被他认可了一种客观价值的东西"，在所有这三种愉悦方式中，"惟有对美的鉴赏的愉悦才是一种无利害的和自由的愉悦"，因为"没有任何利害、既没有感官的利害也没有理性的利害来对赞许加以强迫"。① 很显然，康德在这里指出了关于艺术审美的一个重要特征，即其非强制和自由性，从另一个侧面看，则恰是对实用功利和利害关系的否定。康德还进一步表示，"一个爱好的对象和一个由理性规则责成我们去欲求的对象，并没有留给我们使哪怕任何东西对我们成为一个愉悦的对象的自由"，"所有的利害关系都以需要为前提，或是带来某种需要；而作为赞许的规定根据，这种需要就不再容许关于对象的判断有自由了"。② 这些论断直接将实用功利性排除在艺术审美之外。在康德之后不久，德国哲学家鲍姆加登出版了他的专著《美学》，第一次创建了有别于认识论和伦理学的独立的美学学科，专门研究美和艺术思维，并把它称为感性认识的科学。实际上，无论是艺术的自律还是美学的独立，实则都在说明一个道理，审美活动在现代已经获得了独立的位置和独特的价值，有着自己的游戏规则，从而和实用功利的其他人类活动区别开来，远离了传统理性与道德规则加之于身的重重束缚。总之，审美的独特性最终确立了艺术的自律立场，将它和宗教、道德、社会、政治等其他人类事务划清了界限。

作为人类以情感和想象为特征把握世界的一种特殊方式，艺术通过纯粹的形式满足人们多方面的审美需要，带来了无功利的愉悦，诗歌、绘画、音乐、雕塑等一切艺术品的共同特质即是美的特质。在现

---

① [德] 康德：《判断力批判》，邓晓芒译，人民出版社2004年版，第44页。
② 同上书，第46页。

代社会中，人们重视艺术已经超越了传统的实用目的，而更关注审美本身所带来的慰藉。现代艺术的这种自律性在唯美主义者那里被加以极端强调：波德莱尔和爱伦·坡很早就宣扬过艺术独立与"纯诗"的观念；象征派的文学创作正是这种纯艺术观在文学上的具体体现；王尔德更是多次强调艺术无关道德功利，畸恋形式之美。19世纪末期的西方资本主义经济发展迅速，与其相伴随的便是功利主义和市侩主义的流行，唯美流派在这个时候的出现具有合理性。针对启蒙现代性发展过程中的弊端，唯美主义者开始了全面回击，他们公然打出了"为艺术而艺术"的独立旗帜。因此，唯美主义通常也被认定为"艺术自律派"。

唯美主义的"艺术自律"的诉求首先体现在它对功利、实用主义的强烈批判。19世纪末20世纪初是唯美主义流行的时代，也是功利主义盛行的庸俗年代。艺术自律首先强调的便是艺术无关功利，美的对象有一种更高的和更加无功利性的愉悦，许多唯美主义理论家都对这一点进行了强调。早在法国作家戈蒂耶那里，艺术就已经被宣布远离实用的需要，他在小说《阿贝杜斯》的序言中表示："一件东西一旦变得有用，就不再是美的了；一旦进入实际生活，诗歌就变成了散文，自由就变成了奴役。"① 在另一篇关于《莫班小姐》的序言中，他则进一步强调："真正称得上美的东西只是毫无用处的东西。一切有用的东西都是丑的，因为它体现了某种需要。"② 同样，王尔德在他为《道连·葛雷的画像》所做的自序中也极端地宣称：一切艺术都是毫无用处的。③ 在资本主义迅速发展的上升时期，这批艺术家已经能够敏锐地察觉到实用与功利主义的危害，这是非常难能可贵的，对利益至上的市民阶层无疑是最大的嘲弄。

艺术的自律还表现出一种令人"震惊"的拒绝道德的姿态，给当

---

① ［法］戈蒂耶：《〈阿贝杜斯〉序言》，载赵澧、徐京安主编《唯美主义》，中国人民大学出版社1988年版，第16页。
② 同上书，第44页。
③ ［英］王尔德：《〈道连·葛雷的画像〉自序》，载赵武平主编《王尔德全集》第1卷，中国文学出版社2000年版，第180页。

时流行的庸人哲学和无趣的灰色生活造成巨大冲击。他们大声宣布艺术无关道德，从而以一种桀骜不驯的姿态游荡在生活规范之外。"一切艺术都是不道德的"，"美学高于伦理学"，甚至"干脆把作恶看成实现美感理想的一种方式"。这一系列极端论断的提出在今天看来都是惊世骇俗的，我们从波德莱尔文本中盛开的"恶之花"和王尔德喜剧的"反常态"言论中不难看出唯美者对传统伦理观的颠覆，那些集邪恶与恐怖于一身的艺术形象带来的震撼力量是巨大的：盛开在悬崖边的红色罂粟、双手沾满鲜血嘴角挂着冷笑的美少年画像，为了"致命一吻"而不惜割下爱人头颅的女性都让审美带上了致命的反道德色彩。在物质和金钱利益的驱使下，人们的日常生活变得日渐平庸和琐碎，传统理性主义的道德伦理观更是扼杀了生命的华彩，让生存缺乏灵动和情趣。这种墨守成规的生活方式在唯美主义者那里遭受了猛烈攻击，他们划清了艺术和道德的界限，给予了一批不甘平庸的反叛者抵御市民阶层俗常生活的能量。

从反功利到反道德，唯美主义所推崇的"为艺术而艺术"的艺术自律观体现出鲜明的审美主义反叛特色。在卡林内斯库看来，这些以极端审美主义为特征的运动，特别是世纪末"为艺术而艺术"的团体，是对"正在扩散的中产阶级现代性及其庸俗世界观、功利主义的憎恨"，他们所设想的"为艺术而艺术"的观点"与其说是一种成熟的美学理论，不如说是一些艺术家团结战斗的口号"，"'为艺术而艺术'同人们宣扬一种基本上是论战式的美的概念，它与其说是源于无功利性的思想，不如说是源于对艺术完全无偿性（gratuitousness）的一种进攻性肯定。这种美的概念在'令资产阶级震惊'这个著名表述中得到了完美的概括。'为艺术而艺术'是审美现代性反抗市侩现代性的头一个产儿"[1]。可见，唯美主义对于艺术自律的维护不仅仅是现代艺术家、作家和颓废者躲入"象牙塔"里的顾影自怜，更意味着对日常生活的背离与颠覆，对工具理性的反抗，对现存资本运行

---

[1] ［美］马泰·卡林内斯库：《现代性的五副面孔》，顾爱彬、李瑞华译，商务印书馆2003年版，第52页。

模式的拒绝。托马斯·曼曾经把王尔德和尼采联系在一起，认为两人都是"高擎着美的旗帜的反叛者"，他说："虽说尚可理解，但是足以令人惊奇的是：欧洲精神用以反叛资产阶级时代全部道德的第一个形式就是唯美主义。"① 虽然说艺术自律地位的获得是和启蒙运动所推动的现代社会分工紧密联系在一起的，不过，艺术一旦获得了自律之后，却能够对启蒙主义的极端实用主义与平庸现实形成反动。原因很简单，自律的艺术往往是以反对外在功利、道德、需求和实用等目的来维护自己的独立的。唯美主义在此层面实现了个体最初的抗争与救赎，对维多利亚时代的功利主义、市侩作风和庸人哲学进行了全面回击。

总之，以王尔德为代表的19世纪末唯美主义者把对艺术和美的推崇提高到了前所未有的位置，抵抗了资本主义现代化进程中的功利实用主义，从而成为现代审美主义思潮中最具有代表性与重要性的组成部分，对启蒙现代性的工具理性带来的种种弊端开始全面倒戈。

"为艺术而艺术"之所以具有这样的反叛功能恰是因为艺术自身坚守的审美价值原则，令其和外在难以容忍的世俗生活拉开了距离。很显然，唯美者认为艺术应该先于生活、超脱于人生，最高的快乐应该是远离现实的快乐。这种纯美的追求，似乎造成了艺术和生活的距离，认为艺术总是高于现实生活的。王尔德小说《道连·葛雷的画像》中爱情悲剧的产生正源于生活对艺术的侵蚀。道连因为女孩西比尔在舞台上所创造的艺术形象而爱上她，而当西比尔恰恰因为现实中爱情的狂热而在舞台上表演拙劣时，道连便抛弃了她。可见，在生活与艺术之间，唯美者是倾向于后者的，他们认为恰恰是生活侵蚀了艺术精致的容颜，因此必须和鄙俗的生活保持必要的距离，坚决保护艺术不受现实生活的"污染"。此外，唯美主义童话中经常描绘的那些喋血的夜莺、闪着蓝色幽光的小人鱼，游荡在夜幕中的鬼魂实则都是艺术美的化身，寄托了他们无限的审美情思。这些纯美的行径让唯美

---

① ［德］托马斯·曼：《从我们的经验看尼采哲学》，载刘小枫主编《人类困境中的审美精神——哲人诗人论美文选》，上海东方出版中心1996年版，第338页。

者笼罩着圣洁的光环，显现出脱俗的意味来。王尔德曾经直接表示："艺术除了表现它自己之外，不表示任何东西。它和思想一样，有独立的生命，而且纯粹按自己的路线发展。它在现实主义的时代不一定是现实的，在信仰的时代不一定是精神的。它通常是和时代针锋相对的，而绝非时代的产物。它为我们保留下来的唯一历史就是它自己的发展史。"①

然而，很多研究者发现唯美主义并不像他们宣称的那样"独立"与"纯洁"，他们往往深陷生活的泥沼，甚至和消费文化暗中勾结，在他们审美情趣之下隐藏的是对商品的拜物教，从而催生了享乐主义思想。② 的确，人们对唯美主义往往有两种极为矛盾的印象，即作为艺术观的唯美主义和作为生活观的唯美主义，它们也被分别称为"小写的唯美主义"和"大写的唯美主义"。前者通常被人们归于精英文化的范畴，主要涉及的是19世纪末期遍及西方乃至东方的文艺思潮，这个思潮提倡"为艺术而艺术"，反对一切外在的功利原则和实用原则对艺术领域的侵蚀，其最初目的是反对资产阶级社会的庸俗风尚，因而艺术在那里是和生活坚决对立的。为了表达对现实生活的不满，自律艺术是以独特的隔绝姿态达到令人们"震惊"的批判功能的。唯美者认为，只有保持艺术与生活之间的距离、间隔，维护艺术的纯粹，才能与物质社会和庸人世界划清界限，造成了自律艺术给人最初的"乌托邦"印象。

这两种大相径庭的看法使得唯美主义成为当下审美主义思潮研究中最为复杂与矛盾的现象，许多学者更是以一种分裂的眼光看待它。

---

① ［英］王尔德：《谎言的衰朽》，载赵澧、徐京安主编《唯美主义》，中国人民大学出版社1988年版，第142页。

② 近来研究唯美主义和社会公众、商品文化、文学市场关系的主要代表作有：Regenia Gagnier, *Idylls of Marketplace: Oscar Wilde and the Victorian Public*, Aldershot: Scolar Press, 1986; Jonathan Freedman, *Profession of Taste: Henry James, British Aestheticism and Commodity Culture*, Stanford: Stanford University Press, 1990; Gene H. Bell-Villada, *Art for Art's Sake and Literary Life*, Lincoln and London: University of Nebraska press, 1996 等。这些研究著作大多揭示唯美主义文学与生活实践背离了它们最初所宣扬的艺术自律观念，成为当时社会关系和经济形态的一种特殊表现形式。

实际上,"为艺术而艺术"口号的提出与享乐主义的生活实践是密切联系的,它们之间有其内在推演的逻辑,均是现代人感性张扬的必然结果,深刻体现了审美主义思潮的世俗特性。

在现代社会的进程中,艺术作为独立的门类被分离出来并且占据了较高的地位是种必然,但作为一种激进的口号,它的提出却带有了一丝悲壮的色彩。莱昂·谢埃(Leon Chai)曾经表示:"从某种意义上可以说,所有形式的唯美主义都是在19世纪后期宗教信仰衰落之后出现的。"[①] 随着科技的发展,现代社会经历了一个世俗化"祛魅"的过程,宗教所建立的彼岸天堂已经被证明为虚幻,无法再用来拯救已经意识到终有一死的人们,人类活动已经逐渐抛弃了外在价值的规定,特别是上帝的威慑,从而日益转向寻求自我存在本身的合法性,艺术便成为一个重要的拯救工具,它俨然已经取代了上帝,成为现代个体生存的支点。王尔德就曾经无限伤感地表示:"在这动荡和纷乱的时代,在这纷争和绝望的可怕时代,只有美的无忧的殿堂,可以使人忘却,使人欢乐。我们不去往美的殿堂还能去往何方呢?只有到一部古代意大利异教经典称作 Cilla Divina(圣城)的地方去,在那里一个人至少可以暂时摆脱尘世的纷扰与恐怖,也可以暂时逃避世俗的选择。"[②] 面对无法逃避的死亡,面对被抛入世的无奈,作为现代人,我们都能够深刻体会到这种源自虚无的绝望。艺术美,作为救赎方式之一,并不是因为它有某种超越凡尘的力量,而恰恰因为它以特殊的存在方式提供了关于生命本身的一种诠释,将主体引入一个超然的非功利的想象和情感的空间,感受自己的痛苦、欲望、快乐、情绪,重新燃起生活的勇气。可见,艺术自律是社会分工和时代发展的必然,但"为艺术而艺术"的自觉提出却是失去上帝后的现代人面对灰色现实的第一声呐喊,它承载着深沉的世俗拯救渴望,是此岸生活的绝好安慰剂与增色剂。

---

① Leon Chai, *Aestheticism: The Religion of Art In Post-Romantic Literature*, N.Y., Columbia University Press, 1900, p. ix.

② [英]王尔德:《英国的文艺复兴》,载赵澧、徐京安主编《唯美主义》,中国人民大学出版社1988年版,第100页。

然而，作为世俗生存的安慰剂，美的艺术究竟能否保持真正的自律，这是值得深入思考的。如前所述，审美主义虽然在很多时候和艺术现象联系在一起，但在根本上它是为了描述个体内心深处带有某种不确定性和流变性的心性品质，带有世俗性或此岸性，这才是审视唯美主义思潮的根本出发点。必须承认，唯美主义者首先想要解决的是生存问题，然后才是艺术，它是人类回归内在世界，寻求生存自足，表达生命情感的一种独特方式。因此，和审美相关的现代艺术问题的探讨必须注意到它和感性之间的关系，特别是在剥离了精神的外壳之后，欲望的极度膨胀很可能和消费社会形成共谋，包装得五花八门的低俗艺术开始频频登场。所以，尽管许多唯美者是那样的反对实用主义，强调艺术的独立，却最终让艺术陷入了审美的陷阱，从象牙塔顶的明珠堕落成手中把玩的物件，成为凡夫俗子不断膨胀的欲望投射对象。根据这样的推演逻辑，我们重新审视世纪之交那场轰轰烈烈的唯美主义潮流，对许多矛盾现象也许就不那么奇怪了。

自律的艺术在剥离道德和宗教等外在束缚之后只留下了单纯的审美功能，转而被审美主义者赋予了"纯感性"的面貌。实际上从一开始，唯美主义者对于艺术世界的推崇，并没有像他们说的那样停留在"圣城"的纯洁天地中。除了救赎、反叛和引起震惊之外，他们更多的是沉溺于艺术的感性世界里，满足自己的世俗需求。在剥离了道德、功利对其统辖后，艺术提供一种出自凡尘而不是彼岸世界的慰藉。例如：某种具有直观的艺术形式往往能够触动人们内心深处某处敏感的神经，给个体带来审美的愉悦；或者某种艺术表达恰恰能够和人们的心灵产生某种共鸣，从而激起巨大的生命能量，能够让他们在短暂的一瞬间迸发出火一般燃烧的激情，从而战胜了生命的原始痛苦和生存的永恒恐怖。这样看来，现代艺术和古典艺术显然有着很大的区分。按照传统，艺术或者作为理性精神的承载，或者被看作神性的最高展示，更多被看作感性精神与理性精神的完美结合；而现代人所强调的艺术带来的瞬间快感很显然和主体内在的感性膨胀密切相连。如果说以前的艺术文学家所追求的境界是"真"，那么现在的文学艺术家更多追求的是"快乐"，它并不是要建立什么理想的超验王国，而更多强调只要能够满足某种快感和愉悦的需求。所以,尽管唯美主义者是那样地反对实用主义,其实还是有自己的功用目标的,他们最终要让艺术为人们的某种感性需求服务,或者说出自享乐的需要。随着物性的扩张大于了精神性的强调,艺术很快便跌落下神龛,披着华美的面纱走进了商品和市场化的消费领域。

这种感性至上的艺术观在19世纪末的唯美主义思想中表现很明显,佩特和王尔德是宣扬享乐艺术的重要代表人物。他们从不同角度赞颂了现代艺术的感性特征,并把它和人的快感、愉悦追求联系在了一起。佩特曾经表示,"美的定义越抽象就越无意义,越无用处",他要求美学批评家必须把"他需要涉及的一切客体、一切艺术作品以及自然界和人类生活中比较优美的形式看作产生快感的能量或者力量,每一种都或多或少具有特殊性或者独特性",一首歌、一幅画、一首诗对于人类的意义不在于是否能让人从中获取知识或者得到伦理道德上的洗礼,相反他关注的是这一件艺术品到底在人的身上能够产生什么样的效果,是否能够为个体带来快感,对人的天性有怎样的改变等等。① 很显然,这种看法极大地改变了传统的艺术观,以享乐为目的的艺术审美很快挤垮了以精神提升为目的的艺术价值,在现代社会中占据了统治地位。

佩特还进一步说明了艺术的感性之维对于人们的特殊意义。在他看来,现代人已经清醒地认识到自己被判了死刑,可以把握的生存时间是短促的、有限的。人生是由无数"不稳定的、闪烁不定的、不协调的"印象组成的,这些印象往往转瞬即逝,人们所能做的事情就是"扩展这一段时间","在这一段时间内得到尽可能多的脉搏跳动",这种情况最多是"存在于诗的热情中,美的追求中,以及对艺术本身的爱好中",人们能够从中感受到"加快的生命感","爱情的狂喜和悲哀",以及"各种不为实利的和为实利的热情的活动"。人们在从事艺术活动的时候,就能够深刻体会到:"它给予你的,就是给予你

---

① [英]佩特:《文艺复兴》,载赵澧、徐京安主编《唯美主义》,中国人民大学出版社1988年版,第71页。

的片刻时间以最高质量，而仅仅是为了过好这些片刻时间而已。"①正是感性的介入，唯美主义者推崇的现代艺术才失去了黑格尔所强调的艺术古典美的平静和均衡感，将"人为性"推向极端，表现出对某种反常艺术的热爱，他们将想象力恣意伸入怪诞的领域，以追求"一种被认为是既反自然又绝对新异的美"，最终得到的不是灵性的提升和精神的愉悦，而是进入被卡林内斯库描述为病态的"颓废欣快症"。②

王尔德深受现代艺术观的影响，曾多次强调要从艺术中获取感性愉悦和生命快感。他认为"艺术来到人们那里，自称主要是赋予人们的某些时刻以最高的质量，而且艺术到人们那里去，为的就是这些时刻"，为此他甚至多次赞颂装饰艺术："装饰艺术产生的美所引起的激情比任何政治和宗教的热情，比任何人道的热忱，任何爱的迷狂或悲伤都要令人满意。"③ 在剥离了精神的神圣外衣之后，对艺术的审美和对任何物品的消费一样只不过是为了让个体获得短暂的愉悦与某种体验。在这样的感性艺术观的支配下，审美主义者往往并没有停留在艺术的象牙塔内，相反他们积极地走向生活，王尔德说过："先验主义精神与艺术精神是不相符合的，因为艺术家不能接受某一个生活领域，以取代生活本身，对他来说，不存在从尘世束缚中逃脱的问题，甚至连逃脱的愿望也不存在。"④ 这样一来，"生活模仿艺术"观的提出就非常自然了。从"为艺术而艺术"到"生活模仿艺术"，唯美主义者彻底打破了前一个阶段的暧昧和模糊，更加直接宣扬了世俗生存论主张。其中的逻辑演变是很清晰的：艺术首先通过自己自律地位的获得摆脱传统道德、宗教、政治等外加在它身上的种种约束和规定，从而以纯粹的感性面貌作为生活的样板，进而进入生活并且试图

---

① [英]佩特：《文艺复兴》，载赵澧、徐京安主编《唯美主义》，中国人民大学出版社1988年版，第78页。
② [美]马泰·卡林内斯库：《现代性的五副面孔》，商务印书馆2003年版，第184—185页。
③ [英]王尔德：《英国的文艺复兴》，载赵武平主编《王尔德全集》第4卷，中国文学出版社2000年版，第29页。
④ 同上书，第9页。

影响生活。所以"为艺术而艺术"的提出从表面看来似乎拉开了现实和艺术之间的距离,承认了艺术在生活中的独特位置,但实际目的并不是让艺术隔绝于生活之外,而是强调用感性的方式对生活进行干预。

王尔德是"生活模仿艺术"的提倡者和实践者,他曾经多次要求人们改变对艺术和生活之间关系的看法,不是要"艺术模仿生活"而是要"生活模仿艺术",从而达到对平庸乏味的日常生活进行彻底改造的目的。在《谎言的衰朽》这篇评论文章中,他详细地阐述了自己的观点,他说:

> 艺术始于抽象的装饰,始于纯想象的、纯娱乐性的作品,它们涉及的是非现实和不存在的事物。这是第一阶段。然后生活被这新的奇迹强烈地吸引住,要求被允许进入这个受魔法控制的圈子。艺术将生活看作其部分素材,重新创造它,给它以新的形式;艺术对事实绝无兴趣;它发明,想象,梦想;它在自己和现实之间保持了不可侵入的屏障,那就是优美的风格,装饰性的或理想的手法。第三阶段是生活占了上风而把艺术赶到荒野去的时候。这是真正的颓废,我们现在遭受的痛苦,正是来自于此。[1]

这个观点的提出在当时来说是有一定积极意义的。维多利亚时代流行的市侩风气和庸人哲学使得日常生活平淡无奇缺乏新意,处处是功利主义与虚伪道德的羁绊。这个时代就是王尔德所说的缺乏艺术的时代和"真正的颓废"。唯美主义者对于物质控制下的现实非常不满。生活之所以需要模仿艺术,完全是因为它在功利和实用的法则下日渐僵化、刻板、平庸和琐碎。为了改变现状,唯美主义者求助于艺术,让生活模仿艺术,恢复生活的感性色彩,用以抵抗文明发展造就

---

[1] [英]王尔德:《谎言的衰朽》,载赵武平主编《王尔德全集》第4卷,中国文学出版社2000年版,第336页。

的理性晦暗。

"生活模仿艺术"的典型最为突出的还是表现在那些被称作"花花公子"的人身上,唯美者作品中的主人公均是这样一群拥有感性化生活样态、游走在社会边缘的浪荡子,如王尔德《道连·葛雷的画像》中的亨利勋爵,《温德米尔夫人的扇子》中的达林顿勋爵,《理想的丈夫》中的戈林子爵,《贵在认真》中的男女主人公等等。福柯曾经说过:"花花公子使他的身体、他的举止,他的感觉和激情,他的整个存在成了一件艺术品。"①的确如此,花花公子处世作风就旨在把自己的人生打造成一件精致的艺术品,他们对于自身的服饰、居室、日用品都精心美化和装扮,执着于艺术品、古玩珍品的收藏,渴望超越生活和艺术的界限,甚至吸食鸦片以求进入幻象的世界,从而在美的形式化追求中寻求个体存在的完满。在这样的审美观照中生活显得极为美妙,他们从中汲取了种种新异的生命体验,与平庸大众相比显然拥有了更为丰富感性的色彩。然而,唯美主义者所推崇"生活模仿艺术"的结果,并没有把生活提升到艺术的境界,更不要说执着于精神和理想的追求了;相反,他们对于感性生活的沉溺滋生出了享乐主义思想,最终使艺术堕落为生活的赔笑女郎。

唯美主义要求从生存本身不断获取的瞬间快乐,以躲避时间不停流逝带来的生存恐惧。唯美者大多是名副其实的享乐主义者,他们留恋于风花雪月,无视社会伦理道德,随时跟随感觉而行动。在他们那里,审美价值观代替了伦理道德的价值观,感觉就是一切,正如达林顿勋爵宣称的那样:我能抵御一切,就是抵不住诱惑。②其实早在《道连·葛雷的画像》,王尔德就借亨利勋爵之口阐述了这种享乐主义思想,他命名为"新享乐主义",表示:

---

① [法]福柯:《什么是启蒙?》,载汪晖、陈燕谷主编《文化与公共性》,生活·读书·新知三联书店2005年版,第433页。
② [英]王尔德:《温德米尔夫人的扇子》,载《王尔德作品集》,人民文学出版社2000年版,第6页。

新享乐主义虽然也有借助于理性的地方，但绝不接受可能包含牺牲强烈感情的体验的任何理论或体系。因为新享乐主义的目的就是体验本身，而不是体验结出的果实，不管它是甜是苦。新享乐主义的使命是教人们把精力集中于生活的若干片刻，而生活本身也无非是一瞬而已。①

很显然，享乐主义的生存方式所强调的体验是对世俗生活的介入，具有审美的形式和感性的特征，这是宗教衰落后个体面对有限生存时光的合乎情理的选择。不可否认，这种感性的生活姿态对物质化的现实弊端产生了一定的纠偏作用，然而生活和艺术之间是否可以等同？它们可以各自越界吗？唯美主义初衷是要提升生活的质量，既反对"扼杀感觉的禁欲主义"，也警惕"使感觉麻木的低下的纵欲"，然而无论是其文本实践还是作者本人，都展示出矛盾与堕落的轨迹。从救赎与反叛的利器到自娱自乐的玩物，从象牙塔顶的明珠到五花八门的商品，现代艺术的衰落历程显示出建立在感性一元论基础上的现代审美主义思潮的潜在危机。在受欲望法则支配的消费社会，艺术的沉沦与堕落是不可避免的；同样，仅将生活从理性的苍白转向感性的多彩，而忽视其内在精神的提升，存在依旧是令人绝望的泥潭，片刻欢愉背后等待人们的依旧是无限的虚空。

对于艺术的现代转型，哈贝马斯的看法或许代表了现代人普遍的矛盾，他说："这个过程是很含混的，既可能使艺术堕落为宣传性的大众艺术或商业化的大众艺术，同时也可能使艺术变为一种颠覆力量的反文化。"② 从捍卫艺术独立与尊严的"为艺术而艺术"到公开宣扬"新享乐"的艺术消费主义，从高擎着美的旗帜守卫象牙塔的战士到安享着美的盛宴迎合消费市场的舞娘，唯美主义者以其实践展示着两种截然相左的审美方式。唯美主义已经成为审美主义思潮研究中

---

① ［英］王尔德：《道连·葛雷的画像》，载赵武平主编《王尔德全集》第 1 卷，中国文学出版社 2000 年版，第 139 页。
② ［法］哈贝马斯：《合法化的危机》，刘北成、曹卫东译，上海人民出版社 2000 年版，第 110 页。

最为复杂的现象之一，很多学者以分裂的眼光看待这样的矛盾，认为"这是现代性内部的必然矛盾"。① 不过，在深入分析唯美艺术的世俗来源和逻辑变迁之后，我们可以发现：从救赎到沉沦，显然有其发展的必然性，其背后与其说是一个艺术问题，还不如说是一个生存问题。

极为悖谬的是，20世纪初的这批唯美者却遭到了另外一批赞同审美生存的作家的批判，如纪德、黑塞、托马斯·曼、劳伦斯等。纪德曾经多次对唯美主义进行批判，在《大地食粮》1927年版的序言中，他表示："我写这本书的时候，文学界矫揉造作之风盛行，空气沉闷不堪，我觉得迫切需要使文学重新接触大地，老老实实赤足踩在地上。"② 黑塞《彼得·卡门青德》中的男主人公面对动荡的现实心中迷茫，但却拒绝接受唯美主义的生活哲学，在他看来："有一些艺术家，他们会因精心裁制的礼服、音乐、美餐、好酒、化妆品或者香烟而情绪异常，激动不已。他们津津乐道的是音乐般的线条、彩色的和谐以及诸如此类艺术上不言而喻的东西，而且四处窥测'个人成就'。所谓'个人成就'，大都是小小的无害的自我欺骗或疯狂的产物。"③ 劳伦斯在《恋爱中的女人》中，曾经描写杰拉德在伦敦和一群艺术家交往的经历，这群放荡不羁的人活着的目的似乎就是为了与这个世界作对，否定一切，不过他们采取的是一种消极的态度，那个名叫哈利戴的唯美主义者四处玩乐，却不愿意承担任何责任（如与其性伴侣米纳特的关系），显得脆弱（如见血就晕）而无生命力。④ 可见，虽然同处现代社会，认识到了人生的短暂和现世的意义，对审美生存价值的认识还是有所差异的。

---

① 周宪：《审美现代性批判》，商务印书馆2005年版，第245页。
② [法]纪德：《大地食粮》，罗国林译，载《纪德文集》第1卷，人民文学出版社2002年版，第250页。
③ [德]黑塞：《彼得·卡门青德》，李世隆译，载《荒原狼》，漓江出版社1997年版，第251页。
④ [英]劳伦斯：《恋爱中的女人》，李政译，中国社会科学出版社2004年版，第32页。

二 从"彼岸世界"回归"此岸世界"

从我幼年的幽邃中,终于醒来千百束灵光,千百种失落的感觉。我意识到自己的感官,真是又不安,又感激。是的,我的感官,从此苏醒了,整整一段历程重又发现,往昔又重新编织起来。我的感官还活着!它们从未停止过存在,甚至在我潜心研究的岁月中间,仍然显现一种隐伏而狡黠的生活。

——纪德:《背德者》

我们只存在于生命的眼前这一瞬间;任何未来的东西还没有降临,整个过去就在这一瞬间逝去了。瞬间!你将会明白,米尔蒂,瞬间的存在具有何等的力量!因为,我们生命中的每一瞬间,从根本上讲都是无法替代的。

——纪德:《大地食粮》

如前所说,现代性是和时间性紧密联系在一起的,永恒不变的彼岸天堂已经逝去,剩下的不过就是白驹过隙一般短暂的有限生命。法国伟大的作家纪德(Andre Gide, 1869-1951)在这里和唯美主义者达成了共识,他曾经不止一次地歌颂瞬间的力量,表现出对死神的反抗。纪德说过,"我们只存在于生命的眼前这一瞬间;任何未来的东西还没有降临,整个过去就在这一瞬间逝去了","我们生命中的每一瞬间,从根本上讲都是无法取代的",为此,他表示自己已经养成了一个习惯,即"总是把每个瞬间与自己的一生分离开来,以便获得一种单独而充分的快乐,不期然地把一种独特的幸福整个儿集中于一瞬"。① 不过,同样出自对现代时间的清醒认识,纪德和唯美主义者对待瞬间的态度还是不同的。唯美主义者对于现代时间性的认识让他们对衰老和死亡产生了恐惧,他们不得不在审美享乐之中麻痹自己的

---

① [法]纪德:《大地食粮》,罗国林译,载《纪德文集》第1卷,人民文学出版社2002年版,第178、159页。

神经，用以躲避时间流逝带来的痛苦；而纪德对于瞬间的推崇显然包含着对生命的珍视、对死亡的抗拒，对此岸生活的肯定，在他看来正是在对抗生存的痛苦与有限性的过程中个体坚不可摧的生命意志才会显现出来。

纪德曾经是一个非常虔诚的天主教徒，将禁欲与宗教精神看作生命最重要的事情。然而，他的世界观后来发生了天翻地覆的变化，只因为他得了一场重病，几乎与死神擦肩而过，在康复期间，他感觉到了生命的可贵，于是决定不再躲避生活，而是怀着前所未有的激情去拥抱生活。这种思想转变在他的《大地食粮》《背德者》《日记》等一系列自传性作品中都有体现，例如他曾经表示："《大地食粮》即使不算一个病人写的书，至少是一个处于康复期的人，一个刚病愈的人，一个患过病的人写的书。这个人像拥抱险些丢失的东西一样拥抱生活，他所抒发的激情就难免有些过分。"① 纪德是怀着新生的情怀去体会瞬间对于生命个体的意义的，他对短暂的人生已经不再恐惧，在他看来，"最短暂的瞬间的生命，也比死亡更强大，是对死亡的否定"，并且死亡更能激发人的生存热情，因为："不经常地想到死亡，就不会充分意识到你生命中每个最短暂瞬间的价值。你难道不懂得，没有死亡阴森森的背景作衬托，每个瞬间就不可能闪耀令人赞叹的光辉？"② 正是在这样的认识基础上，纪德的思想带有了审美主义肯定生命价值和此岸生存意义的积极姿态。

在感受到生命的短暂和可贵之后，纪德开始以前所未有的热情投入到对生活的热恋中。他曾经在《大地食粮》中把自己比作一个发了高烧的病人，表示"展现在我们面前的生活，就像这满满的一杯冰水"，他想喝极了，便一饮而尽，尽管他知道应该等一等，但他无法把这杯如此甘美的水从嘴唇边移开。这种对生活的渴望和对生命的热望是一致的。在他眼中，生活如同多情而妖娆的大地，现象界的万事万物都散发着迷人的光晕，人类唯一要做的事情就是尽可能地投入生

---

① [法]纪德：《大地食粮》，人民文学出版社2002年版，第250页。
② 同上书，第146、159页。

活的怀抱中,欣赏它那繁花盛开的景象,品尝那味美汁多的果实。这种生活观显然是一种审美主义的生活观,他将多姿多彩的现象世界看作审美的对象,为的是能够从中获取生存的快乐。纪德曾经提到过尼采、马拉美和福楼拜思想对他的深刻影响,福楼拜曾经在为布义厄的诗集所写的序文中谈到过艺术家的地位,认为艺术家应该把世界和他的生命本身看作一种幻象。① 这种观点后来便成为纪德人生的信条,他也是这样对待人生和世界的,他说:"我为许多美妙的事物耗尽了自己的爱。它们之所以光彩夺目,正是因为我不断为它们燃烧。我乐此不疲。在我看来,一切热情都是爱的消耗,一种美妙的消耗。"② 纪德文本中经常出现的关于对迷人的现象界和爱(一种感性情感)的表述,实际上都是审美主义生存论思想的典型表现。

不过纪德对世界采取的审美态度和唯美主义者还是有着很大差别的:后者基本上受异常之物的吸引,恣意探索一些反常领域,从一种反自然而又新异的美中获取一种奇特的快感,表达自己病态和歇斯底里的激情;而前者对生活中美的事物的追求往往是和勃发的生命力紧密联系在一起的,这和尼采所推崇的酒神精神基本一致,现象界的万事万物之所以如此迷人正是因为它们充盈着丰富奔腾的生命能量,是用以对抗死亡及人生悲剧的最大武器。1893年在北非突尼斯的某一天早晨,处于病后康复期的纪德在散步之中突然感觉到自己生命能量的复苏,相伴随而来的就是他对世界的审美体验,自传中是这样记载的:

> 一天早晨,我试着进行了一次比平时长得多的散步。这个景色单调的地方对我有无穷无尽的吸引力。我像这个地方一样,感到自己复苏了。甚至我头一回觉得自己生活在这世上,走出了死亡的阴影笼罩的峡谷,获得了真正的新生。是的,我跨进了崭新

---

① [法]纪德:《安德烈·纪德谈话录》,陈占元译,载《纪德文集》传记卷,花城出版社2002年版,第312页。
② [法]纪德:《大地食粮》,罗国林译,载《纪德文集》第1卷,人民文学出版社2002年版,第138页。

的生活，彻底欢迎和彻底抛弃的生活。一层蓝色的薄雾，使近旁的景物也仿佛隔了相当距离，每个景物变得飘忽不定，有如幻境。我自己失去了一切重量，慢步向前走着，像雷诺在阿尔米德的花园里，由于难以描述的惊愕和赞叹而浑身瑟瑟发抖。似乎迄今为止，我从来没有这样谛听、观看和呼吸过。而各种声音、芬芳和色彩，纷纷涌进我的心间，我感到我的心变得闲散，因为感激而啜泣，化成对陌生的阿波罗的崇敬。①

这种由于生命的复苏而对世界产生的全新审美体验后来在纪德的作品中频频出现。《大地食粮》中"我"的第二次生命的获得是和孕育万物的春天到来同时进行的，在全新的天地里和彻底更新的事物中，他再生为一个新人。在这篇象征意味极其浓郁的作品中，作者精心描绘了一个充满生命力的美丽世界，那果实累累的大地、充满异域情调的风景，堆满粮食的仓库无一不是为了表达生命的丰富与充盈。同样，在《背德者》中，主人公米歇尔从久病中醒来，第一次注意到了自己家阳台和庭院的美丽，而平常他是对此视而不见的。充满生命力的现象界洋溢着美的光晕，健康的生命更是美丽无比。书中还描写到米歇尔看见几个农民袒胸露背在田间劳作的场景，他们吸足阳光的皮肤显得极为漂亮，引得米歇尔非常羡慕，也想把自己的皮肤晒黑。在纪德这里，对于生活所采取的审美态度根本上来自于对有限生存本身的肯定，对现象界万事万物的热爱就是对生命本身的热爱。

纪德的病痛与对死亡的恐惧反而激发出他对生命的热爱，他对生活中的一切都充满了体验的渴望，生命的苏醒同时伴随着感官欲望的苏醒，在《大地食粮》中他曾经用一系列的隐喻来表达自己对于丰富多彩生活的热望，他说：

> 我见到芳唇边的笑意，就想去亲吻，见到面颊上的血、眼睛

---

① ［法］纪德：《如果种子不死》，罗国林译，载《纪德文集》传记卷，花城出版社2002年版，第243—244页。

里的泪,就想去啜饮,见到树枝伸过来的果实,就想啃上一口;每走进一家客店,饥饿就向我招手,而在每口井旁,口渴总等待着我(每口井旁的口渴又互不相同)。——我真希望还有别的字眼,来表达自己的欲望;

在道路展现的地方行走的欲望;

在绿荫怡人的地方小憩的欲望;

在深水岸边游泳的欲望;

在每张床前做爱或睡觉的欲望。

我大胆地把手伸向每样东西,自信对自己的每种欲望的对象都拥有权力。(话又说回来,纳塔奈尔,我们对每样东西产生欲望,其实并不是想占有,而是爱。)啊!愿世界万物都在我面前展现七彩。愿人间一切美来装饰和点缀我的爱。①

在对世界的审美过程中强调爱、情感、欲望等感性因素使得纪德和唯美主义的享乐主义思想在某种程度上有着一致性特征,这也表明了现代审美主义思想的萌发孕育大多是为了满足个体内在的凡俗生存需求。不过,从个体的经历和体会出发,纪德对于情感和欲望等感性感官因素的强调更多是为了摆脱根深蒂固的清教道德的束缚,解放被压抑的个体本能和天性。纪德出身于一个宗教氛围浓厚的家庭之中,父亲是一个天主教徒,母亲是一个新教徒,特别是母亲凝重刻板、恪守道德规范的生活方式和教育方式在童年的纪德心中留下了很大的阴影。资产阶级教育方法最大的弊端就是扼杀了人发自内心的朴素感情和作为天性的本能,这给纪德的生活带来了极大的痛苦。从纪德留下的日记中,可以发现他的整个青年时代都在一种严格的禁欲主义思想控制下生活,他说:"我到了二十三岁,正是热情奔放的年龄,我就想用高强度醉人的劳作,来降伏热情。别人去跳舞,去宴饮,去寻欢作乐,而我只想在一种修道院式的生活中,找到离群索居的快感;独

---

① [法]纪德:《大地食粮》,罗国林译,载《纪德文集》第1卷,人民文学出版社2002年版,第148—149页。

自一人，绝对独自一人，或者伴随着几名白发的查尔勒斯会修士、几名苦修士，隐退到乡野的修道院，那是在深山野岭，一个卓越而严酷的地方。"面对肉欲本能等天性的冲动，他竭力进行压制："肉体一旦难耐，起而反抗这种束缚，被欲望烧得腾跳起来，那么就让它受鞭笞，让它被疼痛压垮；或者在山中像巨人一般奔跑，穿过嶙峋的怪石，一直跑到积雪线，一直跑得气喘吁吁，精疲力竭，肉体认输，高声求饶为止；再不然，就像一只发狂的野兽，在厚厚的积雪中打滚，在同冰雪的接触中，寻求某种难以名状的异乎寻常的战栗。"[1] 这种严格的禁欲主义思想在后来纪德的作品中还是反复出现，展示了它根深蒂固的影响。纪德第一部带有很强自传色彩的作品《安德烈·瓦尔特笔记》的写作就是为了与他当时所厌恶的肉欲做斗争，他的十分呆板的宗教教育使得他把一切肉欲的萌动都看作和信仰、信念这些纯洁事物相对立的。同样在《窄门》这部作品中，纪德精心刻画了少女阿莉莎为了保持纯洁完美的德行，而拒绝尘世欢乐和人间幸福的故事，特别是在阿莉莎死后留给杰罗姆的日记里，我们可以清晰体会到女主人公那种压抑自我而进行的痛苦的内心斗争。这个为了信仰而自杀的圣女般的女性，认为只有超越了人生欲望的羁绊才能登上信仰的阶梯，而只有少数虔诚之人才能有幸穿越天堂的窄门。

经历过死亡的考验，纪德逐渐对自己恪守的道德规范产生了怀疑，其实他很早就感觉到自己清教徒式的教育使得正常的肉体需求变成了恶魔的诱惑，而贞洁状态显然是暗藏危机并且靠不住的。疾病最终唤醒了他的沉睡的生命，他开始"大胆地把手伸向每样东西，自信对自己的每种欲望的对象都拥有权力"。在这种对生活世界所表现出来的热情中，生命自然解除了禁忌，人类开始走上了解放天性的艰难历程。《背德者》描写了这种转变的过程。主人公米歇尔本来是一个学识渊博的清教徒，由于过分笃诚而举止笨拙，眼睛极为明亮，只要面对他的目光，人们过于放纵的谈话就会被迫停下来。和纪德一样，

---

[1] [法]纪德：《纪德文集》日记卷，李玉民译，花城出版社2002年版，第42—43页。

他后来在旅行的途中患上了重病，九死一生，在战胜疾病和获得新生之后，米歇尔感觉到家庭、宗教、社会给人的本性强加了太多沉重的负累，最终他决定抛弃以往人们教导他的一切。他表示："在被死神的羽翼拂过的人看来，原先重要的事物失去了重要性，另外一些不重要的变得重要了，换句话说，过去甚至不知何为生活。知识的积淀在我们精神上的覆盖层，如同涂的脂粉一样裂开，有的地方露出鲜肉，露出遮在里面的真正的人。"那么究竟什么是真正的人呢，也就是人应该具有的本真存在状态呢？纪德一生都在进行不懈的探索，但是他首先告诉我们："从那时起我打算发现的那个，正是真实的人、'古老的人'，《福音》弃绝的那个人，也正是我周围的一切：书籍、导师、父母，乃至我本人起初力图取消的人。在我看来，由于涂层太厚，他已经更加繁复，难于发现，因而更有价值，更有必要发现。从此我鄙视经过教育的装扮而有教养的第二位的人。必须摇掉他身上的涂层。"①

可见，不管人的本真生存状态究竟如何，纪德首先需要让它摆脱一切既定的宗教和道德的外在束缚，不愿让一切既定的框架、普遍接受的知识观念来限制它、改造它，而要让它遵循自己的天性来生存。他最先对知识发起了进攻。在《乌连之旅》中，他首次抛弃知识和书本，投身生活华丽绚烂的怀抱。《大地食粮》一开始，他就表示："当一些人著书立说或强闻博记的时候，我却花了三年时间四处流浪，千方百计忘掉头脑里所学的东西。……这种忘记，比人们灌输给我们的所有知识都更有用，可以算得上一种开蒙。"② 同样在《背德者》中，随着米歇尔生命的苏醒，他开始轻视自己当初引以为豪的满腹经纶，当初被视为全部生命的学术研究现在看来也只有一种极为偶然的习俗关系。能够在学术之外生活，他感到异常快乐。他最终明白：作为学者，他显得过于迂腐；而作为一个人，他才刚刚出世。可见，在纪德看来，人的天性往往被束缚在知识的重重包裹之中，必须抛开它

---

① [法]纪德：《背德者》，罗国林译，载《纪德文集》第1卷，人民文学出版社 2002年版，第345—346页。
② 同上书，第136页。

们，投入火热甚至放荡的生活的怀抱。现实中的纪德正是在这样的认识下开始了北非的旅行，并且释放自己压抑已久的同性恋倾向的，这在他的自传作品《如果种子不死》下卷有着详细的描述。

跟随天性生活，追求个体的生命本真和当时中产阶级的家庭和道德观必然产生尖锐的冲突。因此，纪德笔下的个体一般都是以反叛者的姿态出现的，如梅纳尔克（《大地食粮》）、米歇尔（《背德者》）、拉夫卡迪奥（《梵蒂冈地窖》）、贝纳尔（《伪币制造者》）、浪子（《浪子回家》）等等。梅纳尔克曾经在纪德多部作品中出现，他一直被当作危险的人物，受到中产阶级的谴责，却不令孩子惧怕，他经常教育孩子们不要仅仅遵循他们的家庭，并且慢慢引导他们离家出走，让他们渴望不正常的爱情和生活。他的人生哲学正是审美主义人生观的集中体现，他说："我厌恶故土、家庭，厌恶人们想寻求休憩的一切地方，厌恶持久的友谊、忠贞的爱情和对各种观念的眷念，总之，厌恶一切有损于公正的东西。我常常说，我们应该时时准备享受每件新鲜事物。"[①] 梅纳尔克后来在《背德者》中出现，依旧作为诱导者，让主人公米歇尔抛弃家庭，走上了最终的"背德"的道路。这种极端的人生哲学相对于中产阶级中庸的道德标准，其危险性是可想而知的了。

除了正面歌颂个体的反叛精神之外，纪德还从侧面揭示了传统宗教道德和伦理观的虚伪，这在其后期《田园交响曲》《梵蒂冈地窖》《伪币制造者》等作品中均有表现。《田园交响曲》中的牧师出于爱心收留了盲女热特律德之后，却不由自主地爱上了她。他一方面向她灌输关于世界之爱和美的动听言语；另一方面却无法抑制自己的情欲，甚至阻止儿子雅克和盲女之间的正常交往，并给妻子带来了深深的伤害。在热特律德恢复视力之后，看到了世界的丑恶和痛苦，绝望而死，而他也陷入了深深的悔恨之中。

不过，在剥离了知识、道德、宗教的外在束缚之后，纪德是不是就欣然服从于自己的本能欲望，走上了感性审美之路呢？我们在这里

---

① ［法］纪德：《大地食粮》，罗国林译，载《纪德文集》第1卷，人民文学出版社2002年版，第173页。

却遇到了矛盾。我们明显感到，要从纪德的身上找到某种一致性或者只是某一方面线形的发展线索是一件非常困难的事情。纪德的人格似乎游移不定，不断演变，甚至在人格的两极之间来回变换。他一方面似乎渴望所谓充实的生活，以传统道德的颠覆者自居，否定作为社会道德稳定基础的家庭，甚至肯定同性恋等在当时社会看来惊世骇俗的行为；另一方面他又总感到必须有什么东西来制衡或者约束人的颠覆行为，而在这样的寻觅过程中，他似乎又回到了传统，对神圣的生活表示肯定，甚至有回归宗教的倾向。这种反复在他的作品中表现得最为突出。20世纪西方作家中似乎没有谁能像纪德这样走极端了：《安德烈·瓦尔特笔记》把肉欲作为令人憎恶的东西进行批判，将两性关系升华到一个理想的至高境界，《纳卡索斯解说》又主张绝对的自由，将对自我的迷恋推崇到自恋的极端；《人间食粮》对生活的感官享受如此推崇，但在《扫罗》中又开始宣扬禁欲主义；《背德者》中的米歇尔为了追求感官的享乐和自我生命的释放，直接导致了善良妻子玛塞林娜的死亡，《窄门》中的阿莉莎却又为了保持幸福和纯洁完美的德行，拒绝尘世的欢乐和人间的幸福，最后竟然付出了生命的代价。那么究竟哪一个才是真正的纪德呢？其实纪德对自己的生存状态早已看得很清楚，他拒绝着外在规则对于个人天性的束缚，但绝不意味着对肉体的放纵放松警惕，他说：

> 你以什么神的名义，以什么理想的名义，禁止我按自己的天性生活？但这种天性会把我带到何处，如果我只按天性行事？迄今为止，我奉行的是基督的伦理道德，或者至少是人们作为基督的伦理道德而交给我的某种清教主义。为了竭力遵循这种主义，弄得我整个人深深地陷入了惶恐之中。我不赞成生活可以没有准则，我的肉体的要求不可能不需要得到我的思想的同意。这类要求如果更为一般，那么我怀疑我的惶恐是否会小一些。因为问题根本不在于我的欲望要求什么，尽管这么长时期我以为应该拒绝它一切。不过我终于开始怀疑，上帝本人是要求如此的克制，如果不断反抗并非大逆不道，又不是针对上帝的，而且在这场自我

闹别扭的斗争中，我可以合情合理地把错误归咎另一半。最后我隐约看到，这种不协调的二重性也许可能转化为和谐。我立刻觉得，这种和谐可能就是我的最高目标，就是寻求活在世上的明显理由。①

宗教禁欲主义的局限我们已经看得很清楚，特别是在一个"上帝已死"的年代，恪守彼岸世界的法则显得极为可笑，纪德为此宣布要按照自己的天性而生存，他曾经把苏醒了的全部感官，投入进火热的、放荡的生活，并在自传《如果种子不死》中第一次大胆地披露了自己同性恋的经历，表现出一个作家前所未有的坦诚。然而实际上他对肉欲和感性的放纵还是表现了极度的不安。在一次电台采访中，他曾经提到当时的尚比日案件和布尔热的作品《门徒》对他产生的巨大震动。尚比日是当时法国的一个大学生，他出于个人的原因在君士坦丁附近杀了自己的情人；《门徒》中塑造了一个无神论者西克斯特的悲剧。那种走向极端的个人主义使得个体走向了生命的绝境。②纪德很快意识到了人格的丧失、欲望的追逐所隐藏的极大危险，这种危机意识在他的小说《背德者》《梵蒂冈地窖》《伪币制造者》中都有所表现。"背德者"米歇尔为了自己的感官享乐往往弃自己的妻子于不顾，甚至最终直接导致了她的死亡，从中人们可以发现享乐主义立场之中暗藏着的种种危机。所以当许多人把这本书看作宣扬享乐主义思想的教材时，纪德却表示："我认为如果将《背德者》这部作品看作一种为米歇尔发现的道德的称颂是严重的错误。我认为必须将《背德者》，如同我的大部分作品一样，看作为一部批判的作品。"③同样，《梵蒂冈地窖》中的拉夫卡迪奥出于自身"无动机行为"，就把无辜者阿尔尼卡推出了车厢门外，并杀死了他；《伪币制造者》中

---

① ［法］纪德：《如果种子不死》，罗国林译，载《纪德文集》传记卷，花城出版社2002年版，第222页。
② ［法］纪德：《安德烈·纪德谈话录》，陈占元译，载《纪德文集》传记卷，花城出版社2002年版，第330页。
③ 同上书，第346页。

的贝纳尔仅仅为了一己之私就选择简简单单地离家出走,给善良的养父带来了无尽的痛苦。所以,在纪德的世界里,放纵本能的感性生活同样存在着危机,它需要与之制衡的另一半。

为此,纪德又重新求助于精神和理性的力量,对于这种意图他是坦然承认的,他曾不止一次地表示:"我在《人间食粮》之后,如果我没有记错的话,写《扫罗》,那是解毒剂、对立面,就是明证。我觉得有必要在像《扫罗》那样重要的一部作品里面指出梅纳尔克的学说的危险。""我只有觉得《窄门》作为平衡已经成竹在胸,才能够写《背德者》。……只有由于《扫罗》作为对立面,我说作为解毒剂,正在我头脑里酝酿,我才能够圆满完成《人间食粮》。"① 纪德是矛盾的,他曾经表示自己的内心一切都在相互争吵、相互辩论,不过他又欣然接受这些矛盾,因为"极端使我有所触动",而这种冲突就是他所体验到的人的真实存在状态,它们彼此互为极端却互不掩饰,各自发展、相互连接,共同构成了人的整个完整生命,就像在谈话中有学者所指出的那样:"我觉得《窄门》不怎么像是《背德者》的对立面,用某种方式读它和从某种观点看它,《窄门》与《背德者》是朝着同一目标,它与《背德者》相辅相成。"② 这种解释让纪德很满意。在纪德看来,人的存在本身就是纷繁复杂、充满矛盾的,他热衷于突出他自身的每一种矛盾倾向,迷恋它、拷问它,甚至创作一部作品来象征它。莫洛亚曾经给过纪德合理的评价,表示他整整一生,就是长长的介入与解除介入的过程,而所有的这些介入与解除介入显然都是为了寻觅个体最为合适的存在方式,表达自己崇高的生命关怀。

在谈及人和上帝之间的选择时,纪德坦诚表示他早已选择了前者,他说:"我过去觉得人的目标可能是上帝,而渐渐地,我终于把问题完全转移了,并且得到这个有点过于自信的结论:不,人的目标是人,并且用人的问题代替了上帝的问题。"③ 和所有的现代人一样,

---

① [法]纪德:《安德烈·纪德谈话录》,陈占元译,载《纪德文集》传记卷,花城出版社2002年版,第328、330页。
② 同上书,第351页。
③ 同上。

正是在这样一种痛苦的思想转变中，纪德表现出了他的无奈与矛盾：一方面是回不去的天堂；另一方面是华美的人间炼狱。在《背德者》中，他指出了米歇尔享乐主义哲学的危险；在《窄门》中他对扼杀阿莉莎的宗教禁欲主义进行了批判；在《田园交响曲》中他指出了牧师之爱的虚伪；在《梵蒂冈地窖》和《伪币制造者》中他更是多角度地揭示了社会生活的百态。难能可贵的是，即使在解放人的本能、天性的过程中，他也没有忘记提醒人们不要以牺牲别人、剥夺别人所有而获得幸福，表示任何独自占有的行为都显得可恨，能增加别人的幸福才是真正的幸福！这些辩证的思想让纪德的审美生存主义笼罩上了一层既独立又积极的姿态，这显然和唯美主义者沉溺于颓废的享乐完全不同，或许他在《大地食粮》最后给青年人的劝诫中最能说明这种不同，他说：

> 你要以增加所有人的幸福为幸福。你要去工作，去斗争，凡是你能改变的都不要拒绝。要不断地向自己重复这句话：一切全都靠我自己。容忍人类的邪恶是怯弱的行为。如果你曾经相信逆来顺受便是明智，现在就别再相信了，或者别再自以为明智了。
>
> 朋友，不要接受别人向你推荐的生活模式。要不断地相信，生活可以变得更美好，你和其他人的生活都如此。别以为将来另一种生活会慰你此生，会帮助我们去接受今世的苦难。你千万别接受。将来，当你终于明白，说对生活中几乎所有痛苦负责的不是上帝而是人类时，你便不会认为这种痛苦是理所当然的了。
>
> 不要为了偶像而付出牺牲。[①]

其实，和纪德一样，在传统信仰全面崩溃的 20 世纪，许多西方文学家都表现出了对人类有限生命和生存体验的重视，几乎囊括了 20 世纪初期在世界范围内引起广泛影响的各国大文豪，诸如劳伦斯、

[①] ［法］纪德：《大地食粮》，罗国林译，载《纪德文集》第 1 卷，人民文学出版社 2002 年版，第 307 页。

黑塞、茨威格、海明威等等。他们在探索人生道路的过程中，发现了此岸生存的丰富多彩与生命的可贵，同时也发现了理性社会及其种种规则对于个体生命的压抑和戕害。他们开始涉足审美生存这个敏感的地带。不过，出于一个伟大作家的责任和敏感，他们对审美主义思潮中的感性危机还是有所警觉的，因而他们笔下的主人公经常陷入灵和肉、感性和理性等二元分裂的矛盾冲突之中。接着，他们需要为走出这种审美分裂的绝境探索进一步前行的道路。

第二节 救赎的火焰：爱欲悸动与生命历险

随着资本主义工业化步伐的进一步加快，西方世界笼罩着一片阴霾与绝望，到处是废墟和死亡，在启蒙者看到进步、金钱与文明的地方，文学家却看到了破败、衰落以及人性的扭曲。劳伦斯认为，工业文明最大的罪恶是将生命之外的东西（财富、物质、知识等）强加给生命，被遗忘的恰恰是生命本身。黑塞认为，传统世界已经逝去，远离尘嚣已不可能，人类如同误入尘世而找不到家园的荒原之狼，这是文化转型期间必须经历的阵痛。他们从各自的审美视角出发，反抗文明的弊端与文化的衰落，探索着"自我救赎"之路。如果说纪德主要从维护个体合法生存的视角出发，已经触及天性与本能等问题，那么劳伦斯更是把笔触深入内心无意识深处，大胆探讨了人类的原始野性和生命本能。性，作为感性生命的潜在能量在工业文明的危急时刻开始走向历史前台，被赋予了审美色彩，这是从生命本身出发拯救生命的一种方式，与后来失去生命内涵纯粹工具化物质化的性有本质性差别，在西方文学史上具有重要的价值意义。同样，以黑塞为代表，一群有着独立精神的个体开始了披荆斩棘的生命漫游之路。面对现代"荒原"，逃进与世无争的世外桃源显得自欺欺人，那些从浪漫的迷梦中醒来的人们踏入了炼狱般的现代生活，他们穿越爱欲、苦难与死亡，历经艰险，以幽默的生存态度看待自身的分裂，了解到生命的真谛，在文明的废墟上进行着寻求"新生"的努力。

一 文明桎梏下身体的舞蹈

我们千万不要忘记,它(现代文明)的核心是恐惧和仇恨,极度地恐惧和仇恨自己的本能与直觉肉体,恐惧和仇恨男人与女人之间之热烈、生殖的肉体和想象力。

——劳伦斯:《花季托斯卡尼》

性与美是同一的,就如同火焰与火一样。如果你恨性,你就是恨美。如果你爱活生生的美,那么你就会对性报以尊重。当然你尽可以喜欢陈旧、死气沉沉的美并仇视性。但是,只要你爱活生生的美,你必然敬重性。

——劳伦斯:《性与美》

性是一种本能,有生命的地方就有它。经历了漫漫长夜,它终于从黑暗的角落走向了光明的地表。劳伦斯(David Herbert Lawrence,1885—1930)是第一个认真从现代危机视角探索性问题之人,他说:"性是什么,我们不知道。但它一定是某种火,因为它总传导一种热情和光芒。当这光芒变成一种纯粹的光彩,我们就感到了美。"[1] 他还多次表示:"性与美是同一的,就如同火焰与火一样。如果你恨性,你就是恨美。如果你爱活生生的美,那么你就会对性报以尊重。当然你尽可以喜欢陈旧、死气沉沉的美并仇视性。但是,只要你爱活生生的美,你必然敬重性。"[2] 正是出于这样的认知,劳伦斯对人类性的奥秘进行了前所未有的探索和细致入微的探悉,为此他的作品曾经多次被禁,身心也遭受了严重的戕害。实际上,劳伦斯完全是以极为严肃和真诚的态度来对待两性问题的,他以一个先知者的敏锐洞察到现代文明特别是机械工业造成的死寂丑陋的现实图景,对性的肯定更多是为了呼唤人类感性生命的回归。他说:"作为一个小说家,我感到,

---

[1] [英]劳伦斯:《性与美》,载《花季托斯卡尼——劳伦斯散文随笔集》,黑马译,中国广播电视大学出版社2000年版,第87页。
[2] 同上书,第85页。

个人内在的变化才是我所真正关心的事……我要做的是了解一个人的内在感情并揭示新的感情。真正折磨文明人的是,他们有着充分的感情,可他们对此却一无所知。感情就是一种巨大的能量。"① 为此他把关注的目光投射到人的自然天性、黑暗本能,人性中那些潜意识和无意识的活动之中。他经常用"血液""感知""直觉""火焰"等等词语来强调内在生命的这种难以捕捉的潜在暗流,从而抵抗那些由"头脑""智力""思想"所建构的现代文明的种种理性规范与精神枷锁。

这种观念赋予了劳伦斯看待世界的独特的审美眼光。在他看来:凡是和人的生命紧密相连的事物都充满了灿烂耀眼的美的光辉;而失去了生命力的世界则是畸形和丑陋的。生命和美有着本质的联系,美来自于对生命的真实体验。他说:"我知道,只要有生命,就有本质的美。充满灵魂的真美昭示着生命;而毁灭灵魂的丑则昭示着病态。……举凡活生生的、开放的和活跃的东西,皆好。举凡造成惰性、呆板和消沉的东西皆坏。这是道德的实质。我们应该为生命和生的美,想象力的美,意识的美和接触的美而活着。活得完美就能不朽。"② 只要我们略加浏览一下劳伦斯的作品,这种审美倾向就可以明显看出来。无论是《白孔雀》中内瑟梅尔谷地优美恬静的自然风光、《彩虹》中布朗文家族充满生机的田园牧歌般的生活,还是那些感官餍足,脸上洋溢着热血的乡村农民、矿工都因其勃发的生命力而散发出美丽的光彩。

在劳伦斯那里,显然美如他所说不是一种具体的形式而是一种体验,是"某种被感受到的东西",是"一道闪光或通过传导获得的感受"。他甚至在对人物作出的审美判断上,以有无性的吸引力作为标准。在他看来,即使是那些最普通的人也可以看上去是美的,只要性之火微微上升,就可以使一张丑脸变得可爱,真正的性的吸引力就在

---

① [英]劳伦斯:《恐惧状态》,载《花季托斯卡尼——劳伦斯散文随笔集》,黑马译,中国广播电视大学出版社 2000 年版,第 112 页。
② [英]劳伦斯:《还乡》,载《花季托斯卡尼——劳伦斯散文随笔集》,同上书,第 44—45 页。

于这种生命美感的传导。一个红颜女子，只有当性之火在她体内纯洁而美好地燃烧并通过她的脸庞点燃异性体内的火焰时，她才能算得上一个美的女人；相反，即使从外形上看来是一个最标致的姑娘，一旦性的光芒从她身上失去之后，她就会以一种丑恶的冷漠相出现，因此没有什么比一个性火熄灭了的人更丑了。《白孔雀》中的乔治、《儿子与情人》中的莫莱尔、《查特莱夫人的情人》中的梅勒斯正是以这种原始生命的光芒吸引了异性的目光；同样厄秀拉、康尼等劳伦斯眼中的健康女性都拥有健康丰满乡村妇女般性感的体态。

不过倾注了劳伦斯全部激情而描写出来的最具美感的场景还是那一幅幅和谐生动充盈着生命暗流的性爱画面。这些性爱场面的描写往往与那种催动生命萌发的太阳、月亮、大地、波涛、海洋及风雨寒暖等自然的力量交相呼应，重点也是为了传达性体验而不是看重性的细节描写。两性交往中微妙的性感觉、男女之间细微的心灵碰撞以及性行为中奇异的体验才是他关注的核心。《白孔雀》中曾经描写到莱蒂被正在割燕麦的乔治所吸引，表示想要摸一摸他肌肉感十足的双臂，性的吸引力在这里显然表现为对一种健康生命的向往；《彩虹》中他把蜜月中的安娜和威尔看作"就像两颗埋在黑暗中的种子那样远离世界"，在其中孕育着生命的勃勃生机；而《恋爱中的女人》主人公厄秀拉和伯基经过漫长时间的探索，最终是在洋溢着自然和生命气息的森林中融为一体；描写性场面最为美丽的还是《查特莱夫人的情人》，康尼日渐枯萎的生命在与看林人梅勒斯性爱的洗礼之中逐渐苏醒，那里就是生命的伊甸园。

劳伦斯一直都以审美的眼光看待生命和性爱的，文学史上几乎很少再找到几个能把性描写得这样美好和健康的了。作者以一种坦然的心态、抒情的笔调，描绘出一幅幅和谐美好的性爱画面，在劳伦斯那里，性、美和生命三者牢不可分地联系在了一起。在他看来，性是充满了活生生生命的个体的本能活动，因此恢复两性性关系的最终目的不是仅仅为了满足个体的欲望，而必须承载着生命的内涵，"肉欲的激情与神秘同神的神秘与激情同样神圣"。性因为它充盈的生命能量而发出熠熠夺目的光芒，这种光芒恰好穿透了工业文明造成的灰暗和丑陋的现实世界图式。

很明显，在劳伦斯的文本中，生命和性美的描写往往表达的是一种对理想生存状态的回忆或者追求，占有一定的篇幅，然而更多的篇幅他还描写了无比灰暗、衰败的现实和人类丑陋的生存现状。生命的辉煌灿烂和现实的丑陋污秽形成了鲜明的对比。劳伦斯出生和生活的英国是欧洲发生工业革命最早的国家之一，他的家乡诺丁汉又是最为著名的产煤基地，父亲是一个地道的矿工，《儿子与情人》就是以他自己的生活背景为原型创作的，父母辈的生活悲剧让劳伦斯更能深刻地体会到资本主义现代工业文明的弊端。打开劳伦斯的作品，首先映入眼帘的必定是工业文明所造成的黑乎乎、灰蒙蒙的矿区景象。煤矿作为资本主义经济发展的最为主要的能量来源，对现代文明的进程起着关键性的巨大推动作用。但是作为矿工的孩子，劳伦斯却敏锐地感受到了它给生命带来的戕害和造就的死寂世界，工业文明一直如同死神的影子笼罩着他所有的作品，成了他所有故事发生的背景。

如果说在《白孔雀》中莱蒂和乔治故事发生的乡村田园风景中已经隐约透出火车的长鸣，那么到了《儿子与情人》那里，乡下已经到处可见小矿井了，"两三个矿工和毛驴就像蚂蚁打洞似的往地层下挖，在麦田和草地当中弄出一座座奇形怪状的土堆和一小片一小片黑色的地面来"。①《恋爱中的女人》和《查特莱夫人的情人》更是把对现代工业景象丑陋面的描述推向了顶峰。在前部作品中，我们可以看到厄秀拉和古迪兰姐妹俩生活的乡村已经变成了一个由煤炭堆起的黑色世界：山谷两面的山坡远远望去"一片黝黑，就像蒙着一块黑纱似的"，"灰色的烟柱徐徐升起在黑色的空气中"，山路也是黑乎乎的，"路是矿工们用脚来来往往踏出来的"。② 而在后一篇作品里，查特莱夫人在乡村拉格比却不得不面对粉尘、硫黄和机器轰鸣所构建的恐怖

---

① ［英］劳伦斯：《儿子与情人》，陈良廷、刘文澜译，上海译文出版社1997年版，第1页。
② ［英］劳伦斯：《恋爱中的女人》，李政译，中国社会科学出版社2004年版，第8页。

世界:"她可以听见煤矿中筛煤机的嘎嘎声、卷扬机的扑扑声、载重车换轨时的咔啦声,还有火车头粗哑的汽笛声","风从那边吹来时——这是常有的事——房子里就充满了大地秽物燃烧后的恶臭的硫黄味。即使没风的日子,空气中也弥漫着一种地下的气味:硫黄、铁、煤或者酸味物质。肮脏的尘埃就连圣诞蔷薇都不放过,黑色的粉末像末日天空降下的黑露般执着地沾在花草上,简直匪夷所思"。[①]这样的景色描写所表达出的作者情感倾向极为明显。他所要突出表现的显然不是工业进步带来的欣喜雀跃,而是它背后的丑陋与苦难。很显然,劳伦斯的审美主义意识是建立在对资本主义工业文明戕害人性的批判立场之上的。

工业文明最为直接的受害者就是那些在一线从事体力劳动的矿工们。这些劳动者本来有着健康自然的本性,但却被逼迫着整天埋藏在暗无天日的地底下工作;一旦走出地面,在一般人的眼中他们又显得粗野。他们永远处在生活的下层,为生计整日忙碌,却还要遭受"文明人"甚至自己妻子的嘲笑,身心都受到巨大的摧残,这在《儿子与情人》中父亲瓦尔特·莫瑞尔的身上表现得最为明显。莫瑞尔是一个生活在社会底层的矿工,从10岁起他就下矿井挖煤,在暗无天日的矿井里过着"地鼠那样的生活",在生活的重压下,他成为一个机器牲畜,生活毫无乐趣,只能借酒精来麻痹自己。更为不幸的是,他娶了一个出身于中产阶级家庭、有良好教养、当过小学教师的妻子。莫瑞尔太太是一个深受现代文明熏陶的女性,社会道德伦理一直支配着她。在她看来,男性就应该在社会上出人头地,拥有良好的修养和内涵,而这在莫瑞尔身上肯定无法实现。在这样的隔膜之下,两性关系变形扭曲了。从此以后,过去那个身材高大、朝气蓬勃、谈笑风生的莫瑞尔变得颓废自卑、沉默寡言,甚至在体态上也似乎萎缩了。

如果说工业文明给下层矿工带来的戕害是显性的,那么那些工业文明的代言人——资本家们的性格扭曲就是隐性的。这在《恋爱中的

[①] [英]劳伦斯:《查特莱夫人的情人》,赵苏苏译,中国人民文学出版社2004年版,第12—13页。

女人》中的杰拉德和《查特莱夫人的情人》中克利福德身上体现得最为鲜明，两者都如同他们所占有的机器那样冰冷、缺乏生命力并且充满了死亡的气息。不过，二人还是有一些区别：如果说杰拉德身上集中体现了现代机器所锻造出来的个体侵略性的一面，那么《查特莱夫人的情人》中的克利福德则突出表现了现代文明对人的本性和生命力的全面扼杀和阉割。

杰拉德是新一代煤矿主的代表，集中体现了现代工业资本家在追求物质财富上的贪婪和欲望，他表示自己存在的目的就是要："物质世界为他的目的服务"，"要在和自然环境的搏斗中实现自己"，"从地下挖出煤来，获利"，他的根本出发点就是要征服，而"这场斗争就是一切，胜利的果实不过是个结果罢了"。继承父亲的煤矿不久，杰拉德很快就抛弃了老一辈矿场主的经营方式，使之转变成为一个高速、高效运转的工业机器，他也因此被誉为"煤炭巨子"。[①] 在杰拉德身上，我们感觉到的只有机器那富于侵略的进攻本性，而不是一个具有活生生生命的血肉之躯。文章一开始就借女主人公古迪兰的眼睛看出了"他那优雅的举止中"显露出的"凶狠和潜伏的、可怕的野性"，从而把他比作一条充满野性的狼。很快，我们便得知他从小就在一件事故中杀死了自己的亲弟弟，这个微小的似乎偶发的事件却深刻暗示了机器那种潜在的杀人本质，用厄秀拉的说法，那"背后也有一种藏在潜意识里一种原始的杀人欲望"。同时，无论从他在火车旁驯马的场景还是他与古迪兰的关系中，我们都可以体会到他极强的控制欲和占有欲。然而杰拉德表面的强悍并不能掩饰其内心的空虚和生命的脆弱，他在父亲去世的那个晚上不顾一切地赶到古迪兰那里正是为了从两性关系中寻找生命的慰藉；他最终死于雪地正是出于生命的枯竭，那冷漠寒冷的皑皑白雪就是他生命本质的象征。著名劳伦斯评论家利维斯曾经表示："从杰拉德身上，我们看到，生活成了机械主义胜利的牺牲品——这种机械主义就是对于思想和意志的一种侵略性

---

① ［英］劳伦斯：《恋爱中的女人》，李政译，中国社会科学出版社2004年版，第219页。

的占有。杰拉德既体现了这种机械主义的胜利，同时又体现了这种机械主义将人类生活蓄意地降低到了仅仅是工具的地步。"[1] 杰拉德感情生活的最终失败充分证明了这一点，在他的身上我们根本看不到一丝一毫生命的热气。

在杰拉德之后，《查特莱夫人的情人》中的克利福德一开始就展示了机械生命的残缺，他从战场回来之后就瘫痪了。劳伦斯表示虽然这个情节是无意中写成的，但是后来却发现克利福德的瘫痪本身就是一种潜在的象征，即"象征着今日大多数他那种人和他那个阶级的人在情感和激情深处的瘫痪"，"他是个纯粹的无性之人，与他的同胞男女全然断了联系，只剩下了习惯。他身上热情全无，壁炉全凉了，心已非人心。他纯粹是我们文明的产物，但也是人类死亡的象征"。[2] 人性的丧失与生命本能的失落使得人成为残缺的不健康的人，克利福德正是这样一个丧失了正常人性的冷漠机器。尽管他从事小说创作，但即使是康尼的父亲也觉察到其中的空洞无物；即使他享有了一定的社会地位和知名度，不断获得金钱和财富，但无法抵挡从他身上发出的冷漠和死亡的气息。他的气息不但让自己空虚，还波及周围的人，查特莱夫人康尼正是在这种缺乏生命活力的环境中日渐衰落和枯萎下来的。

如果说启蒙理性所支持的机器工业直接给人们带来了身体上的伤害，那么它所推崇的现代文明更是破坏着人的生命本能，人不但遭受着机器工业的直接异化，他们还被自己所追求的文明异化。这在劳伦斯塑造的一系列的女人形象中表现最为突出，如《逾矩的罪人》中的海伦娜，《白孔雀》中的莱蒂，《儿子与情人》中的莫瑞尔夫人、米丽安，《恋爱中的女人》中的赫曼尼、古迪兰等等。这一类女人虽然文雅、美丽甚至纯洁，但缺乏生命力，恐惧自然本能。《白孔雀》中的莱蒂深受文明毒害，虽然她从本能上喜欢着农民乔治，但又极为看不起他，最后执意嫁给了她并不爱的富家子弟，造成了两桩婚姻的

---

[1] F. R. Leavis, *D. H. Lawrence: Novelist*, N.Y., Penguin Books Press, 1985, p. 232.
[2] [英] 劳伦斯：《为〈查特莱夫人的情人〉一辩》，载《花季托斯卡尼——劳伦斯散文随笔集》，黑马译，中国广播电视大学出版社2000年版，第330—331页。

悲剧，劳伦斯很形象地把她比作苍白和爱炫耀的"白孔雀"。《恋爱中的女人》中的赫曼尼和现代文明的联系那就更为密切了，她出身高贵，接受过高等教育，聪明过人，且极有思想，自我意识强烈，"她热衷于改革"，心思全用在了社会事业上，她有"一股男子汉的气魄"，"无论是思想界、社会活动界乃至艺术界，她总是和最出类拔萃的人在一起，和他们关系融洽、亲密无间"。尽管这样完美无缺和无可挑剔，劳伦斯还是敏锐指出了这些现代女性的心灵空虚，在她们表面风光的外壳下"总有一道隐秘的伤口"，她经常感受到"一种空虚、一种缺陷，对生活缺乏信心"，正如伯基所看透的那样，这样的女性是缺乏生命激情的文明牺牲品，对于她们而言，"知识就是一切"，因而所表现出来的激情是虚假的、骗人的，她们根本"没有一具真正的躯体，一具黑暗、富有肉感的生命之躯"。① 现代文明造就了这样的知识型女性，她在加强自身理性特征时，却完全丧失了女性本来所具备的感性特征，极大地异化了两性之间的和谐关系。

　　在工业文明控制下的人们整日整夜所追逐的都是权力、知识、财富、金钱这些生命之外的附属物，和许多审美主义者一样，劳伦斯看出了这种追求的虚妄和错误。死亡的黑暗已经笼罩着这一切庸庸碌碌、漫无目的的盲目追求，特别是灭绝人寰的第一次世界大战更让他感受到了所有文明许诺的虚假和欺骗性。《恋爱中的女人》突出展现了劳伦斯对于一个时代的绝望。这部被称作《彩虹》姊妹篇的作品却没有了前者鲜亮和光明的色彩。经历了战争，劳伦斯表示在欧洲已经看不到有什么彩虹了，他说："这部作品确实包含了战争在人们心灵上造成的后果——它纯粹是破坏性的，而不像《彩虹》，因为《彩虹》包含着破坏后所达到的尽善尽美。这种情况即使对我这个作者来说也感到非常奇妙，吃惊。"② 战争带来的巨大浩劫以及劳伦斯本人在战争中遭受的巨大伤害，使他敏锐地察觉到笼罩在世界周围死亡的

---

① ［英］劳伦斯：《恋爱中的女人》，李政译，中国社会科学出版社2004年版，第38—39页。
② ［英］劳伦斯：《致沃尔多·弗兰克》，载《劳伦斯书信选》，刘宪之、乔长森译，北方文艺出版社1996年版，第343页。

阴影，他比以往更加痛恨现代文明造就的死寂世界以及堕落僵死的人类生活。他说："战争使我非常沮丧。关于战争的议论使我恶心。我从没有像现在这样几乎到了痛恨人类的地步。"① "现实生活中的可鄙、混乱、污秽的感觉简直使人有口难言。"② 劳伦斯表示工业文明的堕落和人类本身的腐败已经到了无法挽回的境地，世界要想获得新生必须经历死亡的洗礼。《恋爱中的女人》就是在这样对人类命运的深刻认识中写成的。在小说中，劳伦斯描绘了一幅幅极度腐朽堕落的场景，充斥着死亡的意象，那条翻腾起泡出产百合花、鬼火和蛇的邪恶的河，那闪着磷光的白色花朵，水上聚会时死在河中的迪安娜和她的未婚夫，主人公杰拉德所葬身的皑皑白雪等等无处不飘荡着死神的影子。带有先知意味的主人公伯基曾经说过当前的现实世界就是一条死亡的黑色河流，"我们发现自己处在倒退的过程中，我们成了毁灭性创造的一部分"，③ 人类无可避免自己死亡的命运。无法否认，这是一部充满了死亡的作品。小说写完之后，劳伦斯自己都感到恐怖，以至于惊呼"这太像世界末日了"，它"纯粹是毁灭性的"，以至于他自己都不敢再读第二遍。

20世纪，随着资本主义工业化进程步伐的加快和第二次世界大战的爆发，西方世界已经笼罩在一片绝望、阴霾的氛围之中，到处都是废墟和死亡，人类生活在一片荒原之上，这种"荒原"意识已经成为现代西方文学一道独特的风景线。劳伦斯比艾略特的《荒原》更早意识到了这一点。不过，和许多现代派作家不同，劳伦斯是热烈地拥抱这种死亡的，他甚至反对唯美主义者那种消极逃避和及时享乐思想（《恋爱中的女人》和《查特莱夫人的情人》中都有表现）。在他看来，恰是死亡能够使得人类为金钱、名利的奔波显得可笑，从而需要寻找新的出路。

迷失在物质机械生活中的人们，被突然面临的"死"所警醒。死

---

① [英]劳伦斯：《致戈登·贝尔》，载《劳伦斯书信选》，刘宪之、乔长森译，北方文艺出版社1996年版，第162—163页。
② 同上书，第277页。
③ [英]劳伦斯：《恋爱中的女人》，李政译，中国社会科学出版社2004年版，第188页。

亡是可怕的，它告诉了人们存在的真相；然而死亡又是尖锐的，面对废墟，人们第一次开始认真审视自己的生活。在《恋爱中的女人》里，劳伦斯曾经描写到迪安娜的沉湖事件给女主人公厄秀拉所带来的巨大震撼，那无边无际黑暗的死的王国放射出来的光线一下子就刺穿了人类庸庸碌碌的忙碌表象，让人感觉到"人们在地面上是这么有能耐，他们是各种各样的神仙"，可是"死亡的王国却最终让人类遭到蔑视"，"在死亡面前，他们变成了卑贱、愚蠢的小东西"。只有正视死亡，才能让清醒的人们认识到"这样一味地枯燥地生活，没有任何内在意义，毫无真正的意思"，"这种肮脏的日常公事和呆板的虚无给人带来的耻辱再也让人无法忍受了"，人类为了金钱和占有而进行的破坏活动是多么的可笑。因此死是美丽、崇高而完美的事情，"在那儿一个人可以洗刷掉曾沾染上的谎言、耻辱和污垢，死是一场完美的沐浴和清凉剂，使人变得不可知、毫无争议、毫不谦卑。归根结底，人只有获得了完美的死的诺言后才变得富有"，可见"这种死亡，虽然是残忍的，但却是人间最值得高兴的事，是可以期望获得的"。

生命之火的迸发来自于一个时代的绝望，甚至是面对终有一死的命运本身，因为只有证明外在追求的虚妄才能促使生命回归本真。出于这样清醒的死亡意识，劳伦斯让他笔下的人物不再追求进步、文明、金钱这样一些毫无意义的外在任务，从而返回内心的黑暗世界，"快乐地服从那比已知更伟大的事物，也就是说纯粹的未知世界"。① 这些未知的内在黑暗世界往往由潜在的直觉意识、伟大的人类原始本能组成，而性行为之所以如此重要就是因为它能够深入这些心灵深处最潜在最本真的地方，从而让人们能够清楚地了解真正的自我需要。

性是有知觉、有选择的，并且直接与人的情感世界相关，是大痛苦和大快乐的源泉。并且，由于性来自于人的原始本能和心灵深处，往往是桀骜不驯并且充满野性力量的，它总是寻找机会以各种方式浮

---

① ［英］劳伦斯：《还乡》，载《花季托斯卡尼——劳伦斯散文随笔集》，黑马译，中国广播电视大学出版社2000年版，第44页。

现出来，带有强烈的叛逆色彩。本能是不可征服、不可取代和不可磨灭的，它通向生命的最深层、最本源，具有对社会、文化与人生的穿透力。因此，当文化、社会对于不符合人的生存和发展状态、压抑和限制到人的生命状态的时候，性会最早发出抗议的声音。劳伦斯深刻认识到了性的这种感性颠覆力量。在《恋爱中的女人》中，战争爆发了，文明坍塌了，世界一片荒原，一切都是虚无。劳伦斯曾经借伯基之口表示现代人的生活已经没有中心，旧的理想都已经死去。对他来说，似乎只有与一个女人完美的结合是永恒的。他表示这是一种崇高的婚姻，除此之外，别的什么都没价值。同样，在《查特莱夫人的情人》里，在克利福德代表的金钱、理智、秩序与机器的世界中，康尼的生命日益萎缩；而在她的情人猎场看守人梅勒斯所代表着自然、生命、激情和人性之中，康尼获得了新生。性不仅仅是性，它更是一种理想和追求，伯基和厄秀拉、梅勒斯和康尼之间和谐而美好的性爱关系正寄托了劳伦斯恢复人的鲜活生命和内在本能的美好愿望。

可见，劳伦斯和审美主义之间的密切联系就在于他坚决地站在理智、理性的对立面，相信人的直觉、本能、肉体等内在生命的巨大感性力量。早在1913年致友人的一封信中他就已经表达了自己的立场，在那里他提出了著名的"血性"概念，他说：

> 我的伟大宗教就是相信血和肉比智力更聪明。我们的头脑所想的可能有错，但我们的血所感觉的、所相信的、所说的永远是真实的。智力仅是一点点，是束缚人的缰绳。我所关心的是感知。我全部的需要就是直接回答我的血液，而不需要思想、道德等的无聊干预。我设想，一个人的躯体就像是一种火焰，就像蜡烛的火焰那样永远站立着、燃烧着，而智力仅仅是照射在周围各种东西上的光。我所关心的不是周围的各种东西——那是真正的思想，而是关心永远燃烧着的神秘的火焰；天晓得神秘的火焰到底来自何处，但它的确存在着，不论它的周围有什么东西，它都能照亮。我们这些人爱动脑筋到了可笑的地步，结果却永远不知道我们自身是什么东西——我们所考虑的仅仅是我们照亮的物

件。火焰一直在那儿燃烧着,产生了光,但它本身却被忽视了,我们不应该去追逐周围那些易消失的、半被照亮了的东西,而应该看看我们自身,然后说道:"我的上帝呀,我原来是这样!"①

在劳伦斯看来,正是人类的理性、思想、知识以及由此而产生的金钱、功利意识这类的精神枷锁压制了人类的自然天性,使得人类一天天走向萎靡和死亡;并且,随着现代文明的进程,这种压制越来越沉重,人的肉体生命已经变得残缺、破损不堪甚至走向死亡了。因此,必须打破这些外在的束缚,解放人的本能,释放人的天性,回归原始和神秘的宇宙世界,才能使得人类社会健康发展。劳伦斯的"血性意识"从本质上来说,就是重新推举人的本能以反对机械文明对于人性的戕害。为此,劳伦斯的性和以弗洛伊德为代表科学的性观念之间还是有着明显区别的。在劳伦斯那里,无论是男性还是女性,他们个性的充分表达就建构起一种真正的性关系,性经历之所以如此重要乃是因为它是个体寻找生命奥秘的一个必经之途。为此,劳伦斯眼中的性和人的生命本能、宇宙意识、原始神秘的图腾崇拜等等是紧密结合在一起的,最终目的旨在唤醒人类沉睡和压抑在心灵底层的关于"血"和"肉"的感性生命意识。劳伦斯所有的作品都在大声呼唤人类这种"血性"意识的回归,《恋爱中的女人》中的厄秀拉和伯基、《查特莱夫人的情人》中的康尼和梅勒斯正是放弃了理性和知识对自我的控制,才从黑暗的心灵深处获取了生命的再生。

用性来反对现代文明,实现生命自由是审美现代性对抗启蒙现代性的一个有力武器,但是完全解放后的性却往往成了灵和肉争夺的焦点,造成了感性与理性的分裂,这在劳伦斯的作品中也有非常明显的表现。阅读劳伦斯的文本,我们会发现他的主人公经常出现人格分裂的现象,《儿子与情人》中的米丽安和克莱拉的塑造正表现出作者分裂的两难。米丽安很显然代表了主人公灵的部分,她纯洁善良,对宗

---

① [英]劳伦斯:《致厄尔斯特·柯林斯》,载《劳伦斯书信选》,刘宪之、乔长森译,北方文艺出版社1996年版,第343页。

教和精神世界怀有美好的追求，但在肉的方面却是欠缺的，"她朴实得哪怕听到人家稍微暗示一下两性关系都会感到十分厌恶"，"连母马怀孕的话都从来不能提"，保罗和她之间的关系带有非常超然的色彩，好像纯粹是精神上的事情。即使后来在保罗的要求下米丽安与他发生了性关系，但那时她的眼神显然就像"一头等待屠宰的牲口"，保罗从她的身上激发不了正常的爱欲，事后经常有失落和挫败的感觉，这样的两性关系显然是失败的。在保罗写给米丽安的信中，原因已经说得很明白，他把自己对于米丽安的爱看作献给圣洁修女的爱，是两个灵魂在相爱，所以："在我们的全部关系中没有肉体的关系。我不是以情理同你说话，而是以精神。这就是我们不能按常理相爱的原因。我们的爱不是日常的恋情。"① 在经历过多次挣扎之后，保罗最终放弃了这段不完整的恋情。

单纯追求精神的道路是失败的，单纯追求肉欲的满足很显然也有着难以克服的缺陷，这表现在书中另一主人公克莱拉身上。克莱拉显然是肉的代表，主人公经常能从她身上感觉到自己不可抑制的情欲，"一股热情总是势不可当，一下子把理智啊，灵魂啊，气质啊，统统冲走"，"他变成了一个没有头脑，只有强大本能的人"。但是，在热情过后，保罗总是感到某种欠缺，就像他后来对母亲说的那样："在我只把她看作女人的时候，我是爱她；可是一到她说话和发议论的时候，我就往往不去听她的了。"克莱拉也隐隐感受到，自己似乎根本没有抓住保罗，好像他要的根本不是她，而是那"专供你自己享乐的玩意儿"，这让保罗极为内疚。②

其实除了米丽安和克莱拉，《儿子与情人》中还描写了许多灵肉冲突的例子：莫瑞尔夫妇出于肉的吸引而结合，却出于灵的分离而陷入生活的危机；克莱拉和前夫巴克斯特·道斯仅靠肉欲很难维持婚姻关系；保罗的哥哥威廉的死亡也暗示着他两性关系的缺陷，他的女友莉莉完全浸染了文明社会的虚荣。其他作品如《彩虹》《恋爱中的女

---

① [英]劳伦斯：《儿子与情人》，陈良廷、刘文澜译，上海译文出版社1997年版，第338、488页。

② 同上书，第471、487页。

人》《查特莱夫人的情人》更是精心刻画了寻求灵肉和谐道路的种种艰难。《彩虹》通过一家三代人对婚姻和幸福生活的追求，表达了劳伦斯的性爱理想。第一代汤姆·布朗文和波兰寡妇莉迪亚之间的关系建立于单纯身体之间的互相吸引，不同的生活和教育背景让他们之间无法沟通，一度让他们万分痛苦，尽管最后他们的生活保持了表面的和谐，但这种和谐是建立在相互陌生的基础上的，因此是低层次的。第二代安娜和威廉之间的关系更为可怕，两者相互之间的肉体吸引曾经让他们婚后度过了一段极为幸福的生活，然而各自所受的文明教育最终使得他们相互仇恨。第三代厄秀拉不愿重复父母一辈的悲剧，她在灵肉和谐的道路上艰难探索着。

在劳伦斯看来男女之间的爱必须具有双重性，即"神圣的和世俗的"两种，而理想之爱就是由这两种爱组成的，它"既是融化在纯粹的交流中，又是纯粹肉欲的摩擦"，"在纯粹的交流中我完完全全地爱着；而在肉欲疯狂的激情中，我燃烧着，烧出了我的天然本性"。① 他推崇性，但反对仅仅把两性关系建立在肉欲满足的低层次享乐中，从而期望构建出人类和谐美好的关系，用以拯救危机重重的社会，为此他的一生都在为寻找充满生命美感的性火的燃烧进行着艰苦卓绝的努力，这和后来以米勒为代表的"垮掉派"作家是完全不同的。后者仅仅把性看作是自我扩张的需要，从而忽视了性本身的生命内涵，忽视了灵和肉的和谐，忽视了两性之间的情感交流。很显然，劳伦斯笔下的性不是物质化的性，而是一种理想和追求，带有精神与生命的内涵。

在劳伦斯的作品中，到处是对生命的热望：那摇曳在山间的小野花，那破壳而出的小生命，那健康结实的古铜色的胳膊，那轻盈自信的翩翩舞蹈，那在暴雨之夜狂奔的女性裸体……处处是蓓蕾！处处是生命的突跃！在文明的废墟上，只要生命不死，一切才有希望。不过，脱离了社会现实纯粹的性与爱究竟能走多远？这的确是个问题。探索两性和谐之路是艰难的，我们在《恋爱中的女人》中伯基与厄

---

① ［英］劳伦斯：《爱》，载《花季托斯卡尼——劳伦斯散文随笔集》，黑马译，中国广播电视大学出版社2000年版，第79页。

秀拉的身上没有看到最终的希望,即使其最后一部作品《查特莱夫人的情人》中,梅勒斯与康尼也没有在他们林间的小屋中继续生活下去,但是劳伦斯对充满自然精神的生命伊甸园的追求永远不会停歇,也从未放弃过对理想生活和健全人性的追求,他把自己所有的人生痛苦与渴望都留在了作品里,创造出了人类宝贵的精神财富。黑马将劳伦斯的作品看作"生命的童话",恐怕没有比这再贴切的形容了。

二 现代荒原上的漫游之旅

> 通向认识有许多道路,精神并非唯一的一条路,或许也不是最好的路。……我看见你走在一条相反的道路上,一条通过感官的道路上,也同样能深刻认识存在的奥秘,并且能比大多数思想家更加生动得多地把它表现出来。
>
> ——黑塞:《纳尔齐斯与歌尔德蒙》

> 我的生活当是一种不停顿的超越,一个阶段又一个阶段地前进,我要穿越一个时空进入下一个,又把下一个留在身后,就如同音乐不断演进,从一个主旋律到另一个主旋律,从一个节拍到另一个节拍,演奏着,完成着,完成了便继续向前,永不疲倦,永不休眠,永远清醒、永远是完美无缺的现在。
>
> ——黑塞:《玻璃球游戏》

德国作家赫尔曼·黑塞(Hermann Hesse,1877-1962)是1946年诺贝尔文学奖的获得者,曾因早期创作的浪漫风格而被誉为"浪漫派的最后骑士"[①],然而其作品真正产生广泛世界性影响的时间却在战争之后。有人发现,黑塞的小说每经历一次战争便风行一次,一战、二战甚至包括20世纪70年代的越战前后,都曾出现过规模不等的黑塞热,特别是在"垮掉一代"与"嬉皮士"为代表的声势浩大的反文化(countculture)运动中,他被尊称为"圣黑塞",成为一批

[①] 此语出自黑塞第一部传记作家胡果·巴尔(Hugo Ball)之口,后得到广泛公认。

具有反叛精神的年轻人们的精神偶像,其代表作《荒原狼》也被奉为一个时代的"圣经"。[1] 究竟是什么原因让曾经浪漫的"骑士"成为反文化的"先锋"?美国评论家伯曼(Russel A. Berman)曾经深入分析过《荒原狼》文本中所蕴含的文化现代性问题,表明无创造力的传统文化已经露出衰亡的端倪,一个新的文化模式已经在创建之中。这种激荡着迷狂、热情、非理性,具有极强主观性和反叛性的审美性文化试图把个体从颓败而灰暗的社会氛围中解放出来,重新建立一个富于魅力的新世界;在这种文化转型过程中,"文化的自我意识特别是反文化得到了长足的发展"。[2] 显然,黑塞想要讲述的不仅仅是个人的精神疾病,其精神探索涉及整个时代与文化的变迁。从古典与浪漫的迷梦中醒来的人们如何面对并且走出现代的精神荒原,这也许是黑塞最想寻找的答案。

黑塞的审美情结首先来源于他以往的浪漫气质。他性格敏感内向、沉静多思,从小对权威和压迫就充满了反抗精神,反对现实生活的平庸乏味。在黑塞看来:"现实是最不必在意的,它无处不在,无时不败兴,而美的、谈得上一定情调的事物却得之不易。现实是怎样也不能叫人满意,怎样也不能博得敬慕的,因为它是生命的信手之作和失意之笔。"[3] 另外,黑塞许多早期作品都表现出了对城市文明的厌恶和对不合理社会制度的反抗,对青年所饱受的压抑充满了同情,希望超脱世俗的平庸与琐碎,保持个体独一无二的尊严。如果说早期黑塞的苦闷还局限在个人的圈子中,并试图用爱与理想重新建立起心中的乌托邦。那么随着时代的发展和社会的转换,黑塞中期的创作开始给人以新的震颤。从《德米安》(1919)、《克林格索尔的最后一个夏天》(1920)、《席特哈尔塔》(1922)、《荒原狼》(1927)、《纳尔

---

[1] Peter D. Hertz, "Steppenwolf As a Bible," *Georgia Review*, Vol. XXV, No. 4, Winter 1971, pp. 448 – 449.

[2] Russel A. Berman, "The Charismatic Novel: Robert Musil, Hermann Hesse, and Elias Canetti," *The Rise of the Modern German Novel: Crisis and Charisma*, Cambridge, Mass.: Harvard University Press, 1986, p. 3.

[3] [德]黑塞:《生平简述》,载谢莹莹编《朝圣者之歌》,中国广播电视出版社2000年版,第196页。

第三章 审美主义思潮的凡俗表达

齐斯与歌尔德蒙》(1930)等作品中,我们发现了一个似乎全新的黑塞。在他此时的作品中,早期创作中的田园牧歌和温和恬静的氛围一扫而空,转而代之是一种焦灼、反复、矛盾、绝望的情绪,此岸世俗的生存、个体感性的力量、感官生活以及艺术家的痛苦体验都进入了他关注的视野。这时的黑塞似乎已经走出了浪漫主义的虚幻世界,开始走向此岸遍布荆棘的绝望人生,直接面对由生死爱欲所构建的现实生存图景。可以说,黑塞中后期文本中涌动着鲜明的审美主义情绪。那么这样的审美情绪缘何而来呢?黑塞又是怎样从"浪漫派的最后骑士"成为审美主义斗士的?

现代性内部矛盾在日渐加深,最终爆发了两次毁灭性的世界大战。这两次战争的爆发将人类从理性乐观的金字塔顶拽了下来,他们在自身所创造的灾难面前哑口无言。战争过后,世界一片废墟,明朗、乐观、自信被幻灭、绝望、迷茫所替代,死神在"荒原"上空跳着恐怖的舞蹈,理性的上帝在人们的心中死去,一种以享乐、麻醉、纵情狂欢为特色的颓废主义气息迅速弥漫,人们企图通过短暂的欢乐对抗笼罩在周围的死寂般的虚无。黑塞以往平静的生活也受到了重创:他由于发表了反战的时论,被德国极端的民族主义者视为敌人,很快陷入了孤立的境地,以往的朋友都开始与他断绝来往,他所有的作品也几乎全被查禁;同时由于妻子的发疯,家庭生活也陷入了危机,他自己的精神也几近崩溃的边缘。黑塞曾这样描述自己那段绝望的生活,他说:"我很迟才接触到政治,将近四十岁时受到战争残酷事实的震撼而觉醒,我当时的同行和朋友们那么轻易地甘心受火神莫洛的役使。令我感到十分不解,当时我已经受到了攻击,刚刚失去了几个朋友,刚刚受到威胁和辱骂,在所谓的大时代那些步调一致的人总是以这种方式袭击特立独行的人。当时的冲突已经把我原本可说幸福和成功的生活变为地狱,我是否能够坚持下去,是否能够不被打垮,当时很成问题。"[①] 浪漫主义的乐观与田园之梦再也遮蔽不了现

[①] [德]黑塞:《〈战争与和平〉新版前言》,载谢莹莹编《朝圣者之歌》,中国广播电视出版社2000年版,第469页。

实的残酷和黑暗。黑塞遭遇到的这些精神危机在他中后期的作品中有清晰表现：《德米安》中辛克莱的彷徨、《荒原狼》中哈里·哈勒的疯狂、《纳尔齐斯与歌尔德蒙》中弥漫的死亡气息都潜在地向我们揭示出作者当时生存的艰难。在这段时间内，黑塞和他小说中的主人公一样经历着"堕落"的生活，他每天游荡在空气污浊的酒吧之间，以彻夜的畅饮来麻醉自己，过着一种"自杀的生活"。由于精神上的原因，他开始接受心理治疗，接触了精神分析思想，关注到个体心灵内在与黑暗的世界。黑塞一生的创作曾受到许多哲学家、文学家的影响，在这段时间更是接受了荣格与尼采的思想。尼采所推崇的超人哲学、酒神精神、权力意志等都对黑塞产生了极强的震撼，特别是他反抗悲剧人生的生命意志契合了黑塞当时绝望和孤独的心境，使濒临绝境的黑塞重新鼓起了生活的希望，也对人类的存活状态有了新的认识。在尼采看来，一切美丽的乌托邦和彼岸的理想王国都已不复存在，人类有的只是眼前没有上帝且充满悲剧性的人生。人所依靠的不再是上帝，而是活生生的有限生存以及他在徘徊挣扎中所获得的生命体悟。尼采虽然清醒地认识了现实的悲剧，但并没有挫败他对人生的追求，他的哲学是一种"快乐的哲学"。他极为推崇人类活泼泼的生命强力和反抗绝望的抗争精神，表示人类生存的意义正在于此。尼采还对传统理性和伦理进行了彻底的批判，提出"重估一切价值"的口号，彻底用审美原则代替了伦理原则，将自苏格拉底以来的理性发展斥为一场骗局，人的生存评判不再是高高在上的理性，而是感性生存本身，表现出极强的反叛和超越精神。这种对待悲剧人生的快乐哲学给了黑塞前所未有的震颤，他充分感受到了人类生存力量无可阻挡的强大。从浪漫主义迷梦中醒来的他接受了人生的无奈、虚无和悲剧，开始了自己的审美探索之旅，并且以其体会的深刻和真切在全世界范围内引起了共鸣。

艺术家小说是德国小说的一个重要体裁，黑塞也曾经以此为主题创作了一系列的小说。无论是其早期作品中的彼得·卡门青、海尔曼、克诺尔普，中期小说中的辛克莱、克林格索尔、哈里·哈勒、歌尔德蒙，还是后期小说中的克奈西特都充满了艺术家的气质，以诗歌、音乐和绘画为自己的爱好,给自己开辟了一片独特的生存天地。艺术家主题的小说在这一时刻频繁出现显然是有其深刻的社会历史原因的,并且和审美现代性的律动有着潜在的联系。艺术家的生活处于巅峰状态的生活,他们享受着孤独的宿命,在疯狂中宣泄自己旺盛的生命激情,在冒险、欲望、流浪、感官(生存的感性特征)之中品尝着生命的美酒。艺术家以其独特的个性和创造力闪烁着奇异的光辉,他们激进的生活姿态,对此岸世界直接的体验,对生命和死亡的深刻感受,狂放的生命历险以及最终表现出来的非凡创造力超越了俗常之人,真正实现了生命的审美化,将生活转化成一种审美现象。正因为他们的生活充满了审美性,才和平庸市民的灰色生活发生了尖锐的冲突,艺术家所代表的"审美人"和市民社会中普遍存在的"理性人"形成了尖锐的对立,他们的生存方式、道德准则以及推崇的文化模式都表现出鲜明的差异。审美人拒绝日常生活的刻板和平庸,拒绝循规蹈矩的生活方式,反对僵化无创造力和生命力的文化,公然站在了大众的对立面上,以自己夸大的感性生存方式来颠覆枯燥刻板的社会,撕破了笼罩在中产阶级平庸生活上温情脉脉的面纱。总之,为了张扬充盈的生命力和天才的创造力,以艺术家为代表的审美人不断挣扎在情欲、变动和死亡的旋涡中,汲取生命的灵感,使人生开出最绚烂的花朵。

黑塞曾经不止一次地借其作品中的主人公之口这样说过:"一个酒鬼或浪荡鬼的生活要比一个无可非议的市民生活更潇洒。"①"有很多圣人最初是严重的罪人,罪孽也可能是通向圣贤的一条道路,罪孽和恶习。"②"一个放荡者的生活恰恰能够成为通往圣徒生活的捷径之一""通向认识有许多道路,精神并非唯一的一条路,或许也不是最好的路。……我看见你走在一条相反的道路上,一条通过感官的道路上,也同样能深刻认识存在的奥秘,并且能比大多数思想家更加生动得多地把它表现出来。"③ 在这样的认识下,黑塞一改以往作品浪漫

---

① [德]黑塞:《德米安》,高翔译,漓江出版社1997版,第495页。
② [德]黑塞:《荒原狼》,李世隆、刘泽珪译,漓江出版社1997版,第136页。
③ [德]黑塞:《纳尔齐斯与歌尔德蒙》,杨武能译,上海译文出版社1984年版,第53、299页。

纯净的风格,把他的主人公投入了人间炼狱之中,让他们既拥有常人所无法经历的冒险与死亡的游戏,享受感官的刺激和情欲的冲动,又让他们体会到深刻的痛苦、孤独和流浪生活的艰险。总之,这是一种生活在高峰中的生存状态,个体的生命力得到了充分的发展,即使这样的生命历程中开遍了"恶之花"。

《德米安》的出现是黑塞转型的一个鲜明标志。在青年辛克莱的世界里首次出现了两个世界:一个世界是父母和姐妹所代表的光明的世界;另一个世界则是充满恐怖、暴力、丑恶和情欲的黑暗世界。辛克莱最终不可避免地走上了穿越黑暗的历程,这样的道路在人的发展过程中是无法回避的:虽然理性闪烁着耀眼的光芒和清新的芬芳,却无法取代暗流涌动的内在世界,这是生命无法迈过的坎。在寻找生命真相的过程中,辛克莱表现了强烈的反叛精神,对理性的无能为力更是极为嘲弄,因此拥有了该隐的印记。经历过酒吧纵情狂饮的堕落,他最终找到了集情人、母亲、圣母为一身的人类之母的形象夏娃太太,这便是复杂的生活本身,生命的答案本就在凡俗的生存之中。于是在随后爆发的战争中,辛克莱再一次投入到生活的滚滚洪流中去了。《荒原狼》的主人公哈里·哈勒在告别中产阶级生活之后,在自己的另一半化身赫尔米娜的指引下,走上了一条感官之路。赫尔米娜是赫尔曼阴性化的名字,代表了女性、阴柔和感性的方面。哈里虽然有丰富的学识,却对简单的生活一无所知。在赫尔米娜的引导下,他学会了跳舞,听爵士乐,和舞女玛丽娅享受性的快乐,甚至在乐手巴伯罗的鼓励下吸食毒品。这样独特刺激的感性生活在很长一段时间内治愈了哈里的忧郁症,并让他对生活重新燃起了渴望。艺术家更是如此,歌尔德蒙的天性使他最终脱离了父亲的限定,走向了寻找母亲的旅程。修道院的生活并没有封闭住他充盈的生命力,吉卜赛女郎莉赛轻轻的一个吻就唤醒了他对生活的所有热情。在内心的召唤下,歌尔德蒙离开了修道院,开始了充满荆棘的流浪冒险历程:他和许许多多的女性接触,追求爱情,也宣泄自己的欲望;和维克多(一个流浪汉)的交往让他看到了生活恶的一面,为此他还杀了人;在肆虐的瘟疫中,他体验到了死亡……总之,他的流浪生活"孤身独处,自由自在",有着"萍水相逢的朝三暮四的爱情,苦不堪言的死的磨难","有些日子在夏天的绿野上,有些日子在密林里,有些日子在雪原中,有些日子在可怕的死神旁",而所有经验中最强烈而奇特的,莫过于同死神搏斗,"明知自己渺小、可悲、危在旦夕,却仍然坚持对死神作最后的抗争,并感觉到自己身上有这么股美好的、顽强的生的力量和韧劲"。① 的确如此,这种处于极端的生活和纳尔齐斯修士的沉寂生活是完全不同的,这是由生命力勃发而铸就的一种审美的生活。同样,《席特哈尔塔》中的圣者也不再把自己的生命探险局限于沙门苦行僧般的生活和对活佛戈塔马的顶礼膜拜中,他向妓女卡玛拉学习"爱"的艺术,向商人卡马斯瓦密学习从商和生活之道,获得了前所未有的新鲜知识和生命的血液。对感性生活的探索在黑塞后期创作中显然是不可或缺的,感官的触角随着生命的律动而苏醒,个体试图通过生存本身来寻找自身存在的意义,勾勒出生命的审美图景。

和许多作家一样,在黑塞文本中,感性是和女性紧密联系在一起的。女性在其与男性构成的二元对立结构中,往往代表着非理性、感觉、阴性、无意识,而男性则表示为理性、逻各斯、阳性、意识。因此,女性在黑塞的文本中,一方面直接和感官相连,在两性关系中呈现出它的感性特征来;另一方面又和生活隐秘的本质相联系,直接指向潜意识、非理性、罪恶的感性方面,具有象征内涵。《德米安》《纳尔齐斯与歌尔德蒙》《荒原狼》中的夏娃太太、母亲、赫尔米娜都具有这种象征意味。《德米安》中的女性形象很显然已经超越了黑塞前期具有浪漫主义特色的小说中的女性的神圣理想的一面,还是个体潜意识中性欲萌动的对象,甚至深入到潜在的黑暗中心如恋母情结等等。奈奥森(Donald F. Nelson)曾经深入分析过《德米安》中的女性形象,表明辛克莱把最初的女性比作贝娅特丽丝,很显然还保持最初把女性作为理想追求的倾向,但是很快他心目中的女性形象具有了让人恐怖不安像动物一样朦胧的情欲,最终在夏娃太太身上,母亲、

---

① [德]黑塞:《纳尔齐斯与歌尔德蒙》,杨武能译,上海译文出版社1984年版,第159页。

情人、圣女各种女性因素结合到了一起，完成了女性所代表的隐秘和潜在的感性力量。① 在《纳尔齐斯与歌尔德蒙》中，母亲形象一直作为歌尔德蒙流浪生活中的指向，她不停地变换形象，展示出感性生活的丰富多彩：

> 在日复一日的流浪中，在搂抱着爱人的销魂的夜晚，在满怀着憧憬的时刻，在生死攸关的危险关头，他母亲的脸都在起变化，变得更加丰富多姿、深刻和复杂了。她不再是他自己母亲的容颜，而是从它的特征和肤色中渐渐演化出了一张非个人的脸，也即是夏娃的形象，人类之母的形象……这个形象当初只是歌尔德蒙回忆里的亲爱的母亲，后来却处在不断地发展和变化中，如今已经融合进了吉卜赛女郎莉赛、骑士小姐丽迪亚以及其他一些妇女的面貌特点，而且还不仅仅是所有他爱过的女性的脸在影响这个形象的发展形成，他的每一个经历、每一次震惊都塑造着它，给它一些新的特征。因为如果将来他能成功地将这个形象表现出来的话，应该代表的亦非某一位特定的妇女，而是作为人类之母的生活本身。②

在这样的母亲形象中"不只有全部温柔，不只有蓝色的慈爱的目光，不只有预示幸福的和悦的笑容，不只有亲昵的抚慰，也有一切恐惧和阴郁，一切欲望，一切罪孽，一切悲苦，一切的生和一切的死"。母亲、圣人和情人常常合为一体，歌尔德蒙面对的是充满着各种秘密的人生，黑暗的不可测的世界，而这就是个体感性生活的全部秘密。

审美主义作为现代性的一个侧面和现代性一样，是充满矛盾和悖论的，过分地张扬审美因素，往往会落入泛审美化和审美庸俗化的深渊，失去了张扬感性的本来意图。与身体和个性的解放相伴随的是欲

---

① Donald F. Nelson, "Hermann Hesse's 'Demian' and the Resolution of the Mother Complex," *Germanic Review*, Vol. LIX, No. 2, Spring, 1984, pp. 99、57 – 62.
② ［德］黑塞：《纳尔齐斯与歌尔德蒙》，杨武能译，上海译文出版社1984年版，第181页。

望的苏醒,过度沉沦于感官欲望的满足往往使得人倒退到动物的状态,这是每一个有责任的作家都不愿意看到的。相反,理性的僵化和机械又明显地压制了日益苏醒的人的鲜活的生命,回归传统理性显然意味着倒退。这样的矛盾表现在文本中,是作家表现出的极为明显的两极思想,即理性和感性的二元对立造成的冲突和矛盾。黑塞说过:"我的生命正是缺乏重心,因而在一连串的极端之间摇摆晃荡,一会儿渴望安定的家,一会儿渴望漂泊;忽而希冀寂寞与修道院,忽而渴望爱情与人群;曾经收集无数书画,却又一一送出;曾纵情放浪,但又转为禁欲修行;曾信仰生命、崇尚生命为一切之本,但又看穿所谓生命,不过是为了满足肉欲享受而存在罢了。"① 正是这种感性/理性的矛盾冲突,使得黑塞和纪德一样在两极之间徘徊不定。《荒原狼》中哈里·哈勒身上体现的人性与狼性对立,作者指出:"类似哈里这样的人还为数不少,许多艺术家就是这种类型的人。这些人都有两个灵魂,两种本性,他们身上既有圣洁美好的东西,又有凶残可恶的东西,既有母性的气质,又有父性的气质,既能感受幸福,又能感受痛苦,两者既互相敌视,又盘根错节互相并存,犹如哈里身上的狼和人一样。"② 正是出于这样感性与理性的对立,主人公生活得极其不安宁,痛苦而混乱。《纳尔齐斯与歌尔德蒙》中性格截然相反的牧师和艺术家也是如此,纳尔齐斯曾对他和歌尔德蒙之间的差异作过这样的说明,他说:

> 像你这一类的人,天生有强烈而敏锐的感官,天生该成为灵感充沛的人,成为幻想家、诗人和爱慕者,比起我们另外的人来,几乎总要优越一些。你们的出身是母系的。你们生活在充实之中,富于爱和感受的能力。我们这些崇尚灵性的人,看起来尽管常常在指导和支配你们其他的人,但生活却不充实,而是很贫乏的。充实的生活,甜蜜的果汁,爱情的乐园,艺术的美丽国

---

① [德]黑塞:《红屋》,《堤契诺之歌》,载谢莹莹编《朝圣者之歌》,中国广播电视出版社2000年版,第12—13页。
② [德]黑塞:《荒原狼》,李世隆、刘泽珪译,漓江出版社1997年版,第37页。

土，统统都属于你们。你们的故乡是大地，我们的故乡是思维。你们的危险是沉溺在感观世界中，我们的危险是窒息在没有空气的太空里。你是艺术家，我是思想家。你酣睡在母亲的怀抱中，我清醒在沙漠里。照耀着我的是太阳，照耀着你的是月亮和星斗；你的梦中人是少女，我的梦中人是少年男子……①

不过，和纪德不同，通过一系列的探索，黑塞首先肯定了感性和理性之间的互补作用。在《纳尔齐斯与歌尔德蒙》中，他通过纳尔齐斯指出："我俩的任务不是走到一块儿，正如像太阳和月亮，或是陆地和海洋，它们也不需要走到一块儿一样。我们的目标不是相互说服，而是相互认识，并学会看出和尊重对方的本来面目，也即自身的反面和补充。"② 同样，在《荒原狼》中，赫尔米娜也表达了这种互补的意味，她说："你觉得很惊奇，我会跳舞，在生活的表层如此熟悉一切、精通一切，却不感到幸福。而我呢，朋友，也感到惊奇，你对生活如此失望，而在最美好、最深刻的事情上——精神、艺术、思想——却如此精通熟悉。正因为如此，我们互相吸引，我们是兄弟姐妹。"③ 伟大的艺术家往往能超越自己的时代，对问题进行某种程度深刻的探索和反省。面对审美主义带来的理性/感性的二元矛盾，黑塞表示，人类正是在有限的探索中接近无限目标，即使这个目标能否实现是个未知数，人类的生存价值正是在这种"西绪福斯"式的追求过程中展现出来的。黑塞在《玻璃球游戏》中借助克内希特之口说道："我的生活当是一种不停顿的超越，一个阶段又一个阶段地前进，我要穿越一个时空进入下一个，又把下一个留在身后，就如同音乐不断演进，从一个主旋律到另一个主旋律，从一个节拍到另一个节拍，演奏着，完成着，完成了便继续向前，永不疲倦，永不休眠，永

---

① ［德］黑塞：《纳尔齐斯与歌尔德蒙》，杨武能译，上海译文出版社1984年版，第65—66页。
② 同上书，第63—64页。
③ ［德］黑塞：《荒原狼》，李世隆、刘泽珪译，漓江出版社1997年版，第116页。

远情醒、永远是完美无缺的现在。"① 在这样的运动状态中，感性和理性的对立的矛盾与困惑显得那样渺小，因为在探索过程中人既脱离了理性僵死的束缚，又表现出不甘愿堕入庸俗泥沼的人类奋进精神。在《荒原狼》中，黑塞指出："人是一种试验和过渡，人只不过是自然与精神之间的一座又狭窄又危险的桥梁。他内心深处不可抗拒的力量驱使他走向精神、走向上帝；他最诚挚的渴望又吸引他回归自然、回归母体，他的生活就在这两种力量之间颤巍巍地摇摆。"② 哈里、辛克莱、歌尔德蒙、席特哈尔塔正是这样一步一步前行的。把人生看成一个自然的生命过程，理性和感性的对立就显得微不足道了，人类就是在这样的探索过程中不断向前。

面对人类的这种感性与理性两极的矛盾，黑塞显然在一段时间内看出了它的虚妄，在《荒原狼》中，他第一次试图摆脱二元组合的人物形象而企图肯定人性的复杂多样性。他在文本中反复叙述"哈里的本质远不是只有两个因素，而是上百个、上千个因素构成的。他的生活（如同每个人的生活）不是只在两个极——欲望和精神，或者圣人和浪子——之间摆动，而是在千百对，在不计其数的极之间摆动"。③ "没有一个人是纯粹的单体，连最天真幼稚的人也不是，每个'我'都是一个非常复杂的世界，一个小小的星空，是由无数杂乱无章的形式、阶段和状况、遗传性和可能性组成的混沌王国。"④ "一个人的胸膛、躯体向来只有一个，而里面的灵魂却不止两个、五个，而是无数个；一个人是由千百层皮组成的葱头，由无数线条组成的织物。"⑤ 这些观点摆脱了长期以来二元两分地看待人的方式，将人性的复杂性和多重性揭示出来，对待理性和感性的关系就显得从容多了。

在黑塞的作品中，除了感性和理性、个体与集体之间激烈的矛盾

---

① ［德］黑塞：《玻璃球游戏》，张佩芬译，上海译文出版社1998年版，第391页。
② ［德］黑塞：《荒原狼》，李世隆、刘泽珪译，漓江出版社1997年版，第54页。
③ 同上书，第52页。
④ 同上。
⑤ 同上书，第53页。

斗争之外，世俗世界和精神世界之间的冲突也是极为明显的。《玻璃球游戏》中的克奈西特的卡斯塔里恩的世界和普林尼奥·特西格诺利所代表的世俗世界就存在着对立，精神世界因它的纯洁性而拒绝与世俗世界感性世界接触；同样，世俗世界所经历的一切都游离在卡斯塔里恩之外，甚至有很多人不知道有这样一个精神王国的存在。玻璃球游戏大师克奈西特企图为弥补两者的缺陷而进行努力，他一方面不放弃精神；另一方面却想走入世俗世界。黑塞对精神世界的重视是鲜明的，这种精神性显然在一定程度上克服了过于专注感性审美生活的弊端。辛克莱、歌尔德蒙、荒原狼哈里、席特哈尔塔都经历过世俗感官生活，然而他们的超越之处就在于没有过于沉溺在感官的刺激和享受之中，继续渴望精神上的超越。哈里最终决定告别玛丽娅，"我的灵魂在向玛丽娅告辞，向她使我迷恋的一切告别……现在，赫尔米娜和玛丽娅向我展示了这个纯洁的性爱乐园，我一度成了这个乐园的客人，不胜感激；但很快就到了我该继续前行的时候了，对我来说，这个乐园太美太温暖了。我是注定要继续寻找生活的桂冠，继续为生活的无穷无尽的罪过忏悔受罚的。轻松的生活，轻松的爱情，轻松的死亡，这对我来说毫无价值"。① 辛克莱整个个人探索的过程就是在两个世界中挣扎，实际上这和他对精神世界的追求是分不开的，尽管他无法逃离内心黑暗世界的强大，也沉浸在酒神的狂欢中，却最终穿越了心灵的炼狱，获得了精神上的提升。在黑塞的文本中，感性的生活和黑暗的世界是个体成长不可缺少的一部分，但并不因为如此，就抛开了精神世界的召唤，可以说，黑塞文本中的世俗世界和精神世界是紧密联系在一起的，虽然它们之间有着冲突，但是都是为了帮助个体成长。作为人道主义者，黑塞把对主体性的推崇也限定在一定的范围内，他强烈歌颂人类之爱，没有放弃精神的指导作用，因此，黑塞是每一个个体心灵的守护者，但并不纵容个体欲望的放纵，以理想的生存境界来规范人类的此岸生存。他说："我所关心的不是摧毁秩序和割断纽带，没有这些，人类根本就不可能有共同生活；他们还会感受

---

① ［德］黑塞：《荒原狼》，李世隆、刘泽珪译，漓江出版社1997年版，第147页。

到，我并非要神化个体，我所关怀的是生命和生活，具有爱和美和秩序的生活。"① 对于自己写的小说，黑塞也有这样深刻的认识，他说："在这些小说中，个体反抗戒律的巨大压力，自然努力在精神面前保持自己的权利。然而，精神在这些小说中也是不可侵犯的，小说对人永远有很高的要求，要求人尽力做到他所能做的，至少要敬重精神世界。荒原狼的对面有小论文，有精神和不朽者的忠告和教导，歌特蒙德对面有纳尔齐斯。"② 可见，黑塞对精神世界是极为珍惜的，而且这种精神是融合了对感性世界的肯定的。荒原狼虽然品尝了生活的乐趣，却更加需要痛苦；席特哈尔塔享受世俗的一切，却清晰地知道这不是他最终想要的。黑塞拒绝的不是理性，而是拒绝僵死教条的理性；同样，我们拒绝的也不是感性，而是欲望带来的堕落。

可见，在黑塞的文本中，尽管遭遇到审美现代性和启蒙现代性之间的冲突而带来的重重矛盾，黑塞还是为融合两者进行着不懈的努力。

20世纪初西方文学中的审美主义特征已经日趋成熟，它不同于浪漫主义文学，不再把关注的眼光投射于一个精神实体，不再试图通过想象和情感来弥补此岸与彼岸、有限与无限、人与神的分离，而是真诚地关注个体非常有限的此岸生活的感性自足性，对痛苦本身、生命本身持毫无保留的肯定态度。刘小枫把这一阶段的审美主义看作反宗教审美主义："它要求彻底取消彼岸，取消感性、感觉及其存在的基质（身体）的对立者，发起了对一切理念、知识秩序的全面攻击。"③ 不过，这种否定并不表示放弃一切精神和价值追求。这一阶段的文学家一方面承认现代人世俗生活的合理性，用以反抗启蒙现代性日益显露的弊端；另一方面又认真对待自己审美之路中发生的艺术与生活、灵与肉、感性与理性的多重冲突，并为走出这种困境而不断寻找出路。他们对以往价值评判尺度的否定在一定程度上是为了重估

---

① ［德］黑塞：《工作夜》，载谢莹莹编《朝圣者之歌》，中国广播电视出版社2000年版，第121页。
② ［德］黑塞：《谈自己的作品》，载谢莹莹编《朝圣者之歌》，第101页。
③ 刘小枫：《现代性社会理论绪论》，上海三联书店1998年版，第327页。

一切价值。因为在他们眼中,个体所拥有的本真生命才具有至高无上的本体论地位,才能担当起评判标准,这使得这一阶段的审美精神既超越了浪漫主义的空想色彩,又不同于之后完全走向身体放纵和感官享乐、毫无生存目标的"垮掉一代"们。伟大文学家的追求、挣扎和探索为深入研究审美主义的内在困境提供了宝贵的财富,这些都值得人们高度重视。可以说,这是现代主体性表现得最为活跃的时期,其中纷繁复杂的矛盾现象有利于我们深入思考和对待审美主义现象。

第三节 "垮掉"的叛逆:后现代审美

恐怕没有比战争更能摧毁人们的理性信仰了,面对两次世界大战之后的废墟和奥斯维辛集中营里埋藏的铮铮白骨,畅谈诗歌和鲜花显得残酷和有罪。然而我们却惊奇地发现:在幽暗的死神阴影下和浮华的商业时代里,一批热情的年轻人大声宣布自己是快乐的,人生是值得肯定的;他们把虚无主义推向了极端,反而在极端的生命体验和激进的破坏冲动中洋溢出了一种前所未有的乐观精神。在他们身上,我们感受到了审美主义扩张化和极端化的逻辑发展后果。以"垮掉一代"(the beat generation)为代表的战后一代青年们就是这样一群自愿从物质社会中游离出来的局外人,这些没有固定职业的流浪者、乐队演奏员、一些大学生、艺术家和文化人对生活充满着异乎寻常的热情,用种种极端的方式——吸毒、酗酒、纵欲、偷窃来展现自己旺盛的感性生命力,反对任何束缚自由的外在规则,他们歇斯底里的"嚎叫"和"在路上"的高速冲锋把身体(感官)的快感推向了顶峰,也把现代审美主义思潮推向了顶峰,人们可以清晰地从这一代青年的文学中感受到其中势不可当的感性冲力,这是审美主义感性一元论发展的必然结果。不过,放逐一切精神目标和剥离了理念控制的身体扩张带来的危机也很鲜明,它全面暴露了个体身上一切晦暗的、冲动性的本能,走向了极端的自我中心主义和身体至上主义,并和消费社会、大众文化形成了某种共谋,这些危机我们是无法否认的。贝尔表示,20世纪后期流行的后现代主义已经抹杀了既定界限,颠覆了有序原则:"它以解放、色情、冲动自由以及诸如此类的名义,猛烈攻击'正常'行为的价值观和动机模式,为这场攻坚战提供了心理学武器。"① 在此阶段,人们不再需要努力去证明审美生活的合理性,因为在他们看来:具有自然性的感性生命本身无须任何证明,让生命诉求走向色情、身体和自性冲动是必然的。这就导致了整个20世纪中后期一大部分文化和文学的情欲化倾向。纳博科夫作为一位生活在后现代社会的审美者,面临着巨大的危机和挑战,在他那部包容着众多主题的《洛丽塔》中,用隐喻的方式表达了后现代审美的另一尴尬境遇。

一 极端体验:"嚎叫"与"在路上"

"Beat"这个词的意义原本就模棱两可,不过,对于美国人来说,其意义却再清楚不过。这个词不只是令人厌倦、疲惫、困顿、不安,还意味着被驱使、用完、消耗、利用,精疲力竭,一无所有;它还指心灵,也就是精神意义上的某种赤裸裸的直率和坦诚,一种回归到最原始自然的直觉或意识时的感觉。简言之,它意味着他们情愿以一种并不耸人听闻的姿态驱使自己陷入困境。一个"垮掉"的人无论到什么地方都总是全力以赴,精神振奋,对任何事情都很专注,像下赌注似的把命运孤注一掷。

——约翰·霍尔姆斯

很显然,第二次世界大战后的一代青年面对生存的困境,已经把生命支点完全转移到了此岸生存着的个体的身体感觉之上,尽一切可能(狂欢、吸毒、纵欲、冥思等)挖掘自己潜在的感受,感知生命。"垮掉一代"们不顾一切在路上狂奔,做出种种超越常规的极端行为,只不过是为了从灵魂深处体验生命和生存的至高境界,他们以特有方式藐视着赤裸裸的灰暗现实。对于他们来说,生命的真谛显然不

---

① [德]丹尼尔·贝尔:《资本主义文化矛盾》,赵一凡译,生活·读书·新知三联书店1989年版,第98页。

是安于现状,而是不断地历险,目的只是为了身体获得那种飞翔的快感。

《嚎叫》(*Howl*)和《在路上》(*On the Road*)的出现把"垮掉一代"文学推向了顶峰,它们从不同角度展现了这一代青年狂欢化和极端化了的生活方式。艾伦·金斯伯格在旧金山六画廊涕泪俱下声嘶力竭的嚎叫首先惊醒了一代梦中之人。长诗《嚎叫》的一开头就是惊世骇俗的,它生动地描绘出了战后青年走向极端的感性生存方式:

> 我看见我这一代的精英被疯狂毁灭,饥肠辘辘赤身露体歇斯底里,拖着疲惫的身子黎明时分晃过黑人街区寻求痛快地注射一针,天使般头脑的嬉普士们渴望在机械般的黑夜中同星光闪烁般的发电机发生古老神圣的联系,他们穷愁潦倒衣衫褴褛双眼深陷在只有冰水的公寓不可思议的黑暗中吸着烟昏昏然任凭夜色在城市上空飘散,他们在高架铁道下向上帝忏悔看见穆罕默德的天使们在被灯火照亮的住室屋顶蹒跚缓行,他们穿过大学校园目光炯炯可神色冷峻幻想置身在军事专家中目睹阿肯色和布莱克似的轻松悲剧,他们被学院开除由于疯狂由于骷髅般的破窗上发表猥亵的颂诗,他们没剃胡须蜷缩在房间里在废纸篓里焚烧钱币靠着墙胆战心惊,他们从拉雷多狼狈来到纽约腰带上捆着大麻阴毛部被重重踢了一脚,他们在用涂料粉刷过的旅店里吞火自乐要不就在天堂巷用松节油等待死亡,要么为了涤罪一夜又一夜折磨自己的肉体,用梦幻、毒品、伴随清醒的梦魇,酒精和鸡巴以及无休止的寻欢作乐,无法言喻死一般的街巷在阴云中颤栗而心中闪电冲向加拿大和帕特逊两极,把这两地之间停滞不动的时间世界照耀一片通明……①

可以说,这是描述"垮掉一代"最精确的肖像画:一方面,他们

---

① [美]金斯伯格:《嚎叫》,载《金斯伯格诗选》,文楚安译,四川文艺出版社2001年版,第114—115页。

吸毒、酗酒、同性恋，被抛弃于社会主流之外，穷困潦倒；另一方面，他们却在种种放荡不羁的生活中体验到了极端的快乐，爆发出火一般燃烧的生命热力。

如果说金斯伯格用嚎叫的方式歇斯底里地表达了他们这代"精英"的困境和渴望，那么被称为"垮掉之王"的凯鲁亚克则用小说这种体裁从各个角度精心描绘了他们那一代青年极端感性化的生活。被称作"垮掉《圣经》"的《在路上》是一部自传体小说，故事中的人物叙述者萨尔·帕拉迪斯的原型就是凯鲁亚克本人，小说的主人公狄安·莫里亚蒂是以凯鲁亚克的朋友尼尔·卡萨迪为原型塑造的，而卡罗·马克斯就是"垮掉一代"的另一个重要代表人物艾伦·金斯伯格。《在路上》叙述的故事十分简单，它讲述了萨尔、狄安以及其他伙伴为追求自由个性，驾车数次横穿美国的疯狂经历。这些"垮掉"的男男女女们一路上狂喝滥饮、吸毒、放纵性欲，在极端化的行为方式中体验生活和感知生命。其中狄安无疑是最具有代表性的人物，他做事疯狂，经常高速飙车，永远不会安于现状，表示"不管在那里，我的箱子总是放在床下，准备随时上路"；他生活放荡，曾经在同一段时期周旋在三个女性之间，和她们同时保持性关系；他只管自己开心，经常把重病的朋友和身无分文的情人独自抛下，除了他自己，压根儿就不替任何人着想。总之，在他看来，"寻欢作乐、消磨时光就是神圣，就是人生的真谛"，而理性、刻板的生活是与之无缘的。① 在这样的人生哲学的指导下，他和当时的社会规范与传统道德观念格格不入，并且与之产生了激烈的冲突，经常受到人们的指责。

吉尔伯特·米尔斯坦把"垮掉一代"看作"一群渴望燃烧、燃烧、燃烧的家伙"，这种认识正是出自金斯伯格和凯鲁亚克他们对于自身的定位。在小说《在路上》里，叙述者萨尔·帕拉迪斯一开始就表示："我喜欢交往的只是这类愤世嫉俗的狂人，他们因为疯狂而生活，因为疯狂而口若悬河，也唯有疯狂才能拯救他们自己。同时，他们渴望拥有生活中的一切。这类人从不迎合别人，他们谈吐非凡。

---

① ［美］凯鲁亚克：《在路上》，文楚安译，漓江出版社1998年版，第253页。

相反，他们犹如传说中黄色的罗马蜡烛一样燃烧，燃烧，如穿过行星的蜘蛛那样迅速爆炸。"① 很显然，这种"燃烧""疯狂""愤世嫉俗"的外在表现往往出自个体内心深处无法抑制的感性冲动，出于对理性社会和压抑现实的强烈不满，集中体现了审美现代性和启蒙现代性之间尖锐的矛盾碰撞。"嚎叫"和"在路上"的生活本来就不是一种理性的生活方式，它暗含着人们越界、动荡和癫狂的渴望。可以说，在他们身上集中了"垮掉一代"独特感知生命和表达生命的疯狂方式，是审美主义感性至上精神的集中代表。从他们身上，我们可以体会到人类感性生活的极限疯狂。

如果不从时代背景上来考察它，这种极端的个人主义是很难让人理解的。"垮掉一代"生活在启蒙理性遭受严重危机和信仰彻底崩溃的年代，二战之后令人压抑的生存情势是"垮掉一代"文学产生的重要背景。战后美国国际政治环境空前紧张，冷战风云密布，国内麦卡锡主义肆虐，政治空气极为压抑，在金斯伯格几首纪念母亲的诗歌如《卡迪什》《白色的尸衣》《黑色的尸衣》中，我们都能够感受到那种噩梦般阴暗窒息的社会氛围。此外，随着战后美国经济的迅速发展，物质主义和享乐之风的四处弥散，这一切都极大地威胁并窒息着青年一代富有个性的生命。金斯伯格曾经把这一切比作专门吞噬孩子的火神怪兽"摩洛克"。它是警卫森严的国家机构："摩洛克不可理喻的监狱！摩洛克相交大腿骨没有灵魂的炼狱和聚生痛苦的国会！摩洛克的高楼是审判庭！摩洛克战争巨人！摩洛克令人不知所措不寒而栗的政府机构！"它是现代冰冷的机械文明："摩洛克的脑袋纯粹的机械！摩洛克的血液流淌着金钱！摩洛克的手指是十支大军！摩洛克的胸膛是一架屠杀生灵的发电机！摩洛克的耳朵是一座冒烟的坟地！"它还代表着物质金钱对人类灵魂的控制，如幽灵般存在于社会生活的每一个角落！它是："机器人公寓！无形的郊区！如骷髅般的国库！盲目的资本！魔鬼般的产业和公司！幽灵般的国家！战无不胜的疯人院！花岗石般的鸡巴！可怕怪诞的原子弹！"最为要命的是："摩洛

---

① [美]凯鲁亚克：《在路上》，文楚安译，漓江出版社1998年版，第9页。

克早就进入了我的灵魂！在摩洛克中我有意识可没有肉体！摩洛克吓得我丢失了与生俱有的痴迷！"① 在这样灰暗的现实面前，青年们感到"夜晚是犹如梦见凶恶老妪般的紧张恐怖，大白天又会感受到难以忍受的折磨令人窒息愤怒"，因此表现出迷惘、失落乃至"垮掉"都极为正常。

理想家园和精神世界的丧失使得人们寻找不到存在的意义，坠入绝望的深渊，只好靠梦幻、毒品、酒精和无休止的寻欢作乐来提高生命的强度，感觉已经成为活着的唯一目标和支点。这一切必然导致感性主义的进一步扩大和张扬。一方面是现实窒息的环境，一方面是精神价值的全面崩溃，不愿妥协的"垮掉一代"最终选择了生命的狂欢。金斯伯格面对苦闷的现实慷慨表示："我情愿发疯，沿着隐秘的道路去墨西哥，血管里流淌着海洛因，/眼和耳都弥漫着大麻的刺激，/在边地的泥地小屋地板上吞吃佩奥特碱，/要么躺在旅馆的床上拥抱被命运捉弄的痛苦的男人和女人，/我情愿老是在公路上颠簸顶着西部太阳在餐桌房呼号流泪……"② 在他们看来，只有极端的感性才能对抗极端的理性，否则就无法从压抑、绝望的现实生活之中挣脱出来。从这个角度来看，"垮掉一代"的生活方式从表面上虽然可以归结为纵酒、吸毒、性滥交、疯狂地驾车或搭车出游，拼命地追求感觉的宣泄，极端的神经质，但在更深的层面上分析，它的出现却有着重要的现实意义，可以说这是社会和文明发展进程中的必然。两次灭绝人寰的世界大战和战后的种种社会衰败迹象，已经完全暴露出启蒙现代性计划的弊端，面对现代文明的没落和理性主义的僵化，他们异常的极端行为，完全出于一种内在的反叛目的，并且有着肯定生命的积极意义。

现实是残酷的，这常常使得许多现代人很迷茫，对生活报以悲观的态度，20世纪文坛流行的现代主义和后现代主义文学就是在这样的时代背景中出现的。这批文学经常描写人类荒诞、痛苦的生存境况，

---

① ［美］金斯伯格：《嚎叫》，载《金斯伯格诗选》，文楚安译，四川文艺出版社2001年版，第124—125页。

② ［美］金斯伯格：《帕特逊》，载《金斯伯格诗选》，第60页。

飘荡着挥之不去的迷茫、灰暗和悲观的情绪。不过，审美主义文学还有着自己独特的特点。和上述文学相比，审美主义文学最大的不同就在于它揭露丑陋现实和理想谎言的时候并不绝望，它有着自己的快乐方式，那就是从极端疯狂的感性体验中发现生命的真谛。《在路上》的作者凯鲁亚克表示自己喜欢狄安那种疯狂的生活方式，即使他有着种种越轨的"劣迹"，但却并不招致愤懑，被人鄙视，因为那正是"美国式的欢乐对人生持肯定态度时情感的疯狂发泄"，是迎接悲剧人生的一次终极冲刺。这帮彻底的虚无主义者显然把感觉的寻求作为了生存的唯一目的，他们从不责备命运；相反，在他们看来，活着本身就是值得肯定的，因为"生命是神圣的，生命中的每时每刻都弥足珍贵"。他们歇斯底里的嚎叫、在路上疯狂奔驰就是为了追求那种冲刺和行动的快乐，从而肯定自我生命强力。他们四处漂泊，在吸毒、纵欲、酗酒和暴力获得的快感中，寻找一条反叛传统、复归自我的道路。凯鲁亚克认为："这是一种从灵魂深处体验人生和命运的极乐境界。"[1]

在学界，对"垮掉"精神的误读已经得到了澄清。文楚安先生曾经就多次表示 the beat generation 是一个很复杂的现象，它实际上是一种新的价值观和艺术观，他说："'垮掉一代'不只是'被击败'，'被抛弃'，而且从他们的生活及其艺术实践看来，还意味着进攻，勇于探索人生真谛，冒险，追求，创新。"[2] 为此，他主张用"BG"这样的缩写来代替"垮掉一代"一词在表达上的含混。被称为"垮掉之王"的凯鲁亚克曾经对"Beat"一词的来源做过分析。他提到在一个雷电交加的夜晚，别人都躲在厨房中瑟瑟发抖，而他的祖父竟然冲入雨中挥舞着手中的煤油灯，对着上天疯狂地呼号。在那一瞬间，他从这个年近古稀的老人身上看到了"Beat"精神。可见，"垮掉一代"并不是真正垮掉了，相反他们精力充沛，永远神采奕奕。其实，早在同一时代，约翰·霍尔姆斯就详细阐释了"Beat"这一词的精神内涵，他说："'Beat'这个词的意义原本就模棱两可，不过，对于美

---

[1] ［美］凯鲁亚克：《在路上》，文楚安译，漓江出版社2002年版，第156、254页。
[2] 文楚安：《艾伦·金斯伯格简论》，载《"垮掉一代"及其他》，四川大学出版社2002年版，第27页。

国人来说，其意义却再清楚不过。这个词不只是令人厌倦、疲惫、困顿、不安，还意味着被驱使、用完、消耗、利用，精疲力竭、一无所有；它还指心灵，也就是精神意义上的某种赤裸裸的直率和坦诚，一种回归到最原始自然的直觉或意识时的感觉。简言之，它意味着他们情愿以一种并不耸人听闻的姿态驱使自己陷入困境。一个'垮掉'的人无论到什么地方都总是全力以赴，精神振奋，对任何事情都很专注，像下赌注似的把命运孤注一掷。"[1] 他还把"垮掉一代"和以海明威、菲茨杰拉德为代表的"迷惘一代"作了详细比较，认为这代青年并不"迷惘"，没有"那种理想不断受到挫折的感觉"和"对道德伦理主流中一切毫无价值的东西深为惋惜的情怀"，他们对这些东西已经不再有任何兴趣，只是"醉心于寻欢作乐"，"如何生存对他们来说远比为什么要生存更为重要"，因此"这是一种甚至在面对死神，无能为力，无可奈何的情势下，也仍不改变初衷并决意行动的意志，因此必然会在这一方面或那一方面走向极端"[2]。可见，"垮掉"精神的真谛便是把自己投入绝境和极限境地，在生命的悬崖边甚至面对死神欢歌与嚎叫，渴望获得一种极端化的生命顶峰的体验。因此，这些人往往赞美危险的个性和越界的冲动，崇拜生命之力甚至强权和暴力，无限抬高拥有感性意志的主体。可见，"Beat"精神是早期审美主义所表现出的感性主义思想发展到极端而形成的，它反叛刻板、平庸、单调、压抑、循规蹈矩的现代日常生活，追求自由和本真的生命状态，是感性个体面对理性社会的一次全面暴动。这代青年已经完全冲破了理智和道德规范的束缚，让生命发出了痛快的尖叫。

"垮掉一代"昭示了一种自由自在、无拘无束的生活，触及了生命个体与生俱来的天性要求，象征着追求自由、敢于冒险、不循规蹈矩、不知疲倦的人类精神和创造力。金斯伯格声嘶力竭的嚎叫和凯鲁亚克表现的末路狂奔都是这种无拘无束感性精神的杰出代表，他们和20世纪60年代发起的嬉皮士运动和学生反叛浪潮之间有着密不可分的关

---

[1] ［美］霍尔姆斯：《这就是"垮掉一代"》，文楚安译，载《"垮掉一代"及其他》，四川大学出版社2002年版，第362页。

[2] 同上。

联。多次参与这些学生运动的美国著名作家梅勒曾经多次表示，那些拥有极端生命形态的嬉皮士才是美国民众应该效仿的榜样，才是救助美国战后社会的英雄。不过放任自我，走向极端的个体往往具有潜在的暴力倾向，这点梅勒也没有避讳。在其产生广泛影响的著名论文《白色黑鬼》（*The White Negroes*）中，他明确承认西方社会出现的这群青年与主流文化对抗的目的"只是为了达到自我满足这个目标"，因此对他们来说，"唯一的道德标准是无论何时何地一有可能就去做自己感觉到的事情"，实现"利己主义的野心"，为此他们经常"把暴力看作开辟成长道路的精神净化"，宣称"无论付出多大暴力的代价也要复归自我"。① 从极端的个人崇拜、对原始本能的放任自流到偷窃、强奸、抢劫甚至杀人等暴力行为的发展是一个很自然的逻辑过程，《在路上》中的狄安、萨尔、雷米等人就已经把偷盗行为看作一种心理上的满足，这种暴力倾向在梅勒笔下的主人公那里表现得更为鲜明。

在 20 世纪五六十年代出现的嬉皮士、"垮掉一代"以及后来大规模的学生运动中，性的解放作为个人宣扬感性自由的一个重要方面被提到了突出位置，极大地鼓舞和刺激了青年们颠覆既定文明的公开造反行动。凯鲁亚克笔下的狄安曾经表示"性可是生活中唯一头等重要而且神圣的事"，嬉皮士们直接宣扬"因为我存在，所以我性交"。在"五月风暴"中，示威的学生公开打出"要做爱，不要作战"，"我越恋爱就越造反，越造反就越恋爱"，"解放被压抑的性本能"等种种身体口号，难怪这次学生运动的理论领袖马尔库塞表示："在今天，为生命而战，为爱欲而战，也就是为政治而战。"② 性爱作为人的感性本能最基础的部分，已经成为抵抗现代文明社会和反对理性规范最为有力的武器。不过，和以劳伦斯为代表的前期性文学不同，这个阶段人们已经不再试图依靠性来担当起拯救人类精神的重任，他们爱欲的释放已经拒绝承载任何意义，只是为了让个体获得某种单纯的快感，扩大自我生命的能量。因此，此时的性解放完全局限于肉身的放纵，是面对文明失落后

---

① Noman Mailer, "The White Negroes," *American Literature Survey: Twentieth Century*, Stern Milton ed., N.Y., The Viking Press, 1975, pp. 361–371.
② ［德］马尔库塞：《爱欲与文明》，黄勇、薛民译，上海译文出版社1987年版。

无望的感官狂欢,因而带有某种颓败的气息,不再具有什么积极的建设意义。这种情况在美国作家亨利·米勒那里表现得最为突出,他的创作和思想直接影响到了后来"垮掉一代"对于性本能的看法。

20世纪中后期的西方社会正是现代文明进入全面危机的时代。虽然从表面看来,这时的社会已经积累起雄厚的物质基础,科学技术和工商业都达到了前所未有的发展高度,人类获得了丰富的经济财富,但是这样高度发展的物质文明似乎并没有使人们幸福。在两次灭绝人寰的世界大战发生之后,各种社会矛盾危机全都暴露了出来;启蒙主义所标榜的"自由、平等、博爱"的理想社会并没有到来,相反人类精神世界进入了一片枯竭的"荒原",施宾格勒大声宣布了"西方的没落",精神危机成为19世纪中后期以来现代西方文学中的普遍现象。如果说在劳伦斯生活的时代,人们还在试图为迷惘中的个体寻找出路,那么到了后来,任何意义和理想都显得苍白,后现代主义文学已经开始解构各种传统的价值观念。亨利·米勒(Henry Miller,1891—1980)也处在这样的环境中,他的作品一开始就以令人惊诧的大胆和骇人听闻的粗俗揭露了现代大都市的种种混乱特别是人类精神世界的丑恶。

在米勒的世界中,人们已经看不到一丝一毫生活的美好,西方文明乃至整个人类世界曾经所取得的一切引以为豪的成果都遭到了他的冷嘲热讽、泼口谩骂,物质文明最为发达的美国是他最为痛恨的地方。在他看来,全部美国生活就像是一个"杨梅大疮","简直比虫子四处爬的奶酪还要腐烂不堪":"美国的所有街道都合起来形成了一个巨大的藏污纳垢之地,一个精神的污水池,在其中,一切都被吮毕排尽,只剩下一堆永久的臭屎屁屁。在这个污水池之上,劳作的精灵挥舞着魔杖;宫殿与工厂鳞次栉比地涌现,什么火药厂、化工厂、钢铁厂、疗养院、监狱、疯人院,等等,等等。整个大陆便是一场梦魇,正产生着最大多数人的最大不幸。"① 米勒的作品之所以长久遭

---

① [美]米勒:《南回归线》,杨恒达、职茉莉译,时代文艺出版社1996年版,第12、4页。

受监禁,有很大部分的原因就在于他以无比坦诚的心态揭露了隐藏在进步和文明华美皮囊之下的令人作呕的社会真实。在他的笔下,文明和战争、腐败的食物、低级的趣味、疯人院、疾病、梅毒、花柳病、性变态是同义词,正是它造就了一个弱肉强食的社会,一个精神萎靡的世界,一个毫无意义的监狱。这里有麻风病人、癫痫者、杀人犯、变态狂,到处是游手好闲的人,到处是千篇一律的面孔,到处散发着腐烂和死亡的气息,它怪诞、冷酷、邪恶、颓丧、杂乱无章,一切拼搏和努力都显得毫无意义。总之,生活在20世纪中后期的人们,已经清醒地认识到以理性为中心的一切现代道德和进步谎言的虚伪、腐败和堕落,米勒更是其中最为激进的代表。在代表作《北回归线》里,他一开始就阐明了自己的立场,他说:"这一本不算是书,它是对人格的污蔑、诽谤、中伤。就'书'的一般意义来讲,这不是一本书。不,这是无休止的亵渎。是啐在艺术脸上的一口唾沫。是向上帝、人类、命运、时间、爱情、美等一切事物的裤裆里踹上一脚。"①颠覆一切价值成为米勒文学的根本出发点。

亨利·米勒的反叛情绪来源于当时社会普遍存在的危机感,人们深刻感受到了文明盛极而衰的命运。物质文明越是高度发达的社会,人类却越感到失去了自我,最后的衰落和死亡似乎就在眼前。不过如前所述,和时代里彻底的悲观主义者不同,现代审美主义作家往往能够面对死神放声歌唱,找寻到前所未有的自由,并且迸发出生机勃勃的存活激情。和亨利·米勒交往甚密的女作家阿娜依斯·宁曾经在她写给《北回归线》的序中这样评价道:"作者以淳朴的诚实娓娓道来的,他所遭受的种种耻辱和失败并不是以失落感、沮丧或万念俱灰的情绪而告终的,而是以渴望,对一种更加丰富多彩的生活如痴如醉的、贪婪的渴望而宣告结束的。"② 韦德默(Kingsley Widmer)也曾经表示:"对米勒来说,几乎他在描写挫败、绝望、悲伤的场景的同时,这些经历也让他获取了巨大的快感。他的沉沦之所就是他的奋起之

---

① [美] 米勒:《北回归线》,袁洪庚译,时代文艺出版社1996年版,第2页。
② [美] 阿娜依斯·宁:《北回归线·序》,袁洪庚译,时代文艺出版社1996年版。

处，他关于痛苦有着双重的态度。"① 可以说，他们几乎都同时注意到：米勒对于世界的彻底否定当中洋溢着一种肯定精神。实际上，这种肯定就扎根于现代审美主义者对自己设定的感性支点，他们在感性生命的张扬中重新获得了生存的狂喜，找寻到了现代文明中饱受压抑的自我天性。

在威廉姆·哥顿看来，米勒的哲学其实很简单："他向我们显示出一个人怎样最终永久地从他的文化束缚中挣脱出来，他因此最终成为价值的仲裁者，预告了文明最终消亡之后一个新世界的诞生。《北回归线》接受了这种毁灭并为个体生命的确证欢呼雀跃，它的诞生旨在挖掘本应属于个体却一直被压抑在腐朽文明之下的潜在的生命。"② 衰败和没落的文明恰好向这一代人证实了依靠理性建立起来的一整套社会价值与道德规范的荒谬。人类的最大悲剧就在于他们所追求的一切都是徒劳无益的，但这并不表示人的生命和生存本身毫无价值。米勒笔下的巴黎生活的确如地狱般阴冷恐怖，"我没有钱，没有人接济，没有希望"，但是他却表示"我是活着的人中最快活的"。③ 这种快乐便来自于个体那前所未有的自由，米勒觉得自己获得了独特的财富。他可以完全依赖自己，按照自己的意愿选择任何生活方式，酒、食物、欢笑、欲望激情、好奇心都将为个人所有。他说："我感觉到这种新生活是属于我自己的，绝对属于我自己；我可以利用它，也可以摧毁它，完全取决于我。在这种生活里我就是上帝；像上帝一样，我对自己的命运无可无不可；我就是存在的一切，何须着急？"④ 正是出于这样自我解放的冲动，他们并不在乎文明的没落和死亡，相反他们"突然发现死亡的真理不需要令人悲痛。尤其当整个'文明'世界已经成为其中的一部分，正如现在发生的这样"，因为这样的现实

---

① Kingsley Widmer, *Henry Miller*, Twayne, 1963, p.19.
② William A. Gordon, "The Volcano's Euruption," *The Mind and Art of Henry Miller*, Louisiana: Louisiana state University Press, 1967, p.85.
③ [美] 米勒：《北回归线》，袁洪庚译，时代文艺出版社1996年版，第1页。
④ [美] 米勒：《和平，真是好极了!》，载《宇宙的眼睛》，潘晓松译，时代文艺出版社1996年版，第2页。

要求他们"带着首次迎接生命时的狂热和快乐去窥视坟墓的深处"。①上帝虽然死了,人却还活着,并且还可以活得更为自由和精彩,这就是审美主义者的生存逻辑。

  亨利·米勒和一批流落在巴黎的艺术家们在这座浮华的城市中游荡着,他们四处流浪,穷困潦倒,在放纵的性交往和通宵达旦的狂喝滥饮中获取了极端的生命感。和尼采一样,他们感觉到人只有激发出勃勃生命激情才能战胜人生固有的悲剧性,因此愿意面对死神而舞蹈。活着本身成为他们追求的最终目的,挣脱一切的外在束缚酣畅淋漓地享受人生是他们唯一目标。这样的生存不存在绝望或者希望,畅快淋漓地活着本身就是生命最好的慰藉,米勒表示:"我一点也不担心未来,因为我学会了如何在目前生活。"② 在这群放荡不羁的彻底的虚无主义者眼中:"所有时代都是糟糕的,永远是糟糕的,除非人能变得具有免疫力,成为上帝。既然我已成为上帝,我总要干得彻底。我对世界的命运完全无所谓:我有我自己的世界和我个人的命运。我不作保留,也不妥协。我接受,我存在,仅此而已。"③ 在某种程度上,米勒们重新建构了自我,这种自我已经挣脱了一切外在的束缚和禁锢,穿透了一切关于文明和进步的谎言,赤裸裸地回归了生命的原始状态。米勒表示:快乐其实很简单,只不过是吃上一顿饭或者能勃起一回,尽最大可能满足自己感官的需求,扩大自己的生命感觉。这些快感的获取成了他们存在的唯一证明和理由。其中,性作为感性个体内在真实的一个重要部分,被更加突出强调是值得理解的。

  人既然成为上帝,并且一切外在规则的束缚都被证明为虚妄,那么所剩下的就只是属己的私人化的身体感觉了。和劳伦斯一样,米勒极为憎恶现代文明对于性本能的压制。在现实生活的世界里,人们被形形色色的恐惧所束缚、麻痹、伤害,受到来自各方面的惩罚和威

---

① [美]米勒:《情欲之网》,窦东华、周斌、王红玉译,时代文艺出版社1996年版,第580页。
② [美]米勒:《自传》,载《宇宙的眼睛》,潘晓松译,时代文艺出版社1996年版,第294页。
③ [美]米勒:《和平,真是好极了!》,载《宇宙的眼睛》,第2页。

胁，特别是个体身上固有的原始本能和生命激情往往被以道德的名义来扼杀，性作为一个文明社会的禁忌一直备受压抑。性的解放则成为社会解放的一部分，这使得米勒很快成了20世纪60年代学生运动的代言人。在米勒看来，性恰恰能够增强和扩大人们的生命感觉，给毫无生机充满死亡气息的社会注入一股生命的暖流，如果欲望被压抑，生活就会变得庸俗、丑陋、堕落和僵死。米勒表示："对大胆的性事进行详细的描述本身就是了不起的时刻，它具有难以想象的意义。我们身上所具有的性欲之火，就像太阳一样燃烧不绝。因此可以说，对于肉体交合的赤裸裸的描写，有时会使人从色欲中得到升华，会让我们在屏息中顿悟掩藏在表层下的真谛。"① 这种真谛就是最大可能地体会到生命跳动的脉搏，而不是成为一个空有躯壳的人。

世界是一片荒漠，人类已经陷入绝境，找不到出路，在米勒看来任何修补都无济于事，必须学会从根本上开创一个全新的生活。以法律与秩序、和平与繁荣、自由与平安的名义所做的一切，在他看来都是虚妄，他说："我要拥有一块完全属于我的一方天地。我不要任何名义，我要给这个地方起个名字，叫普鲁腾——性交之地。"② 性和个体自我、欲望紧密相连，不但可以打破现实散发的腐烂和恶臭的气息，而且满足了感性扩张的需要。做一个性感、快活、自然的人成了审美主义者的追求目标。米勒曾经为自己所写的以性著称的南、北回归线进行辩护，他表示："作品中大量的性描写，既非因为作者热衷于性，也非出于对宗教的关心，而是为了自我解脱这个问题。""《北回归线》是一篇浸透了血与泪的死亡诀别书，它揭示了我在死亡之胎里痛苦地挣扎。书中弥漫着性的恶臭，其实却预示着再生的芳香。"③ 从这个角度来看，米勒和劳伦斯的性文学的出现有着共同的出发点，那就是反抗现代文明对人的本性的压抑，解放备受奴役的本真生命。

不过出于不同的时代背景、不同目的和个性特征，现代文学家对

---

① [美]米勒：《性的世界》，载《巨大的子宫》，高明乐、杨林贵译，时代文艺出版社1996年版，第251页。
② 同上书，第260页。
③ 同上书，第222页。

性的认识也是极为不同的。在劳伦斯那里，性和神秘的生命暗流紧密相连，性爱的需求是为了恢复个体的"血性意识"，具有一定的建设意义。特别是他还关注了灵和肉的统一，认为精神的交汇和肉体的交融一样重要，性活动不是获得快感那么简单，相反它是人与人之间沟通的"彩虹"，是男女双方作为独立的个体（他提出过"两条河流"和"星际平衡"的观点）交汇的支点。以米勒为代表的现代美国作家生活的时代，现代文明已经彻底暴露出它所有的弊端，战争更是打碎了人们的传统信仰，所以对于他们来说世界根本没有什么建设的意义，他们欢呼文明的没落，只是觉得可以获得生存的自由，因而他们对性的推崇更多是出于一种自我扩张和膨胀的需要，并且更多看重是属己的私人身体感觉的摄取，往往是有性无爱的，两性之间也缺乏任何交流。

女权主义理论家凯特·米利特曾经对米勒的性文本进行了深入解读，觉得里面充满了男性自我扩张的需求和对女性的极端羞辱，她表示："每一次性宣泄的目的都是相同的，那就是，男主人公在一种低级的生命形式面前展示了他自觉的超然存在，在那种纯粹器官之间的生物性事件中看不出和人的生命之间的关系，仅对受害者的行为作足以羞辱和贬低她的描述，而大肆描绘自己的行为，将它表现为虐她性质的个人意志的伸张。"① 很显然，在米勒那里，女性不再作为平等交流的对象，相反她的存在只是作为一个物件、一件商品、一样器具。按照米勒的说法，她们根本就不是拥有独立意识的生命个体，而只不过是一条"缝隙"，一个"切口"，一个"黏糊糊的洞穴"（这些词汇在米勒的文本中频繁出现），能够为他提供生理快感，满足他个人膨胀的需要罢了，这是极端个人主义张扬的必然结果。因此在米勒那里，和自己的妻子做爱与一个妓女做爱的最终效果是一样的，最好双方互不相识，只要能够给他带来感官的刺激和身体的愉悦就已经足够了。为此在他的小说中，我们还可以惊奇地发现，主人公可以和

---

① ［美］凯特·米利特：《性政治》，宋文伟译，江苏人民出版社2000年版，第409、412页。

第三章 审美主义思潮的凡俗表达

现在的妻子、以前的妻子、众多情人、不知道名字的妓女等等保持多重的性爱关系，甚至可以和朋友交换性伴侣，进入完全混乱的多性之间的肉体关系。性在这里已经完全脱离了道德伦理的束缚，性交的目的和吃饭的目的一样，都是为了满足人的某种动物性需求。作为他妻子化身的莫德的抱怨可谓一针见血，她说：你从来没有尊重过我——没有当个人。在《性爱之旅》中，他的性伴侣也给过他明确的评价，她说："你需要的不是女人，而是一台供你排遣性欲的机器，因为你想摆脱束缚，渴望更冒险的生活。"① 因此，米勒虽然将作品中大量的性描写看作他重建自我和向西方文明挑战的主要手段，人们还是在他赤裸裸的性表演中感觉到了纵欲的成分，生命力的冲动完全演变成了一种欲望的宣泄，感性的解放也必然走向肉身的放纵。这种无拘无束、没有禁忌、无视法律、亦无道德顾虑，肆无忌惮的性冲动的渲染当然是消极的，人作为生命个体的独特性在这里根本无法表现出来，仅仅停留在了动物层面。如果个体的解放只是限于欲望的满足，那么这种解放也就失去了积极的意义。特别是这种只限于自我的感性扩张完全是私人化和封闭式的，从而和他者之间（主要是两性之间）形成了隔膜，这是审美主义走向身体后不得不面对的绝境。

现代研究者已经深刻感受到了米勒所陷入的绝境，他们指出了米勒企图用心理和美学价值来替代经济和社会价值观的虚妄，因为他最终不过只为都市人群提供了一种幻想的场所——一种逃脱家庭和工作义务的幻想，一种追求享乐和快感的幻想，一种极端自私的个人主义的幻想。米勒把自己从社会桎梏中解放出来，积累了丰富的个人的经验，特别是性的经验，而这不过就是他所做的全部事情了，就像他自己说的那样——"活着就是为了享乐"，"生活成了一种冒险活动——但仅仅是夸大自我的冒险"。② 虽然米勒曾经将创造一种新的

---

① ［美］米勒：《性爱之旅》，郭海云等译，中国人民大学出版社2004年版，第35—36页。
② Alan Frachtenberg, "History on the side: Henry Miller's American Dream," *American Dreams, American Nightmares*, David Madden ed., Carbondale: Southern Illinois University Press, 1970, p.140.

生活看作自己的目标，但是我们无法从他所谓的新生活中感受到一丝新的创新精神，一丝活力，他的生活虽然并不绝望，但也不能依靠感性的扩张来获得一丝一毫的希望，他给出的建议就是："我打定主意什么也不再坚持，什么也不再指望，从今以后我要像牲口一样生活，像一只猛兽、一个流浪汉、一个强盗。"① 很显然，这是一个虽然肉体还活着并且还能保持某种自由，但在精神上已经彻底死亡的现代人的典型。他曾经反复把自己比作在旧世界里四处觅食的鬣狗，对于他们，是永远没有新世界的曙光的。这就是审美主义者的最后挣扎，在感官和欲望的冲动满足之后，他们最终并不知道自己究竟要去往何方。

劳伦斯和米勒对待性的不同表现，显然根植于他们对绝望的生活的不同态度。劳伦斯总是试图通过性爱来拯救绝望；而米勒已经放弃了拯救，他在性的王国中体会到的是个人单纯放纵的快乐。劳伦斯曾经表示："若想要生活变得可以令人忍受，就得让灵与肉和谐，就得让灵与肉自然平衡、相互自然地尊重才行。"② 这是 20 世纪早期伟大作家对待悲剧时代的普遍态度，他们在艰难的探索中试图为人类的命运负责。从《白孔雀》《儿子与情人》，到《彩虹》，再到《恋爱中的女人》《查特莱夫人的情人》，劳伦斯最终在厄秀拉和伯基、特别是康尼和梅勒斯的身上找到了希望，他为人类前行的道路树立了目标。而在米勒那里，他却自愿变成一条四处乞食的鬣狗，甚至欢呼自己的毁灭。面对死神的黑暗，人类都匍匐在自己的命运下面，不过具有探索精神的英雄总是愿意划亮一根火柴，这些许的火光也许会给恐惧的人们带来一丝安慰。

总的来说，20 世纪中后期的西方审美主义文学家已经大举突破了精神、理性、道德、理想等一切传统价值观的束缚，开始走向感觉的狂欢。他们把立足点定于属己的私人化的身体之上，从而尽可能地寻找自我扩张的途径，吸毒、酗酒、纵欲等等极端生存方式都来自于

---

① ［美］米勒：《北回归线》，袁洪庚译，时代文艺出版社 1996 年版，第 92 页。
② ［美］劳伦斯：《为〈查特莱夫人的情人〉一辩》，载《花季托斯卡尼》，黑马译，中国广播电视大学出版社 2000 年版，第 303 页。

这种扩张的需要。面对日益暴露其弊端和局限的现代理性文明，他们已经不再试图寻找拯救的方向；相反，他们欢呼文明的没落，以便能够让自己更加恣肆地自由舞蹈。可以说，这个阶段人们追求的感性解放更多走向了自己的身体，所有手段只是为了让身体获得最大的快感，从而把上一阶段占主导地位的感性反叛推向了肉身的放纵。这时的审美主义者已经不再有灵与肉、理性与感性的冲突，完全失去了精神羁绊，剩下的也只有颓败的肉身，当代审美现象中的许多危机都是由此而来的。

二 "洛丽塔"情结下的审美困境

我既不读教诲小说，也不写教诲小说。不管约翰·雷说了什么，《洛丽塔》并不带有道德说教。对于我来说，只有虚构作品能给我带来我直接地称之为美学幸福的东西，它才是存在的；那是一种多少总能连接上与艺术（好奇、敦厚、善良、陶醉）为伴的其他生存状态的感觉。

——纳博科夫：《洛丽塔》

不要可怜克·奎。上帝必须在他和亨·亨之间作出选择，上帝让亨·亨至少多活上两三个月，好让他使你活在后代人们的心里。我现在想到欧洲野牛和天使，想到颜料持久的秘密，想到预言性的十四行诗，想到艺术的庇护所。这就是你和我可以共享的唯一不朽的事物，我的洛丽塔。

——纳博科夫：《洛丽塔》

《洛丽塔》是俄裔美国作家纳博科夫（Vladimir Nabokov, 1899－1977）颇具争议的一部作品。对于许多人来说，弗拉基米尔·纳博科夫是一个谜，他用自己那复杂而动荡的人生、奇丽而诡谲的文风、风格多变的艺术作品给当代世界文坛筑就了一道道丰富而亮丽的风景线。在他所有富有深刻蕴意的创作中，也许还是那部闻名遐迩的《洛丽塔》（1956）带给人们的震撼最大，这部作品所包含着的狂欢与失意、伦理与道德、时间与悲剧、传统与现代等多声部主题引起了评论者极大的兴趣，使得它成为当下的研究热点。然而，从现有的评论来看，对《洛丽塔》的阐释却形成了令人颇感奇怪的鲜明的两极分化现象：一方面是人们津津乐道却又颇有争议的道德批判；一方面却完全规避道德话题，将研究的触角深入至时间、心理、文化、寓言层面，或看到了时间的流逝，或看到了青年美国对古老欧洲的诱惑，或看到了文明的衰落。在这些评论背后，道德主题与审美主题似乎完全不相干，各行其道，这显然是违背纳博科夫创作的初衷的。作为生活在后现代语境中的唯美主义作家，他深刻感受到感性膨胀给艺术审美带来的道德危机，但更痛恨"伪艺术家"与消费文化对于美的摧毁，从而在更高层面实现其对于美的独立性与精神性的维护。

单从情节上来看，《洛丽塔》的确讲述了一个匪夷所思的故事。已经38岁的老鳏夫亨伯特·亨伯特对一个年仅12岁的少女洛丽塔产生了狂热的迷恋，他费尽心思占有了对方，甚至最终付出了生命的代价。纳博科夫到底想要传达什么呢？一个乱伦的故事？一次对于变态心理的挖掘？还是一场道德的洗礼？显然，这和一个严肃作家最初的创作动机相去甚远。况且，纳博科夫自己曾经明确表示："我既不读教诲小说，也不写教诲小说。不管约翰·雷说了什么，《洛丽塔》并不带有道德说教。对于我来说，只有虚构作品能给我带来我直接地称之为美学幸福的东西，它才是存在的；那是一种多少总能连接上与艺术（好奇、敦厚、善良、陶醉）为伴的其他生存状态的感觉。"[1] 众所周知，作为一个对蝴蝶充满迷恋的作家，纳博科夫是一个很具有唯美情结的个体，艺术与美本身才是他创作所追求的意图。

牧神般的小仙女，蔚蓝色的海滨世界，漂游途中奇异瑰丽的风光，结合作者那夹杂着狂喜与多彩的语言，《洛丽塔》的确是一部关于美的作品，我们不妨先得到这样一个大胆的假设：亨伯特对于洛丽塔的迷恋与其说是一个中年男性对"性感少女"变态的狂想，还不

---

[1] ［美］纳博科夫：《关于一本提名〈洛丽塔〉的书》，载《洛丽塔》，主万译，上海译文出版社2006年版，第500页。

如说是一个艺术家对于美的那种执着的痴迷。让我们首先从作品开头出现的安娜贝尔的形象开始分析,原来,在洛丽塔出现之前,主人公记忆深处沉淀着一段美好的爱情回忆——"要是有年夏天我没有爱上某个小女孩儿的话,可能根本就没有洛丽塔"——那个女孩就是一直被他称为"安娜贝尔"的童年玩伴。其实,许多评论者都关注到了《洛丽塔》开头对爱伦·坡的戏仿:沉淀在亨伯特童年记忆中的那段恋情和唯美主义大师笔下的故事一样,有着同样凄美哀婉的情节和梦幻般纯情的女主人公,同样逝去了却永恒的唯美爱情。其实除了安娜贝尔,亨伯特还把自己幼年时期的女神看作伟大的文学家但丁笔下的比阿特丽斯、意大利诗人彼特拉克诗歌中的劳丽斯,这些女性作为美的化身,成就了诗人精神世界的完满。上海师范大学的黄铁池教授在他的文章中曾经详细分析过这个细节,在他看来,亨伯特和这些艺术家之间的共鸣不仅"因为他们有着类似的经历",更重要的是"他们彼此之间唯美意识的相通",而主人公对于少女那种如痴如醉的情欲,从根本上来自他"唯美的嗜好"。[①] 后来,当男主人公在拉姆斯代尔第一眼看见洛丽塔的时候,沉淀在灵魂深处的唯美情结复苏了,"眼前出现了一片苍翠",一片蓝色的海浪从心底涌起,在他眼里,12岁的洛丽塔和那些生长在黑兹夫人花园中的百合花一样,很美,很美。洛丽塔作为安娜贝尔的延续,显然成为艺术家心目中的美的原型。

把一个12岁的少女作为美的象征,很显然是纳博科夫独到的匠心所在,和但丁心目中的比阿特丽斯、彼特拉克的劳丽斯、爱伦·坡心中的安娜贝尔一样,少女身上所散发出的神圣和永恒的美感完全超越了世俗生活的平庸、沉闷、灰暗和琐屑。让我们来看一看亨伯特身边那些成年的女性。为了克制自己偏执的欲望,亨伯特也曾经决定投入到他称为"有规律的作息时间""适应某些道德标准",特别是能够获取某种"安全"的婚姻生活中去,而最终,他发现自己的妻子瓦丽莱特不过是一个"肥胖臃肿、短腿巨乳实际上是毫无头脑的baba

---

[①] 黄铁池:《"玻璃彩球中的蝶线"——纳博科夫及其〈洛丽塔〉解读》,《外国文学评论》2002年第2期。

（俄文，一个邋遢、粗俗的女人）"。同样，洛丽塔的母亲黑兹太太保留着平庸的生活法则，信仰上帝，留恋社交活动，对女儿的教育遵循着传统道德的规范，却在自己的爱情问题上流露出可笑的矫揉造作。通过这一系列的对比，我们不难理解"洛丽塔"们身上那种独特的魅力了，在枯燥、平庸、乏味的现实生活面前，美发出了熠熠夺目的光泽。

亨伯特·亨伯特，他在作品中的身份是非常明确的。作为一个诗人，文学批评者，一个纳博科夫充分加以表现的个人主义艺术家，他必然对美有着强烈的向往与追求，他说："我疯狂占有的不是她，而是我自己的创造物，是另一个想象出来的洛丽塔——说不定比洛丽塔更加真实，这个幻象与她重叠，包裹着她，在我和她之间飘浮，没有意志，没有知觉——真的，自身并没有生命。"[①] 在他眼里，洛丽塔与其说是一个活生生的人，还不如说是一件完美的艺术品，和他所关心的那些文学名著、诗歌创作和著名画作一样，来源于一个传统艺术家对美的狂热幻觉。对他来说，艺术和现实之间的距离，在一个12岁的小女孩身上表现得异常明显。

从审美角度出发，与其把亨伯特·亨伯特看作道德上的伪善变态者，还不如把他看作一个艺术美的捍卫者，这样一来，他在追求洛丽塔过程中的痛苦、绝望、挣扎似乎有了充分的理由，甚至让人颇感同情。这也是很多评论者所感受到的纳博科夫对亨伯特的同情与辩护之情。然而事情仅仅停留于此吗？那么，为什么纳博科夫在他这部作品之前的序言中，还要假借小约翰·雷之口，对亨伯特提出了严厉的道德上的指责呢？他说："我无意颂扬'亨·亨'。无疑他令人发指，卑鄙无耻；他是道德败坏的一个突出典型，是一个兼残暴与诙谐于一身的人物，或许他显露出莫大的痛苦，但不能引起人们的兴趣。他行动缓慢，反复无常。他对这个国家的人士和景物的许多随口说出的看法都很荒谬可笑。在他的自白书里，自始至终闪现出一种力求诚实的愿望，但这并不能免除他凶残奸邪的罪恶。他反常变态。他不是一位

---

① [美]纳博科夫：《洛丽塔》，主万译，上海译文出版社2006年版，第95页。

第三章 审美主义思潮的凡俗表达

上流人士。可是他那琴声悠扬的小提琴多么神奇地唤起人们对洛丽塔的柔情和怜悯,从而使我们既对这本书感到着迷,又对书的作者深恶痛绝。"① 这样看来,尽管作者反复表示他不想进行道德教诲与说教,但是接下来事情的发展还是与伦理有关。

关于《洛丽塔》,无疑人们曾经津津乐道最多的显然还是它的道德主题,如畸恋、乱伦,恋童等。这种停留在表层的道德评判显然有着根本性的误导,其实道德危机虽然一直存在,但还是根源于作者的唯美情结。唯(审)美主义是表达以艺术的形式美作为绝对美的一种艺术主张,认为艺术的目的仅在于艺术本身的美,艺术无关功利,艺术无关道德,提倡"为艺术而艺术"。这一运动在文学上影响深远:在法国,戈蒂耶、波德莱尔和福楼拜都是身体力行的"纯文学"创作者;在美国,诗人爱伦·坡提出了"纯诗"的概念,对前后期的象征主义都产生过不同程度的影响;在英国,佩特和王尔德将这一艺术思想推向了顶峰,成为高擎着美丽花环的反叛者。现代唯美者大多表现出一种令人震惊的拒绝道德的姿态。他们大声宣布艺术无关道德,从而以一种桀骜不驯的姿态游荡在规范之外,认为"一切艺术都是不道德的","美学高于伦理学",甚至"干脆把作恶看成实现美感理想的一种方式",这些极端论断的提出在今天看来都是惊世骇俗的。美和道德之间不共戴天的仇恨,实际上早就存在了。作为一个唯美者,纳博科夫作品中出现的道德问题显然是合理的,而且这种危机在现代社会有愈演愈烈之势。

按照传统,艺术(美)或者作为理性精神的承载,或者被看作神性的最高展示,更多被看作感性精神与理性精神的完美结合,这种具有古典意味的艺术审美往往强调它给人们带来的精神的洗礼和灵魂的提升。与此不同,现代审美者通过艺术所要表达的是个体的感性需求,艺术带来的瞬间美感享受和个体膨胀的欲望紧密联系在了一起,隐藏在一切艺术创造和审美追求背后的基本动力是现代人的快感官能。如果说以前的艺术家所追求的境界是"真",那么现在的艺术家更多追求的是"快乐",他们并不是要建立什么理想的超验王国和精

---

① [美]纳博科夫:《洛丽塔》,主万译,上海译文出版社2006年版,第4页。

神乌托邦，而更多强调的是满足个体的感官需求和生存愉悦。在纳博科夫这里，显然道德主题和审美主题也是紧密联系的，他已经关注到了审美者的内在困境，特别是在现代社会，对于艺术美所保持的那种理性距离更是渐渐消退了，以往那种超越性精神性的追求已经让位于对美的占有和享受，感性代替了理性，甚至走向了感官。既然审美与感性之间有着这样密切的联系，那么当审美者超越一定界限的限制，沉湎于对审美对象的感性愉悦之中时，欲望也在悄悄萌发了。

"洛丽塔——我的生命之光，欲望之火，同时也是我的罪恶，我的灵魂。"当亨伯特用饱含激情和富有诗意的文字向人们诉说这段痛彻心扉，令人绝望却又无比凄美的怅惘爱情之时，向我们暴露出来的却是一个唯美主义者的感性与理性的尖锐冲突。唯美主义理论家佩特曾经表示，要把一切艺术作品以及自然界和人类生活中比较优美的形式看作产生快感的能量或者力量，"一首歌、一幅画、一首诗对于人类的意义不在于是否能让人从中获取知识或者得到伦理道德上的洗礼"，相反，他关注的是"这一件艺术品到底在人的身上能够产生什么样的效果，是否能够为个体带来快感，对人的天性有怎样的改变等等"。[①] 正是基于这样一种对于美的狂热激情，唯美者往往宣称艺术与道德无关，甚至涉足一些邪恶的境地，去获取某种独特甚至怪诞的审美快乐。

小说的主人公亨伯特正是顺着这样一种审美逻辑的引导而走上了最终的不归路。出于道德和良心的谴责，主人公对黑兹夫人抱有极大的同情，但是一旦她成为自己追逐美的一道障碍的时候，他便不惜想出种种手段来对付她，比如在日记中用种种丑恶的字眼对其进行谩骂，用安眠药剂让她陷入沉睡之中，预谋在游泳的时候杀掉她，甚至最终直接导致了她的死亡。同样，对于后来带着洛丽塔私奔的年轻人奎尔蒂，他始终怀有一种仇恨和嫉妒之情，原因就是后者对于美的占有和毁灭给他带来了最致命的打击。和许多审美者一样，亨伯特最终

---

① [英]佩特：《文艺复兴》，载赵澧、徐京安主编《唯美主义》，中国人民大学出版社1988年版，第71页。

陷入了灵和肉的苦苦挣扎之中：一方面，他出于对美的狂热激情追逐洛丽塔，力图保持美的完整与永恒；但另一方面，他也清醒地看到，正是自己对美的这种强烈占有，让洛丽塔陷入了痛苦境地，但是他依旧无视每个夜晚女孩默默流出的眼泪，直至她的最后毁灭。出于对美的热爱却毁了美，可以说，道德危机是现代审美人逃不开的最大困境，纳博科夫并没有回避这点。

如果说审美内部感性和理性的冲突导致了主人公灵与肉的争斗，凸显了这部作品一部分的道德主题，展现出作者对于感性（欲望）危机的深刻认识。不过，这显然不是纳博科夫的独特之处。作为一个生活在后现代语境下的唯美主义者，他的危机除了自身的欲望陷阱外，更多的是面对外在环境的无奈。从文本所展现出的故事进程中也可以明确了解到：其实真正导致"美"走向最终毁灭的，不是亨伯特这位本身怀有善良美好愿望的艺术家真正意图；相反，他在这场捍卫美的行动中，和现代社会的"伪艺术家"与消费文化展开了殊死搏斗，甚至最终显露出了一丝悲壮。

很显然，亨伯特生活的时代已经不是爱伦·坡的唯美世界了，在这个被称为后工业时代的社会中，人们通过电视、报纸等大众传媒方式来了解自己周围的世界，仿真文化大肆流行，大众文化、泡沫表演、商业广告无不以其华丽的外表改变着人们对于现实生活的看法，在重重包围的审美控制里，人们已经分不清什么是真实，什么是虚幻了。在这一系列无穷无尽、光怪陆离的万花筒前，现代人被搞得晕头转向，经常错把幻觉当作真实，扩大了欲望、潜意识冲动的刺激。面对这样多重现实的审美幻觉，艺术与实在的位置颠倒了，正如社会学家费瑟斯通所说的那样，"在消费文化影像中，以及在独特的、直接产生广泛的身体刺激与审美快感的消费场所中，情感快乐与梦想、欲望都是大受欢迎的"，① 而真正具有深度的艺术作品却逐步消失了。在纳博科夫看来，这才是艺术家面临的最大悲剧。

---

① ［美］迈克·费瑟斯通：《消费文化和后现代主义》，刘精明译，译林出版社2002年版，第18页。

作为作品的两个主人公，亨伯特自始至终生活在一个虚幻的理想世界中，诗歌、文学、艺术美构成了他生活的重心，而洛丽塔从一开始就成长在后现代社会的土壤里，这时人们关心的是"孩子适应集体生活的能力"，而不是"一头扎进发霉的书堆里"。两个人相差甚远的年龄间隔也从侧面隐含地说明了两个人之间的代沟，也许这就是人们从中看出"时间对人的残酷无情"的内在动因。作为洛丽塔，吸引她的永远是杂志上的时装表演、最粗俗的电影、路边的廉价广告、节奏短促的爵士乐和汉堡包，她对亨伯特给他推荐的文学名著不屑一顾，书中写道："不管我怎样恳求和怒吼，我始终没能让她阅读那些所谓的连环漫画册或美国妇女杂志上的故事以外的任何东西。"她对亨伯特所流连忘返的旅途中的田园牧歌似的的美国荒原更是视而不见，更无法理解始终飘浮在亨伯特心中那片蔚蓝色的"海滨王国"。这种代沟最终让洛丽塔对亨伯特的世界极为厌倦，经常在午夜偷偷哭泣，最终选择和奎尔蒂私奔。后来，她也宁愿嫁给相貌丑陋性格粗俗的工人也不愿意再回到他的身边。

奎尔蒂作为洛丽塔生命中另一个重要人物，是一个极具商业气息的现代艺术家，沉醉于吸毒、酗酒、纵欲的满足中，而唯一能够炫耀的才能便是可以创作大量的泡沫剧。他的身份很早就已经明确，早在认识洛丽塔之前，主人公亨伯特有一次在无意之中发现了一个名为《舞台名人录》的小册子，其中提到一个名为奎尔蒂的剧作家，他的特点便是喜欢跑车、摄影和蓄养宠物，曾经在一个冬天演出过二百八十场，行程一万四千英里。① 很显然，这是一个身处后现代语境下"垮掉一代"艺术家的典型代表。他最初在所谓的剧本排演中引诱了洛丽塔，却在洛丽塔和他私奔之后，最终抛弃了她。可以说，这个现代的艺术者并没有给洛丽塔带来幸福，当亨伯特在一个偏僻的小镇找到洛丽塔的时候，她已经变成了一个丑陋、贫穷、粗俗的女人了。如果说亨伯特对于美内在的激情压抑了美，那么奎尔蒂对于美外在的诱惑却最终毁灭了美，在某种程度上，他和现代工业社会产生了某种共

---

① ［美］纳博科夫：《洛丽塔》，主万译，上海译文出版社2006年版，第49页。

谋，最终的目的就是剥夺美的深层精神内涵，走向平面化、欲望化、幻觉化的虚假生活。在剥离了真正精神内涵的光晕之后，那个当年充满美感的"小仙女"最终堕落为平庸丑陋的家庭主妇。

故事结尾的那场惊心动魄的殊死搏斗显然也具有了深刻的内涵。亨伯特在见到了破落不堪的洛丽塔之后，心灵产生了极大的震撼，他带上手枪找到了奎尔蒂，最终杀死了他。这场战争与其说是两个情敌之间的较量，还不如说是传统与现代艺术家之间的战争。在纳博科夫那里，这是他对当今自己生活时代的一次深刻反思，表达出了一个精神唯美者对现实的极度愤怒。经历过残酷的洗礼，亨伯特胜利了，显然古典主义的艺术理想依旧旗帜飘扬，纳博科夫以其独特的方式捍卫美的纯洁园地，在审美价值层面实现了其对人类精神世界的尊重。这样我们也就不难理解作品最后深陷狱中的亨伯特那段发自内心的话语了，他说："不要可怜克·奎。上帝必须在他和亨·亨之间作出选择，上帝让亨·亨至少多活上两三个月，好让他使你活在后代人们的心里。我现在想到欧洲野牛和天使，想到颜料持久的秘密，想到预言性的十四行诗，想到艺术的庇护所。这就是你和我可以共享的唯一不朽的事物，我的洛丽塔。"① 作为唯美主义的最后一个骑士，纳博科夫以反讽的外表与内在深沉的悲哀讲述了一个关于在后现代语境中"美的毁灭"的故事，从而在更高层面表达其对于美的独立性与精神性的维护，也许这就是《洛丽塔》最想告诉人们的真理，也是作者所做出的伦理判断。

总之，《洛丽塔》虽然包容着狂欢与失意、审美与道德、时间与悲剧、传统与现代等多声部主题，但其中审美与道德主题看似相悖却紧密相连，其矛盾互动彰显出后现代语境下唯美大师独特的价值评判尺度。作者从审美角度出发，通过"洛丽塔"与唯美主义大师爱伦·坡笔下安娜贝尔之间的共同特征，凸显出女主人公的审美象征意蕴，表明其独特的唯美情结。同样，人们津津乐道的道德主题和审美主题密切相关，根源于现代艺术家内在的感性与理性的冲突，是现代

---

① ［美］纳博科夫：《洛丽塔》，主万译，上海译文出版社2006年版，第493页。

审美者难以避免的内在价值危机。在后现代语境下,审美还面临着"伪艺术家"与消费文化的最大侵蚀,这才是审美者所面临的困境。纳博科夫以其独特的方式捍卫了美的纯洁园地,在审美价值层面实现其对人类精神世界的尊重。

第四章　审美主义思潮的模式探究

审美主义，作为典型的现代思潮，它和这一时期文学思潮以及文学现象有着密切的联系，互相交织，互有补充。其中，颓废、先锋、身体、后现代等词汇在审美主义思潮中出现的频率较高，因而颓废文学、先锋文学、文学中的身体写作现象，后现代文学中的审美主义因素是文学研究者关注的重点，本章试着从这些文学思潮、文学现象表层出发探索其背后的审美主义因素，阐明其中审美思想的具体特征，以展示审美主义思潮多姿多样的文学表现形态。

"颓废"一词，源自拉丁文 Decadentia，给人以堕落、无聊、悲观、苦闷的消极感受。颓废主义者这个名称最先在 1880 年，在当时是用来称呼一群放浪的法国青年诗人的。1886 年，魏尔兰在其创办的《颓废者》杂志中欣然接受了这个称号。诗人波德莱尔和马拉梅等也先后在创作中表达悲观、颓废的情绪，从病态的或变态的人类情感以及与死亡、恐怖有关的主题中去寻求创作灵感。在英法唯美主义运动中，以王尔德为首的 19 世纪末欧洲各文艺流派的艺术家们在哲学和美学思想上与颓废主义同出一源，他们的作品大多具有颓废倾向，所以颓废派文艺又被称为世纪末文艺。颓废主义在 20 世纪文学中也多有表现，它流行于两次世界大战前后各种现代文艺流派中，如象征主义、表现主义、存在主义、黑色幽默、"垮掉一代"、荒诞派等。按照通常的看法，颓废主义是对现实不满而又无力反抗所产生的苦闷彷徨情绪在文艺领域中的反映。因为在颓废派的著作中，没有英雄，不阐述真理，缺少风花雪月的浪漫氛围，讴歌的是猫头鹰、腐尸、绝望、死亡和游魂……颓废者将笔触探入黑暗领域，在丑恶中认识世界，并把丑恶当作美来欣赏与歌颂，具有感性倾向，与审美主义之间有着密切的亲缘关系，值得深入探究。

先锋主义，是现代西方文艺中颇具影响力的一个重要流派。一小群自我意识十分强烈的艺术家和作家，根据"不断创新"的原则，打破公认的规范和传统，不断创造出新的艺术形式和风格，试验着被忽略的、遭禁忌的题材，他们经常反叛既定的秩序，向传统文化教条和观念发起挑战，由此产生令人"震惊"的效应。先锋这个术语的历史，始于法国大革命，之后转向文化和文学艺术领域（19世纪初）。先锋派文学刻意违反约定俗成的创作原则及欣赏习惯，追求艺术形式和风格上的新奇，坚持艺术超乎一切之上；其在技巧上擅于采用暗示、隐喻、象征、自由联想等方法，注重发掘内心世界，细腻描绘梦境和神秘抽象的瞬间世界，挖掘人物内心奥秘，意识的流动，甚至让不相干的事件组成齐头并进的多层次结构。其实，无论是军事先锋、政治先锋，还是文化先锋，都带有了鲜明的反传统的离经叛道色彩，它们呈现出的激进反叛姿态必然使其走在时代的前头，成为"先锋"。如果说颓废文学中的审美主义者主要沉迷于对异常领域的怪异体验，那么先锋文学中的审美主义精神则体现为一种破坏和革新的冲动，两者都对规范与理性产生了巨大冲击。

20世纪是身体迅速扩张的世纪，文学领域也突然呈现出身体爆炸的景观。随着自我的张扬与欲望的蒸腾，身体的意义在现代转型过程中逐步被发现并加以开掘。身体在以往文学世界中往往是沉默与缺失的，直至上帝死亡、理性崩溃，它才第一次迎来了真正意义上的解放。在尼采的思想体系中，肉身获得了一种前所未有的审美意义，一切从灵魂、思想出发变为"一切以肉体为准绳"。福柯揭示了身体在现代社会中所受到的束缚（一面是权力的规训，一面是知识的载体），也从另一层面肯定了身体本身的解放意义，呼唤反叛、激情、自主的身体的回归。此后，德勒兹欲望的身体、巴塔耶的色情身体、罗兰·巴特的快感身体在文学中找到了对应的栖息地，一时间包裹着新鲜血液的多样身体绽放于文坛，开出了艳丽的花朵。关于身体的话语成了现代文学世界主导性的话语之一，它夹杂着欲望，展示了身体的解放,却易于在一个平面化表象化的时代失去了其反叛的精神深度,甚至重新沦为消费主义的娼妓。

后现代主义,源于工业文明以及对其负面效应的思考与回答,是对现代化过程中出现的机械划一的整体性、同一性等弊病的批判,也是对西方传统中本质主义、形而上学的立场、逻各斯中心主义等解构。从形式上讲,后现代是一股源自现代但又反叛现代的思潮,它与现代之间是一种既继承又反叛的关系。后现代主义(postmodernism)是一个从理论上难以精准下定论的概念,的确带有审美主义那种强烈的反抗、颠覆、怀疑、批判性否定与反理性反启蒙的精神。在其对一切秩序和构成的消解过程中,后现代主义永远处在动荡的否定和怀疑之中,平面化、历史感、深度感丧失,一切变得异常凌乱,似乎没有了中心。有些人认为后现代是信仰的终结。从实质上说,后现代主义是对西方传统哲学和现代社会的纠偏,但在批判与反叛中又未免会走向另一极端,陷入怀疑主义和虚无主义的深渊。在具有审美主义倾向的后现代主义文学中,精神性消失、欲望泛滥、消费文化的侵蚀恐怕是审美者面临的最大危机了。

第一节 颓废和审美主义

颓废被感觉成一种独特的危机,这种感觉前所未有的强烈;而且随着时间的流逝,去做那些为了自己和同类的获救必须做的事而不再等待就变得极端重要。从世界的终结正在迅速临近的观点来看,每一个单独的瞬间都是决定性的。颓废的意识导致内心不安,导致一种自我审察,全力以赴和做出重大放弃的需要。

——马泰·卡林内斯库:《现代性的五副面孔》

颓废,作为一个古老而又普遍的概念,涉及道德、政治、宗教和艺术等各个方面。不过,现在值得我们关心的重点问题不是颓废究竟有怎样的政治社会或伦理道德方面的内涵,而是颓废在西方文学中所表现出来的现代主义精神,这种精神渗透在各种现代文学艺术流派中，形成了一股巨大的文化潮流，对整个现代社会产生了巨大的冲击。现代西方文学中享有颓废称号的实在很多：颓废是波德莱尔笔下处处绽放着"恶之花"的巴黎街道；颓废是王尔德笔下莎乐美富有蛊惑力的"七重面纱舞"；颓废是托马斯·曼笔下疾病缠绕的"魔山"；BG被翻译作"垮掉一代"很显然和颓废有关。马泰·卡林内斯库曾经把颓废归结为现代性的一副重要面孔，并将其和社会学、伦理学中的颓废概念区别开来，表示要"从老的、一般意义上的颓废向新的、更为具体的文化颓废概念过渡"，聚焦于"颓废自觉地变得现代的过程"，从而宣布颓废是"美学现代性的自觉者"的自为表现。[①]那么究竟文学中的颓废现象和现代审美主义思潮之间有着怎样的关系呢？这的确是一个值得深入探讨的问题。

一 颓废：一种现代时间的危机意识

"颓废"，来源于拉丁语 decadentia，这个概念有着古老的传统，从古印度和希腊罗马的神话宗教传统中，我们都普遍感受到存在着一种对于时间的流逝和对于没落宿命的恐惧：时间被当成一个"衰退过程"来体验，变化的结果必然带来堕落与罪恶。在西方社会中，颓废概念的形成还和犹太教—基督教传统的时间和历史观念有关，这种观念认为历史发展的时间进程是线性的和不可逆的，最后的末日或者说世界的终结日必将来临；按照基督教的观念，末日之后上帝的选民将享受永恒的福乐，罪人却将永远在地狱里受折磨。不过，在"最后的审判"来临之前，世界将陷入极度衰朽与严重腐败之中，各种邪恶力量猖獗，是一个由绝对恶所统治的世界，这就必然会产生"颓废"，它显然是世界终结前的痛苦序曲。不过，从古希腊开始，人们就试图克服这种永恒不变的时间之流，柏拉图在《蒂迈欧篇》中表示："处于同一存在状态的东西，为理性的思想所把握；处于变动和生灭的过程

[①] [美] 马泰·卡林内斯库：《现代性的五副面孔》，顾爱彬、李瑞华译，商务印书馆2002年版，第167页。

而从未实在的东西,是无理性的感觉对象。"① 对理性的崇尚使得人们否认变化的实在性,他们认为时间只能消磨一些感性的、低层次的东西,而理念和真理是永远不会被时间所控制的,主体由此失去了对时间流逝所带来的敏锐的毁灭性感觉,颓废也就失去了存在的根基。不过随着现代社会的发展,对于时间的敏锐感觉又重新回到了人们的视野之中。

这种时间的危机所带来的没落感在西方文学中表现得非常鲜明。波德莱尔曾经一针见血地指出了人类的命运,那就是:我们每日都在一步步地坠入地狱。② 王尔德笔下的道连正是在亨利勋爵关于青春短暂的讲述中认识到了时间的重要性,他站在自己俊美的画像面前,第一次体会到了时间流逝容颜不再所带来的恐惧。③ 如果说王尔德的时间意识还停留在对于个人生命流逝的绝望之中的话,那么两次世界大战带给现代人的则是对于整个时代和文明的绝望:艾略特把西方文明比作绝望的"荒原";托马斯·曼则把整个世界看成死神出没的"魔山";亨利·米勒曾经表示自己深受施宾格勒《西方的没落》影响,在他看来:"我身边的世界在分崩离析","世界是一个毒瘤,正在一口一口地吞噬自己"。④ 在颓废者眼中,一切都随着时间的流逝走向无可挽回的衰落,这样的世界必然传递出厌倦、失落和绝望的情绪,这便是颓废的外在表现。颓废,说到底是一种独特的危机感,是一种世界走向大灾难的感觉。

按照韦伯的观点,现代化的进程同时也是一个"祛魅"的过程,伴随着科学技术的进步,人们对时间的本质和自己的命运有了更为清醒的认识,特别是宗教的日渐衰落更使得他们把生存的支点从虚无缥缈的彼岸移至此岸世界,现世生存的有限时间就显得尤为珍贵,时间的危机意

---

① [希腊]柏拉图:《蒂迈欧篇》,载《柏拉图全集》,王晓朝译,人民文学出版社2005年版,第312页。
② [法]波德莱尔:《致读者》,载《恶之花》,钱春绮译,人民文学出版社1996年版。
③ [英]王尔德:《道连·葛雷的画像》,黄源深译,载《王尔德作品集》,人民文学出版社2000年版,第26页。
④ [美]米勒:《北回归线》,袁洪庚译,时代文艺出版社1995年版,第2页。

识也进一步得以加强。颓废对单向度的时间之矢和时间不可逆转性的清醒认识，来源于人的存在的本质性残缺和人类的原始痛苦，是个体本真生命的体现。在颓废者眼中，随着时间的线性流逝，一切都在走向无可挽回的衰落与溃败，越清醒的人们越能感受到这种独特而又紧迫的危机，从而导致内心极度不安并做出某种行动的需要。

颓废的时间观和启蒙主义进步的时间观是完全相对的。启蒙主义也承认现代的线性时间观念，从而打破神学传统的循环观，将时间看作从过去经由现在而走向未来的直线。不过，启蒙主义对时间抱有一种乐观的态度，认为未来总比过去好，从而产生了乌托邦式的憧憬和革命的激情。与之相反，颓废主义者恰好要打破这些关于进步、文明的乐观谎言，他们认为时间只能洗涤一切、冲毁一切，一切都会随着时间的流逝而消亡，况且物质文明的进步不可能从根本上给予生命体真正的内在需要。现代诗人和作家就是这样真诚地展现自己对于一个没落世界的本真生命感受的，这样的文学必然带有颓废的情绪和色彩。诗集《恶之花》让波德莱尔获得了颓废诗人、恶魔诗人、坟墓诗人等众多头衔，诗人也因此被送上了法庭，但是它的伟大是无可否认的：那些无可奈何的厌倦、歇斯底里的恐怖、漫无目的的漂泊、莫名其妙的忧伤、声嘶力竭的渴望都极为真实；那些流浪在都市之中的丑陋老头老太、拾破烂的乞丐和躲在阴暗角落中的妓女是真实的；那些繁华街头的邂逅、在酒色中的狂欢和最后的死亡也是真实的。这种真实穿透了中产阶级布尔乔亚式生活的平静与虚伪，诗人怀着痛苦的失落和独特的异化感体验到了进步带来的颓败。可见，"以颓废为表征的审美现代性思潮是完全对立于本质上属资产阶级的现代性（或称之为启蒙现代性），以及它关于无限进步、民主、普遍享有'文明的舒适'等等许诺"。①

总之，在启蒙主义为进步、民主和文明的时代大唱赞歌的时候，当机器转动的齿轮向人类社会输送丰富的物质财富的时候，颓废主义

---

① ［美］马泰·卡林内斯库：《现代性的五副面孔》，顾爱彬、李瑞华译，商务印书馆2002年版，第173页。

者却产生了深刻的危机。比起中产阶级那种普遍廉价和虚伪的乐观，这样的"颓废"却真实地反映了现代人的生存状态，有着积极的意义：只有痛苦和失落才能让我们感知自身的真实存在，只有认识到了世界面临的灾难，只有看透文明的虚伪，只有拥有高度的自我怀疑和否定精神，拯救才有可能。

二 反叛：颓废的潜在激情

颓废虽然来源于对没落世界的清醒认识，但是对于颓废的个体来说，他们并不是人们想象的那样沉溺于沮丧之中。在对时间流逝和文明堕落的本质清醒认识之后，反而变得勇敢起来了。和古人更为消极的态度相比，现代颓废更有一种积极的反抗精神。在颓废者眼中：既然没有什么能够阻止人类坠入深渊和没入最后的死亡，那么就让自己抛开一切道德规则的束缚，去努力发现生活中令人兴奋的东西，让生命在瞬间燃烧成为灿烂辉煌的火焰吧！卡林内斯库把颓废表现出来的这种个人激情称为"颓废的欣快症"，他表示："颓废被感觉成一种独特的危机，这种感觉前所未有的强烈；而且随着时间的流逝，去做那些为了自己和同类的获救必须做的事而不再等待就变得极端重要。从世界的终结正在迅速临近的观点来看，每一个单独的瞬间都是决定性的。颓废的意识导致内心不安，导致一种自我审察，全力以赴和做出重大放弃的需要。"①

波德莱尔在爱伦·坡身上看到了自己一代人的颓废精神，他表示："在这奄奄一息的太阳的变幻中，某些富有诗意的人发现了新的快乐：他们发现了耀眼的柱廊，熔金的瀑布，火的天堂，忧伤的光辉，悔恨的快感，梦幻的一切魔力，鸦片产生的一切回忆。在他们眼中，落日的确是一个充满了生命的灵魂的譬喻，它没入天际，却奉献出大量的思想和梦幻。"② 米勒同样表示，在西方文明没落之后，反

---

① [美]马泰·卡林内斯库：《现代性的五副面孔》，顾爱彬、李瑞华译，商务印书馆2002年版，第164—165页。
② [法]波德莱尔：《再论埃德加·爱伦·坡》，载《波德莱尔美学论文选》，郭宏安译，人民文学出版社1987年版，第191页。

而"我们被要求带着首次迎接生命时的狂热和快乐去窥视坟墓的深处"。他的红颜知己阿娜依斯·宁在为《北回归线》写的序言中说得更为清楚,在她看来:"他(米勒)所遭遇的种种耻辱和失败并不是以失落感、沮丧和万念俱灰的情绪而告终的,而是以渴望,对一种更加丰富多彩的生活如痴如醉的、贪婪的渴望而宣告结束的。"① 可见,颓废具有一种独特的激情,它是一种歇斯底里的临终表白,并因为它反抗绝望的努力而呈现出"先锋"的特质。

根据颓废主义的时间逻辑,既然人类无法避免最终死亡和衰退的命运,就更要把握每一个瞬间。人所能抓住的只不过是这些转瞬即逝的时间碎片,所以必须让这些瞬间发出耀眼的光芒。王尔德笔下的莎乐美、米勒笔下的艺术家、BG笔下的"垮掉者"都强调这种"瞬间"之生命感觉。同时,在看清了人生的整个悲剧和世界衰落的命运之后,颓废主义者虽然表现出厌倦的心态,并且怀着痛苦和绝望的情绪来发泄自己的苦闷,但是在醉酒、纵欲、癫狂、吸毒、放荡等一切感官刺激中他们最终是为了抵抗生存的危机,他们"是一群渴望燃烧、燃烧、燃烧的家伙"(凯鲁亚克语)。可见,颓废还意味着自我的扩张,意味着越界的冲动,意味着个人主义无拘无束的表达,意味着在感官的冒险中追踪自我的生命轨迹。为此,我们能够在颓废主义文学中感受到那种精神的狂热、神经质似的密语、荡漾的激情和一种近乎疯狂的强迫症似的幻觉。所有这一切赋予了颓废文学独特的感性激情和反抗精神。

放浪感官、追求刺激和生命的冒险还赋予了颓废主义笔下的浪荡子以一抹英雄的色彩,他们对中产阶级布尔乔亚式的温文尔雅的生活方式形成了巨大的冲击。波德莱尔把这种浪荡作风看作"英雄主义在颓废之中的最后一次闪光",他说:"这些人被称作雅士、不相信派、漂亮哥儿、花花公子或浪荡子,他们同出一源,都具有同一种反对和造反的特点,都代表着人类骄傲中所包含的最优秀成分,代表着今日之人所罕见的那种反对和清除平庸的需要。浪荡子身上的那种挑衅

---

① [美]阿娜依斯·宁:《北回归线·序》,袁洪庚译,时代文艺出版社1996年版。

的、高傲的宗派态度即由此而来，此种态度即便冷淡也是咄咄逼人的。"① 在颓废派身上形成的这种个人风格很显然具有审美主义的反叛特征，他们用颓废的否定姿态远离那束缚个体自由的庸常生活，突出代表了一种边缘对中心的极端愤怒。总之，在颓废主义者颓废的外表和放纵的生活方式背后潜藏着一种对现实境遇的严重不满，它以独有的颓废姿态来反抗世俗、反抗平庸、反抗功利、反抗布尔乔亚式的廉价快乐，直面理性化现代化进程给人类带来的精神异化的现实，这种反抗与审美主义依靠感性来拒斥启蒙主义理性的专暴统治是不谋而合的；并且，颓废大多是依靠审美来实现此类反叛目的的。

三 颓废的审美化与审美的颓废化

审美和颓废是很难分割的，卡林内斯库曾经把它们之间的关系看作一种"颓废的审美化"（aestheticization of decadence）并形成独特的"颓废美学"（decadent aestheticism）的过程。② 中国学者解志熙说得更为明白，他说："所谓'颓废'，即认定人生，乃至整个文明都注定在毫无意义的自我浩劫中无可挽回地走向没落或末路；所谓'唯美'，则是自觉到颓废的人生宿命之后转而对颓废人生采取的苦中作乐的享乐主义立场。在这里，'颓废'和'唯美'实为一体之两面，两者结成了相互依存、相互含摄且相互发明的同体共在关系。"③ 审美和颓废就以这样纠缠不清的姿态混杂在一起，生成了现代性中最独特的颓废美的风景。

让我们首先来看一下"颓废的审美化"表现。颓废用以反抗现代时间的第一个武器便是艺术审美。在充满危机的时代里，艺术为人类构建了一个避难所。王尔德曾经说过："在这动荡和纷乱的时代，在

---

① ［法］波德莱尔：《现代生活的画家》，载《波德莱尔美学论文选》，郭宏安译，人民文学出版社1987年版，第501页。
② ［美］马泰·卡林内斯库：《现代性的五副面孔》，顾爱彬、李瑞华译，商务印书馆2002年版，第186、184页。
③ 解志熙：《美的偏至——中国现代唯美——颓废主义文学思潮研究》，上海文艺出版社1997年版，第67页。

这纷争和绝望的可怕时代,只有美的无忧的殿堂,可以使人忘却,使人欢乐。"① 这种企求在"美的无忧的殿堂"里得到超脱的思想,充分展示出现代人面对颓废世界的普遍应对策略。19世纪中后期在西方各国出现的众多"为艺术而艺术"的唯美主义团体正是"颓废审美化"的集中体现。当人生乃至整个文明都被视为毫无意义的消耗颓败、难免走向灭亡过程的时候,颓废主义者向艺术领域求救,他们唯有借助一种似乎超越现实的审美态度才能从悲剧的人生中获得一丝快慰和短暂的快乐,因此颓废者往往以现代艺术家自居,或通过艺术表达自己的不满,或通过艺术来弥补自己的空虚。这种"纯艺术"观点的提出,一方面适应了宗教衰落后颓废者内在的感性需求;另一方面也对资本主义现代性产生了强烈的冲击,那些艺术无关功利和艺术非道德的思想对资本主义社会的生产运作与伦理规范产生了强烈的冲击,正如韦伯表示:"不论怎么来解释,艺术都承担了一种世俗救赎功能。它提供了一种从日常生活的千篇一律中解脱出来的救赎,尤其是从理论的和实践的理性主义那不断增长的压力中解脱出来的救赎。"② 难怪卡林内斯库认为"为艺术而艺术"向人们宣扬的基本上是论战式的美的概念,它与其说是一种成熟的美学理论,不如说是一些艺术家团结斗争的口号,他们感到必须表达自己对资产阶级商业和粗俗功利主义的憎恨,因而是"审美现代性反抗市侩现代性的头一个产儿"。③

颓废时期不但会有利于艺术的发展,而且更一般地说,还会造成个人对于生活本身的某种审美理解。颓废时期出现的浪荡子便是颓废者的典型,对美的崇拜与对新奇的追求成为其生活的一个重要特征。福柯曾经说过:"浪荡子使他的身体、他的举止、他的感觉和激情、他的整个存在成了一件艺术品。"④ 成为艺术品,意味着可以捕捉生

---

① [英] 王尔德:《王尔德全集》第4卷,中国文学出版社2000年版,第27页。
② Max Weber, *Essays in Sociology*, N. Y., Oxford University Press, 1946, p. 134.
③ [美] 马泰·卡林内斯库:《现代性的五副面孔》,顾爱彬、李瑞华译,商务印书馆2002年版,第52页。
④ [英] 王尔德:《王尔德全集》第4卷,中国文学出版社2000年版,第27页。

活中瞬间的新奇、震颤和精彩，满足了现代人的审美心理。这种生活艺术化的表现突出表达了个体渴望超越庸常生活，极大可能获得最多生命体验的要求，因此，他们的人生和其他人相比很显然具有了丰富的内容和感性色彩。

　　同时，出于颓废和异化的现代感受，颓废者所追求的审美生活往往表现出神经官能症及歇斯底里的病态。颓废的一时欣快虽然能够体现世纪末英雄们的反抗激情，但根本无法阻止时间的流逝和时代的没落，在耗尽最后一丝生命后，人们必将面对自己的死亡。这种情绪环绕在他们审美生活的始终，他们通过艺术最终所想表达的只是自己否定性和破坏性的想象，是自己颓废的激情。到美和艺术中去，对反常领域的恣意探索，追求一种新异的美，甚至不惜从丑陋、怪诞、恐怖之中寻找出令人惊颤的美来，从而形成了20世纪西方文学特有的"以丑现美"的现象，作家们都热衷于并且擅长表现这种反常之美。世纪末颓废主义这种"审丑"潮流要推衍至波德莱尔，他首先制造出一片"恶"和"丑"的王国，表示要从"恶中发现美"。在这里，妓女、罪犯、乞丐、赌徒、丑陋的老妇、流浪汉、浪荡子都成了现代生活中的英雄，尸体、苍蝇、蛆虫、毒品都成了描述的对象，处处流露着厌倦、罪恶、忧郁、死亡、丑恶、病态、痛苦和孤独的情绪。他表示："每一种美的特殊成分来自激情，而由于我们有我们特殊的激情，所以我们有我们的美。"[①] 正是在"颓废"情绪的鼓动下，20世纪的西方文学"审丑"之风愈刮愈烈，这是时代赋予文学独特的风貌。这种颓废之美造成了令人"震惊"的独特美学效果，面对王尔德笔下莎乐美妖娆的舞蹈、波德莱尔诗歌中冒着热气的腐尸、黑色幽默中战争的残酷、荒诞文学中死寂的绝望，恐怕没有一个人不会感到震惊的。

四　颓废危机：以绝望对抗绝望

　　美学中的颓废作为一种艺术化的精神状态，不同于一般的颓废概

[①] [法] 波德莱尔：《波德莱尔美学论文选》，郭宏安译，人民文学出版社1987年版，第300页。

念，它在颓废的外表下反映出审美现代性内在的反抗维度。不过用一种绝望来反抗另一种绝望，再加上它对感性畸形的放纵，对丑陋事物的迷恋，颓废文学必然还存有一定的限度，这也深刻揭示了审美主义思潮内在的困境与危机。

首先，颓废作为一种没有生长力、创造力和生命力的精神状态，其反抗力量是很微弱的，在耗尽了所有感官的物性能量之后它不可避免走向了衰落和死亡。颓废虽然表现了主人公对灰色现实的极端反抗，却并没有最终给主人公带来出路和拯救，在它华丽的炫耀背后是生命力的衰落和枯竭，死亡是其不可避免的宿命，因而颓废的本质是空虚和无力的。例如唯美主义者更多留恋于华丽事物的表面，表现出恋物癖和形式主义倾向，缺乏实质性的东西。叶芝曾经提到在一次唯美主义的聚会中，就有人表示对这种"女性气"（effeminate pedantry）的反感而要求退出。① 颓废文学的这种缺陷甚至还受到过另一批审美主义者的指责，纪德、黑塞、劳伦斯都曾敏锐地指出了颓废型审美主义华丽外表背后空虚的实质，缺乏生动的生命内涵。例如，劳伦斯在《恋爱中的女人》中描写了一群寻欢作乐的艺术家，并对他们纯粹的生命消耗与性爱游戏表现了极大的不满。② 颓废深深植根于时间的破坏性、人类的没落的宿命以及与生俱来的死亡想象之中，虽然在感官的放纵之中它能够散发出一时的耀眼光芒，但根本上却是仇恨生命的。

其次，我们都知道，出于对理性、平庸、谨慎的庸常生活的厌倦，颓废者往往不顾一切地追求艺术的享乐和感性的放纵，这种快感官能的追求一旦超出一定的限度必然滑向一种极端。在美的勇往直前的历险中，颓废者加速了自己生命的损耗，跨越道德伦理的界限，涉足危险邪恶的禁地，它虽然以艺术化的个性生活方式对抗社会，但在超越现实社会的矛盾后却并不追求升华，仇恨生命并拒绝崇高生命的

---

① Stephen Calloway, "Wilde and the Dandyism of the Senses", *Oscar Wilde*, Peter Baby ed., Cambridge: Cambridge University Press, 2001, p. 4. 书中提到一名名叫 Davidson 的人主动要求退出唯美俱乐部，他称唯美主义为女人气的玄学（effeminate pedantry）。

② ［英］劳伦斯：《恋爱中的女人》，李政译，中国社会科学出版社 2004 年版。

威严，缺乏精神上的提升，这就使得颓废的审美反抗往往沉溺于感官而难以自拔。他们甚至对毒品、纵欲、死亡有一种前所未有的喜好，把它们作为提高感性生存的一种力量，用以扩张自己的生命力。波德莱尔的《大麻诗篇》详细论述过大麻给个体带来的极端体验，他认为大麻能够把个体带入极乐境界，"被自己感官的美弄得忘乎所以"，从中感受到"人类灵魂的激越和欲望"，并且"在这种魔幻般的华丽外表吸引下，一切道德都随风而去"。① 这种感性扩张到了20世纪60年代"垮掉一代"那里更是走向了极端，《在路上》的作者杰克·凯鲁亚克和书中的主人公迪克的原型都死于酗酒和毒品之中，更有甚者以杀人、偷窃为乐，把审美解放建立在戕害自我和损害他人的基础上，必然降低了颓废思想的精神性。一旦审美的结果只是为了满足自我扩张的需要，它的反抗性也就自然消失了。

另外，颓废者具有的独特身份以及他所处的消费社会往往使得他表现出暧昧的立场。颓废者往往处在两个对立的、明显不融合的引力之间：一方面是世俗的生活，不可缺少的物质财富的荣耀；另一方面却又是他期盼已久的那种永恒的、理想中的和精神上的东西。这两极之间的较量构成了典型的颓废主题。在消费社会中，特别是在消费文化的主导之下，建立在金钱和恋物癖基础上的颓废之风必然和金钱社会产生了共谋，例如浪荡子对于自身服饰、居室、日用品的唯美追求，对于艺术品的收藏癖好，都需要有雄厚的经济实力作为后盾。周小仪表示唯美主义流派"为艺术而艺术"的口号背后潜藏着资本主义的消费逻辑，他说："我们看到，消费文化已经从不同层次进入了王尔德的作品。在他的小说和戏剧中，室内装饰、家具、墙纸、布料、瓷器、服装、领带、胸花、手帕、珠宝等等，对作家具有审美的意义甚至哲学的意义，对批评家则增添了几分消费的意义。"② 消费与审美的结合，使得浪荡子的审美反抗走向物化和媚俗，使得本来是带有悲剧性的审美反抗裹上了喜剧的外衣，恐怕这就是面对消费社

---

① [法]波德莱尔：《大麻诗篇》，载《我心赤裸——波德莱尔散文随笔集》，肖律译，中国广播电视出版社2000年版，第56页。
② 周小仪：《唯美主义和消费文化》，北京大学出版社2002年版，第101页。

会，颓废者所不可避免的悖论吧！

颓废概念的现代复苏来源于现代人对线性时间的敏锐感受，它从根本上对立于启蒙主义进步与理性的观念，呈现出一种危机意识。颓废者对于艺术审美的追求和对生活本身的一种审美理解使得它体现了现代文化的典型审美质态，对发展中的现代社会产生独特的反叛效用。不过，由于生命内容的缺乏，对感性享乐的畸形放纵，以及与消费主义之间的暧昧联系让颓废的反叛最终产生危机，这也是审美主义思潮内部的矛盾与困境之一。

第二节　先锋与审美主义

它的出现同一个特定的阶段有着历史的联系，在此阶段，某些同社会相"疏离"的艺术家感到，必须瓦解并彻底推翻整个资产阶级价值观念体系，以及它所有的关于自己具有普遍性的谎言。因而被视为审美现代性之矛头的先锋派，是一种晚近的现实，就像被认为是从文化意义上指称这种现实的先锋派这个词一样。

——马泰·卡林内斯库：《现代性的五副面孔》

如果说颓废主义以一种消极冷漠的姿态切入现代生活，展现了审美个体出于时间危机意识而强调的瞬间存在感；那么先锋派往往积极热情地加入社会变革，在围绕运动和速度爆发之力中追求一种高峰和临界状态的极端体验。不过无论是颓废还是先锋，都体现了现代社会中的个体力图打破墨守成规的日常生活，反对刻板、平庸和单调，追求一种生命情绪极端发散的努力，因而都展现出了非理性、情绪化、感觉化与反叛性的现代审美主义特色。现代人对时间有着敏锐的感觉，这些感觉不仅包括对时间流逝，世界无可挽回走向衰败的颓废感，也包括勇往直前、推崇变化和建设未来的无限激情，这两种截然不同的现代感构成了审美主义的内在张力，既相互矛盾又互相融合：颓废所表现出来的"欣快症"存在于波德莱尔、象征派诗歌与唯美主义文学中，那种反叛传统道德的决绝姿态和惊世骇俗的迷狂状态具有明显的先锋气质；同样，先锋的激进恰恰也来源于现代的"危机"和"灾难"感，它以冲动的方式加速了危机的进程。先锋最终的命运是"反先锋"，它以自杀的方式维护着艺术的批判性与否定性，走向死亡的结局。正如卡林内斯库所说的那样，随着现代性的发展，"传统遭到了日益粗暴的拒绝，艺术想象力开始以探索和测绘'未然'之域为尚。现代性开启了走向反叛先锋派的门径。同时，现代性背弃其自身，通过视自己为'颓废'，加剧了其深层的危机感。先锋派和颓废这两个明显矛盾的概念几乎成了同义词，在某些情形下，甚至可以互换使用。"① 不过，尽管"颓废"和"先锋"有着同源的基础，但是出于不同的时间指向，两者因其不同的反叛姿态而呈现出不同的表征。比较而言，颓废主义者主要以绝望反抗绝望的形式停留于畸形与反常之美的赏玩之中，而先锋主义者则更多的是在对艺术美的破坏和革新中表达个体的越界冲动与对未来的无限奇想。

一 先锋：一种未来时间的激进想象

和颓废一样，先锋也出于对现代时间的敏锐感受，不过与颓废者对未来所持的悲观看法和绝望情绪不同，先锋派认为未来必然战胜传统。即使对未来时间有着危机与灾难感，也不愿恪守传统，而是以激进的姿态去拥抱变化。传统总是试图保持那些亘古不变与成为永恒的想法，而先锋偏偏要去打破它的神话，它认为在未来的时间轴上，一定有比过去与传统更先进更新鲜的世界等着人们去发现并进行创造，必须为此而扫清道路。"正是现代性本身同时间的结盟，以及它对进步概念的恒久信赖，使得一种为未来奋斗的自觉而英勇的先锋派神话成为可能。"② 因而，先锋派虽然也孕育于现代时间之中，却拥有着对未来革命性的激情与乌托邦式的想象，它们保持着最为激进的论战姿态，公然破坏或颠覆着传统的艺术形式与技法，全面实现着自身"为艺术而反艺术"的承诺。有时候，破坏本身甚至比建构显得更为

---

① [美]马泰·卡林内斯库：《现代性的五副面孔》，顾爱彬、李瑞华译，商务印书馆2002年版，第11页。
② 同上书，第103页。

重要，因为在它看来，只要将过去的残渣余孽扫到垃圾堆中，未来便会自然来到。

其实，先锋（avant-garde）首先是一个在政治和军事领域出现的词汇，它和"进军""力量""武器""无往不胜""冲锋""迅猛而有打击力的行动"等军事词汇密切联系在一起，从而表现出一种强烈的战斗意识、勇往直前的无畏探索，运用于文化领域之后很显然表达出了文艺独特的革命潜能，即那种美学上的极端主义和实验精神，不顾一切地推翻传统约束，对未来艺术给予充分信念和信心，它的激进反叛姿态必然使其走在时代的前头，成为文艺的"先锋队"。各个时代都有自己的先锋文学与先锋艺术，人们怀着变革的激情，呼吁新的文艺形式出现，表达专属自己时代的激情，所以才会出现古典与浪漫、现代与后现代等等古今之争。然而，根据卡林内斯库的分析，"尽管每个时代都有其反叛者和否定者，先锋派本身在十九世纪的最后二十五年之前并不存在"，"它的出现同一个特定的阶段有着历史的联系，在此阶段，某些同社会相'疏离'的艺术家感到，必须瓦解并彻底推翻整个资产阶级价值观念体系，以及它所有的关于自己具有普遍性的谎言。因而被视为审美现代性之矛头的先锋派，是一种晚近的现实，就像被认为是从文化意义上指称这种现实的先锋派这个词一样。"① 真正意义上的文艺先锋派是现代社会矛盾加深后在文化领域的独有表现，也是审美主义思潮一个重要组成部分。

随着现代工业化和都市化的进程，特别是现代科技的迅猛发展，人们对当下日新月异的世界感到了前所未有的震惊，外面的世界以惊心动魄的形态刺激着现代人的感官，一切稳固的东西都烟消云散了，运动和变幻成了唯一的现实。通信和交通界革命带来了运动、速度、声音的新变化，城市生活的狂热节奏更是加快了整个世界转变的进程。这些新变化引起了人们时空感觉上的错觉与混乱，人们一下子被抛入了迷乱轰鸣的光与影、声与色的旋涡之中。波德莱尔早已从巴黎

---

① ［美］马泰·卡林内斯库：《现代性的五副面孔》，顾爱彬、李瑞华译，商务印书馆2002年版，第119页。

的拱廊街上发现了高速工业化时期的城市风景和生活节奏,他以一种近乎销魂的奇异快乐与都市夜色中的精灵、魔怪们共同狂欢,从而从日常生活的锁链中解放出来,获得了独特的当下体验:"我都发现了对精神和肉体的迷醉的感觉,对孤独的感觉,对观照某种无限崇高无限美的东西的感觉,对一种赏心悦目直至迷狂的强烈光芒的感觉,总之,对伸展至可以想象的极限的空间的感觉。"① 20世纪的先锋派们进一步扩大了这种现代体验,他们在火车的速度、马达的轰鸣和机器的转动中获得了一种奇异的快感,表现出了前所未有的狂热激情和主体意志的力量。变化莫测的现代图景赋予了他们一种扫荡一切的决心和力量,从而试图冲破一切平庸、刻板生活的阻挠,追求一种狂放不羁的极端生命体验。他们反对任何形式的复古行为,反对一切理由的盲从、驯服和模仿,反对中产阶级和市民阶层的庸常生活方式,否定一切、怀疑一切、打倒一切。可以说,在先锋派的文艺中,人们追随本能的直觉,流露出骚动不安的梦魇和幻想,感性的生命激情已经发展到了极端,表现出强烈的主观色彩,体现出审美主义感性至上的本质性特质。可以说,先锋派艺术虽然源自高速发展的现代生活,却与理性占据统治地位的启蒙现代性有着根本的差别。

二 否定精神:先锋的拒绝姿态

从唯美主义运动开始,现代艺术便高扛着"自律"的旗帜,表达着前所未有的自由。然而,这种乐观并没有持续多久,聪明的艺术家便发现自己进入了意识形态精心设计的圈套之中,甚至与其所反叛的庸俗社会合二为一了。虽然随着启蒙思想的发展,在现代社会的进程中,艺术逐渐脱离了宗教、政治、经济的束缚,形成了独立的价值领域;但是,无论标榜得如何纯粹,艺术也不能做到真正的独立,作为体制的一部分,它必然顺应着资本主义文化逻辑的发展。这里的"艺术体制"既指生产性和分配性的机制,也指流行于一个特定的时期、

---

① [法]波德莱尔:《波德莱尔美学论文选》,郭宏安译,人民文学出版社1987年版,第557页。

决定着作品接受的关于艺术的思想。可以说，体制一直存在着，在艺术获得自律地位后显得更为隐蔽，但正是这种隐蔽性更受到包括西马在内的社会批判理论家的关注。资本的生长让博物馆、画廊、歌剧院、音乐厅等场所成为少数艺术家自恋的封闭场地，甚至成为资本家标榜自己趣味高雅、文化优越的收藏装饰品；有钱与有闲阶层才会有较大的精力财力收购珍贵稀少的艺术品，独立工作的艺术家与收藏家几乎是同时出现的，艺术市场开始蓬勃兴盛，艺术最终也从救赎的殿堂跌进了媚俗的陷阱。正如比格尔所说，"作为社会子系统的'艺术'进化为一个完全独立的实体是资产阶级社会逻辑发展的重要组成部分"，[①] 艺术自律本就是"一个资产阶级社会的范畴"，是"一种意识形态范畴"。[②] 可见，艺术自律性的获得并没有它的倡导者所鼓吹的那样独立与纯粹，在本质上意义上，它是意识形态性的，并随着文化市场的发展而失去其批判功能，屈从于资本与市场，通俗小说与商品美学正是这一发展的恶果，唯美运动的失败已充分证明了这点。

此外，在现代艺术刻意强调自身无功利与纯粹性之时，却与生活实践之间拉起了一道厚厚的屏障，这也最终决定其反叛之声的微弱。这些现代艺术家一方面抒发着对古典美的怀旧或沉迷在抽象难懂的形式创造中；另一方面却不得不无奈地接受现实的残酷，蜷缩在与世隔绝的象牙塔里，失去了任何的社会功能，等待着意识形态的最终收编。艺术自律性的强调在19世纪唯美主义运动那里达到了顶峰，它表示真正的艺术是无用的，必须与生活语境完全脱离，才能保持其纯粹性，成为一种独特的审美经验。不过，这种审美经验带有个人性，传达却是极其困难的。艺术家们将现代分裂的痛苦寄寓在抽象纯粹的形式之中，这种自我救赎与反叛平庸的努力却很难让普通大众接受，如凡·高的绘画、卡夫卡的小说、表现主义艺术等日益从公共场所消失，成了私人性的呓语。卡夫卡活着时宁愿在地下室进行封闭式的创作，还曾经要求好友在其死后将所有作品付之一炬；凡·高生平几次

---

① ［德］彼得·比格尔：《先锋派理论》，高建平译，商务印书馆2002年版，第100页。

② 同上书，第117页。

陷入疯狂之中，在色块与线条之中表达着自我的愤怒。在宗教失去其合法性之后，现代艺术家试图通过审美来实现生命的此岸救赎，将个体从合法化的异化和刻板的日常生活中解脱出来，然而却又因此失去了现实的联系，变成了乌托邦式的神话。比格尔对此进行了深刻的分析，他在《先锋派理论》中表示："随着历史上的先锋派运动，艺术作为社会的子系统进行了自我批判阶段，它（先锋派）既反对艺术作品所依赖的分配机制，也反对资产阶级社会中由自律概念所规定的艺术地位。仅仅在19世纪的唯美主义以后，艺术完全与生活实践相脱离，审美才变得'纯粹了'。但同时，自律的另一面，即艺术缺乏社会影响也表现了出来。先锋派的抗议，其目的在于将艺术重新结合进生活实践之中，揭示出自律与缺乏任何后果之间的联系。"[①] 伊格尔顿也说过："现代艺术和日常生活、文化价值和平凡事实之间缺乏致命的联系，这就使得文化艺术失去了影响社会秩序和日常生活的能力，并一直处于危机中。"[②] 这种纯粹的艺术无法在现实中发挥任何的社会性作用，并且离开生动丰富的生活实践，其生命力也变得日渐苍白与贫乏，甚至成为纯粹形式的表演，最后连这个神话也被编进了资本主义文化体制与意识形态之中了。

针对自律艺术的缺陷，先锋艺术首先试图把艺术重新拉回到现实中，重建艺术和社会的联系。"先锋派的抗议，其目的在于将艺术重新结合进生活实践中，揭示出自律与缺乏任何后果之间的联系"，"它既反对艺术作品所依赖的分配机制，也反对资产阶级社会中由自律概念所规定的艺术地位"。[③] 当然，他们所做的一切不是真的要和现实友好握手，而是试图将艺术的批判功能，特别是将自律艺术从其被规训的文化体制中拯救出来，先锋派的出现标志着现代艺术自我批判的阶段。根据阿多诺、马尔库塞等法兰克福学者的观点，只要艺术

---

① [德] 彼得·比格尔：《先锋派理论》，高建平译，商务印书馆2002年版，第88页。
② Terry Eagleton, *After Theory*, N.Y., Basic Books, 2000, p.99.
③ [德] 彼得·比格尔：《先锋派理论》，高建平译，商务印书馆2002年版，第88页。

以温和的形式出现，试图在分裂的社会达到人性与社会分裂的某种和解，这便是一种肯定的艺术，它的否定性则大大打了折扣，最后暧昧不清地融入意识形态之中，失去了其批判的锋芒，被体制所收容。马尔库塞认为，发达工业社会的艺术必须作为现存社会秩序的异在者存在，才能发挥其批判性与革命性，实现对社会的重构，在此基础上建立一个非压抑的文明。"艺术，作为现存现实的异在，它是一种否定的力量。"① 艺术的审美价值就在于它与社会规范和体制保持不妥协的批判距离，是反叛资本主义社会的一种独特的政治斗争形式。因而，艺术具有革命性，"艺术就是政治实践"②。

为了对抗以启蒙理性为代表的资产阶级文明，先锋派艺术不断反对和否定自身，它的先锋特征正表现在不断地毁灭自身和创新变化中，以免像唯美的艺术一样被纳入资产阶级文化体制与意识形态中。总之，先锋主义就是在不断反传统、反中产阶级趣味以及反对自身的过程中建立起来的，它要表现的正是现代个体洗涤一切、勇往直前的感性激情，卡林内斯库就直接认定它是一种美学的极端主义，在他看来，"先锋派作为一个艺术概念已经变得足够宽泛，它不再是指某一种新流派，而是指所有的新流派，对过去的拒斥和对新事物的崇拜决定了这些新流派的美学纲领。但我们不应忽视一个事实，亦即，新颖性往往是在彻底破坏传统的过程中获得的；'破坏即创造'，这句巴枯宁的无政府主义名言的确适用于20世纪先锋派的大多数活动。"③ 先锋派艺术不断进行的自杀式的形式创新正源于此，它们通过不断否定的姿态对现实社会构成了"破坏性的潜能"，力图摆脱意识形态的控制，实现真正的自由解放。

三 极端颠覆：先锋的审美策略

20世纪初，在一批先锋派艺术家们（未来主义、达达主义、超

---

① [德] 马尔库塞：《审美之维》，李小兵译，上海译文出版社1989年版，第181页。
② 同上书，第14页。
③ [美] 马泰·卡林内斯库：《现代性的五副面孔》，顾爱彬、李瑞华译，商务印书馆2002年版，第126页。

现实主义、俄国和德国的左翼先锋派）那里，真正审美意义上的先锋概念诞生了，他们秉承了政治先锋派独特的激进姿态，宣布打倒一切、抛弃传统、面向未来：超越现实是他们战斗的口号，不断创新是他们追求的目标。不过，这种先锋更多不是论战式的，而是美学上的，落实在对未来的幻觉性想象与形式上的不断革新实验中，属于其一支的先锋派文学也是如此。

先锋艺术在内容上歌颂现代生活中的力和速度，从而展现出革命的激情姿态，不过它主要还是以一种美学的方式来实现的，更多强调艺术形式的不断革新。在先锋派艺术中，我们也可以明显地发现这种倾向。艺术家们公然挑战艺术体制，打破艺术和生活的界限，用一种反艺术的形式来表现艺术。如杜尚，他曾经在批量生产的、随意挑取的物品上签上了自己的名字就送去展览，个人的挑战行为本身就是一件很好的艺术品；后来甚至把坐便器搬上艺术的殿堂，并取上了极为艺术化的名字《泉》；甚至把达·芬奇的名作《蒙娜丽莎》加上了两撇小胡子并取了一个亵渎性的画名，对传统艺术进行了刻意的嘲讽。同样，在新先锋派安迪·沃霍尔的作品《100个坎贝尔的汤罐头》中，艺术家将日常生活和艺术界限完全打消，将100个罐头的照片合成在一起，赋予了日常生活一种新异的感觉。他们以独特的方式摧毁了传统有机艺术作品的概念，赋予艺术以革命的激情。和先锋艺术一样，先锋派的文学作品也力图打破传统文学的样式，他们不屑于回首往昔，摹写现状，强调对诗歌技巧和文学形式进行革新，不受固定模式的约束。他们以一种全面的否定主义与虚无姿态洗涤一切传统，反对一切既定的模式，包括它自身。他们公然要求打碎一切传统，崇尚激进的文学革命，颠覆和破坏语言技法的运用，表现出审美的极端主义和"实验"精神。虽然每个时代的文学在它刚出现的时候都具有某种先锋性质，但没有哪一个时代的文学如同先锋派文学那样表现得彻底和坚决。如未来主义所强调的"自由诗"要求打破韵律和格式上的限制，追求无限的想象和自由的词语，破除格式，强调随意性的类比，强调诗歌的开放性；同样，超现实主义的创作更是打破了一切枷锁、大胆创新，在天马行空的想象中采用自动写作的方式捕捉那种稍纵即逝的创作灵感。

其实无论是哪一种先锋派，对于直觉和想象等感性能量的重视都是走向极端的。未来主义虽然描写光怪陆离变动着的都市和现代场景，但是他们并不是"按照事物的原型去反映现实"，而是"敏锐地、迅疾地捕捉那些运动着的、变化着的事物的形态特征，在一种夸大的、变形的、逼人的感性力量中，表达出大自然的生命与事物的动感、节奏，表现出客观世界作用于人的感官时产生的主观印象和意识的冲动"，[①] 因此他们的文学描写的是个人的直觉和幻想，注重艺术想象，挖掘事物内在的本质和人物的内心世界；他们在创造艺术形象的时候，又排斥生活和客观现实，诉诸作者强烈的主观印象、体验和联想，因而常常是非理性和形式主义的。超现实主义文学创作更是受到现代心理学的影响，将现实和梦幻、现实和超现实统一起来，打破了传统的时空间隔，注重他们的梦幻，注意那些心灵感应现象和心理的各种非理性表现，否定了任何理性和意识的作用，把直觉当作获取真知的唯一可靠的道路；他们反对现实主义从外表和细节真实来描写事物，在他们看来，内在的心理真实要重要得多，为此他们注重梦幻和潜意识，挖掘出疯狂的力量，推崇下意识写作。可见，先锋文学是现代审美主义思潮的一个重要组成部分，它对于个体感性体验的极端强调有力地冲击了当时资本主义社会墨守成规的生存状态。无论是未来主义对于速度、运动和强力的崇尚，还是超现实主义对于疯癫、梦幻、潜意识的关注，包括它们由此表现出来的独特怪异的文学艺术形式都展现了先锋派的否定的激情，这种否定正是为了拒斥和颠覆启蒙理想（理性、进步、功利）所建构的庸常生活状态。先锋精神更为极端地体现了现代个体追求极端自由和自我解放的现代意图，所以20世纪文学每个阶段都有自己的先锋派，包括意识流小说、"垮掉一代"、卡夫卡的作品等等，他们都在用自己独特的方式实现着文学精神的革新。不过先锋总是在超越传统的过程中实现先锋的，因而又会

[①] 吕六同：《意大利未来主义试论》，载柳鸣九主编《未来主义、超现实主义、魔幻现实主义》，中国社会科学出版社1987年版，第6、46页。

有更多的先锋者在文学中出现。在众多的先锋派潮流中，未来主义和超现实主义是有明确意识并产生了广泛影响的先锋运动，两者都以一种先锋的姿态展现了现代人否定一切、破坏一切的狂放不羁，相比较而言：未来主义在现代变幻莫测并且充满力和速度的机器世界中找到了自己激情投射和表达的方向，表现出一种向外的扩张；而超现实主义则在梦幻、疯癫和潜意识的内心世界里发现了人类原始的冲动和激情的火山，从而展现出一种向内的探索历程。

四 先锋死亡：艺术的自杀与沉默

美国学者卡尔认为："先锋指向未来，一旦被现在所融会，它就失去了自身的价值，成为现代主义的组成部分。实际上，先锋总是处于危险的境地，威胁着自身的安全。"① 既然先锋一直以一种拒绝、叛逆、否定、前卫的面貌存在，那它便永远处在变化运动之中，以自杀的方式实现着自己的独一无二性。先锋主义的极端姿态暗示着它必须永远的孤独和冷清，一旦热闹起来，"先锋"的意味也就不存在了。第二次世界大战之后，先锋派艺术却出乎意料地在公众中取得了成功，先锋派的作品被用于商业广告，先锋派的写作技巧被用于通俗文学创作，先锋派的艺术品被摆放在家庭的各个角落。长期以来先锋派一直以它和现实的绝对不妥协而著称，而现在它成了时代的又一个新神话。它不再给世界带来震惊，也不再对它所反对的中产阶级构成威胁，相反它的唐突冒犯和出言不逊现在只是被认作有趣，它启示般的呼号则变成了惬意而无害的陈词滥调，并且具有讽刺意味的是先锋派发现自己正在一种出乎意料的巨大成功中走向失败，先锋派不得不面对自己的死亡。

先锋的死亡当然有一定的外在原因，但更多的还是来自于它自身。先锋艺术是以其反自律的艺术姿态削平了艺术和生活之间的界限，但这种削平也让它迎合了日常生活的需求，从而丧失了独立性。

---

① ［美］弗雷里克·R.卡尔：《现代与现代主义》，陈永国、傅景川译，中国人民大学出版社2004年版，第14页。

艺术自律是现代社会发展的一个必然结果，这在前面都已经深入探讨过，特别是发展到唯美主义"为艺术而艺术"的流派，势必把这种推崇发挥到极致，从而完全与社会生活相脱离。先锋派为了防止自律的艺术陷入资产阶级意识形态的圈套，恰好在此基础上对唯美主义的精英艺术观进行了反驳，它的精英性是以反精英的姿态完成的，这必然存在着悖论。在先锋艺术那里，数学符号、广告画、俗语能够进入艺术创作，有些作品直接由报纸剪切粘贴组合而成，涂鸦汽车、复制照片、工业现成品都能成为艺术。先锋派反对躲避在象牙塔内的自律艺术家，反对艺术与生活实践的分离、个性化生产以及区别于前者的个性化接受，力图将艺术与生活实践结合起来。不过正如比格尔所指出的那样，在资产阶级社会，"除了一种虚假的对自律艺术的扬弃以外，这种结合并没有实现，大概也不可能实现"，通俗小说与商品美学证明了这种虚假的扬弃的存在，"如果一种文学的主要目的是将一种特殊的消费行为强加给读者，它其实就是实践的，尽管这与先锋主义者所想要的那种实践性不同。在这里，文学不再是解放的工具，而成了压迫的工具"。[①] 可见先锋艺术在走向日常生活、反叛自律艺术的精英主义倾向之后却有被消费社会削平其先锋锋芒的可能。这种情形已经被许多研究者所关注，先锋的困境在于，"它已从一种惊世骇俗的反时尚（antifashion）变成了——在大众媒介的帮助下——一种广为流行的时尚"，"中产阶级已经发现，对于其价值观念的最猛烈攻击，可以被转化成令人欢欣的娱乐"。[②] 先锋派是在反叛中存活的，一旦停止这种反叛，它便会迅速融入大众文化潮流中，变成一种商品和时尚，成为媚俗的产物。

卡林内斯库认为媚俗的艺术可以分为两种：一种是为娱乐而生的媚俗艺术；一种是为宣传而生的媚俗艺术。[③] 媚俗可以通过模仿先锋

[①] [德]彼得·比格尔：《先锋派理论》，高建平译，商务印书馆2002年版，第126页。

[②] [美]马泰·卡林内斯库：《现代性的五副面孔》，顾爱彬、李瑞华译，商务印书馆2002年版，第131页。

[③] 同上书，第253页。

的外表而获益。例如意大利未来派批判以邓南遮为首的唯美主义流派把艺术与生活相隔离，针对艺术至上观的不足，主张把生活直接引入艺术，让艺术反映飞跃发展的、日新月异的现实，为此未来主义把机器文明、现代物质生活和艺术创作紧密联系在一起，甚至把一些政治目标、革命目标和自己的艺术实践联系在一起，如帕拉迪尼在《共产主义艺术》中表示："艺术家的活动将从纯艺术（作画是为了单纯技术性研究，追求在造型和色彩上的新的美术价值，探讨和建立新的流派，提出纯艺术的新问题，诸如法国的'纯粹主义'），转向装饰和实用艺术（舞台美术、陶瓷、家具、环境），他将根据自己的志趣和当时的需要，来尽力发挥自己的创造力，在这个或那个领域里从事活动。"[①] 作为一个左翼未来主义代表，他更进一步要求文学艺术为人民服务，为大众服务，以抵抗资产阶级的纯艺术观。将艺术作为政治宣传的工具，先锋派显然进入自己一直反对的意识形态的圈套之中了。

先锋派是以破坏一切的姿态来展现其先锋地位的，卡林内斯库曾经把它看作"自杀的艺术"，但是一旦什么都反抗甚至包括反抗自身，它本身也就失去了存在的意义，表现出非中心甚至是虚无主义的倾向，所以有人把后现代主义中表现出来的无中心、无意义、零碎化、削平一切等现象诉诸先锋派，因为先锋派精神所表现出来的文字上的游戏，捣毁偶像的态度，对不严肃性的膜拜，神秘化，愚蠢的幽默和故意制造的恶作剧，一旦失去了它所表达的深度后也失去了它反叛的力量，先锋派的否定激进主义和全面的反传统并没有为艺术地重建世界留下任何余地，它对各种艺术形式的戏拟行为使得它展现出模糊性，也和后现代性大众文化之间存在了某种暧昧的联系。后现代主义的典型特征就是一种深刻的反精英主义与反权威主义，要求自我的扩散与参与，艺术成为公有的、可选择的、免费的或无政府的，反讽成为激进的、自我消耗的游戏。后现代主义理论家哈桑认为后现代主

[①] ［法］帕拉迪尼：《共产主义艺术》，载柳鸣九主编《未来主义、超现实主义、魔幻现实主义》，中国社会科学出版社1987年版，第68页。

义在很大程度上就是第二次世界大战之后先锋派的延伸和多样化,他确认许多后现代主义的基本特征可以很容易地追溯到达达派,而且往往可以追溯到超现实主义。后现代主义中的反精英主义、反权威主义、无偿性、无政府、虚无主义等特征显然在先锋派的"为艺术而反艺术"中出现。后现代艺术中的拼贴、模仿、"现成品"、戏拟等特色在杜尚、曼·雷的作品中可以找到;后现代文学创作中的迷宫、圈套、拼贴、描物等手法包括对偶然因素的强调和超现实主义的"自动写作"如出一辙,这显然出自先锋派又一大悖论,即"精英的概念隐含于先锋派的概念之中",但"这种精英是致力于摧毁所有精英的,包括摧毁它自己"。先锋必须在变化中寻求生存,但正如卡林内斯库所表示的那样,"我们时代的一大特征是,我们已开始习惯于变化。即使是比较极端的艺术实验似乎也不能唤起人们的兴趣或激动。不可预测的东西成了可预测的。一般而言,日益加快的变化步伐倾向于降低任何一次特定变化的意义。新的东西不再是新的"。[①] 在这样的时代中,新和旧、美与丑的对比都不再有任何意义,尽管一些新的先锋艺术和文学创新手段还在层出不穷,但失去了"震惊"和震撼力的文学艺术已经不再"先锋",它们和一些玩弄技巧的后现代主义创作完全融合到了一起,先锋走向了死亡。

总之,先锋的反叛是极为短暂的,很快它的"反风格"就会变成一种风格,它的作品也就成了博物馆和公共场合的装饰品;先锋的反抗是以破坏和激进为其特色的,它本身充满了自杀和反讽特色,一旦丧失其激进姿态,先锋也就死亡了。

第三节 身体与审美主义

身体是感觉的在体论基础,感觉则是身体之在的认识论功能器官。因此,从感觉崇拜到身体崇拜,构成了现代主义向后现代主义的

[①] [美]马泰·卡林内斯库:《现代性的五副面孔》,顾爱彬、李瑞华译,商务印书馆2002年版,第157—158页。

发展逻辑，身体成为在体论和认识论的关注焦点。审美思想逾越意识的意向性，进入到身体的领域，身体被提高为意识本身，是当代审美主义论述的基本主题。……身体崇拜尤其表现在各种文化和思想层次上对快感的肯定和发现，一旦文化制度或个体存在的意义奠定在身体之上，而这身体又脱掉了理念的制服，就得服从身体的本然原则：自性的冲动和快乐或合意的自虐。

——刘小枫：《现代性社会理论绪论》

身体在现代社会得以彰显，这已经是一个不争的事实，与其相伴随的性文学与女性文学开始大行其道。那么在这个"招摇"的身体背后，究竟存在着怎样的支撑力量，能使得它从漫漫长夜中苏醒过来？我们知道，身体由于它的物性和动物性在神学和理性的时代遭受着巨大的压抑，它的变动、偏激、冲动性和理性世界是完全格格不入的，因此在传统社会里身体是被压制、缺失的。身体总是被看作一个感性载体，因为往往与这样一些概念联系在一起：生命、个体、欲望、差异、特殊性、本能、性、爱欲等等，它随着感性的压抑而被放逐，同样也必然随着感性解放而浮出地表，身体问题说到底是一个审美现代性的问题，是审美主义思潮的重要表征之一。刘小枫认为，身体是审美主义感性至上论的在体论基设，他说："审美论无论如何高涨感性、体验和本然生命，依然是一种理念——感性至上的理念，这一理念必有一个实在的基础"，这个基础显然就是"身体"，他用时装表演来阐明现代感觉的现象学，表示："天堂、来世、永恒之理念在生活感觉中的优位性被身体的优位性置换了：人生的意义和目的不重要，重要的是，我的身体在此世舞台上行走过。"[1] 现代性的过程是一个世俗和"祛魅"的过程，关于灵魂、意识、理念的第一性存在全都被斥为虚妄，这时身体观便发生了巨大的变化，"身体成为享用的在世者，不再是在世的负担，而是唯一值得赞美的在者"，[2] 身

---

[1] 刘小枫：《现代性社会理论绪论》，上海三联书店1998年版，第330页。
[2] 同上书，第332页。

体地位的转变本身就是现代性的一部分。既然感性取代了传统的意义和目的理念（灵魂、彼岸）的本体论位置，那么身体必然作为此世的承载进入历史前台。审美主义将感觉视作第一性，身体是感性主体彰显自我的重要方式，作为感觉载体的身体必然冲破理性、道德、社会的重重压迫走向自由，对其关注具有不同寻常的意义。

在动物那里，显然不存在什么灵肉分裂的问题，只有人，一旦他获得了自我意识，便会在察觉到肉体存在的同时，有不同于肉身的存在的意识，就会基于自我意识的自为性和自明性而发明"灵魂"（soul）和"心灵"（mind）观念，并要求打破一切外在的束缚，更试图摆脱肉体的存在，从而证明人不同于动物的高贵。在以往的价值系统中，身体一直受着超自然理念的束缚，它一度是灵魂的仆人，一度又成为理性的敌人。身体的这段压抑的历史早在柏拉图的时代就出现了。在柏拉图看来，人类需要达到一个完美至高的境界，这样的境界只有灵魂才能涉足，而肉体所固有的疾病、烦恼、贪欲等局限恰恰阻止了这种追求，因此身体是灵魂的负累，其死亡恰好是灵魂的解脱，灵魂因为摆脱了身体而独自存在，变得轻松自如。正因如此，柏拉图创造了一个超越肉身的灵魂的概念，即身体是灵魂的仆人，美好的幸福来自于灵魂，身体只不过是灵魂的寄居之所而已，他表示："我们要接近知识只有一个办法，除非万不得已，得尽量不和肉体交往，不沾染肉体的情欲，保持自身的纯洁。"① 从理性认知角度出发，爱智哲学家认为灵魂和肉体在一起只能上当受骗，只有纯粹的思想才能获得智慧：肉体是恶的，因为肉体的无止境需求以及疾病会妨碍我们寻求真理，肉体带来的欲望、恐惧以及各种幻想和表现出来的愚蠢，则使得我们无法思想。我们必须从肉体中解放出来，才能认识真正的存在。此外，对于柏拉图来说，伦理学概念的善必须保持灵魂的和谐与理性的自由，身体随时爆发出来的冲动往往破坏这种和谐，带来混乱与恶。柏拉图这种伦理观直接影响了中世纪对待身体的态度。中世纪是宗教神学占据统治地位的时期，宗教的原罪思想一开始就把此岸人

---

① ［希腊］柏拉图：《斐多篇》，杨绛译，辽宁人民出版社2000年版，第17页。

第四章 审美主义思潮的模式探究

的肉身定位为罪恶的，特别认为由于肉体的冲动而表现出来的欲望更是可怕的，个体应该为自己肉体犯下的错误进行忏悔。奥古斯丁的《忏悔录》就是在上帝面前对身体的一次血泪俱下的控诉。中世纪对身体的控诉主要停留于道德上的负罪感，面对上帝光芒四射的尊严，人的身体显得猥琐、渺小。

17 世纪以来随着知识科学的发展，身体不再承担着上帝的仲裁，但却成了人类理性所监控的对象，身体的感性与知识的理性之间形成了尖锐对立。身体一直处于与心智、理性相对立的低劣位置，人们认为只有依靠理性才能解决认知的难题并探索真理的秘密。在科技知识突飞猛进的时代，身体却在一段时间甚至失去了踪影，人们将眼光高度集中在理性带来的进步喜悦中，很少有人关注身体的呼唤。在笛卡尔的二元哲学中，身体和心灵是两个对立实体，前者是没有灵性的纯粹物质，后者则是不含物性的纯粹意识。在笛卡尔眼里，这两个独立的纯粹实体之间没有什么实在的联系，"心灵可以没有身体而存在"。① 人的高贵主要和精神或思维联系在一起，超然于身体及其伴随的感觉、欲望之外。身体在笛卡尔及其所代表的理性时代里没有获得任何地位，感性的东西最终被驱逐，一切都被纯粹化和观念化。这个时候身体虽然也作为广延概念零星出现，却终究由于它和思维世界的距离而被遮蔽或遗忘。

20 世纪前后人们对于身体的态度发生了质的变化。叔本华首先表明：世界不是客观存在有待我们去认识的世界，相反世界是人的意志和表象，而人的意志活动与身体欲望密切关联，是感性生命冲动的物质载体，以身体为基础重新建构和确证自我价值、主体意义与生存内涵显得极为重要。正是出于这样的感性觉醒与身体关注，现代人对于身体的本质意义展现出前所未有的兴趣，以感性生命切入身体成为现代人的重建"主体性"的重要手段，身体也就成为意志、欲望、情感、本能的化身。从意志的角度来看，"每一本真的、纯粹的、直接的意志活动都立即而直接的就是身体的外观活动"，身体成为人的

---

① ［法］笛卡尔：《第一哲学沉思录》，庞景仁译，商务印书馆1996年版，第82页。

意志的化身，意志的每一个活动都伴随着相应的身体运动，"身体的各部分必须完全和意志所要宣泄的各种主要欲望相契合，必须是欲望可见的表出"，有什么样的意志和欲望就有什么样的身体表现，如激动之于心跳加速、恐惧之于发抖、羞惭之于汗颜等等。基于这样的认识，叔本华重新界定了身体。在他看来，身体是以双重方式出现的：一方面"从外部"把它作为是客观中的客体加以体验；另一方面又"从内部"将其看作是意志的直接表现。意志不能像舵手驾驭船那样驾驭身体，身体的行为与意志的行为同时产生，只不过是在两种完全不同的方式下给出的而已：一种是完全直接地给出的；一种是为着悟知而在直观中给出的。身体的活动不是别的，而是客观化了进入直观的意志活动。为此，叔本华表示："我的身体与我的意志就是同一个事物"，身体只是意志的具体显现，"意志活动与身体的活动不是两个因果性纽带联结起来的、客观地认识到的不同情况，不是处在因与果的联系之中，而是同一件事物"，"因此我们也可以说身体的肯定以代意志的肯定"①。在这里，认识充其量只是意志的工具，而头脑也就开始为身体服务了。

在尼采那里身体更是得到了前所未有的推崇。和笛卡尔相反，尼采置换了传统二元结构中身体和理性、灵魂的位置，构建了一种建立在身体基础上的新的形而上学，标志着身体遭受压迫奴役历史的结束。尼采用感性的身体取代了理性的主体，在他看来："身体乃是比陈旧的灵魂更令人惊异的思想。无论在什么世代，相信肉体都胜似相信我们无比实在的产业和最可靠的存在——简言之，相信我们的自我胜似相信精神（或者叫'灵魂'，或者不叫灵魂，而叫主体，就像现在学校里教授说的那样）。"②尼采之所以那么强烈地批判基督教和现代科技思想，正是因为前者的灵魂至上论和禁欲主义思想扼杀了身体的冲动，而后者又以理性力量使得肉体呈现出没有生命的病态。基于

---

① ［德］叔本华：《作为意志和表象的世界》，石冲白译，商务印书馆2004年版，第158、163、158、448页。

② ［德］尼采：《权利意志——重估一切价值的尝试》，张念东、凌素心译，商务印书馆1996年版，第152页。

此，尼采反对道德、宗教、理性等加在身体上的枷锁，给予了身体前所未有的自由。身体在"狄俄尼索斯"的节日狂欢中舒展自我，展现了原始生命力的强大，并成为看待一切事情的起点。身体曾经是一个极为复杂的概念，它承载了太多的外在负累，尼采对于身体的解放本质上恢复了身体的兽性（感性）维度，让身体成为自然的身体，他说："兽性功能比一切美好的状态和意识要高出千百倍。因为，后者一旦不成其为兽性功能的手段，就变成了多余。整个有意识的生命，包括灵魂、心灵、善、道德的精神在内。它们到底在为谁服务呢？——服务于尽可能完美的兽性基本功能的手段（营养手段、提高手段），主要是提高生命的手段。毋宁说，原因首先在于被称为'肉体'和'肉'的东西上面，别的都是小小的附属品。"[①] 在这里，尼采的身体形而上学已经上升成为一种生理学，肉体的活力、本能甚至性欲成为一切人类活动的评判，需要"以身体为准绳"。[②] 尼采的身体充斥着积极的、活跃的、自我升腾的力量，这就是他所标榜的生命价值所在，强健、有力、充盈、高扬、攀升。身体及其内部的强力才是世界的根本和准绳，主体、意识、灵魂是身体的产物或发明，具有虚幻性。尼采的身体观极大地影响了后现代主义思想家，法国思想家德勒兹直接把身体内部的强力看作是人的感性欲望，这样的身体摆脱了受缚状态以及社会性的关联，成为无羁绊的、自由的、放任的、破碎的身体，它抵制着机器生产，冲破了封闭的禁忌系统，逃逸出各种机制、权威和专政的钳制。身体在此被赋予了解放的功能，与感性的解放意义密切关联。

和尼采不同，福柯将研究重点放在了现代社会对"身体"的规训行为上，旨在揭示现代性（合理性）的进程是如何用道德和知识来遮蔽疯癫、犯罪、疾病、性欲之类的身体经验的，包括欲望主体或身体主体是如何被转化、改造成权力主体的。他看到，现代社会各种各样的实践内容和组织形式，各种各样的历史悲喜剧，都围绕着身体展

---

① [德]尼采：《权利意志——重估一切价值的尝试》，张念东、凌素心译，商务印书馆1996年版，第430页。
② 同上书，第152页。

开角逐，将身体作为一个焦点，对身体进行着精心的规划和设计。身体成为种种权力角逐的目标，权力在试探它，挑逗它，控制它，生产它。正是在对身体作的各种各样的规划过程中，权力的秘密、社会的秘密和历史的秘密昭然若揭。在福柯看来，今天的社会惩罚，"最终涉及的总是身体，即身体及其力量，它们的可利用性和可驯服性，对它们的安排和征服"，"权力关系总是直接控制它，干预它，给它打上标记，训练它，折磨它，强迫它完成某些任务，表现某些仪式和发出某些信号"。① 福柯已经看出了身体在现代社会中的身不由己，由此宣布了人的死亡。在福柯笔下，理性主体黯然地退出了历史舞台，但不管是渲染"人之死"还是"作者之死"，让我们看到的都是把经验、欲望的身体从知识道德遮蔽中解脱出来的要求。在宣布理性和意识主体终结的同时，福柯却极力扩张了身体主体、欲望主体的疆域，他更为肯定处于边缘位置形形色色个体的感性反抗，肯定疯癫、犯罪、性等身体行为的反常经验。他的工作就是要把人的身体从权力控制那里，从臆造出来的灵魂、主体、心灵那里解放出来，让人们重新听到身体的尖叫。

可见，身体的被发现和现代人感性膨胀是紧密联系在一起的，身体因其物性和生理性与情感、本能、爱欲等感性密切相连。在挣脱理性意识的控制后，它承载着主体的感性生命重新浮出地表。可以这么说，在柏拉图、笛卡尔和黑格尔那里，意识或精神似乎能够完全摆脱身体的规定性而达到自由目的，但现代人却发现人不仅是思想的机器，更是一个活生生的存在，它拥有情感、欲望、悲喜、恐惧，正是这些感性特征才保证了人个体性和属己性，一旦脱离了理性的监控，身体就恢复了自性的冲动。身体不再是生存的负担，相反它被看作个体此岸存在的唯一确证，一切都源自身体的感觉。

身体在从理性、道德长期压抑中浮出地表之后，的确在一段时间体现出主体性，但最终成为欲望投射之物，丧失了主体性。身体的本

---

① ［法］福柯：《规训与惩罚》，刘北城、杨远婴译，生活·读书·新知三联书店1999年版，第27页。

己属性和自性特征承载着独特的生命与感性激情,但其物质属性却容易使其成为欲望的奴隶,特别在进入消费社会后,身体被抽空了内在的生命内容,成为空洞的能指。身体在消费社会中大行其道。

刘小枫认为现代的人生舞台如同时装表演,那些行走于舞台上的身体所包容的生命内涵已经显得不再那么重要,重要的是那些装饰着身体的美丽衣服饰物等外在形式,它在旁观者心中引起欲望的悸动,身体完全被物化和符号化了。主体借助身体进行的感性生命表达最终沦为一种时尚。只要我们打开电视,占据画面最多的必然是美容护肤、减肥健身,以及服装、卫生用品、饰品这样一些与身体有关的东西;同样在日常生活中,我们也随处可见美容院、健身房,医院增设了许多美容项目,人造美女也开始四处流行。让·波德里亚说过:"在消费的全套装备中,有一种比其他一切都更美丽、更珍贵、更光彩夺目的物品——它比负载了全部内涵的汽车还要负载了更沉重的内涵,这便是身体。"① 人们宣布身体是快乐的载体:它悦人心意而又充满欲望,人们所做的一切似乎都是为了凸显身体的自然形态,衣服、时装、化妆品、美容、健身和各种休闲娱乐方式都是为了身体的快乐,各种各样的商业广告、肥皂剧、包括好莱坞的电影都在日复一日地制造着关于身体的神话。现代人为自己的身体忙碌着:各种各样新的化妆品、头发护理液、电蚀美容术、美容整形手术、假头发等等都为了摆脱身体的生理缺陷,而使得它更为美丽;大众传媒、商品交换都围绕着人的身体而大做文章,从而在不知不觉中对本来极为自由的身体形成了新一轮的禁锢。消费的主体,尤其是消费身体的主体表面看来是为了展现自己的个性姿态,但却不由自主地陷入了身体的牢笼之中,从而丧失了自我意识,譬如电影明星的着装必须按照经理人的设计和规定。流行趋势引导着身体的潮流,为了形式的完美,对身体进行戕害处处可见,这些身体已经被切割、破碎化,失去了主导地位,被完全纳入商品符号交

---

① Laura Mulvey, "Visual Pleasure and Narrative Cinema", *Art in Theory 1900 – 1990*, Charles Harrison & Paul Wood eds., Oxford: Blackwell., 1992, p. 967.

换的巨大网络之中。一旦身体变得时尚化、符号化，被编码整理，在现代社会中就会越来越成为欲望的对象，性也在目前"解放"模式中被简约为使用价值（"性需要"的满足）和交换价值（由模式流通所控制的色情符号的嬉戏和流通）。显然，消费社会中的身体已经成为日常生活审美化的一个重要标志，但是对于身体本身来说它却是没有生命的，无法从流动不居的审美符号还原为本真的肉身存在，失去了主体感性解放的意义，彻底物化。

在文学文本中，身体的前后变迁、混杂及其尴尬处境也得以充分展现，审视身体的生命内涵成为评判当前文坛"身体写作"的主要尺度，劳伦斯与亨利·米勒的差异便在于此。前者笔下洋溢着生命力和肉感的身体此时只剩下虚空的外壳，对身体形式的强调已经完全大于对其内涵的关注。身体和审美性之间的关联是极为复杂的，当它和个体的原始激情和生命本能联系在一起，可以表达个体自由对抗权力、道德、理性的控制，表现出解放的意义来；一旦抽空了其中的生命内容而只是将其看作欲望的容器，它必然会和消费社会达成共谋，丧失其主体性，重新遭受奴役。让·波德里亚表示："身体的整个当代史是身体的标识史，是包括各种标记和符号的一个网络，这个网络自形成以来就遮蔽着身体，分化着身体，破坏着身体的差异和根本两性，以便把身体组织成一个进行符号交换、与物体领域相同的结构物质，把其嬉戏的虚拟和象征的交换（不要与性征相混）变成性征，这个性征被当作一个决定性代理，完全围绕菲勒斯（Phallus）崇拜建立起来的一个菲勒斯代理，而菲勒斯崇拜又把菲勒斯当作总代理。在这个意义上，在当下理解的性征符号之下，即在性'解放'的符号之下，身体陷入了一个过程之中，这个过程的功能和策略都是派生于政治经济学的。"[①] 总之，仅仅依靠身体进行反抗的审美主义无论怎样都显得有些单薄，在感性解放基础上提升精神的需求目前显得尤为重要，只有丰富充盈充满精神内涵的身体才有可能抵挡外部世界的侵

---

① [法]让·波德里亚：《身体，或符号的巨大坟墓》，载汪民安、陈永国主编《后身体：文化、权力和生命政治学》，吉林人民出版社2003年版，第35页。

蚀，仅仅停留于物性展示和欲望的宣泄只会将刚刚解放的身体重新拖入绝望的深渊。

第四节 后现代与审美主义

从后现代主义的某些重要倾向中体现出来的后现代性，其实就是现代主义时期审美现代性的基本精神的延续。或者更简单地说，审美现代性包含了后现代的诸多精神。

——周宪：《审美现代性批判》

从审美现代性来透视后现代性，即是说，后现代精神要抵制和颠覆的是一种现代性——启蒙现代性及其工具理性的霸权，而这个目标其实是与审美现代性基本一致的。因此我们有理由认为，现代性没有终结，或更准确地说，审美现代性没有终结。断裂轮的局限性在这里也就被超越了，后现代性中的审美现代性重音是随着社会文化的进一步发展，不是衰弱了而是逐渐增强了。回到我们对现代性的历史描述上来，如果说在早期现代性和盛现代性阶段，审美现代性尚处于较为潜在的状态的话，那么，在后期现代性阶段，审美现代性已经逐渐转化为广泛的后现代主义运动和思潮，其中的某些倾向和取向被激进化了和极端化了，因而又从新的层面上遮蔽了审美现代性本身。

——周宪：《审美现代性批判》

后现代（postmodern）是与"现代"相对应的概念：虽然"后现代"不是一个时间概念，但它仍然有时间上的规定，是相对于现代而言的。所谓"现代"，在历史时期上讲通常是从文艺复兴开始，经启蒙运动到20世纪50年代的这段时间，实际上就是指西方资本主义从产生、发展而走向现代化的过程。"现代化"过程混杂着商品化、城市化、官僚机构化和理性化的进程，这些过程共同构成了广义上的"现代世界"。现代化的过程是一个充满发明、革新和活力的过程，"现代性"最主要体现的是理性和启蒙的精神，它通过新的技术、新的运输方式和交往方式、产品的分配和消费形式、现代艺术和意识形态等散布到日常生活中去,相信社会历史的进步和发展,人性和道德的不断改良和完善,人类最终将从压迫走向解放。

与之相对应,后现代主义的理论家们认为,从20世纪60年代开始,随着科学技术的革命和资本主义的高度发展,西方社会开始进入"后工业社会"或"晚期资本主义社会",也有人称其为信息社会、高技术社会、媒体社会、消费社会、最高度发达社会,在文化形态上通常被称为"后现代主义"。后现代主义便是在后现代社会产生的风靡全球的文化潮流,丹尼尔·贝尔、利奥塔德、弗·杰姆逊、哈桑、布希亚德等理论家已经从各种角度对后现代主义的特征进行了详细阐述,它是现代社会发展进程中各种矛盾、问题和困境激发的产物,在整个思想文化领域形成了一场巨大的"后现代转折",影响深入社会生活的各个领域。与后现代主义相联系的关键词有非理性、碎片、无意义、平面化、游戏、元叙事削平、视觉传媒、多元化等,其主要特征便是反思、批判与质疑。在后现代阶段,社会、科技、文化等领域经历了一系列根本性的变化,这些变化表明它是人类历史的一次断裂或一个新的发展阶段。从形式上讲,后现代主义是一股源自现代但又反叛现代的思潮,它与现代主义之间是一种既继承又反叛的关系;从内容上看,后现代主义是一种源于工业文明、对工业文明的负面效应的思考与回答,是对现代化过程中出现的剥夺人的主体性、感觉丰富性的死板僵化、机械划一的整体性、中心、同一性等的批判与解构,也是对西方传统哲学的本质主义、基础主义、"形而上学的立场""逻各斯中心主义"等批判与解构;从实质上说,后现代主义是对西方传统哲学和西方现代社会的纠正与反叛,是一种在批判与反叛中又未免会走向另一极端——怀疑主义和虚无主义——的"过正"的"矫枉"。可见,后现代概念成型于对西方现代社会的批判与反思,也是在批判和反省西方社会、哲学与科技理性中形成的一股文化思潮。

现代性和后现代性之间的关系一直存在着巨大的争议。一种观点认为后现代性表现出完全不同于现代性的政治、经济、文化特色,至此现代终结了;另一种观点则认为后现代是现代的一种延续,后现代性所表现出的反叛特性早已潜伏在现代性之中,只是在特殊的历史语境下以激化的形式喷发出来。那么,现代性和后现代性究竟是怎样的关系?审美现代性作为现代性中的反叛力量,它和后现代性之间又有怎样的联系?在后现代语境中,文学又呈现出怎样的审美主义特色?这些都是本节深入探讨的问题。或许,对于审美主义发展逻辑的深入研究将会有助于我们厘清现代与后现代之间水火不容却又纠缠不清的暧昧关系。

后现代作为一个历史发展时期,与前现代社会发展不同,它具有自身的组织原则和生产消费特色,在经济与管理方面均体现出独特性。后现代性是后工业社会与大众消费社会结合的产物,从政治、经济、宗教、文化、艺术各方面对以往既有秩序颠覆反叛,进行新空间的拓展,对现代性的合法化全面质疑,剥离出被现代性遮蔽的领域,发起了一系列以"反"和"非"为口号的运动。从表层来看,后现代的确表现出与现代不同的极端反叛性,不过这种反叛并不是凭空而来、无所依傍的,它根源于现代性本身的危机。要深入了解后现代产生的契机,还必须重新对现代问题进行深入审视。

现代性是在启蒙运动过程中逐渐形成的,这场运动颠覆了神学时代高高居上的上帝,确证了人的主体性地位。主体性在现代进程中的确立最初融合了感性与理性两个层面,包括对情感、本能、生命、体验的肯定,然而随着现代社会的发展,理性逐渐占据了价值核心。高扬理性、追求进步的启蒙思想以及强调逻辑、创造物质的科学思潮淡化了主体的感性需求,使其不得不掩藏在理性的阴影背后。早在笛卡尔指明理性和感性二元对立模式之时,人类便确立了理性的优先地位,启蒙主义思想家伏尔泰、培根等人更是把知识奉为上帝,对人类未来的前程充满了乐观和自信。随着资本主义经济和社会的高度发展,理性更是高唱凯旋之歌,以更加强硬的姿态占据中心,却逐渐显现出其刻板、机械和僵化的面目,甚至戕害了个体生命。随着资本主义发展到后现代社会,产业结构、社会生活、传播方式、艺术风格甚至意识形态都发生了巨大的变化,资本主义社会的文化矛盾暴露得更加充分,促使人们重新反思社会发展的命运,反思现代化进程中的利弊，反思作为资本主义现代化的理性主义的危机。

与审美主义类似，后现代主义最核心的主张便是反启蒙反理性，正如社会批判理论家得出的结论："从进步思想最广泛的意义来看，历来启蒙的目的都是使人们摆脱恐惧，成为主人。但是完全受到启蒙的世界却充满着巨大的不幸。"① 理性化是现代性的基本特征之一，随着西方社会的发展，这种理性力量不是削弱了，而是加强了。韦伯曾将理性分为工具理性和价值理性两个方面，认为前者是"目的合乎理性的，即通过对外界事物的情况和其他人的举止的期待，并利用这种期待作为'条件'或者'手段'，以期实现自己合乎理性所争取和考虑的作为成果的目的"，而后者要求"价值合乎理性"，即"通过有意识地对一个特定的举止的——伦理的、美学的、宗教的或作任何其他阐释的——无条件的固有价值的纯粹信仰，不管是否取得成就"。② 并进一步表示西方理性化的过程，其实是一个工具理性逐渐扩张甚至压倒价值理性，在社会领域中占据主导地位的过程，这种替代展示的正是理性力量的加强，因为与这种工具理性的钳制相伴随的是官僚制度的加强和个体自由的丧失。③ 在其另一部专著《新教伦理与资本主义精神》中，韦伯更是把现代性同节俭、克制、禁欲的个体理性精神紧密地结合起来，标明了现代性毋庸置疑的"理性"印记。④ 在这样强烈的理性控制下，整个现代社会都展现出透明的、分化的、制度性和严密性的特色。

后现代主义针对启蒙危机开始反思、质疑和批判，它是在与现代性的对抗中出现的。从启蒙时代开始，科学技术迅速发展，工业革命朝气蓬勃，资本主义急剧扩张，社会加速进步。然而，我们看到，并非所有人都对历史进步抱有信心，对未来怀有希望，战争、冷战、环

---

① [德]霍克海默、阿尔多诺：《启蒙辩证法——哲学断片》，渠卫东、曹卫东译，上海人民出版社2003年版，第16页。
② [德]韦伯：《经济与社会》（上），林荣远译，商务印书馆1997年版，第56页。
③ 同上书，第244—251页。
④ [德]韦伯：《新教伦理与资本主义精神》，黄晓京、彭强译，四川人民出版社1986年版，第3页。

第四章　审美主义思潮的模式探究

境污染、资源枯竭、核威胁、人口膨胀等构成了一幅幅阴暗画面，这些图画足以使人们对进步观念产生疑窦，后现代主义就在这样的背景下产生了。后现代性最鲜明的特征就是对现代性理性的合法性根据进行全面质疑，因此人们在后现代社会加大了对现代性内部矛盾的认识，开始对现代性工程的全盘反省。后现代与现代的对抗主要呈现于文化领域，丹尼尔·贝尔认为，资本主义文化危机主要是指技术—经济领域与文化领域之间的断裂和冲突。资本主义技术—经济体系以功能理性和节俭效益作为它的调节方式（轴心原则），本身是一个官僚等级制结构（轴心构造），其中的个人受到角色要求的限制，成为最大限度谋取利润的工具。文化领域的特征却是自我表现和自我满足（轴心原则），它以个人的感觉、情绪和兴趣作为衡量尺度，追求个性的无限张扬和独立不羁，因而同技术—经济领域所要求的组织形式之间发生激烈的冲撞。从更深的层次上说，便是启蒙现代性与审美现代性之间的矛盾。[①]

在现代性中，以感性为特征的审美性作为现代性的一个重要组成部分，与启蒙现代性的矛盾一直存在着，但始终在有限的范围内进行着小心翼翼的反抗。然而进入后现代社会之后，人类终于忍受不了工具理性日益加强的钳制，两次世界大战又彻底打破了启蒙主义在现代性发展的初始阶段所许下的关于自由、平等的诺言，一场颠覆与反叛的后现代审美运动就这样轰轰烈烈地展开了。工具理性的发展是以忽视和压抑人的情感、灵性和本能为代价的，这些现代弊病逐渐被越来越多的人所发觉。早在20世纪初，弗洛伊德就开始认识到人的表层意识下无意识的领域和性本能的冲动，认为这些潜在的黑暗王国才是个体最深层的本质，理性不过只占据了极小的位置；尼采第一次激越地歌颂人的生命力，宣扬酒神精神和权力意志，猛烈地抨击虚伪的道德世界和科学主义，因此他经常被看作后现代主义的先驱，[②] 甚至被

[①] ［德］丹尼尔·贝尔：《资本主义文化矛盾》，赵一凡译，生活·读书·新知三联书店1992年版。

[②] 曹卫东：《步入后现代：以尼采为转折》，载王岳川主编《中国后现代话语》，中山大学出版社2004年版。

认为从他开始就产生了后现代的转折。随着时代的发展，这种对"理性"隐藏压迫性的揭露以及对它猛烈的批判也越加激烈，挖掘得也更加深入，后现代批判从知识社会学的角度将这种压迫与"权力"联系起来，认为这种"理性"概念成了权力的工具，"它不但成为在认识与行为上排斥甚或压制非理性的借口，而且成为有权力者用来压制不同思想观念、不同文化与种族的借口"。① 福柯挖掘了知识领域存在的权力压迫，并且对边缘地带如疯人院、监狱、贫民窟、性领域的理性压迫进行了深刻揭示，而疯狂、犯罪、吸毒、性这些传统避之不及的对象正是对理性压迫的潜在反抗。同样，在利奥塔德和德里达看来，理性的压制在现代社会也是无孔不入的，因此他们强烈要求打破"逻各斯"理性统治，解构一切；与此相反，海德格尔等人要求用一种"原始直观"的"思"代替精确化、对象化的理性思维，从另一个侧面对理性进行了反抗。可见，后现代主义对现代理性压迫和钳制的全面反抗开启了一个完全不同于现代的新时代。不过，不能单凭这种反抗性就把后现代性看作和现代性迥然不同的两个时间段，因为现代性从其发轫之初内部就蕴含着它对于自身的反抗因素，那就是审美现代性。

正如许多理论家所阐释的那样，现代性和后现代性是截然不能分开的一个整体，现代性问题本身就是在后现代语境中提出来的。后现代性孕育于现代性内部、从现代性内部吸收营养并且不断对现代性进行超越、批判、反思，这种反叛超越性构成了后现代性的重要特征。一方面，"后现代性表现为现代性发展到一定阶段时对它的全面反思"；另一方面，后现代性也表现为"它从一开始就伴随着现代性的成长过程"，"后现代经历了从处于边缘到处于主导地位的转换过程"。② 值得关注的是，后现代性这种反叛、反思特征是和审美现代性一脉相承的，周宪认为："后现代的种种表征可以说就呈现在审美现代性的主流倾向之中"，"如果我们回到两种现代性的张力理论里，

---

① 陈嘉明：《现代性与后现代性》，人民出版社2001年版，导言。
② 同上书，第507页。

第四章 审美主义思潮的模式探究

也就可以看到后现代性对抗现代性的种种策略,在启蒙现代性与审美现代性的冲突中已有明显的表征,无论是多元化的要求,抑或是相对主义的倾向,或是对差异的宽容和歧义的认可,或是对他者的关注,或是强调地方性等等,本来就是审美现代性的内在逻辑"。① 可见,后现代性与审美现代性之间有着极大的亲缘性,在工具理性的越来越严重的钳制中,它们都试图冲破束缚,"从后现代主义的某些重要倾向中体现出来的后现代性,其实就是现代主义时期审美现代性的基本精神的延续。或者更简单地说,审美现代性包含了后现代的诸多精神"。② 后现代出现的极端抗争和颠覆行为正是现代性内部审美现代性的延续。

　　审美现代性产生于现代性内部,对抗着启蒙现代性,到了后现代阶段,其感性反叛则显得更加激越,理性统治受到了更为猛烈的攻击。随着现代社会理性危机的加剧,个体感性需求开始复苏,这种觉醒在后现代社会的土壤中爆发,一些被称为"审美人"的人群更是用吸毒、多性恋、极端化的生活方式来实现自我的此世存在,具有绝对颠覆性、反叛性的后现代运动就这样轰轰烈烈地展开了。英国社会学家齐格蒙特·鲍曼认为:"后现代性并不一定意味着现代性的终结,以及对现代性的怀疑和抛弃。后现代顶多(抑或,不过)是一颗由于并不完全喜欢自己所看到的一切感觉到变革冲动,因而久久地、专注地、严肃地反观自身,反观自己的状况和以往行为的现代之心(modern mind)。后现代是现代性的成年。""后现代性表现为现代性发展到一定阶段时对它的全面反思"。③ 可见,后现代性与其说开启了一个新时代,还不如说激化和扩张了以往现代性的审美感性部分,审美现代性、后现代性、现代性就此紧密地联系结合在一起。后现代性延续了现代性内部"审美"对"理性"的反抗,重新确立了感性

---

　　① 周宪:《现代性与后现代性》,载《审美现代性批判》,商务印书馆2005年版,第293—294页。
　　② 同上书,第288页。
　　③ [美]马歇尔·伯曼:《一切坚固的东西都烟消云散了》,徐大建、张辑译,商务印书馆2003年版,第307页。

的合法位置:"后现代精神要抵制和颠覆的是一种现代性——启蒙现代性及其工具理性的霸权。而这个目标其实是与审美现代性基本一致的……后现代性中的审美现代性重音是随着社会文化的进一步发展,不是衰弱了而是逐渐增强了……如果说在早期现代性和盛现代性阶段,审美现代性尚处于较为潜伏的状态的话,那么,在后期现代性阶段,审美现代性已经逐渐转化为广泛的后现代主义运动和思潮,其中的某些倾向和取向被激进了和极端化了,因而又从新的层面上遮蔽了审美现代性本身。"[1]

后现代语境中走向极端化的审美反叛同样蕴含着危机,离开理性束缚完全进入后现代的平面化、多元化、缺乏深度的世界显然荆棘重重。在审美现代性扩张的过程中,文化(包括文学和艺术)上的反叛走向了另一个极端,那便是与商品社会与大众文化的合谋,审美主义的感性触角虽然在后工业社会得到了前所未有的伸展,却又有迷失自我、消散意义承载的危机。要全面了解审美主义在文学中的扩张和变形,还必须深入探讨后现代社会对文学中审美主义思潮的影响。

作为建立在感性一元论基础上的现代性思潮,审美主义的天平本来就是倾斜的,过分强调感官的享受与满足往往会使其陷入危机。特别是进入后现代社会,审美主义的感性扩张很可能与商品规则与消费文化走向合谋,导致身体和感官欲望的泛滥,迎合了享乐主义的需求;自律的艺术从高雅的殿堂进入日常生活中,先锋的反叛变成了一种时尚的消遣。由此,审美主义的反叛失去了它的价值承载、抗争力度与精神深度,最终沦为消费和娱乐的玩物。从审美到物化,这是现代性不得不面对的另一个困境。在现代化进程的初期,审美的出现是为了恢复理性的合理性,完全抛弃理性走向官能的放纵不但消解了人类追求本身的意义,而且对他人和自我的现实生存形成了极大的威胁。那么,理性和感性之间是否就存在着绝对的对立呢,它们在现代性中就一直有着那样不共戴天的仇恨,非要走向极端吗?其实它们之

---

[1] 周宪:《现代性与后现代性》,载《审美现代性批判》,商务印书馆2005年版,第294页。

间的关系远远不只是二元对立那么简单。

笛卡尔把世界分成理性/感性、本质/现象、唯实/唯名等对立的观念，其中理性占据着绝对中心的位置，这是和启蒙思想一脉相承的；审美主义在颠覆理性时，可能走向另一个极端，那就造就感性的放纵。实际上无论强调感性还是理性，都有其走向极端的弊病。人们在关注现代性双重矛盾之时却忽视了两者之间的联系。周宪曾经特别强调："在两种现代性张力的格局中，审美现代性的确发挥着其他力量所不可取代的独特功能。但是，我们对审美现代性的理解和解释必须放在张力格局中来考虑。任何脱离这一格局片面夸大审美功能的做法都是不妥的。即是说，我们可以把审美现代性设想为一种启蒙现代性的'他性'。"① 由此看来，审美现代性和启蒙现代性是既密切相连又矛盾抗争地融合在现代性这样一个综合体之中的。

审美现代性和启蒙现代性关联密切，它从启蒙思想中孕育而生的，直至进入后现代社会。现代进程确立了人的主体性，这种主体性是集感性与理性为一体的，"审美现代性本身就是启蒙现代性的产物"，② 审美主义感性主体的地位，艺术自律的实现都是在现代进程中形成的，可见脱离启蒙现代性简单地谈论审美现代性是荒诞的，甚至容易滑入"泛审美化"和"审美庸俗化"的境地。哈贝马斯曾经对现代性的启蒙理性进行了辩护，他反对当代西方那些试图否定、超越启蒙现代性的极端思想，宣称"现代性是一项未尽事业"。在他看来，我们不能按照后现代主义者的主张走向非理性，而是应该转向并改造理性。在这样的反思层面上，哈贝马斯不但恢复了理性的启蒙限度，肯定了启蒙理性的进步性，提出了交往理性等等改进后的理性概念，而且开始对艺术和主体感性进行考虑，恢复了现代性的感性维度。审美现代性的最终目的是为恢复理性的合理性，完全抛弃理性走向身体感性的放纵不但消解了人类追求本身的意义，而且威胁到他人

---

① 周宪：《〈现代性与后现代性〉导言》，载《审美现代性批判》，商务印书馆2005年版，第10—11页。
② [美]贝斯特、凯尔纳：《后现代理论》，张志斌译，中央编译出版社1999年版，第301—302页。

和自我的现实生存,审美现代性作为启蒙现代性的一种"他者"存在,旨在克服或改善启蒙现代性所带来的消极的负面作用,而不表示要完全抛弃启蒙主义理想,只有在这样互相宽容相互补充的视野之中,审美现代性和启蒙现代性才能够超越彼此之间那种不共戴天的矛盾,共同为促进现代性事业的完善而不断奋斗,当然,这样的理想状态是需要一个漫长的历史时期的,但并不能因此而否定人类为此而做出的努力。

总之,后现代性与审美主义具有同源性,基本取向上也基本一致,但并不意味着可以将二者等同,它们有着各自发展的基本线索、关注视域和独特表现,两者关系也是复杂交错的。现代西方文学中的审美主义思潮发展至中后期带有鲜明的后现代倾向,一度强烈激发现代性中的反叛否定因素,但也呈现出特有的时代危机,比如精神滑坡与消费危机等,辩证看待审美现代性与后现代之间的复杂关联显得尤为重要。

第五章 审美主义思潮的主题揭示

现代西方文学蕴含着审美现代性的各类主题样态，它们经纬交织、融合互补，建构起相互包容且有机联系的主题之网。从纵向上看，审美主义思潮在文学中有着完整的流变脉络和构造系统，涉及个体、社会、哲思三大主题场域，充分展示了其影响的整体镜像，并有助于理解现代审美精神的生成变迁。从横向上看，每个主题场域内部各微主题的形成变迁都有其值得细致探究的时代动因，呈现出独具特色的审美特质，是主题研究的关键"节点"。此外，各主题思想的表达虽各有侧重却生发相连、交互补充，挖掘它们之间或并列或递进或衍生的逻辑关系，从而能够将零碎的个案整体化，构建起有机互补的主题之网，加深对问题的认知。在这些主题现象背后，有着纷繁复杂的时代、社会及文化动因，必须结合荒原文化、市民社会、艺术体制、消费主义、社会伦理、后现代性等外在因素的观照，全方位多角度切入审美现代性思想生发的历史文化语境，深入探讨人类命运、人性秘密、生存意义、精神家园等人文话题，才能促进对审美现代性各主题思想的理解与价值判断。审美主义文学还超越于传统文学的道德讽喻，营造了独特的"震惊"美学效果，创建出新的审美伦理观，将生存的痛苦与绝望融入生命的狂欢中，造就了别具一格而又特征鲜明的文学潮流。

第一节 审美主义思潮主题场域

审美性作为现代性的一大表征，随着现代化的发展进程而日渐浮出地表，已经成为历史舞台上一道亮丽的风景线。现代社会与思想体系充满了审美特质,影响着这一时期的文学创作,使其沉淀了丰富的审美精神元素。文学世界中的审美现代性有着多变的形态,呈现了丰富而繁杂的景观:在个体层面,它展现出凡俗的生存姿态,重塑了离经叛道的自我形象;在社会层面,它反叛理性规则与"平庸之恶",追求审美自由,制造出令人"震惊"的美学效果,重建了伦理评判的尺度;在哲思层面,它崇尚"刹那"的瞬时价值与艺术的审美效用,探索着独特的救赎之路。可以说,现代西方文学中有关审美现代性的思想命题的思索,涉及生存、自我、情感、抗争、叛逆、自由、政治、道德、伦理、时间、艺术、信仰、救赎、存在等诸多主题领域,触及了时代变迁、人性秘密、生存意义、人类命运等文学本质性的精神问题,并且它们交互影响、融合互补,构建出经纬交织、有机相连的网状结构,极大丰富了现代西方文学的精神园地。

一 个体场域:凡俗生存与自我救赎

审美性乃是为了个体生命在失去彼岸支撑后得到此岸的支撑。

——刘小枫:《现代性社会理论绪论》

浪荡子使他的身体、他的举止、他的感觉和激情、他的整个存在成了一件艺术品。

——福柯:《启蒙主义批判》

刘小枫表示,审美性乃是"个体生命在失去彼岸支撑后得到此岸的支撑",它建立于宗教性的世界图景在西方世界的全面崩溃、一个"凡俗"(profane)的文化与社会成型的现代时期。[①] 实际上,"凡俗"与"祛魅"(disenchantment,韦伯语)是相辅相成的同一进程,同源于现代化的必然结果。随着科学技术的揭秘,彼岸世界显出虚妄,传统价值体系开始坍塌,人类审视的目光重新回归世俗生活,他们开始寻求新的救赎方式,来弥补失去神灵之后的价值虚空,最终回归了此

[①] 刘小枫:《现代性社会理论绪论》,上海三联书店1998年版,第301页。

第五章 审美主义思潮的主题揭示

岸世界，认为幸福只能在有限而短促的生存时光中获得。因而，审美者从不回避世俗生活，其现代性特征之一便是其此岸性。

显然，生存成了审美现代性文学主题的一个核心层面。在某种程度上，审美主义就是一种存在主义或可以称其为生存主义。不过与一般的存在思想比较，它更为强调的是主体生存的审美特质，实现感性自足，表现出高涨的生活热情。这种观念已经得到学界的普遍承认，如美国学者康福特认为 Aestheticism 还有除了艺术之外的"生活观念"（view of life），即要"以艺术的精神来对待生活"。① 如是，审美者往往对有限的此岸生存采取积极的态度，期待通过审美的方式（艺术化、幽默、狂欢、游戏等）来实现个体于现代荒原上的自救，表现出与理性、伦理、宗教完全背离的感性生存姿态。尼采曾多次强调："作为美学现象，存在对于我们总还是可以忍受的。"② "只有作为审美现象，生存和世界才是永远有充分理由的。"③ 这种审美的人生态度，无关功利，无关道德评价，它源于对个体生命的肯定，追求的是一种尘世的慰藉。

文学中首次明确表达这种审美生存观的是唯美主义流派。"从某种意义上可以说，所有形式的唯美主义都是在 19 世纪后期宗教信仰衰落之后出现的。"④ 的确，从其文本与生活实践来看，"为艺术而艺术"口号的自觉提出已不限于古典艺术的范畴之内，而是失去上帝后的现代人面对灰色现实的第一声呐喊。唯美主义艺术家认为，艺术在现代生活中具有宗教的效用，是此岸存在的绝好安慰剂与增色剂，承载着深沉的世俗拯救的渴望，它是人类回归内在世界，寻求生存自足，表达生命情感的一种独特方式。王尔德曾说过："我们不能接受某一个生活领域，以取代生活本身……不存在从尘世束缚中逃脱的问

---

① Kelly Comfort ed., *Art and Life in Aestheticism*, N.Y., Palgrave Macmillan Press, 2008, p. 3.
② ［德］尼采：《悲剧的诞生》，周国平译，生活·读书·新知三联书店 1986 年版，第 2 页。
③ 同上书，第 21 页。
④ Leon Chai, *Aestheticism: The Religion of Art In Post-Romantic Literature*, N.Y., Columbia University Press, 1900, p. ix.

题，甚至连逃脱的愿望也不存在。"① 可见，现代唯美者首先想要解决的是生存问题，然后才是艺术。他们推崇怪诞奇异不落俗套的生活方式，最终提出了"生活模仿艺术"②的观念，开始关注有限人生的生存质量，甚至后来直接演变为一种"新享乐主义",③ 强调审美体验的价值。此后，生活的重要性在此后一个多世纪文学中受到越来越多的关注：法国文学大师纪德曾是个忠实的天主教徒，却在《大地粮食》等作品中唱出了生活的赞歌；作为浪漫主义最后的骑士，德国作家黑塞从古典主义的迷梦中醒来，开始直面现代荒原，努力学习生活的艺术，这在《荒原狼》及其后期作品中均有突出表现；直至20世纪60年代，美国"垮掉一代"身体力行地践行其惊世骇俗的生存观，将存在的审美特性推向了极致。无论是唯美派"生活模仿艺术"，纪德"此岸的信仰"还是"垮掉一代"的"在路上"等生存主题的表达均具有凡俗化的审美现代性特征，呈现入世的人生态度，对传统理性、宗教与现代文明建构的灰暗生活产生了极大冲击。

　　现代性意味着神的退场和人的登台。伴随着凡俗价值观的确立，各种类型的审美人（homo aestheticus）④ 开始在各国文学作品中频频登场，浪荡子（dandies）、艺术家、嬉皮士（hippies）均是其典型的个案。"审美人"是与"理性人"相对应的一个概念，其用审美的方式游离于主流社会之外，拒绝庸常的市民生活，将感性置换到了价值评价中心，满足了个体自我表达或反叛规训的需要。从波德莱尔笔下巴黎街头游手好闲的浪荡子到王尔德小说中流连在贵族沙龙中无所事事的贵族爵士，对美的崇尚与对新奇的追求成为其生活方式的一个重要特征，正如福柯描述的那样："浪荡子使他的身体、他的举止、他

---

　　① [英]王尔德：《王尔德全集》第4卷，赵武平主编，中国文学出版社2000年版，第9页。
　　② [英]王尔德：《谎言的衰朽》，载赵澧、徐京安主编《唯美主义》，中国人民出版1988年版，第336页。
　　③ [英]王尔德：《道连·葛雷的画像》，载赵武平主编《王尔德全集》第1卷，中国文学出版社2000年版，第139页。
　　④ "审美人"这一概念最早出现于德国哲学家狄尔泰1887年为故世文学史家尤利安·施密特致的悼词中，载张弘《存在美学的构筑》，人民出版社2010年版，第284页。

的感觉和激情、他的整个存在成了一件艺术品。"① 这种浪荡子形象延续至20世纪初的西方小说中，成了一些四处漫游、不安现状的艺术家们，他们将巅峰的生活体验融入伟大的艺术创作，成就了个体生存的终极审美价值。20世纪60年代，"垮掉"的嬉皮士们沉溺于感官刺激，体验极致生活，延续着审美人一以贯之的形象。这群人共同构建起文学世界中一道惊世骇俗的风景线，凸显了"自我"主题的独特审美特质与现代意蕴。

审美人与传统浪漫主义文学中的浪漫人有着显著的不同：审美主义者往往是积极的入世者：他们身处现代性中，已经学会正视人类根本无法逃避的生命的原始苦痛和生存的悲剧性，表示要在生命之中而不是生命之外寻找存在的理由。酒神精神是这种审美生存精神的体现。尼采表示："我们应当认识到，存在的一切必须准备着异常痛苦的衰亡，我们被迫正视个体生存的恐怖——但是终究用不着吓瘫，一种形而上的慰藉使我们暂时逃脱世俗变迁的纷扰。我们在短促的瞬间真的成为原始生灵本身，感觉到它的不可遏制的生存欲望和生存快乐。"② 正是这种高昂的生活激情使其与虚幻的浪漫主义乌托邦拉开了距离，审美人不再企图另建一个超脱人世的伊甸园，而是勇敢直面现实人生的一切。因而，波德莱尔将"审美人"界定为一种"现代东西"，认为他的出现"缘于全新的原因"。③ 他们是这个"短促""转瞬即逝"的时代的见证人，从不要逃离至远离尘嚣的伊甸园中去，而是切切实实地体验着属于现代的光怪陆离的生活；他们生活在当下，手持玫瑰与百合，带着或冷漠或热情的目光，徜徉在都市繁华的街道与阴暗的小巷里，自认为是现代生活的英雄。

审美人的这种现代英雄气质，让其与现代西方文学中经常呈现的

---

① [法]福柯：《什么是启蒙？》，载汪晖、陈燕谷主编《文化与公共性》，生活·读书·新知三联书店2005年版，第433页。
② [德]尼采：《悲剧的诞生》，周国平译，生活·读书·新知三联书店1984年版，第71页。
③ [法]波德莱尔：《一八四六年的沙龙》，载《波德莱尔美学论文集》，郭宏安译，人民文学出版社1987年版，第301页。

"异化"的人形成了鲜明对比。其实,审美性在现代社会如此之重要,一方面是因为现代"祛魅"进程中所建构的凡俗社会促进了主体人此岸感的高涨;另一方面现代规训社会和自由个体之间日益增长的矛盾也赋予了审美人以越来越沉重的拯救责任,期待将异化或平庸的生命从文明牢笼中拯救出来。波德莱尔把这种拯救看作"英雄主义在颓废之中的最后一次闪光",他说:"这些人被称作雅士、不相信派、漂亮哥儿、花花公子或浪荡子,他们同出一源,都具有同一种反对和造反的特点,都代表着人类骄傲中所包含的最优秀成分,代表着今日之人所罕见的那种反对和清除平庸的需要。浪荡子身上的那种挑衅的、高傲的宗派态度即由此而来,此种态度即便冷淡也是咄咄逼人的。"① 以审美的姿态远离束缚个体自由的庸常生活,突出代表了这些边缘人对现代规训的愤怒。在审美者刻意装饰的外表和艺术化的极端生活方式背后潜藏着一种对现实境遇的严重不满,用以反抗世俗、反抗平庸、反抗功利与布尔乔亚式的廉价快乐,直面理性化、机械化的现代进程给人类带来的精神异化。

在西方文学世界中,审美人重设了自我价值核心,以感性取代了超感性长期占据的本体性位置,强调了身体、感觉、体验、爱欲、情感、本能等重要价值,生存过程转化为被审美的现象界:五彩斑斓的情爱世界、感官体验、漫长游历、成长过程便具有了审美的色彩和价值。此类主题由此在现代西方文学中频频呈现,甚至延续至"垮掉一代"文本,改变了学界对其长期"颓废化"误读。从审美视角看,"垮掉"精神的真谛是把自己投入极限境地,在生命的悬崖边欢歌与"嚎叫"(howl),以此获取生命顶峰的体验。这代青年冲破了理智和道德规范的束缚,让生命发出了痛快的尖叫。他们赞美危险的个性和越界的冲动,崇拜生命强力,抬高拥有感性意志的主体,力图在漂泊、毒品、纵欲、酒精和暴力中寻找一条反叛传统、复归自我的道路,"这是一种从灵魂深处体验人生和命运的极乐境界"②,是感性个

---

① [法]波德莱尔:《现代生活的画家》,载《波德莱尔美学论文集》,郭宏安译,人民文学出版社1987年版,第501页。
② [美]凯鲁亚克:《在路上》,文楚安译,漓江出版社2002年版,第254页。

体面对理性社会的一次全面暴动,表达着高扬的生存激情。正是出于对凡俗生活的肯定、个体生命的关注、对生存体验的推崇,审美性在现代备受关注,许多文学思潮、流派、现象、个案都与它有着密切的联系。审美性对现代西方文学主题建构产生了巨大的影响,与凡俗生存相关的自我、存在以及情感、爱欲、流浪、漫游、成长等均成为审美主义思潮经常关注的文学命题,真切表达了现代人在上帝死后独特的此岸生存态度:从个体本身出发,正视存在的悲剧性,将生命的激情、生存的焦虑、情感的体验作为关注的中心,在人世的狂欢中表达出反抗绝望的勇气和拒绝平庸的决心。

文学世界描绘的个体化生存让人们体会到了生命意志的坚不可摧,却潜藏着深层的隐忧。费瑟斯通在分析当前"日常生活审美化"现象时,曾经表示"它已经有了悠久的历史","在世纪之交的布鲁姆斯伯里文化圈(Bloomsbury Group)中就可以找到这样的谋划"。[①] 其实,审美生存和消费文化之间的联系已不再是秘密,追溯其源不难发现:剥离了精神内核的审美并没有将生活提升到艺术的层面,却将艺术沦落成了生活的娼妓。王尔德甚至后来直接提出了"新享乐主义"(new hedonism),生活中最大的商品便是由这种审美享受构成的,泰晤士河畔那位手持百合花的浪子最终沦为市民们茶余饭后的消遣。这种审美堕落曾受无数文学大师诟病(劳伦斯、黑塞、贝娄都曾呼吁警惕现代生活的审美陷阱),他们的文学呈现出对于消费主义的警惕,灵肉分裂的思索,道德危机的清醒,划清了眩惑之美与生命真美的界限,表现出个体对于更高精神生活与生存真理的追求。

二 社会场域:审美反叛与伦理自由

一方面是社会领域中的现代性,源于工业与科学革命,以及资本主义在西欧的胜利;另一方面是本质上属论战式的美学现代性,它的

[①] [英]迈克·费瑟斯通:《消费文化与后现代主义》,刘精明译,译林出版社2000年版,第96页。

起源可以追溯到波德莱尔。

——马泰·卡林内斯库：《现代性的五副面孔》

马泰·卡林内斯库在他的代表性著作《现代性的五副面孔》中曾经明确提出"两种现代性"的概念，即作为西方文明史一个阶段的现代性与作为美学概念的现代性："一方面是社会领域中的现代性，源于工业与科学革命，以及资本主义在西欧的胜利；另一方面是本质上属论战式的美学现代性，它的起源可以追溯到波德莱尔。"[①] 在现代社会发展的初期，启蒙者高扬理性的旗帜，相信知识的重要作用，相信社会的无限进步，相信人类可以借助于理性与科学来征服自然界，由此引发了一系列社会结构和思想的深刻变革，创造了巨大的社会财富与文明成果。它们共同构成了"现代性"的一个重要方面，即启蒙现代性。然而随着时代的发展，机械制度与规训社会却成了异在的客观力量，窒息着人的个性与自由，正如吉登斯所说："现代性是一种双重现象。同任何一种前现代体系相比较，现代社会制度的发展以及它们在全球范围内的扩张，为人类创造了数不胜数的享受安全和有成就的生活机会。但是现代性也有其阴暗面，这在本世纪变得尤为明显。"[②] 审美，作为现代性内在的反叛之维，就在这样的背景下走向了历史的前台。一部分现代人为了捍卫独立自我，公开表示和理性主义决裂，以审美的姿态反叛压抑与规训，追求属于个体的自由。

审美现代性裂变于现代性内部，是与启蒙现代性分庭抗争的产物，具有独特的反叛视角，对现代西方文学领域的叛逆、抗争、自由、伦理等主题产生了重要影响。这些审美反叛最先也是于"唯美—颓废"派文学中爆发。唯美—颓废主义流行的时代，功利主义盛行，人们的日常生活变得日渐平庸和琐碎。针对当时中产阶级狭隘的市侩作风和死气沉沉的庸人哲学（philistinism），那些无关功利和非道德的艺术自律思想，对资本主义社会的生产运作与伦理规范产生了强烈

---

① ［美］马泰·卡林内斯库：《现代性的五副面孔》，顾爱彬、李瑞华译，商务印书馆2002年版，第343页。

② ［英］安东尼·吉登斯：《现代性后果》，田禾译，译林出版社2000年版，第6页。

的冲击。难怪卡林内斯库认为"为艺术而艺术"向人们宣扬的基本上是论战式的美的概念，说它与其是一种成熟的美学理论，不如说是一些艺术家团结斗争的口号，他们感到必须表达自己对资产阶级商业和粗俗功利主义的憎恨，因而是"审美现代性反抗市侩现代性的头一个产儿"。[①] 此后，机械文明、市民社会、集权主义与自由个体之间的抗争也一直存在于西方文学作品之中，特别是那些拥有非凡创造力与洞察力的艺术家，他们通过审美的方式游离于主流社会之外，在漫游、流浪、冒险与成长的生命历程，力图挣脱社会机制与平庸生活的羁绊，在叛逆与抗争中找寻到一条实现自由之路。

面对理性社会形成的机械化、物质主义与集权主义等现象，审美者往往持有边缘姿态，通过身体、疯癫、流浪、漫游等感性化极端化的方式来对抗理性、文明、规训的僵化现实，呼唤天性、生命与热情的回归。福柯认为，我们所生活的现代社会是一个巨大的权力机构，必须了解现代性（合理性）的进程是如何用道德和知识或规训的方式来遮蔽疯癫、犯罪、疾病、欲望之类的身体经验，因此他更为肯定了处于边缘的形形色色个体的感性反抗，肯定了疯癫、犯罪、性、身体等行为的反常经验，要把个体从知识权力控制那里，从臆造出来的灵魂、主体、心灵那里解放出来，让人们重新听到身体的尖叫。现代西方文学中，这样的身体频频登场，性文学的兴起最初也是源自于此。劳伦斯不满于西方工业文明对人性的戕害，以两性关系为探讨中心，渴望恢复人性和生命的健全与完美。他表示："我们千万不要忘记，它（现代文明）的核心是恐惧和仇恨，极度地恐惧和仇恨自己的本能与直觉肉体，恐惧和仇恨男人与女人之间之热烈、生殖的肉体和想象力。"[②] 他以一个先知者的敏锐感受到了现代文明特别是机械工业造成的死寂丑陋的现实图景，因此对性爱的肯定更多是为了呼唤生命的回归，其文本用"血液""感知""直觉""火焰""暗流"来

---

① ［美］马泰·卡林内斯库：《现代性的五副面孔》，顾爱彬、李瑞华译，商务印书馆2002年版，第52页。
② ［英］劳伦斯：《花季托斯卡尼——劳伦斯散文随笔集》，黑马译，中国广播电视大学出版社2000年版，第27页。

抵抗那些由"头脑""智力""思想"所建构的种种理性规范和精神枷锁。这种反叛精神延续至20世纪后期,以"垮掉一代"为代表的青年用种种极端的方式——吸毒、酗酒、纵欲、偷窃来抒写自己旺盛的生命力,反对任何自由束缚的外在规则,"它以解放、色情、冲动自由以及诸如此类的名义,猛烈攻击'正常'行为的价值观和动机模式"。①他们歇斯底里的"嚎叫"和"在路上"的快感冲锋将身体的造反推向了顶峰,暴露了个体内在一切晦暗的、冲动性的本能。

同样的反叛文学还体现在20世纪初的先锋流派之中,它们延续了唯美主义艺术风范,公然对现存体制提出挑战。不过,先锋更多不是论战式的,而是美学上的,落实在对未来的幻觉性想象与形式上的不断革新实验中,文学中的先锋价值更多体现于其对超现实(surreal)、疯癫、梦幻等非理性审美世界的昭示。未来主义描写光怪陆离变动着的都市和现代场景,常常诉诸强烈的主观印象、体验和联想,因而常常是非理性和形式主义的。超现实主义文学创作更是受到现代心理学的影响,将现实和梦幻、现实和超现实统一起来,打破了传统的时空间隔,注重他们的梦幻,注意那些心灵感应现象和心理的各种非理性表现,否定了任何理性和意识的作用,把直觉当作获取真知的唯一可靠的道路;他们反对现实主义从外表和细节真实来描写事物,在他们看来,内在的心理真实要重要得多,为此他们注重梦幻和潜意识,挖掘出疯狂的力量,推崇下意识写作。先锋文学是现代审美主义思潮的一个重要组成部分,它对于个体感性体验的极端强调有力地冲击了当时资本主义社会墨守成规的生存状态。无论是未来主义对于速度、运动和强力的崇尚,还是超现实主义对于疯癫、梦幻、潜意识的关注,包括它们由此表现出来的独特怪异的文学艺术形式都展现了先锋派的反叛的激情,体现出现代个体追求极端自由和自我解放的现代意图。

反叛显然不是最终目的,其背后隐含着现代人打破束缚、追求自由的现代精神,与反叛相契合的是其对于自由王国的探寻。从表面上

---

① [德]丹尼尔·贝尔:《资本主义文化矛盾》,赵一凡译,生活·读书·新知三联书店1989年版,第98页。

看,"为艺术而艺术"宣传的是一种艺术自律的乌托邦的思想,似乎与现实生活保持一定距离,与政治理想无关。但是在充满危机的时代里,正是艺术首先为人类构建了一个避难所,一个自由的王国。王尔德曾经表示:"在这动荡和纷乱的时代,在这纷争和绝望的可怕时代,只有美的无忧的殿堂,可以使人忘却,使人欢乐。"[1] 这种企求在"美的无忧的殿堂"里得到超脱的思想充分展示出现代人面对灰色世界的普遍应对策略,是自由主题的直接展现。现代人将个人的审美情怀和其政治抱负、社会理想紧密联系起来,个人自由获取和社会民主进程血脉相连,无疑是对"启蒙理想的审美化"。[2] 马尔库塞曾经说过:"为爱欲而战,也就是为了政治而战。"[3] 以其为代表的法兰克福学派发现了审美的解放意义,赋予审美以政治力量与革命功用,他们将现代审美思想建构于对未来理想社会的憧憬与规划之中,将对资本主义社会的批判、为新社会建立而进行的革命这些政治实践问题,与感性解放的审美问题结合起来。这种影响在西方文学中表现得极为鲜明,从浪漫主义文学起始,文学大师便在其作品中构建出无数的审美王国,表达其与现实格格不入的自由思想,劳伦斯的"托斯卡尼"(Toscana)、黑塞"卡斯塔利亚"(Castalia)、博尔赫斯的"阿尔比"(Albi)都是这样一些富有自由精神的审美王国。

这些反叛姿态与自由精神极大影响了西方文本中伦理道德的重构,审美人对市民生活、集权世界与机械文明的反叛,产生了"震惊"的社会效果,触及道德的禁地。文本经常表现出一种令人震惊的拒绝道德的姿态,美与罪相互交织,到处是游走于道德规范之外的审美个体,文学园地中开满了"恶之花"。伦理的审美化已然成为重要的时代特征,审美成了道德评价标准与意义来源,"在决定我们对怎

---

[1] [英]王尔德:《王尔德全集》第4卷,中国文学出版社2000年版,第27页。
[2] 关于审美与自由之关系,已有多个专著研究涉及。参见 Linda Dowling, *the vulgarization of art: the victorians and aesthetic democracy*, Virginia university press, 1996. Ruth Livesey, *Socialism, sex, and the culture of aestheticism in Britain*, 1900–1914, N.Y., Oxford University Press, 2007。
[3] [德]马尔库塞:《爱欲与文明》,黄勇、薛勇译,上海译文出版社1987年版,第11页。

样引导或塑造我们的生活和怎样评估什么是善的生活的选择上，审美的考虑应该是或应该是至关紧要的、也许最终是最重要的"。① 由此，许多作家将审美关系看作是现代生活的道德原则，认为人和世界的关系不应是理性—规则的，而是感性—审美的，个人、多元、情感性的审美伦理代替了义务、责任、原则性的理性伦理，力图冲破现代社会程式化规范化的伦理"暴政"。

值得注意的是，审美的独立与对抗价值是在现代语境中形成的，从来没有纯然地超越于现实生活之上，逃脱体制对它的束缚。正如伊格尔顿所说，审美本身就是一种"意识形态"（ideology），它一方面坚持不懈地与机械理性造就的现代危机抗衡；另一方面却始终无法逃脱资本社会的渗透蚕食；特别到了消费时代，经济、社会与文化资本对其控制加强且变得隐秘，反叛很快失去其锋芒，或沦为大众娱乐的消遣，或满足其虚幻的想象，失去其抗争力量。先锋的死亡便是如此，它在出乎意料的巨大成功（进入大众视野）中走向失败，已从惊世骇俗的反时尚变成了广为流行的时尚。当然，反叛的维度一旦消失，自由也就无从谈起。

此外，后现代与消费语境让伦理问题更为复杂（如"洛丽塔"现象），审美混杂着消费，鲍曼表示："在规范的多元状态下（我们的时代是一个多元论的时代），对我们而言，道德选择在本质上不可避免地是摇摆不定的（矛盾的）。我们的时代是一个强烈地感受到了道德模糊性的时代，这个时代给我们提供了以前从未享受过的选择自由，同时也把我们抛入了一种以前从未如此令人烦恼的不确定状态。"② 推崇多元与感性的审美伦理正建构于西方信仰崩溃与理性价值体系解体时期，这时坚守审美的精神维度，探索永恒正义，重建新审美尤为重要，这正是许多作家在审美解放之后更为严肃思考的问题。

---

① ［美］理查德·舒斯特曼：《实用主义美学》，彭锋译，商务印书馆2002年版，第316页。

② ［英］齐格蒙特·鲍曼：《后现代伦理学》，张成岗译，江苏人民出版社2003年版，第24页。

三 哲思场域：刹那时间与永恒之境

现代性就是过渡、短暂、偶然，就是艺术的一半，另一半是永恒和不变……这种过渡的、短暂的、其变化如此频繁的成分，你们没有权力蔑视和忽略。如果取消它，你们势必要跌进一种抽象的、不可确定的美的虚无之中。

——波德莱尔：《现代生活的画家》

玻璃小球中的彩色螺旋，就是我对自己人生的认识。

——纳博科夫：《说吧，记忆》

从某种维度上说，现代性体现为某种崭新的时间意识。随着认知的进步，现代人普遍承认了时间的客观性及其物性，即认为"时间本身表现为物质形态普遍固有的延续性及其状态交替的不可逆转的一般顺序性的统一"，而"物质形态每一种确定的存在状态都是其状态交替序列的一个环节，并且一去不复返"，"整个序列就是物质形态存在状态不断更新的过程，它只有一个方向，它只朝着新的存在状态延伸着、展开着、流动着，而绝不会完全回复到原先存在的某种确定状态"。[①] 这种对于时间的认知通常被称作线性时间观。最初的启蒙者接受了这种时间观念，将时间看作从过去经由现在而走向未来的直线，认为未来总比过去好，相信社会的无限进步，从而产生出乌托邦式的憧憬和革命的激情，积极促进现代科技和文明社会的迅速发展，表现了对于时间的进步乐观的态度。与此相对，审美者却认为物质文明的进步不可能从根本上给予个体真正的内在需要，反而催生出对于时间流逝的恐惧与抗拒心态。为此，他们回归生命本体，重新审视时间，试图通过审美的方式凝固时间的脚步，实现生命的救赎。

审美性时间观具有明显的自反性特色，它强调：既然无法阻止时

[①] 吴国盛：《时间的观念》，北京大学出版社2006年版，第7页。

间的流逝，那么便关注"当下"，个体所能把握的只有有限的今生，因而"片段""瞬间""过渡"成了时间的焦点，生命里的每个时刻都弥足珍贵。"现代性就是过渡、短暂、偶然，就是艺术的一半，另一半是永恒和不变……这种过渡的、短暂的、其变化如此频繁的成分，你们没有权力蔑视和忽略。如果取消它，你们势必要跌进一种抽象的、不可确定的美的虚无之中。"① 这是波德莱尔对于现代性的一个著名界定，突出强调了"当下"时间的重要性，他还进一步表示："我们的欢乐、我们的价值、我们的伟大，不在超常之处，不在英雄伟绩中，不在杰出的行为和经验中，而是存在于日常生活及其每一个常规的无名时刻中。"② 这种瞬时的生命体验在其《给一位交臂而过的女郎》《腐尸》《黄昏》等作品中均有体现，表达了对于时间流逝的怅惘。唯美主义代表人物王尔德将这种时间价值推向极致，《道连·葛雷的画像》中，青年道连站在自己俊美的画像面前，第一次体会到了时间流逝容颜不再所带来的恐惧。为了保持容颜那瞬间的青春美丽，他宁愿舍弃自己的灵魂；《莎乐美》中，女主人公为了能够得到所爱，不惜提出砍掉爱人头颅的要求，全剧在骇人的"致命一吻"的瞬间达到了高潮。纪德在《大地食粮》中直接唱出了"瞬间"的赞歌，他说："我们只存在于生命的眼前这一瞬间；任何未来的东西还没有降临，整个过去就在这一瞬间逝去了。瞬间！你将会明白，……瞬间的存在具有何等的力量！因为，我们生命中的每一瞬间，从根本上讲都是无法替代的。"③ 永恒不变的彼岸天堂已经逝去，剩下的不过就是白驹过隙一般短暂而有限的生命，对单向度的时间之矢和时间不可逆转性的清醒认识，来源于存在的本质性残缺和人类的原始痛苦，是个体本真生命的体现，越清醒的现代人越能感受到这种独特而又紧迫的时间危机，在节奏匆忙的现代生活中这种危机感则尤

---

① ［法］波德莱尔：《现代生活的画家》，载《波德莱尔美学论文选》，郭宏安译，人民文学出版社1987年版，第424—426页。

② 同上书，第264页。

③ ［法］纪德：《大地食粮》，罗国林译，《纪德文集》第1卷，人民文学出版社2002年版，第178页。

第五章 审美主义思潮的主题揭示

为突出。

审美时间建立在对客观物性时间的拒绝中，是对过去及未来的否定，生命是由一个个"瞬间"聚合而成的。"瞬间"既然如此重要，如何扩大这些单位"片段"的生命容量便显得非常关键，审美的核心价值便在于此。唯美主义理论家佩特认为，现代人已经清醒地认识到自己被判了死刑，可以把握的生存时间是短促的、有限的。人生是由无数"不稳定的、闪烁无定的、不协调的"印象组成的，这些印象往往转瞬即逝，人们所能做的事情就是"扩展这一段时间"，"在这一段时间内得到尽可能多的脉搏跳动"，而这种情况最多是"存在于诗的热情中，美的追求中，以及对艺术本身的爱好中"，人们能够从中感受到"加快的生命感"，"爱情的狂喜和悲哀"，以及"各种不为实利的和为实利的热情的活动"。可见，正是包括艺术在内的审美活动充实了这些生命的瞬间，"它给予你的，就是给予你的片刻时间以最高质量，而仅仅是为了过好这些片刻时间而已"。① 的确，由于时间的连续性被切断，人们对于当前的体验变得格外突出，审美让这一切变得生动而有力：主体感受的深度与强度极大增加，感官苏醒并得到充分发展；客体的审美性质也得以加强，闪烁着绚烂迷人的光彩。"当下"所代表的正是这种独特的审美体验：这是生命中最重要的瞬间。时间在这里实际上已经停滞，并且向空间形式转化。没有过去和未来，这个时间片段中的空间的生命感受在审美观照中被无限放大，这一瞬间便是人生中的最美丽。许多研究者认为《莎乐美》结尾的段落是"刹那主义"的极致：莎乐美捧着刚刚砍下的约翰的头颅，狂热地亲吻着他的嘴唇，这场感官盛宴将个体的存在推向了欲望的顶峰与生命的高潮。现代人将生命的能量集中于极端的片刻，获取生命巅峰的审美体验，这是失去上帝后一代人独有的时间观念。认真对待生存的每个瞬间，正是西方文学中"审美人"追求的生活极致。

---

① [英]佩特：《文艺复兴》，载赵澧、徐京安主编《唯美主义》，中国人民大学出版社1988年版，第78页。

审美的价值是寄于生命过程之中，而不在于任何外在的目的，这与现代审美的凡俗性是一致的。在此岸有限的生存时间中尽可能扩大对于生命的审美体验，在短暂的现量生活中追求极量的丰富和充实，生命如同焰火一般虽然短暂却灿烂，时间"片段"的价值意义正在于此。然而，刹那的美丽必将幻灭，且局限于个体有限的生命体验之中，艺术却相对永恒，如何将美丽的瞬间凝结聚合成为人类共通的精神财富是一些文学大师继续探索的方向，艺术主题的呈现正是这段时间探索的结果。20世纪起始，西方文坛出现了一系列艺术家小说，其中代表性作品有英国毛姆《月亮与六便士》、乔伊斯《一个青年艺术家的画像》；法国罗曼·罗兰的《约翰·克利斯朵夫》；德国托马斯·曼《布登勃洛克一家》、黑塞《纳尔齐斯与歌尔德蒙》等等。艺术家主题的小说在这一时刻频繁出现显然是有其深刻的社会历史原因的，并且和审美现代性之间有着潜在关联。艺术家往往处于生活的高点，他们享受着孤独的宿命，展现旺盛的生存激情，在冒险、欲望、流浪、感官之中品尝着生命的美酒。艺术家以其独特的个性和创造力闪烁着奇异的光辉，他们激进的生活姿态，对此岸世界直接的体验，对生命和死亡的深刻感受，狂放的生命历险最终凝聚成伟大的艺术作品。现代语境中的艺术显然与古典主义抽象化的概念不同，更多承载着现代人的生命体验，关注凡俗的生命历程，在时间之中征服时间，是经历过生活炼狱之后的超越，具有包容感性与理性、肉体与精神、生活与艺术、短暂与永恒于一体的现代意义。黑塞曾借纳尔齐斯之口说明："通向认识有许多道路，精神并非唯一的一条路，或许也不是最好的路……一条通过感官的道路上，也同样能深刻认识存在的奥秘，并且能比大多数思想家更加生动得多地把它表现出来。"[1] 无独有偶，最有代表性的后现代主义唯美大师纳博科夫也用玻璃球来表达他对艺术永恒之境的认识，他说："玻璃小球中的彩色螺旋，就是我对自己人生的认识。"[2] 在这

---

[1] ［德］黑塞：《纳尔齐斯与歌尔德蒙》，杨武能译，上海译文出版社1984年版，第299页。
[2] Vladimir Nabokov, *Speak, Memory*, N.Y., Pyramid Books, 1966, p. 203.

第五章 审美主义思潮的主题揭示

样一个透明而圆融的世界中,时间不再线性流逝,而包容着五彩斑斓的现象界,伴随生命的多重体验而呈螺旋状扭曲,从而达到人类精神游戏的最高境界。

海德格尔表示:"艺术作品以自己的方式开启存在者之存在。在作品中发生着这样一种开启,也即解蔽,也就是存在者之真理。"① 在"祛魅"的时代,艺术审美取代宗教,用以抵抗现代时间的线性流逝,开启出存在的真理,具有本体论内涵,被赋予救赎意义。很显然,西方文学中所探讨的艺术问题已不局限于具体的艺术作品,而带有超越时间的永恒特质,蕴含着人类对于艺术与生活、时间与空间、短暂与永恒、感性与理性、世俗与精神等诸多问题的思考。1913年,普鲁斯特《追忆逝水年华》的出版给文坛带来了轰动,作品将细碎的生活以诗化回忆的方式加以呈现,将逝去的时光艺术化定格,从缥缈的时间之河中打捞出烟消云散的过往并使之永恒,这是对生活本原的一次确认与追怀,是对生命流逝的一次回眸与首肯,正是在这样的艺术行为中生命得以永存。这样的艺术形象还表现为"灯塔"(伍尔夫)、"圣母像"、"玻璃球游戏"(黑塞)、"奏鸣曲"(罗曼·罗兰)、"玄思之境"(博尔赫斯)、"玻璃彩球"(纳博科夫)等等,它们建立在有血有肉的生命体验之中,却超越了个体经验与时间的局限,延伸至永恒的精神领域,对抗着虚无主义,使得艺术审美具有了超越性的救赎内涵。

从刹那到永恒,现代西方文学包容了从时间到艺术再到救赎的诸多主题思考。不过,并非所有的艺术都具有救赎的功用。作为唯美主义的最后骑士,纳博科夫以反讽方式沉痛讲述了关于"美的毁灭"的故事,那部包容多重主题的《洛丽塔》(Lolita)表达了后现代语境下审美的尴尬与危机。在这个被称为晚期资本主义的社会中,仿真文化、泡沫表演、商业广告大肆流行,文化工业让艺术成了商品,其"表象魅力被最大化",却在虚幻表达中丧失其"真理性内容",② 导

---

① [德]海德格尔:《林中路》,孙周兴译,上海译文出版社2004年版,第25页。
② [德]沃尔夫冈·豪格:《商品美学批判》,董路译,北京大学出版社2013年版,第54页。

致了审美价值的最终崩溃。"洛丽塔"在这样一个具有欺骗、商品拜物、技术控制性的时代最终失去其灼灼光华,走向衰亡。艺术本质乃是精神活动,物只是其载体,或许,穿越喧嚣谛听真正艺术之声是从短暂走向永恒、寻找审美救赎的唯一出路。

伟大而深刻的文学家站在时代变迁与社会转型高度审视纷繁复杂的文学现象,关注着个体生存、生命体验、伦理构建、时间感悟、精神家园等与现代人切身相关思想命题,引发人们对存在、自我、情感、反叛、自由、道德、艺术、救赎等问题进行重新思考,触及了人类命运、人性秘密与生存意义等文学最本质的问题。

第二节　审美主义文学悖谬主题

审美主义思潮从 19 世纪中后期萌发延续至今,横跨现代、后现代语境,内容复杂,加上它经常以复杂矛盾甚至抵触对立的多重面孔出现,给总体把握其本质带来一定难度。比如:它在颓废文学中展示其奢华堕落的一面,又在先锋文学中站在了时代的前沿;在坚持艺术自律与美的纯粹之后又进入日常生活,跌入媚俗的深渊;此外还存在灵与肉、美与罪、艺术与生活等矛盾问题。只有深入研究,穿越重重迷雾,才能找到种种悖谬现象背后产生的真正根源。在现代西方文学中,审美主义潜在的复杂性都有所展现,从"为艺术而艺术"到"为艺术而反艺术",从"艺术至上"到"生活至上",从先锋反叛到颓废媚俗,从象牙塔尖到广场娱乐,从灵到肉,从自我解放到失去自我,从生命追求到价值虚无,探索这些悖谬现象是审美主义思潮研究的另一重要目标。然而,这段时期文学时间跨度大、作家作品繁多,文学现象杂乱,如何挑选个案、分类梳理、深入把握审美主义思潮的本质特性也是需要攻克的难关。本节仅选代表性的作家作品个案,从微观视角切入,展现审美悖谬的某一层面,以期揭示审美内在困境的冰山一角。

一　叛逆与堕落间的生存危机

只有一个时间,即艺术的时刻;只有一条法则,就是形式的法则；只有一块土地，就是美的土地——一块远离现实世界的土地，因为更为不朽而给人以更大的美感。……因此，似乎站得离自己时代最远的人，却能更好地反映他的时代，因为他清除了生活中的偶然性和瞬间性，拨开了由于亲近反而使生活显得模糊不清的"迷雾"。

——王尔德：《英国的文艺复兴》

从"为艺术而艺术"到"生活模仿艺术"，是唯美主义走出象牙塔走向现实生活的重要一步。艺术化的生活以否定的姿态反抗着平庸人群、晦暗时代，带来了震惊效果。不过纯粹感性的美，却契合了其"新享乐主义"思想，并没有提高生活的精神境界。王尔德的《道连·葛雷的画像》从独特角度触及了现代人审美的误区，本意叛逆的审美生活最终堕落为庸俗的欲望满足，这便是建立在感性一元论基础上现代审美主义无法逃脱的宿命。

"生活模仿艺术"是19世纪唯美主义代表人物王尔德继"为艺术而艺术"发出的又一大惊世骇俗的言论，这种观点颠倒了古希腊以来人们对艺术与生活关系的普遍看法，对维多利亚时代的丑陋、平庸的生活方式形成了巨大冲击，引发了人们对现实的深刻思考，甚至带动了一群身体力行践行这一言论的浪荡子的社会行动，成为现代审美主义思潮中最令人震惊的一道风景线。将审美活动从哲思冥想拉入鲜活生动的亲历，从高贵的象牙塔请入寻常百姓家，"生活模仿艺术观"的确展现了一种反叛的生存姿态，不过，生活和艺术的界限能否跨越？生活是否可以成为艺术？艺术和生活的关系究竟如何？这些都是值得深入探讨的地方。在"日常生活审美化"日渐扩张的今天，重新审视这一观念显然具有很好的现实意义。本节拟从《道连·葛雷的画像》中种种矛盾现象探索这一观念的实践与最终破灭的过程。

《道连·葛雷的画像》是王尔德带有自传色彩的长篇小说，包容了一个唯美者所有的自恋、自伤和自毁。小说的大意是俊美的葛雷在浪荡子亨利勋爵的引导下，认识到了青春的可贵与生活的重要，为了能够保持容颜永驻，他摆脱了画家贝泽尔的道德劝诫，表示愿意用灵魂交换青春。他一时兴起说出的愿望实现了，生活中的道连保持了外在形象的完美无缺，肖像画却承载了灵魂的罪恶和堕落。我们先抛开作品揭示的灵肉冲突的主题内涵不谈，来看一看其中生活与艺术的关系。

是艺术模仿生活，还是生活模仿艺术？艺术和生活，究竟谁更接近存在的本真？这是唯美主义思想和传统观念最大的分歧之所在。艺术模仿现实，这是古希腊以来就流行的传统看法，比如在柏拉图看来，世界上存在着一个永恒的、绝对的"理念"（或理式），它是宇宙存在的先天性模式，宇宙中的一切事物都不过是这个理式的模仿或影子，都不是真实的。艺术是模仿现实世界的，而现实又是模仿理式世界的。现实世界本身就是对理式的虚幻模仿，不真实，艺术是对模仿的模仿，等于是影子的影子，因此更不可信，需要将一切艺术家赶出理想国。在《理想国》中，柏拉图最终得出了这样的结论："所以模仿和真实体隔得很远，它在表面上像能制造一切事物，是因为它只取每件事物的一小部分，而那一小部分还只是一种影像。"① 亚里士多德虽然肯定了艺术存在的合理性，但表示"这一切总的说来都是模仿"，是对现实生活的模仿。② 相比而言，生活才是最终的真实。这种模仿观的影响持续了几千年之久，却在唯美主义者这里被颠覆。王尔德曾经表示，对他而言："艺术就是生命本身，它对死亡一无所知，它是绝对真理，对事实漠不关心。""只有一个时间，即艺术的时刻；只有一条法则，就是形式的法则；只有一块土地，就是美的土地——一块远离现实世界的土地，因为更为不朽而给人以更大的美感……因此，似乎站得离自己时代最远的人，却能更好地反映他的时代，因为他清除了生活中的偶然性和瞬间性，拨开了由于亲近反而使生活显得模糊不清的'迷雾'。"③ 在《道连·葛雷的画像》中，西碧儿的悲剧正是这两种观念冲突的直接结果，从她身上我们可以感受到现实与艺

---

① ［希］柏拉图：《理想国》，载《柏拉图文艺对话录》，朱光潜译，人民文学出版社1997年版，第72页。

② ［希］亚里士多德：《诗学》，陈中梅译，商务印书馆1996年版，第27页。

③ ［英］王尔德：《英国的文艺复兴》，载赵澧、徐京安主编《唯美主义》，中国人民大学出版社1988年版，第90页。

第五章　审美主义思潮的主题揭示

术之间不可逾越的鸿沟。

西碧儿是主人公道连在一次偶然的机会下结识的一个下等剧院的小演员，她美丽的外形和出色的演技立即折服了道连，这种爱与其说是现实中的男女之爱，不如说是一个唯美者对艺术美的仰慕，他在向自己的两位朋友介绍西碧儿的过程中表现得很清楚，他爱的是这个17岁女孩希腊女神般完美的外貌，夜莺歌唱般悦耳的声音和她所演出的种种莎剧中的种种角色，唯独西碧儿本身，"什么时候也不是"。然而在西碧儿那里，生活恰恰比艺术更为真实，它和艺术分属于两种截然相反的领域，她向道连表示："在我认识你之前，演戏是我唯一真实的生活。我仅仅生活在舞台上。我觉得这一切都是真的。我今天是罗瑟琳，明天是鲍西娅。贝雅特丽齐的欢乐就是我的欢乐，考狄丽娅的悲哀也是我的悲哀。我什么都信以为真。"然而道连的出现带来了现实生活中的爱情，让她"懂得了什么才是真正的现实"，觉察了艺术的虚幻，"我一直在空幻、虚假、无聊的浮华世界里演戏"，"那个罗密欧无论怎样涂脂抹粉还是又老又丑，花园里的月光是假的，布景是庸俗的，我要念的台词是不真实的"，原来"一切艺术不过是生活的影像"，"在我不懂得爱情的时候，我可以演爱情戏。现在爱情像火一样在我心中燃烧，我没法表演"。[①] 在这里可以明显觉察艺术生存状态和普通生存状态的差别，即生活和艺术的差别。艺术涉及的是非现实的不存在的事物，具有优美的形式和天才的想象，与现实之间保持着不可侵入的屏障。道连如果选择了现实的生活和爱情，就会失去艺术；同样他选择了艺术，就不能够真正凡俗地生活。可见，艺术和生活各有其疆域，并不能简单把它们混为一谈，否则一切都会变得矛盾重重。

当然，作为唯美主义者，王尔德最终选择了艺术，而远离了一般的生活逻辑，他将西碧儿真实悲惨的死亡看作是一场凄美的艺术表演："那姑娘从来没有真正生活过，所以也没有真正死去。至少对你

---

① [英]王尔德：《道连·葛雷的画像》，载赵武平主编《王尔德全集》第1卷，中国文学出版社2000年版，第113页。

来说，她始终是一个梦，一个在莎剧中行踪飘忽、从而使之生色不少的幻影，一支使莎剧的音乐显得更加丰满、更加欢快的芦笛。她和现实生活刚一接触就搞得两败俱伤，于是她离开了人间。"① 艺术和生活从来没有真正统一过，它们不但彼此冲突，而且各自界限明晰，根本无法跨越。如果说现实主义者强调生活的真实性，那么唯美主义者则强调艺术的超越性。同样，代表生活的道连是丑陋堕落了，但作为艺术的画像却永远熠熠生辉。

既然艺术和生活界限分明，彼此冲突，那么"生活模仿艺术"又是怎样提出的呢？1889 年，王尔德在著名的论文《谎言的衰朽》中，首次明确提出了自己关于"生活模仿艺术"的观点，他说："生活模仿艺术远甚于艺术模仿生活"，这是基于这样的事实："生活的自觉目的在于寻求表现；艺术为它提供了某些美的形式，通过这些形式，它可以实行它那种积极的活动。"② 在这一观点提出的同时，在欧洲社会上出现了一批中产阶级的浪荡子，这些人蔑视本阶级平庸的生活方式和价值观念，衣着考究，言谈惊人，举止溢出道德常规，逐渐成为一种生活风尚。浪荡子的生活理论和处世风格和"生活模仿艺术"的观念一拍即合，成为它的真正的实践者，可以说，"生活模仿艺术"实际上是一种典型的审美生存理念，即让生活获得艺术的形式，变得感性而丰富。

手持百合花徜徉在伦敦街头的王尔德曾经多次将他的浪荡子式的生活方式放入其文学作品中，《道连·葛雷的画像》也是如此。如果说亨利勋爵是"生活模仿艺术观"的理论者，那么道连肯定是最终的实践者，书中写道："不言而喻，生活本身对他说来是首要的、最伟大的艺术，而其他各种艺术只不过是为它准备的。当然，他也讲究时髦和派头……他的服装样式，他的不时变换的新奇作风，对于梅飞厄一带舞会上和佩尔美尔路各俱乐部里的纨绔子弟有显著的影响。他们亦步亦趋，

---

① [英] 王尔德：《道连·葛雷的画像》，载赵武平主编《王尔德全集》第 1 卷，中国文学出版社 2000 年版，第 112 页。
② [英] 王尔德：《英国的文艺复兴》，载赵澧、徐京安主编《唯美主义》，中国人民大学出版社 1988 年版，第 143 页。

事事模仿道连。他不经意地流露出来的潇洒气度也被奉为楷模。"① 作品第十一章集中描绘了道连这种审美化的生活方式,他煞费苦心地布置宴会,崇尚天主教的精美仪式,研究各种香精及其制作的秘密,将全副精力放在音乐上,到处发掘有关珠宝的奇闻传说,迷恋异国的绣品与织毯……狂热地沉浸在对生活的审美追求之中。

19世纪末期的英国正是工业化高速发展的时期,随着现代化的进程,物质主义控制了生活的各个领域,维多利亚时代流行的市侩风气和庸人哲学不但使得日常生活平淡无奇、缺乏新意,而且扼杀了许多激进青年的青春梦想。这个时代就是王尔德所说的缺乏艺术的时代,"金钱至上""唯利是图"。现实生活之所以需要模仿艺术,完全是因为它在资产阶级功利和僵化的法则下日渐理性、刻板、平庸和琐碎,缺乏生命的活力。为了改变这种现状,唯美主义者求助于艺术,让生活模仿艺术。这种模仿说到底就是要恢复生活的感性色彩,让它如同艺术一般新奇灿烂,从而抵抗资本主义文明发展造就的平庸晦暗现实。在一个讲究科学、实利的时代,这一观点的提出的确具有大无畏的反叛精神。同样,和灰色的现实相比,浪荡子审美化的生活显然具有了更为丰富亮丽的色彩。这种超越常人的姿态让他们傲然出群,对中产阶级布尔乔亚式的生活方式造成了巨大的冲击,带来了某种震惊效果,他们用颓废的否定姿态远离那束缚个体自由的日常生活,突出代表了一种边缘对中心的极端愤怒。波德莱尔把这种浪荡作风看作是"英雄主义在颓废之中的最后一次闪光",他说:"这些人被称作雅士、不相信派、漂亮哥儿、花花公子或浪荡子,他们同出一源,都具有同一种反对和造反的特点,都代表着人类骄傲中所包含的最优秀成分,代表着今日之人所罕见的那种反对和清除平庸的需要。浪荡子身上的那种挑衅的、高傲的宗派态度即由此而来,此种态度即便冷淡也是咄咄逼人的。"② 可见,"生活模仿艺术"的行为背后潜藏着一种

---

① [英]王尔德:《道连·葛雷的画像》,载赵武平主编《王尔德全集》第1卷,中国文学出版社2000年版,第138页。
② [法]波德莱尔:《现代生活的画家》,载《波德莱尔美学论文选》,郭宏安译,人民文学出版社1987年版,第501页。

对现实境遇的严重不满，它意味着反抗世俗、反抗平庸、反抗功利、反抗布尔乔亚式的廉价快乐，直面理性现代化所带来的精神异化和非人化的现实。

审美的生活是进入现代线性时间领域内现代人普遍的生存需要，在上帝死亡、彼岸被证明虚妄的今天，如何使得短暂的人生变得精彩丰富显得尤为重要，正如亨利对道连的劝导："啊！要及时享用你的青春。不要浪费宝贵的光阴去恭听沉闷的说教，去挽救那不可挽救的失败，去把自己的生命用在那些愚昧、平淡和庸俗的事情上。这些都是我们时代的病态的目的，虚妄的思想。生活吧！让你身上美妙的生命之花怒放吧！什么也不要放过。要不断探索新的感觉。什么也不要怕……一种新的享乐主义——这是我们时代的需要。"[①]审美体验是唯美主义者开出的救世良方，道连艺术化的生活正是建立在对各种各样新鲜事物的体验之中，甚至是各种奇观异象如毒品、死亡、凶杀的探求中。然而这些体验却超出了理性所能容忍的范围，与道德伦理产生了激烈的冲突，让审美主体内心充满矛盾，引发"罪感"。

"生活模仿艺术"的观点说明了艺术对生活的优先位置，同时给人们重新提供了一种生存方式，那就是恢复生活的审美维度，将人们从日常生活的刻板庸俗，尤其是理性主义的压力和束缚中解放出来，展现生命的活力与精彩。不过，在唯美主义者那里，这种审美化的生存方式虽然保持了艺术的形式美，却没有坚守住艺术的精神底线，随着感性的极度扩张，它和理性的矛盾也日渐紧张，表现于作品中则是普遍出现的灵肉冲突。

审美体验本来是一种生命活动的过程，能够充分展示人自身自由自觉的意识，以及对于理想境界的追寻，因而可以认之为最高的体验。人在这种体验中获得的不仅是生命的高扬、生活的充实，而且还有对于自身价值的肯定，以及对于客体世界的认知和把握。在这种情

---

① ［英］王尔德：《道连·葛雷的画像》，载赵武平主编《王尔德全集》第1卷，中国文学出版社2000年版，第26页。

况下，审美主体与审美对象需保持一定的距离，撇开功利的、实用的、私人的目的，用一种超脱的、纯精神的心理状态来观照对象。审美的愉快和感官的享乐显然不同，审美的心灵在体验中通过情理统一净化情色、狭隘的功利和纯粹的技术，并使其内涵得到升华。庸俗化的审美倾向以及穷奢极欲的生理的满足，永远不能上升到审美享受的境界。物质享乐的欲求只有在与精神相关联时，才可能具有审美的价值。那种将感官的快适等同于美感的做法，显然是违背美学常识的。因此，审美活动永远不能停留在视听感官的层面上。在现实生活中，享乐是多层次的，审美愉悦也是一种享乐。但审美愉悦是感官享乐和精神享乐的统一，而且只有实现感官与精神愉悦的统一，感官的快适才可能是审美的愉悦。唯美主义的"生活模仿艺术"将日常生活审美化，更多地将人生看成一种享受的游戏，宣扬"新享乐主义"，满足个人低层次的欲望需要，奢侈挥霍，情色泛滥，这与审美的精神性本质是背道而驰的。

根据以上逻辑，我们回过头来审视《画像》中画家、道连和勋爵的三角关系，就不难体会其中的深层寓意了。画家代表了道德、灵魂、理性，亨利勋爵代表了体验、享乐、感性，道连在亨利的引导下走上了审美享乐之路，随着感性的扩张和精神追求的下降，他距离画家越来越远，最终杀死了他。

在现代社会，任何日常生活都能以审美的方式来呈现，审美与种种文化活动不分彼此地纠缠在一起，高雅艺术和大众艺术的界限消失了，审美成为一种时尚。"生活模仿艺术"不再是一种口号，而是变成了现实。不过，日常生活的审美化与奢华的物质享受很显然并不能简单等同，更不能忽视艺术和审美本身的精神性与超越性，否则灵肉冲突的悲剧还将继续上演，这应该是审美主义文学给我们的重大启示。

二 美与罪交织下的伦理困境

艺术并不诉诸理性的能力。如果你爱艺术，你对它的爱就必须超过你对世界上任何其他东西的爱；而如果你听从理性，理性对这种爱是会高呼反对的。对于美的崇拜,没有任何成分是理智的。它太美好了,容不得你理智。

——王尔德:《作为艺术家的批评家》

  美与罪交织,共同构建出唯美者文本独特的伦理主题。以王尔德为代表的19世纪末唯美主义流派将对艺术和美的推崇提高到了前所未有的位置,抵抗了资本主义现代化进程中的功利实用主义,从而成为现代审美主义思潮最为重要和最具有代表性的组成部分。作为唯美主义的代表作家,王尔德作品在崇尚美的同时已经表现出明显的道德危机,《道连·葛雷的画像》中美少年不变的年轻容颜是以灵魂堕落为代价的,《莎乐美》里的少女为了获取美的享受不惜砍下爱人的头颅,其家庭喜剧更是颠倒了传统善恶是非观,留下了无数令人震惊的言论。相比而言,王尔德的童话世界神奇而又美丽,充盈着丰富多彩的想象画面,在他看来"讲述美而不真实的故事,乃是艺术的真正目的"。[①] 不过这些童话和他其他体裁的创作一样,蕴含着丰富的"唯美"观念,也纠缠着尖锐的思想斗争,美与恶、身体与灵魂的抗争是他经常描写的内容。难怪有人认为这些童话和传统童话之间缺乏一定的联系,抱怨孩子看不懂那些故事。王尔德表示他的童话世界既属于儿童也属于成年人,[②]《打鱼人和他的灵魂》便是其中一部寄寓深远的佳作,它以童话的形式展现了唯美者普遍的伦理困惑,触及了审美的伦理困境。打鱼人对美的极端追求致使审美走向了感官,从而加重了灵魂的负累,最终酿成了悲剧。

  《打鱼人和他的灵魂》的故事极为简单。一个打鱼人在海边无意之中捕获了一条人鱼,并在她美丽的身体和歌声诱惑之下坠入爱河,不过两者的结合必须以舍弃打鱼人的灵魂为代价;打鱼人想尽一切办法抛弃了自己的灵魂,投入人鱼的怀抱,他的灵魂却在人世间四处游荡,利用"智慧""财富"和"少女的舞姿"来吸引主人试图重新回

[①] [英]王尔德:《谎言的衰朽》,载赵澧、徐京安编《唯美主义》,中国人民大学出版社1988年版,第357页。

[②] [爱]维维安·贺兰:《王尔德》,李芬芳译,百家出版社2001年版,第74页。

到身体的怀抱之中,然而回去的灵魂已经充满了罪恶。显然,这是一个关于"灵魂"和"身体"辩证关系的寓言,而这个寓言的开端首先根植于美。

美是故事发生的根本动因。打鱼人的生活本来是平常宁静的,他日复一日地在海边打鱼为生,直到有一天捕获了一条人鱼。吸引打鱼人的小人鱼显然是美的化身,书中是这样描绘她的美貌的:"她的头发像是一簇簇打湿了的金羊毛,而每一根细发都像放在玻璃杯中的细金线,她的身体像白的象牙,她的尾巴是银和珍珠的颜色。银和珍珠的颜色便是她的尾巴,碧绿的海草缠在它上面;她的耳朵像贝壳,她的嘴唇像珊瑚。冰凉的波浪打着她冰凉的胸膛,海盐在她眼皮上发亮。"① 作者不遗余力地描写了人鱼的头发、嘴唇、耳朵、皮肤的美,并配以各种色彩的修饰词,如"金羊毛""银和珍珠""碧绿"、珊瑚的红艳,可以说这是一场感官盛宴。人鱼身体之美打动了年轻的打鱼人,让他"充满了惊讶、赞叹"。小人鱼的歌声显然也具有无与伦比美的诱惑,她用那瑰丽妩媚的声音描绘了深海之中美丽神奇的世界,那些半人半鱼的海神、琥珀、绿宝石和发亮的珍珠铺满了地面;精致的珊瑚、浅红的石竹、会讲故事的妖女、光滑的海豚、生长弯曲长牙的海狮、长着飘动鬃毛的海马,闪亮的金枪鱼构筑了海底世界美的盛宴。一开始,他放走人鱼显然是有目的的,因为鱼喜欢听人鱼的歌声,可以帮助他打鱼。但在美的诱惑面前,打鱼人很快就沉醉了,"她的歌声在他耳里听来一天比一天更好听",因此"他听得连他的网和他的本领都忘了,他也不去管他的行业了","金枪鱼成群地游过他面前,朱红色的鳍和突起的金眼非常鲜明,可是他并没有注意它们",他只是"张着嘴,惊异地瞪着眼",呆坐着倾听人鱼的歌声。② 至此,功利目的在美的王国面前消失了,打鱼人终于无可救药地爱上了美。

王尔德说过:"艺术并不诉诸理性的能力。如果你爱艺术,你对

---

① [英]王尔德:《打鱼人和他的灵魂》,载《王尔德全集》第1卷,中国文学出版社2000年版,第421页。
② 同上书,第423页。

它的爱就必须超过你对世界上任何其他东西的爱；而如果你听从理性，理性对这种爱是会高呼反对的。对于美的崇拜，没有任何成分是理智的。它太美好了，容不得你理智。"① 因此，在美的世界中，智慧、道德、财富都显得极为黯淡，这是唯美主义对传统价值观的一次历史性颠覆。在历史长河中特别是启蒙时代以来，人类的知识、理性、工具性占据着重要的地位，美则被强烈排斥处在被压抑的位置，王尔德恰恰在此重新书写了两者的关系。在《打鱼人和他的灵魂》中，主人公首先是因爱美而抛弃灵魂。灵魂为了能够重新回到身体的怀抱，用尽各种方法诱惑主人。它首先带给主人的是象征"知识"的"智慧镜"，"它把天上地下的一切东西都反映出来"，"有这面镜子的人什么事都知道，没有一切事情能够瞒过它。没有这面镜子的人就没有'智慧'"，因此在灵魂看来，"它便是神，我们都崇拜它"。② 然而，打鱼人拒绝了成为"世上最聪明的人"的诱惑，因为在他看来，"爱比'智慧'好"。经过第二次的游荡，灵魂给打鱼人带回的是一个"财富戒指"，"谁得到这个指环，他就比世界上所有的国王都有钱"，然而这样的诱惑依旧被拒绝了，因为"爱比'财富'好"。③ 智慧、财富分别代表的理性、功利化的诱惑并没有打动打鱼人，而最终让打鱼人屈服的依旧是美，灵魂向主人描述了它的一次见闻："一个戴面网的少女马上跑进客栈，在我们面前跳起舞来。她戴的是纱面网，但是她却光着双脚。她的双脚是光着的，它们在毡子上跳来跳去，好像一对小白鸽似的。我从没有看见过像这样美好的东西。"④ 美重新唤起了打鱼人的欲望，因为他想起来"小人鱼没有脚，不能够跳舞"。可见，整个童话几乎都在进行美的礼赞。不过，王尔德在童话中并没有否定感性美的追求所带来的"恶"，这种"恶"混

---

① [英] 王尔德：《作为艺术家的批评家》，载赵澧、徐京安编《唯美主义》，中国人民大学出版社 1988 年版，第 173 页。
② [英] 王尔德：《打鱼人和他的灵魂》，载《王尔德全集》第 1 卷，中国文学出版社 2000 年版，第 440 页。
③ 同上书，第 447 页。
④ 同上。

合着奇异独特的美,如同波德莱尔笔下绽放的"恶之花",正体现了作者的矛盾之所在。

美的追求带来的感官享乐触动了灵魂敏感的神经,身体的华丽舞蹈背后深藏着灵魂的深刻危机。克瑞斯特·斯诺德格拉斯(Christ Snodgrass)曾经深刻指出:"艺术的完美可能以牺牲价值为代价,美所追求的充分自我满足以及孤立的特征往往否认了人类交流的需要。尽管他(王尔德)尽力想融合两者,最终却认识到艺术世界和生活世界是两个分离的、互不融合的价值系统;就像他笔下那个年轻的打鱼人所意识到的那样,拥有一个必然摧毁另一个。"① 王尔德显然把现实中肉体与灵魂这样不可分的矛盾带到童话世界之中,并揭示了它们之间不共戴天的仇恨。

故事的开始,打鱼人出于灵魂的阻挠就无法接近他心中美的对象。小人鱼所展现的美显然和他保持一定的距离,从来不肯走近他。打鱼人很快就不再满足美的这种距离感了,但是小人鱼对他的回答是:"要是你肯送走你的灵魂,我才能够爱上你。"② 很显然,爱与灵魂产生了尖锐的对立,爱的实现必须以灵魂的舍弃为代价。这是为什么呢?仔细分析,打鱼人的爱源于美的肉体,在宗教的教义和传统的道德看来,灵与肉的界限无法跨越,所以只有决意送走灵魂。打鱼人表白得很清楚,人鱼"比晨星还要美,比月亮还要白,为了她的肉体我甘愿舍掉我的灵魂,为了她的爱我甘愿放弃天国"。③ 小说中,神父所代表的宗教和道德的评判,恰把灵魂抬到了至高无上的地位,认为"肉体的爱是淫邪的",失去了灵魂的肉体就好像"那些不分善恶的野兽一样",因此"林中牧神是该诅咒的,海里的歌者也是该诅咒的!"④ 这种把灵魂看作身体负累的观点正表现了作者内心的强烈冲突。商人看重身体因为它能带来利润,而灵魂是不值钱的;相反打鱼

---

① Christ Snodgrass, *Criticism*, Vol. XVII, No. 1, Winter, 1975, p. 108.
② [英]王尔德:《打鱼人和他的灵魂》,载《王尔德全集》第 1 卷,中国文学出版社 2000 年版,第 424 页。
③ 同上书,第 426 页。
④ 同上书,第 425 页。

人看重身体是因为它承载了美,而由于美带来的感性扩张溢出了灵魂所容忍的限度,打鱼人离开自己的灵魂有些迫不得已,这是王尔德在追求美的过程中遭遇到的种种悖论之一。身体和灵魂由此开始了争夺,打鱼人对于美不顾一切的追求最终造成了灵魂的堕落。这堕落背后有着深刻的原因:

> 他的灵魂对他说:"倘若你要赶走我的话,你一定得在我走之前给我一颗心。这个世界是残酷的,把你的心给我一块儿上路吧。"
>
> 他摇摇头微笑。"要是我把我的心给了你,我拿什么去爱我的爱人呢?"他大声说。
>
> "你存点好心吧,"他的灵魂说,"把你的心给我,这个世界太残酷了,我害怕。"
>
> "我的心是属于我的爱人的,"他答复道,"你不要耽搁了,走你的!"
>
> "难道我就不应该爱吗?"他的灵魂问道。
>
> "走你的,因为我用不着你了,"年轻的打鱼人不耐烦地叫起来。[①]

审美追求导致了灵魂被驱逐,这是审美主义者不得不面对的悖谬。王尔德显然也察觉了这点,因此他在描写打鱼人身体享受美的盛宴过程的同时,又不遗余力地刻画了灵魂的堕落过程。灵魂在世上四处游荡,遭遇了暴力(杀戮的场面)、金钱(商人买卖、各种珍奇异宝)、死亡(脸色苍白的塞加西亚女人)的种种洗礼,世上一切罪恶都向它涌来。经过罪恶诱惑而堕落的灵魂在重新回到人体后开始作恶:经过珠宝商街的时候,看见货摊上摆着一只漂亮的银杯,灵魂便指使他拿起那个银杯藏起来;当一个小孩站在水缸旁边,灵魂让他把

[①] [英]王尔德:《打鱼人和他的灵魂》,载《王尔德全集》第1卷,中国文学出版社2000年版,第433页。

小孩打哭；一个商人出于好心留宿并招待了他们，在半夜十分，灵魂唤醒了他，并让他到商人的屋子里去，杀死商人并拿走他的金子。打鱼人深知这些是坏事，却身不由己。王尔德在童话后半部分花去大量篇幅描写灵魂的罪恶，正是出于对前文审美狂热的反思，他已经深刻明白，对美的不顾一切地狂热追求必然导致道德危机。在王尔德的世界中，灵魂和身体是完全对立的，最后美（人鱼）的死亡才能让两者结合，这样的结尾足可以表现王尔德在审美问题上的两难。

出于美的追求而引发的身体感官享乐最终导致了伦理危机，这在王尔德许多创作中都有表现。王尔德本人就是这样一个活生生的例子，从文学大师，到身败名裂沦为阶下囚，他展现了一个唯美者灵魂的不归路。在狱中，他深刻地认识到自己的矛盾，并对自己灵魂的堕落表示深深的忏悔。实际上王尔德许多作品都在表达他的伦理困境，讲述的是用灵魂和魔鬼交换的故事。不过主人公显然没有像浮士德一样通过理性精神来提升自己，进入天堂，却徘徊在地狱门口，因为美在他的文本中充满着致命的诱惑力。王尔德曾经表示可以为美抛弃一切，美可以无关道德和伦理，"一切艺术都是不道德的"，"美学高于伦理学"，甚至"干脆把作恶看成实现美感理想的一种方式"。因此，在《亚瑟·萨维尔勋爵的罪行》中，勋爵为了保持自己和爱人婚姻的美丽，不惜用犯罪的行为去达到目的；《西班牙公主的生日》中的小公主为了逗乐，要求以后和她一起玩的朋友没有心；同样在《少年国王》和《星孩》中，主人公美丽的外表和丑陋的灵魂之间充满鲜明对比。除了童话，小说与戏剧也展示了这种审美与道德的两难架构。

身体和灵魂的矛盾由来已久，以柏拉图为代表的希腊思想家们创造了一个超越肉身的灵魂的概念：肉体承载着此岸的沉重、丑陋、罪恶、欲求，是黑暗和低等的，只有通过灵魂的游弋，才可能接近永恒绝对的理念。以唯美主义流派为代表的现代审美主义因其审美需求颠覆了身体长期以来的压抑地位，将其高高推上了舞台。身体的感性张扬带来的享乐放纵走向极端势必造成灵魂的堕落，陷入道德的困境。王尔德文本中关注享乐的身体总在灵魂挥之不去的阴影中生活，然而出于把美看作第一位的审美思想，他必然无法平静地面对灵魂的拷问,在他的世界中,身体和灵魂是分离的,就像打鱼人和他的灵魂,王尔德的矛盾预示着审美主义发展无法避免的困境,这是现代西方文学中审美主义思潮经常彰显的伦理主题。

三 虚无与反思中的救赎抉择

实际上我属于遍及欧洲的这一代作家。他们出于颓废,他们被称作颓废的分析与编年者,同时他们又试图从颓废中解放出来并且诅咒它。或者这样说:他们怀着对颓废的诅咒,并宁愿在征服颓废与虚无中经历一切。

——托马斯·曼

托马斯·曼无疑是20世纪最伟大的小说家之一,他的文学创作向来以高超的思想性和艺术性打动读者。现代审美主义思想曾经深刻地影响过他,他以艺术家的危机为线索写过一系列的作品,如《布登勃洛克一家》《死在威尼斯》① 等,其晚年代表作品《魔山》更是总结托马斯·曼思想的一本巨著,这篇长达70万字的鸿篇巨制全景式地展现了世纪之交现代世界各式各样人物的生活方式和精神面貌,在对死亡与疾病的描写中突出了笼罩于现代世界的虚无主义氛围,感性与理性的冲突构筑其间鲜明的二元对立结构。作者看到了从理性向审美过渡的必然,批判理性僵死的同时也展现了感性的狂热与危机。在爱与音乐等精神性审美中,托马斯·曼试着化解各种矛盾,表现出一个人道主义者的终极关怀。路德维格·勒维索恩(Ludwig Lewisohn)曾形象地称其为一篇我们灾难年代精神上的"神曲"。②

T. E. 艾普特(Apter)认为《魔山》故事的整个氛围都笼罩在疾病和死亡之中。③ 死亡和疾病是托马斯·曼小说中经常出现的主题。

---

① 参见张弘《艺术审美的危机——评〈死在威尼斯〉的艺术家主题》,《外国文学评论》1998年第3期。
② Ludwig Lewisohn, *Thomas Mann at Fifty*, The Nation, December 9, 1925, p. 668.
③ T. E. Apter, *Thomas Mann: The Devil's Advocate*, Macmillan: The Macmillan Press, 1978, p. 165.

死亡和疾病一方面和当时的时代氛围极为契合，展现了没落社会和战争前后全世界范围内的死寂、没落、恐怖与腐朽；另一方面，表现上帝死亡之后人类世界普遍弥漫的虚无和颓废主义气息，这构成了审美主义思想出现的独特氛围。物质世界的丰富并不能弥补人类精神上的危机和普遍存在的空虚感、灾难感，人类在迷茫与孤独之中寻找自救的出路。《魔山》便是在这样的氛围中展开故事的叙述的。主人公汉斯·卡斯托尔是汉堡的一名见习工程师，一次在探访表哥——年轻的军官约阿希姆的过程中，自己也染上了肺结核，留在了疗养院中。在漫长的七年当中，他遇到了形形色色的人，其中包括人文主义者塞塔姆布里尼、鼓吹恐怖主义和权力意志的纳夫塔，漂亮妩媚独具风情却又不拘小节的肖夏太太，精神分析大师克罗科夫斯基大夫以及乐天知命的富商明希尔·皮佩尔科尔恩等等。他就在这样与世隔绝的各种思想冲突中完成了自己的成长。不过与大多数的教育和成长小说不同，"主人公不是完成了对生命的认识，在《魔山》中，死亡的因素要大得多"。① 首先，"魔山"本身就是一个具有死亡意味的象征。在书中，"魔山"是瑞士一座大雪覆盖的高山之上的一家肺病疗养院，这里到处充斥着死亡的阴影：无论是意气风发的青年军官约阿希姆，还是风情万种的肖夏太太；无论是口若悬河的人文主义者塞塔姆布里尼还是恐怖主义者纳夫塔都蒙受着疾病的苦痛。他们的肉体里都充满了结核病菌，脸色由于热度而散发出不正常的红色，死亡每时每刻都伴随着他们。汉斯在短短的七年生活中怀着沉重的心情目睹了许多男女病友相继去世，他的表哥约阿希姆、"两口儿"的两个儿子、明希尔·皮佩尔科尔恩、纳夫塔等都在他的眼前逝去。可见，《魔山》之中压抑在人们头上的是挥之不去的死亡的阴影。《魔山》之中反复出现的死亡的舞蹈和笼罩在人们四周的疾病氛围显然有着极为深刻的象征含义。正如库罗·弗兰克所说："《魔山》是动乱、分裂和灾难时代在精神上微妙而又精确的反映"，很显然，"它展示了一段人类社

---

① W. H. Bruford, *Thomas Mann: Der Zauberberg*, Cambridge: Cambridge University Press, 1975, p. 212.

会的内在历程，疾病和非理性是它反映的主题"。① 理性一方面使人类获得了前所未有的认识；另一方面却给人类带来了永恒的绝望，在失去上帝的虚无中，终有一死的人最终陷入颓废之中。托马斯·曼把"死亡"主题加以强调，正是源于这样痛苦的思索。现代世界的人们失去了对于意义与终极价值的追求，变得浑浑噩噩，疗养院也正是这样一个危机世界的缩影，其中大多数人安然对待疾病带来的享受，进行一些低级娱乐、调情和无聊的争辩，甚至对得病程度的严重表示出骄傲。汉斯最终认识了这种生活的"死亡"本质——"麻木不仁"，即"没有时间的生活，无忧无虑、没有希望的社会，表面忙忙碌碌、实则呆滞不动的放纵生活，死气沉沉的社会"。② 汉斯作为小说的主人公，开始深受这种"死亡"氛围的影响，在他的本性中，有一种向死的本能。在他刚到达"山上"的三星期中，就对眼前的一切充满了兴奋和狂热。他对病人那种奄奄一息无生气的咳嗽表现出极大的兴趣；尽情享受疗养院里甜美可口的食物；对卧椅怀有莫可名状的喜爱和依赖；对自己得病的消息不是感到沮丧，而是表现出异常的兴奋和解脱。他似乎完全被这种颓废、迷人与有毒的生活所吸引，不是害怕日子在无聊中流逝，而是对吃吃、睡睡、玩玩的生活表现出极大的适应，即使人文主义者塞塔姆布里尼极具理性意味的说教也未能减少他对"死亡"生活的热爱，他完全迷失在死亡的美丽诱惑之中，展现了许多审美主义者特有的消极享乐思想。

  19世纪末在欧洲流行的唯美主义、象征主义和颓废主义思潮都和这样一种虚无主义所带来的历史氛围分不开。唯美主义强调"为艺术而艺术"，表现出病态、颓废和反理性特征；以波德莱尔为代表的象征主义强调"发掘恶中之美"，认为美并不来源于古典的和谐、完整与善，而是神秘、悔恨、忧郁、厌倦和茫然；颓废主义更是由于文学所表现出来的颓废气息而得名，把虚无世界的场景和个体内心绝望的体验表现得淋漓尽致。正是在这样病态、死亡和虚无主义的氛围

---

① Kuno Francke, "German After War Imagination," *German After War Problem*, Harvard: Harvard University Press, 1927, p. 204.
② ［德］托马斯·曼：《魔山》，钱鸿嘉译，上海译文出版社1991年版，第901页。

中，个体感情经验才能得以突出强调，因为理性在虚无的世界中的拯救功能是苍白的。在某种意义上，爱（爱欲）和死具有一致性，审美主义正是在这样绝望的氛围中登上了历史舞台，与理性展开了斗争。

在《魔山》所有的思想冲突中，理性和感性的对抗非常鲜明，这正是源于时代的虚无。20世纪之交的世界体制发生了巨大变化，工业和社会现代化的高度发展所带来的人类对自身理性精神的乐观肯定已经不再那么高涨，相反失去上帝的人们日益陷入虚空之中，他们张扬感性、崇尚神秘，通过艺术美来进行生存的救赎。审美主义作为与现代进程中的反叛力量，主要针对启蒙理性的局限和工具理性的僵化，要把有限生存提升到前所未有的地位，肯定此岸个体的"审美"体验。德国从康德到尼采的思想转变深刻地展现了这种审美意识浮出地表的情形和过程。然而德国毕竟有着启蒙主义和古典哲学深厚的理性思想的基础，理性所肯定的人文精神与进步力量毕竟深入过人心，简单否定或肯定都是极不明智的做法。这样的矛盾深深影响着托马斯·曼的创作。他曾受过尼采、叔本华审美主义思想的直接影响，[①]早期小说有过明显的颓废倾向，但他的人道理想与对欲望的清醒认识又使得他对审美主义感性一元论倾向保持着特有的清醒。理性与感性的对立是《魔山》文本极为鲜明的结构特征。总的来说，在前半部分文章中，人文主义者塞塔姆布里尼所代表的理性思想和肖夏夫人肉体的诱惑所产生的感性力量之间的矛盾是主要的对立点，在这部分冲突之中，感性展现了它前所未有的巨大诱惑力。《魔山》下半部分集中表现塞塔姆布里尼与民主主义反对者纳夫塔的争斗。纳夫塔所张扬的神秘、恐怖和暴力在于强调人的权力意志，具有激进性，而肖夏太太和精神分析所强调的感性力量则来自于个体原始的情欲和潜在的意识。人文主义者塞塔姆布里尼显然是理性的化身，他自称为诗人、文学家、人文主义者，显得"既寒酸又优雅"，他所宣传的无疑是人类

---

① 这从其很多作品中可以看出，他还写过《从我们的经验看尼采哲学》一文，对审美主义思想进行过深入分析。中译文见刘小枫主编《人类困境中的审美精神》，东方出版中心1994年版。

文明、道德、进步和正义的精神，是知识分子的典型。然而，他夸夸其谈的所谓理性、进步和文明只是局限在抽象的形式和空洞的理论之中，看不到人类鲜活的生命实践，最终只能以失败告终。和塞塔姆布里尼不同，肖夏夫人显然是感性的化身，她代表着无意识和非理性，和塞塔姆布里尼不屈不挠的理性精神形成了鲜明的对比。她的异国情调、不拘小节，对主人公汉斯形成了极大的诱惑力，那双"细长的、充满魅力的吉尔吉斯人"的"灰暗朦胧、令人销魂的眼睛"和疗养院里弥漫的死亡氛围显然把感性触角伸向人类黑暗、不可知甚至难以控制的领域。故事就在这两种力量的交锋中展开。塞塔姆布里尼显然对汉斯的"死亡本能"有所警觉，他称其为"不令人放心的孩子"，而他的目的就是"保护青年人，使其灵魂不致受到这种恶魔般气息的毒害"。他反对颓废、纵乐和道德上的堕落，要求用理性与文明的力量加以克制；另外，在他看来音乐和死亡都是可疑的，一旦与黑暗、神秘的世界相联系，便可能引入堕落。汉斯在遭受巨大情欲的恐惧之中主动找过塞塔姆布里尼，以求能够得到"救赎"。然而面对风情万种的肖夏太太，他潜在的感性力量便迸发出来无法阻挡。在这场感性与理性的交锋中，感性显然占了上风，"哪怕在充满责任感的声调中，他也清晰地听出了对于情欲的默许"，在"理智""共和体""爱国主义""人类尊严"和"美丽的文学"的另一边，有着肖夏太太"慵懒的""草原狼"一般的眼睛。在汉斯看来："肉体也是值得尊敬的和了不起的东西。是有机生活的奇妙产物；形式和美的神圣奇迹；对于它的爱；对人的肉体的爱；同样是一种博爱的愿望；是一个比世上一切教育学更有力的教育力量！"① 身体感的挖掘往往与人的欲望相伴，爱情在这里已经充满了情欲的特征。在谢肉节中，汉斯最终不顾人文主义者塞塔姆布里尼的呼唤冲向了肖夏夫人，表明了感性力量与个体内在冲动的最终胜利。

感性的另一种极端体现在纳夫塔身上，他是一个屠夫家庭出身的神职人员，显然是叔本华和尼采的忠实信徒，强调人的权力意志，甚

---

① ［德］托马斯·曼：《魔山》，钱鸿嘉译，上海译文出版社1991年版，第4541页。

至把它发挥到极点,竭力鼓吹战争、暴力和恐怖的正义性,在他看来,人的感性力量可以无所不为。人文主义者塞塔姆布里尼和他之间的冲突与斗争是难以避免的,这构成了肖夏太太走后另一个鲜明的感性与理性相对立的二元冲突的结构。除此之外,在文本中,感性在汉斯经常出现的梦境与招魂术的神秘气氛里都有充分表现;理性力量在《雪》和《死神的舞蹈》中也得到了较高升华,它们交互出现,一面斗争却又一面补充,形成了全书独特的结构现象。

感性的合理性在《魔山》中得到充分的肯定和展示,特别是在汉斯与肖夏太太的交往之中。身体和爱情解放相伴随的是欲望的苏醒,然而过度沉沦于感官欲望的满足往往使得人倒退到动物的状态,放纵死亡本能和享乐本能,更容易堕入虚无中。不过,传统理性在现代社会中的僵死和抽象又很明显地压制了日益苏醒的人的鲜活的生命,显得苍白而乏味。感性与理性的矛盾是现代性内部审美因素和启蒙理性因素斗争的必然结果。正如托马斯·曼自己说的那样,他笔下的人物特别是艺术家往往"在两个绝对的极端之间,在冰冷的灵性和狂热的情欲之间,被不可阻挡地抛来抛去"。[1] 综合两者是《魔山》寻求出路的一个表现。托马斯·曼显然已经脱离了简单用理性压抑感性的阶段,在感性和理性的融合中显示出其人道主义光辉来。他客观地展示了理性与感性之间的矛盾斗争,展现个体生命的多层面,避免走向任何极端。在《雪》一节,作者就曾经鲜明地表现了自己的综合意图。汉斯在大雪之中做了一个梦,在这个关于太阳之子的梦中,汉斯一方面窥见了一群阳光下生活的人们一番欢乐升平的景象;另一方面却在石像后面看到了两个女人肢解与吞噬婴儿的恐怖画面。这两个画面显然代表了生活光明和黑暗的方面。汉斯就是怀着对"血腥食宴毛骨悚然"的恐惧和对看到"阳光下人们十分幸福富有教养"的由衷喜悦认识到了生活多样性的。作者显然肯定了"人"的综合与自我拯救能力,他让汉斯最终认识到:"人应当是好样的,应当懂得自爱自尊,

---

[1] [德]托马斯·曼:《托尼奥·克勒格尔》,载《托马斯·曼中短篇小说选》,钱鸿嘉、刘德译,上海译文出版社1986年版,第184页。

因为只有他自己是高贵的，不能把自己看成是对立面。人是对立面的主宰。对立面只有通过人而存在，因而人比对立面高贵。"① 托马斯·曼曾经说过："实际上我属于遍及欧洲的这一代作家。他们出于颓废，他们被称作颓废的分析与编年者，同时他们又试图从颓废中解放出来并且诅咒它。或者这样说：他们怀着对颓废的诅咒，并宁愿在征服颓废与虚无中经历一切。"② 他没有停留在对死亡和疾病的认识上，为汉斯寻找出路的表面隐藏着为迷茫的"一代人"寻找出路的意图，他走出阴影的努力显然来自于他所具有的人道主义精神。这种人道主义精神和塞塔姆布里尼的人文主义不同，它并不停留在抽象的理性精神的表达上，而是和个体的生命实践密切结合在一起，对人类的存在与发展起到真正意义上的关怀。

《魔山》显然不是一部单纯讲述死亡的小说，它虽然描写"死亡和疾病"，却是为了"健康和生命"。爱与音乐（艺术）是托马斯·曼用以救赎的审美精神武器。"爱"的重要性在这种追求与对死神的抗争中表现得最为明显。在《死神的舞蹈》一节中，汉斯对疗养院中濒临死亡的人奉献了自己的爱心和爱意，为他们送去鲜花和礼物，使得他们在临死之前能够体会到人间的温暖，并且最终明白了，"与死神抗争的不是理性，而是爱与爱情"，"一个人为了善良与爱情，决不能让死亡主宰自己的思想"。③ 另外，音乐显然在精神的自救过程中也起了重要的作用，它是一种崭新意义上的"精神上的回归"，它是感性和精神的直接融合，是一种强有力的"灵魂的魔术师"。托马斯·曼依旧把希望投入个体人的生命实践中，在他看来，只有人才具有神圣和高贵的认识体验能力，能够在生命的历程中发现存在的真谛，所以尽管他对"死神乱舞的日子"是否"能够滋生情爱"表示怀疑，还是最终让汉斯投入"山下"生活之中。因为他相信，只要人类存在，就会有希望，这显然表现了一个人道主义者坚定与乐观的决心。

---

① ［德］托马斯·曼：《魔山》，钱鸿嘉译，上海译文出版社1991年版，第702页。
② H. Stefan Schultz, "On the Interpretation of Thomas Mann's 'DeZauberberg'", *Modern Philosophy*, May 1954.
③ ［德］托马斯·曼：《魔山》，钱鸿嘉译，上海译文出版社1991年版，第703页。

第三节　审美艺术发展逻辑及其危机

在审美多重的悖谬关系中，艺术发展产生的矛盾观念或许是最为突出的。黑格尔在他的《美学》中哀伤地宣布合乎理性规范的艺术终结的时刻，具有现代精神的艺术便已经诞生了。现代性自身的发展裂变并产生出其对立面美学现代性，具有自律与反叛意识的现代艺术是其组成部分之一，在现代生活中担当了前所未有的重任，成为自我救赎与对抗启蒙现代性弊病必不可少的武器。19世纪中后期以来西方出现了众多的艺术流派，无论它们打着"为艺术而艺术"的旗帜，还是标榜着"反艺术"的激进，甚或用"伪"艺术的方式来制造审美幻觉，都力图通过诉诸某种艺术形式来表达某种生命需求与对理性主义造就的灰色现实的反动。然而遗憾的是，每一种艺术形式似乎都与自己的初衷拉开了距离，自律的艺术失去了纯粹，反叛的艺术变得沉默，连满足幻想的艺术最后也成了一种消费时尚，现代艺术自律与抗争之路似乎显得异常艰难。在当前喧嚣的文化语境中，重新细致梳理现代艺术的发展逻辑，将其放置于分裂的现代性视野，挖掘其变迁背后的动因，寻找走出危机之路显得尤为重要。

一　自律艺术：为艺术而艺术

"为艺术而艺术"同人们宣扬一种基本上是论战式的美的概念，它与其说是源于无功利性的思想，不如说是源于对艺术完全无偿性（gratuitousness）的一种进攻性肯定。这种美的概念在"令资产阶级震惊"这个著名表述中得到了完美的概括。"为艺术而艺术"是审美现代性反抗市侩现代性的头一个产儿。

——马泰·卡林内斯库：《现代性的五副面孔》

19世纪末期，一批艺术家与批评家针对当时市民社会狭隘的功利主义、市侩作风和死气沉沉的庸人哲学（philistinism），共同提出了"为艺术而艺术"这一口号，他们身体力行地维护艺术的独立与尊严，认为艺术的目的仅在于艺术自身的美，在整个欧洲形成了一场声势浩大的唯美主义运动。艺术无关功利，更无关道德，唯美主义这种"纯"艺术观的提出实际上是建立在现代艺术"自律"基础之上的，是一个极具现代意味的观念。18 世纪中叶随着启蒙运动的发展与现代性的进程，各个价值领域的分化加速，艺术因其独特的审美价值而在人类活动中拥有了自己独立的领地，"'自律'概念意味着这样一种思想，即审美经验，或艺术，或两者都具有一种摆脱了人类其他事务的属于它们自己的生命，而其他人类事务则包括了一些道德、社会、政治、心理学和生物学上所要求的目标和过程"①。一旦在现代生活拥有独立地位和独特价值，有了自己的游戏规则，艺术便远离了经济、政治或宗教强加于身的重重束缚，获得了前所未有的自由。这种自律性正是现代艺术区别于传统艺术之根本，也是其成为审美现代性重要组成部分之一的内在动因。

在现代社会的进程中，艺术作为独立的门类被分离出来并且占据了较高的地位是时代发展的必然，但作为一种激进的口号，它的提出却带有了一丝悲壮的色彩。莱昂·谢埃（Leon Chai）曾经表示："从某种意义上可以说，所有形式的唯美主义都是在 19 世纪后期宗教信仰衰落之后出现的。"② 随着科技的发展，现代社会经历了一场世俗化的进程，宗教所建立的彼岸天堂已被证明为虚幻，人类逐渐抛弃了对上帝的幻想，转而寻求此岸存在的意义，艺术便成为一个重要的拯救工具，它俨然已经取代了上帝，成为现代个体生存的支点。唯美运动的代表人物王尔德曾经无限伤感地表示："在这动荡和纷乱的时代，在这纷争和绝望的可怕时代，只有美的无忧的殿堂，可以使人忘却，使人欢乐。我们不去往美的殿堂还能去往何方呢？只有到一部古代意大利异教经典称作 Cilla Divina（圣城）的地方去，在那里一个人至少可以暂时摆脱尘世的纷扰与恐怖，也可以暂时逃

---

① "Autonomy: Historical Overview," *Encyclopedia of Aesthetics*, Casey Haskins ed. 载周宪《审美现代性批判》，商务印书馆 2011 年版，第 217 页。

② Leon Chai, *Aestheticism: The Religion of Art In Post-Romantic Literature*, N. Y., Columbia University Press, 1900, p. ix.

第五章 审美主义思潮的主题揭示

避世俗的选择。"① 自从人类把"上帝"驱逐出人类生活之后，艺术便一度担当着重要的角色，成为现代社会中的一道独特风景线。艺术和宗教、伦理最为不同之处在于它既不在来世给幸福寻找一个港湾，也不否认此世幸福的可能，相反，在艺术美的处所里，生命被祝福，心灵得到了满足，它本身就是世俗生活里的伟大兴奋剂。

自律性的艺术意味着无功利、天才、审美距离、本真、韵味、纯粹等等，其中最具代表性的提法便是"为艺术而艺术"。"这些观念为现代主义艺术躲避工业化污染、工具理性的支配和异化的日常生活提供了可能。"② 艺术自律地位的获得是和启蒙运动所推动的现代社会分工紧密相连的，不过，艺术一旦获得自律之后，却能够对启蒙所推进的极端实用主义与异化现实形成某种反动，通过艺术反叛了异化与平庸的现实，表达出生命的激情与越界的渴望。唯美主义流行的时代，也是功利主义与伪善道德盛行的平庸年代。对于唯美主义者来说，艺术的自律意味着对日常生活的背离和颠覆，对工具理性暴力和压制的反抗，对现存资本运行模式的拒绝。艺术的自主性最直接的表现就是宣称艺术无关功利，"一件东西一旦变得有用，就不再是美的了；一旦进入实际生活，诗歌就变成了散文，自由就变成了奴役"，③因此，"一切艺术都是毫无用处的"。④ 自律艺术还表现出令人震惊的拒绝道德的姿态，它们大声宣布艺术无关道德，"一切艺术都是不道德的"，"美学高于伦理学"，甚至"干脆把作恶看成实现美感理想的一种方式"。⑤ 这些惊世骇俗的言论最终使得它以一种桀骜不驯的姿态游荡于规范之外。从反功利反平庸到反道德，唯美主义所推崇的"为艺术而艺术"的自律艺术有着鲜明的审美反叛特色，难怪托马

---

① ［英］王尔德：《英国的文艺复兴》，载《王尔德全集》第4卷，中国文学出版社2000年版，第27页。

② 周计武：《艺术终结的现代性反思》，社会科学文献出版社2011年版，第164页。

③ ［法］戈蒂耶：《〈阿贝杜斯〉序言》，载赵澧、徐京安主编《唯美主义》，中国人民大学出版社1988年版，第16页。

④ ［英］王尔德《〈道连·葛雷的画像〉自序》，载赵武平主编《王尔德全集》第1卷，中国文学出版社2000年版，第180页。

⑤ 赵澧、徐京安主编：《唯美主义》，中国人民大学出版社1988年版，第16页。

斯·曼要将王尔德与尼采联系在一起,认为两人都是"高擎着美的旗帜的反叛者",他说:"虽说尚可理解,但是足以令人惊奇的是:欧洲精神用以反叛资产阶级时代全部道德的第一个形式就是唯美主义。"① 在卡林内斯库看来,19 世纪末"为艺术而艺术"的团体,是对"正在扩散的中产阶级现代性及其庸俗世界观、功利主义的憎恨",他们所设想的"为艺术而艺术"的观点"与其说是一种成熟的美学理论,不如说是一些艺术家团结战斗的口号","'为艺术而艺术'同人们宣扬一种基本上是论战式的美的概念,它与其说是源于无功利性的思想,不如说是源于对艺术完全无偿性(gratuitousness)的一种进攻性肯定。这种美的概念在'令资产阶级震惊'这个著名表述中得到了完美的概括。'为艺术而艺术'是审美现代性反抗市侩现代性的头一个产儿。"② 自律艺术以独特的姿态达到了令社会"震惊"的批判功能。

不过,自律艺术是不是如其设想的那样自律呢?它的反叛性是否真具有对中产阶级社会的尖锐穿透力?其实,很多研究者发现唯美主义推崇的自律艺术并不像其宣称的那样"纯洁",它们往往和消费文化暗中勾结,隐藏着对商品的拜物教,甚至催生了新型享乐主义思想。③ 自律艺术的危机使得唯美主义成为当下艺术思潮研究中最为复杂的现象之一,许多学者更是以一种分裂的眼光看待它。针对唯美艺术的弊病,先锋艺术首先开启了反思之旅,现代艺术在其成长之路上又前进了一步。

二 先锋艺术:为艺术而反艺术

先锋派的抗议,其目的在于将艺术重新结合进生活实践中,揭示

---

① [德]托马斯·曼:《从我们的经验看尼采哲学》,载刘小枫主编《人类困境中的审美精神》,东方出版中心 1996 年版,第 338 页。
② [美]马泰·卡林内斯库:《现代性的五副面孔》,顾爱彬、李瑞华译,商务印书馆 2002 年版,第 52 页。
③ 近来唯美主义和社会公众、商品文化、文化市场之间关系的研究成为热点,大多研究者认为唯美主义运动后来完全背离了其所宣扬的"为艺术而艺术"的艺术自律观念。

第五章　审美主义思潮的主题揭示

出自律与缺乏任何后果之间的联系，它既反对艺术作品所依赖的分配机制，也反对资产阶级社会中由自律概念所规定的艺术地位。

——彼得·比格尔：《先锋派理论》

早期的唯美艺术的确试图通过艺术自律来实现个体生命的救赎，将人们从异化与刻板的生活中解脱出来，对抗着启蒙现代性造就的灰色图景。不过，作为一种独特的审美经验，自律艺术的创作带有鲜明的个人印记，传达起来却是极其困难的。艺术家们将现代分裂的痛苦寄寓在抽象纯粹的形式创造之中，这种自我救赎与反叛平庸的努力却很难让普通大众接受，一些现代艺术家一方面沉溺于古典美的迷梦中；另一方面却不得不无奈地蜷缩在与世隔绝的象牙塔里，很难产生所谓的社会影响。关于这类艺术，比格尔表示虽然它"允许在日常实践中被压抑的个人需求在想象中得到满足"，通过艺术的欣赏，"萎缩了的资产阶级个人可以体验到具有个性的自我"，但是，"由于艺术与日常生活的分离，这种体验仍然没有实在的效果，即不能融入生活之中"，缺乏实在的效果即表示了艺术在资产阶级社会中的"批判无效化"。① 伊格尔顿也说过："现代艺术和日常生活、文化价值和平凡事实之间缺乏致命的联系，这就使得文化艺术失去了影响社会秩序和日常生活的能力，并一直处于危机中。"② 自律艺术的确与日常生活之间拉起了一道厚厚的屏障，并且离开生动丰富的生活实践，其生命力也变得日渐苍白与贫乏，甚至成为纯粹形式的表演，最后连这个神话也被编进了资本主义文化体制与意识形态之中，失去其本就微弱的反叛之声。

先锋主义者认为，唯美艺术最大的问题恰是其刻意标榜的独立性与纯粹性，从而失去了与现实生活的联系，易于被体制所收编，甚至成为中产阶级所热衷的高雅商品。针对自律艺术的缺陷，先锋艺术首要努力便是把艺术重新拉回到现实中，重建艺术和社会的联系。"先

---

① ［德］彼得·比格尔：《先锋派理论》，高建平译，商务印书馆2002年版，第76页。
② Terry Eagleton, *After Theory*, New York: Basic Books, 2003, p.99.

锋派的抗议,其目的在于将艺术重新结合进生活实践中,揭示出自律与缺乏任何后果之间的联系","它既反对艺术作品所依赖的分配机制,也反对资产阶级社会中由自律概念所规定的艺术地位"①。1917年,马塞尔·杜尚将男用小便池签名后直接送去参加一个独立艺术家协会的画展。后来,他多次在工业社会下批量生产的、随意挑取的物品上签上自己的名字便送去参展,以一种看似庸俗悖论的方式完成了将艺术引向生活实践的目的。同样的先锋艺术实践还出现在其他艺术家的创作中,拼贴报纸、复制照片、涂鸦汽车都成为他们重组生活实践的方式,艺术和日常物品之间的界限日益模糊。当然,他们所做的一切并不是真要和现实友好握手,更不像传统文艺作品那样要求内容具有社会意义,而是试图恢复艺术的批判功能,特别是要将自律的艺术从其被规训了的文化体制中拯救出来,打破其纯粹性的幻象,重申艺术作为审美现代性重要组成部分的社会作用。可见,"先锋派的出现标志着现代艺术进入了自我批判的阶段"②。

先锋(avant-garde)是在政治和军事领域首先出现的词汇,它与"进军""力量""勇往直前""冲锋""迅猛而有打击力的行动"等等军事用语密切相连,从而表现出强烈无畏的战斗意识与探索精神,运用于文化领域之后很显然赋予了艺术独特的革命潜能,即那种美学上的极端主义和实验精神,不顾一切地推翻传统羁绊,对未来艺术给予充分信念和信心,它的激进反叛姿态必然使其走在时代的前列,成为"先锋"。各个时代都有自己的先锋艺术,人们怀着变革的激情,呼吁新的艺术形式出现,表达专属自己时代的激情。然而,根据卡林内斯库的分析,"尽管每个时代都有其反叛者和否定者,先锋派本身在十九世纪的最后二十五年之前并不存在","它的出现同一个特定的阶段有着历史的联系,在此阶段,某些同社会相'疏离'的艺术家感到,必须瓦解并彻底推翻整个资产阶级价值观念体系,以及它所有的关于自己具有普遍性的谎言。因而被视为审美现代性之矛头的先

---

① [德]彼得·比格尔:《先锋派理论》,高建平译,商务印书馆2002年版,第88页。
② 同上。

锋派，是一种晚近的现实，就像被认为是从文化意义上指称这种现实的先锋派这个词一样。"① 可见，真正意义上的先锋艺术是在自律艺术显露危机的情况下出现的，它以其不断否定的极端形式来完成自律艺术想完成却未能完成的事务，以更为激进的姿态继续着审美现代性的反叛职能。

先锋派在自律艺术反叛的基础上更进一步，它保持着最为激进和彻底的论战姿态，公然破坏或颠覆着传统的艺术形式与技法，全面实现着自身"为艺术而反艺术"的承诺，践行着美学上的极端主义思想。有时候，破坏本身甚至比建构显得更为重要，因为在它看来，只要将过去的残渣余孽扫到垃圾堆中，未来便会自行其道了。他们公然挑战艺术体制，用一种反艺术的方式来表现艺术的否定精神。在先锋派艺术中，我们可以明显感受到这种美学上的极端：杜尚把达·芬奇的名作《蒙娜丽莎》加上了两撇男人的小胡子；安迪·沃霍尔的作品《100个坎贝尔的汤罐头》将平常不过的汤罐头进行拍摄复制就成了艺术。这些光怪陆离的艺术实践极大地冲击了艺术的边界，引发了令人恐惧与震惊的效果。马尔库塞认为，发达工业社会的艺术必须作为现存社会秩序的异在者存在，才能发挥其批判性与革命性，实现对社会的重构，并在此基础上建立一个非压抑的文明。"艺术，作为现存现实的异在，它是一种否定的力量。"② 只要艺术以温和的形式出现，并试图在分裂的社会达到人性与社会分裂的某种和解，这便是一种肯定的艺术，它的否定性则大大打了折扣，最后暧昧不清地融入艺术体制与意识形态之中，失去了其批判的锋芒，自律艺术的危机便源于此。艺术的审美价值就在于它与体制之间那种不妥协的批判距离，才能成为审美现代性对抗启蒙现代性的有力武器，先锋派艺术不断进行着的自杀式的形式创新正源于此，它们通过不断否定的姿态对现实社会构成了"破坏性的潜能"，试图摆脱意识形态的控制，实现真正的自由解放。然而不久之后，先锋艺术也未能摆脱被体制收复的厄

---

① ［美］马泰·卡林内斯库：《现代性的五副面孔》，顾爱彬、李瑞华译，商务印书馆2002年版，第119页。
② ［德］马尔库塞：《审美之维》，李小兵译，上海译文出版社1989年版，第181页。

运,走向了死亡。

三 媚俗艺术：艺术中的伪艺术

> 构成媚俗艺术本质的也许是它的无限不确定性，它的模糊的"致幻"力量，它的虚无缥缈的梦境，以及它的轻松"净化"的承诺。
> ——马泰·卡林内斯库：《现代性的五副面孔》

先锋派曾经认为，正是自律艺术与世隔绝的姿态与社会意义的丧失，才使其易于被资产阶级艺术体制所吸收，从而失去其反叛之声。艺术体制（institution of art）是流行于现代社会的一种观念，比格尔曾经表示："这里所使用的'艺术体制'概念既指生产性和分配性的机制，也指流行于一个特定时期、决定着作品接受的关于艺术的思想。"① 将艺术视为一种体制，就是将艺术作品和现象置于具体的文化社会背景中加以讨论，从对艺术本质属性的关注移向艺术生产、传播、消费和分配过程中所涉及的制度、行为和各种权力关系，打破了艺术纯粹性的幻象。体制对艺术的束缚是极大的。自律的艺术曾自认为从宗教、政治的束缚中解放出来进入了一个躲避工业污染、工具理性支配的理想场所，却不料在大众传媒与艺术市场中成了有闲者的玩物。资本的生长让画廊、歌剧院、音乐厅成为少数艺术家自恋的封闭场地，艺术成为资本家炫耀趣味高雅、文化优越的装饰品，独立工作的艺术家与收藏家几乎是同时出现的，艺术市场蓬勃兴盛，艺术最终也从救赎的殿堂跌进了媚俗的陷阱。正如比格尔所说，"作为社会子系统的'艺术'进化为一个完全独立的实体是资产阶级社会逻辑发展的重要组成部分"②，艺术自律本就是"一个资产阶级社会的范畴"③。可见，自律艺术并没有它的倡导者所鼓吹的那样纯粹，它本质上是意识形态性的，并随着文化市场的发展而失去其批判功能，屈从于资本与消费，唯美运动的失败已充分证明了这点。

---

① [德]彼得·比格尔：《先锋派理论》，高建平译，商务印书馆2002年版，第88页。
② 同上书，第100页。
③ 同上书，第117页。

遗憾的是，一直对体制保持警惕的先锋艺术最终也未能逃脱体制收编的厄运。美国学者卡尔认为："先锋指向未来，一旦被现在所融会，它就失去了自身的价值，成为现代主义的组成部分。实际上，先锋总是处于危险的境地，威胁着自身的安全。"① 先锋主义长期以来一直以绝对的不妥协而著称，其极端主义暗示着它必须永远的孤独冷清，一旦热闹起来也就不存在了。然而第二次世界大战之后，先锋艺术却出乎意料地在公众之中取得了成功：先锋派的反叛创意被用于商业广告，先锋派的写作技巧被用于通俗文学，先锋派的艺术品被摆放在家庭的各个角落。它不再给世界带来震惊，也不再对其所反对的大众构成威胁；相反，它的唐突冒犯和出言不逊只是被认作有趣，它启示般的呼号则变成了惬意而无害的陈词滥调，具有讽刺意味的一刻到来了：先锋派发现自己正在一种出乎意料的巨大成功中走向失败，如今它是真正走进了日常生活之中，却不得不悲哀地面对自己的死亡。尽管一些新先锋艺术创新手段层出不穷，但失去了"震惊"力的艺术已经不再"先锋"，它遭遇了前所未有的困境，"已从一种惊世骇俗的反时尚（antifashion）变成了——在大众媒介的帮助下——一种广为流行的时尚"，中产阶级已经发现，"对于其价值观念的最猛烈攻击，可以被转化成令人欢欣的娱乐"②。

当自律艺术失去其纯粹，先锋艺术没有了震惊感时，艺术真正进入了媚俗的时代。媚俗艺术是"典型的现代的"，它一方面与"文化的工业化、商业主义和社会中日渐增加的闲暇紧密相连"；另一方面"有意为广大民众那种最肤浅的审美需求或奇怪念头提供及时满足"，是"虚假艺术"与"美学谎言"。③ 媚俗的影子无处不在，曾经伟大的艺术品本身并不媚俗，但一旦被用于中产阶级厅堂中的点缀，成了纯粹炫耀性的装饰，便是典型的媚俗品，这在唯美者那里常常出现。

---

① ［美］弗雷德里克·卡尔：《现代与现代主义》，陈永国、傅景川译，中国人民大学出版社2004年版，第14页。

② ［美］马泰·卡林内斯库：《现代性的五副面孔》，顾爱彬、李瑞华译，商务印书馆2002年版，第131页。

③ 同上书，第282页。

媚俗艺术还经常借助先锋派的手法来实现自己的媚俗目的（娱乐性或政治性的）：杜尚们的"现成品"曾经一度是艺术界的先锋，但到了媚俗的时代则完全成为拙劣的模仿了，其目的无非是为了娱乐大众或是对单调乏味生活的快乐逃避；一些人将先锋形式用于政治的宣传，表现为对既定思想和既定秩序的盲从，将纯粹的意识形态贴上了"先锋艺术"的标签，除此之外别无他物。

媚俗艺术通常被认为是艺术中的伪艺术（pseudoart），它最擅长的便是模仿，从原始艺术到最新近的先锋派都可以成为其模仿的对象，它和真正艺术差别便在于这种虚假的审美欺骗和自我欺骗。中产阶级喜爱媚俗艺术，主要是作为其社会地位的标识，而不再是去发挥艺术的审美功能，即使不是为了炫耀，其功用也不是为了审美，"构成媚俗艺术本质的也许是它的无限不确定性，它的模糊的'致幻'力量，它的虚无缥缈的梦境，以及它的轻松'净化'的承诺"。① 在媚俗艺术中，占主导地位的仍然是中产阶级审美理想，艺术的真正审美价值被置换成了他们的廉价趣味。这种具有欺骗性的艺术造就了今天艺术极为尴尬的局面：艺术品的真正价值被贬低，或仅仅用作财富的炫耀，而一些非艺术品却登上了大雅之堂，接受大众的膜拜，卡林内斯库将其称为"美学不充分定律"。②

人们往往认为是消费社会促进了媚俗艺术的发展，实际上媚俗艺术恰恰是消费社会的推手。媚俗艺术作为现代社会的一种补偿机制，给资产阶级或中产阶级提供了休憩的场所，"媚俗艺术在社会学和心理学上都是一种生活方式的表达，这就是资产阶级或中产阶级的生活方式"。③ 他们白天进行着沉闷乏味的工作，晚上却可以消闲娱乐，追求一种放松的享乐主义。中产阶级的享乐主义原则是开放的，无偏见的，渴望新经验的，它对时尚过于依赖并且易于流逝；媚俗世界恰以宽容为特征，而且往往没有规则，它被要求着提供了足够数量的书

---

① ［美］马泰·卡林内斯库：《现代性的五副面孔》，顾爱彬、李瑞华译，商务印书馆2002年版，第245页。
② 同上书，第254页。
③ 同上书，第243页。

籍、图画、音乐、装饰品来满足大众的消遣和放松,促进了文化工业的发展与文化市场的繁荣,"现代中产阶级享乐主义的基本特点也许是,它如此有效地刺激了消费欲望,以致消费成为一种标准的社会理想"。① 当艺术不再能精英地宣称自身的独一无二,仅作为某种炫耀或只为了满足幻觉性想象,"美"就显得相当容易制造,各种形式的艺术就像服从供应与需求这一基本市场规律的任何其他商品一样,可以被广泛性地生产与传播,而这一切大多由金钱标准来衡量。

四 现代危机中艺术何以自救

现代艺术的独立与对抗价值是在现代社会语境中形成的,必然与启蒙现代性有着千丝万缕的联系:社会的分工、市民阶层的出现、文化市场的推进,艺术根本不能也从来没有纯然地超越于社会现实之上,逃脱体制对它的束缚。既然艺术从来就没有纯粹过,我们就不难理解自律艺术与先锋艺术的媚俗进程。"艺术体制与启蒙理性其实始终都维持着一种既互相对抗又相互合谋的复杂联系。艺术一方面以审美现代性载体的身份,始终不懈地抵抗启蒙理性对文化造成的各种冲击;另一方面,它也深深地被卷入了资本的权力控制中(这同时包括了文化资本、经济资本、社会资本的控制),遵循着体制的既定逻辑。"② 特别是在后市场阶段,随着资本对艺术体制的控制加强,艺术对抗性的那一面就受到了削弱。如何面对艺术的这种体制危机在当下就显得尤为重要。法兰克福的代表人物阿多诺依旧主张艺术家们退守到象牙塔内,继续保有与捍卫这最后一块净土,抵抗文化工业,拒绝技术化的消费艺术。然而,这种拒绝显然带有了乌托邦性质,不但失去了艺术的社会功用,也抵挡不住体制的渗透蚕食,带上了悲壮的色彩。随着认识的加深,以布尔迪厄为代表的现代知识分子则要求人们必须正视艺术体制的两面性,利用现代媒介技术对艺术精神加以传达,从而实现其批判力量。我们生活的时代,是异化加剧与科技盛行

---

① [美] 马泰·卡林内斯库:《现代性的五副面孔》,顾爱彬、李瑞华译,商务印书馆2002年版,第245页。
② 殷曼楟:《艺术体制论与纯美学的祛魅》,《江汉论坛》2005年第11期。

的时代,既然无法回避,那只能学会从无线电波与喧嚣市场中寻找并倾听艺术的真正声音。

艺术离开象牙塔走向生活是一种必然,纯粹的艺术是不存在的。然而无法忽视的是,这种走向不是艺术家们想象的那样作为一个螺旋上升的过程,而是不断走低的炼狱之旅。其实,早在唯美主义提倡"为艺术而艺术"的同时,也提出了著名的"生活模仿艺术"(王尔德语)的概念,即认为可以通过艺术形式达到对平庸乏味的日常生活改造的目的。后来,先锋艺术直接主张将艺术与生活实践结合起来,将工业现成品、日常生活用品等等搬上艺术的殿堂。到了媚俗艺术,这些内部的差异似乎全部消失,艺术与生活结合得非常完美,一切都可以是艺术,一切也都成了生活。费瑟斯通在分析日常生活审美化(the aestheticism of everyday life)之时曾经表示,现代艺术追求的是"消解艺术与生活之间的界限",艺术可以存在于任何地方,甚至是如何"将日常生活转化为艺术",即对新品位、新感觉与标新立异的生活方式的建构。[①] 艺术和生活的结合诉求本身并没有错,这是对平庸灰色生活的全面反动,带有世俗救赎的渴望,人们渴望通过艺术来使自己从刻板无聊的日常生活中解脱出来,甚至以令人恐怖、颤抖、震惊的方式表达着个体超凡脱俗、不甘平庸的英雄情怀。然而令人遗憾的是,这种日常生活艺术化的努力只是在表层缓解和转移了日常生活本身的压抑和限制,并没有将它提高到精神生活的层面,随着日常生活的美更趋向装饰性与人工性,越来越受制于消费的规则,人们仅仅找到了通过物质性的麻痹来逃脱的方式,真正的审美解放从来没有实现过。总之,"生活模仿艺术"的结果,并没有把生活提升到艺术的境界,更不要说对于精神和理想世界的追求了,相反人们对于物质生活的依赖使得他们滋生出了享乐主义思想。当下人们所追求的艺术活动直接与现实人生联系在一起,充分迎合了大众对日常生活的感性需求。审美文化通过强调并肯定大众生活的感性经验事实,确立了一

---

① [美]迈克·费瑟斯通:《消费文化和后现代主义》,刘精明译,译林出版社2002年版,第95—99页。

种回到日常生活的立场，将本来属于精神世界的活动从超凡的世界拉回到一个平凡人生的实际经验之中，强调了"世俗性"存在的普遍性和有效性。艺术沦为了世俗生活的赔笑舞娘，在她华丽的裙摆和艳美的舞姿背后藏不住的是内在生命的空虚和苍白，这的确是艺术的一次大堕落。

必须承认的是，现代艺术概念和古典主义语境下人们对艺术的理解已经完全不同。按照传统，艺术或者作为理性精神的承载，或者被看作是神性的最高展示，更多被看作是感性精神与理性精神的完美结合，而现代人对艺术的崇尚却与主体内在的感性需求密切相连，如有趣、时尚，满足幻想等等。如果说以前的艺术文学家所追求的境界是"真"的境界，那么现在的文学艺术家更多追求的是"快乐"，佩特曾经表示，一首歌、一幅画、一首诗对于人类的意义不在于是否能从中获取精神上的洗礼，而是是否能够为个体带来快感，对人的天性有怎样的改变等等。[1] 很显然，以感性为目的的现代艺术很快挤垮了庄重和谐的古典艺术，艺术"给予你的，就是给予你的片刻时间以最高质量，而仅仅是为了过好这些片刻时间而已"。[2] 正是出自感性的介入，唯美主义者眼中的现代艺术才失去了黑格尔所推崇的古典美的平静和均衡感，将"人为性"推向了极端，表现出对某种畸形艺术的热爱，他们恣意探索反常的领域，追求一种既反自然又绝对"新异的美"，最终得到的不是灵魂的提升与精神的愉悦，而是个体的感性满足。同样，致力于变换的先锋艺术在不断的形式革命中走向了自杀，不断变化的形式承载着艺术家们的反叛激情和个性需求，却唯独失去了精神内涵。

现代艺术作为美学现代性的一个重要组成部分，担当着自我救赎与反叛启蒙现代性弊病的重任。艺术在现代化进程中获得自律地位，承载了"祛魅"后世俗人生的救赎渴望，是审美现代性反抗市侩现代性的头一个产儿。先锋不满前者刻意标榜的独立与纯粹，力图将生

---

[1] 佩特：《文艺复兴》，载赵澧、徐京安主编《唯美主义》，中国人民大学出版社1988年版，第71页。

[2] 同上书，第78页。

活实践拉入艺术中，以美学上的极端主义和实验精神继续着对现存社会秩序的革命性反叛。媚俗艺术却置换了真正艺术中的审美价值，以虚假的幻想满足，开启了文化消费的时代。从自律到先锋再到媚俗，艺术的现代发展逻辑及其危机展示了两种现代性之间既对立又交错的复杂悖谬场景。

　　从捍卫艺术独立尊严到公开宣扬"新享乐"的艺术消费主义，从高擎着纯美的旗帜到安享着美的盛宴，从反叛庸常生活到迎合消费市场，现代艺术以其实践展示着截然相左的两种生存方式。这两种大相径庭的看法使得艺术问题成为审美主义思潮中最为复杂的现象。从现代艺术的变迁过程来看，它有着其推衍的逻辑，既深刻体现了现代性内部的危机与艺术观发展的悖谬，又是现代人张扬感性的必然结果。坚守艺术的精神价值，学会透过喧嚣的生活聆听真正的艺术之声也许是面对现代艺术困境的唯一出路。

第六章　审美主义思潮的危机及其超越

审美主义是建立在感性一元论基础上的现代主义思潮，它的许多外在表现都根源于这种感性基点，这在现代西方文学中表现得非常明显。文学是时代的一面镜子，它从各个层面深入反映了现代人丰富而充盈的内在感性世界。不过感性的解放是不是就是人类值得放弃一切去追求的天堂呢？在这些文学中我们同样发现了人们的许多困惑，那种不共戴天的理性与感性的矛盾，无法控制的灵与肉的冲突，陷入绝望和孤独中的感性个体，无孔不入的消费主义等等问题都和审美主义所推崇的感性一元论有着密切的关联。可见，走向极端的感性往往比走向极端的理性更为可怕，许多伟大的文学家已经敏锐洞察到了这一点。因此，我们必须了解审美主义的矛盾危机，挖掘它们出现的内在原因，从而试着探索出化解其困境的可能途径。

审美主义有着自身无法革除的顽疾和内在的困境。首先，审美主义建立在感性和理性两分的现代思维模式之上，这种二元对立观使得人们无法摆脱任何一种走向极端的可能，无论是感性还是理性都是对人的存在进行本质性预设的结果，未能深入揭示生存的复杂性；其次，审美主义观念依旧是一种传统的主体论，它更为推崇主体的感性精神，相对忽视了个人与他人、个人与世界的关系，把个人主义推向了极端，甚至最终走向追逐中具有私人特性的身体感，表现出极度的封闭性；此外，脱离了一切精神和理性束缚的感性危机也是明显的，感觉的变动性、虚无性、多样性根本无法承担起最终的价值衡量标准，陷入欲望和感官的旋涡往往使得个体失去一切理想和奋进的目标，缺乏建设性。

第一节　感性与理性的分裂：矛盾的焦点

　　审美主义中断了人与上帝的纯粹精神的关系，精神与生命的关系，逻各斯与理性的关系，走向此世的一元此岸感。但现代审美主义诉求和冲动的基础，恰是上述精神与感性的二元张力结构，若无这一张力结构，现代审美主义持续的攻击性力量就失去了动源。

——刘小枫：《现代性社会理论绪论》

　　存在是确定存在者作为存在者的那种东西，是使一切存在者得以成为自身的先决条件，或者说，它是使存在者显示其为存在者的本源性的东西。

——海德格尔：《海德格尔选集》

　　无法否认，现代西方作家在审美感性问题上的探索往往让主人公产生了巨大的人格分裂，特别是在19世纪末20世纪初的这一时期的文学中，感性和理性、灵和肉、现实与艺术、个人与他人（集体、世界）的关系问题似乎一直有意无意地困扰着他们，撕裂着他们，甚至让他们陷入绝境。王尔德笔下的道连的确过上了审美艺术化的生活，却无法摆脱灵魂的负累，在杀死灵魂的同时也杀死了自己；作为欲望的化身和歇斯底里的女神，莎乐美那极具蛊惑力的七重面纱舞和疯狂的死亡之吻，换来的却是自己和他人的生命。纪德似乎永远挣扎在灵与肉的冲突之中，仿佛是在两座悬崖之间走着钢丝，一头承担着道德伦理的重负，一头却是需要尽情狂欢的身体。《背德者》中的米歇尔似乎犯了错误，因为他为了满足自己的欲望导致了妻子的死亡，可是压抑自己的本性就是对的吗？《窄门》中的阿莉莎恪守禁欲主义的道德规范，却造成了相爱双方的共同悲剧。面对生活之路和天堂之门，纪德实在不知何去何从。劳伦斯的伟大之处在于勇敢地肯定了人的潜在本能，对两性问题进行了深入探索。他认为只有性的美丽光芒才能穿透工业文明所扬起的灰尘和造就的漫长黑夜，在冰冷的机器和苍白的文明面前给人类带来了一丝温暖和一点慰藉。然而真正面对性，他又陷入了困惑：到底应该选择灵魂的沉重还是肉体的轻盈？他左右为难。对于充满人道关怀的德国作家托马斯·曼与黑塞，这种矛盾更是无处不在。《魔山》中的主人公汉斯面对人文主义者塞塔姆布里尼的谆谆教导和肖夏夫人美妙的肉体，陷入了选择的艰难；《死在威尼斯》《托里奥·克勒格尔》中的艺术家在理性与感性之间徘徊，觉得两者都有难以解决的硬伤。黑塞许多小说都是由两极人物和两极世界组成的，我们不可能看不出作者探索的艰难。那么，他们矛盾的根源究竟出在什么地方呢？笔者认为，这还必须从审美主义发端上开始探讨。

从思维观念上来看，审美主义思潮基本上延续了西方传统从柏拉图以来一直就存在的看待自身和世界的二元两分的图式。在这种模式中，理性和感性、灵魂和肉体、精神与感官、知识与本能往往是两分的，后来哲学家笛卡尔加强了这种分裂，并且他更加进一步地肯定了前者对于后者至高无上的优先权，这显然和后来启蒙主义推举理性的意图是一致的。在摆脱了上帝的控制并对世界进行"祛魅"之后，现代人确立了自己的主体位置，但是一开始这种主体就被启蒙主义者赋予了完全理性的特征，他们把人的理性力量置于感性力量之上。启蒙主义者所做的一切工作都是要将理性逐渐权威化。他们对人的认知活动进行划分，分为客观的科学、普遍的法律和道德、自律的艺术三大领域，理性不但控制着追求认知经验真理的自然科学和追求个人与集体同一性的社会科学，而且还控制着带有感性色彩的艺术和美学领域。鲍姆加登在创建自己的美学体系的时候，虽然也把美学当作是研究感性知识的学科，但却仍然把这种研究置于理性和知性研究之下，艺术和审美被看作促进人类进一步认识世界和了解自我的某种进步方案。在人类整个知识结构的系统中，审美问题只不过占据极小的相对次要的一部分，人们或者把审美活动看作理性活动的一个领域（如鲍姆加登、康德），或者看作理性活动的一个环节（如黑格尔），理性因此成为一切认知的出发点和依据。这首先为主体的分裂埋下了伏笔。

　　理性主体之所以在启蒙时代被抬高到至高无上的位置，原因其实很简单。人类从上帝的束缚中解放出来后，第一次察觉到了自身具有的力量，他们通过理性获取知识、征服自然、认识世界、创造财富，前所未有地实现了自我存在的价值。在现代社会的发展过程中，理性的威力显然无处不在。但问题在于，这种确证是建立在对外在自然和世界对象化的认知基础上的，这种主体哲学将主客关系理解为基本的认知和行为关系。因此，人类只有在征服和改造世界的对象化过程中才能实现自身，才能把握住客体并对客体进行改造。这样一来，自我的个性、本能、情感等等审美因素却因与之无关而被忽略或者贬低了，这必然造成了主体的进一步分裂，即人们只重视主体的理性层面而往往忽视了它的感性层面。

　　随着现代社会的发展，价值理性开始向工具理性发展，人类逐渐被自己创造出来的机器和财富所奴役，失去了灵性和自由，理性危机引起了许多人的察觉和不满。现代社会的根本症结就在于：它一方面在观念上提倡自由与个性；另一方面却不得不在体制上实行规训与组织以保证社会的进步和经济的发展。现代社会合理化的过程越是日趋完善，人类就越是感觉到自己的被束缚和被压抑，于是他们走上了反抗的旅途。不过，这种反抗依旧保留了主体内部二元两分的隐性结构，即用其感性的部分对抗理性的部分，用"审美人"来对抗"理性人"，一切从理性出发变成了一切从感性出发。在这种感性思想的控制之下，文化、艺术、思维和日常生活的各个领域都出现了审美化的热潮。但是，很快人们便发现，沉溺于感性宣泄之中同样面临着很大的危险，这种危险甚至比以往理性的危机更为严重。于是，现代人在感性和理性之间举步维艰，这就使得他们笔下的人物往往存在着普遍的人格分裂，作品也随之出现了二元对立的因素。

　　先把感性直接危害的诸多问题悬置起来，我们将继续深入考察审美主义思想建立的基础。根据以上分析，我们很清楚地知道，审美主义建立的基础是二元两分的思维模式。国内学者刘小枫曾经表示，尽管审美主义现象是一种极为复杂的社会现象，有着很多的变异体，但

第六章 审美主义思潮的危机及其超越

是无论何种审美主义都是建立在感性一元论的基础之上的，这种一元论的背后存在着二元论的身影。他说："审美主义中断了人与上帝的纯粹精神的关系，精神与生命的关系，逻各斯与理性的关系，走向此世的一元此岸感。但现代审美主义诉求和冲动的基础，恰是上述精神与感性的二元张力结构，若无这一张力结构，现代审美主义持续的攻击性力量就失去了动源。"① 可见，尽管审美主义颠倒了相对立的二元范畴，把原本处于压抑位置的感性因素推上了历史的前台，把曾经令人们激情昂扬的理性因素推向了审判席，但是不可否认：以片面的感性来反对片面的理性和以片面的理性来反对感性一样都存在着其走向极端之后的危机。启蒙理性曾经大力推动了社会的发展，但演变成工具理性却对人性产生了巨大的戕害；同样，审美主义虽然在发展初期对刻板僵化的社会现状起到了批判和纠正作用，但是一旦感性堕落为感官欲望后也是极为可怕的。既然如此，选择就显得极为艰难，现代人就是这样陷入自我两难的人格分裂之中的。我们从王尔德、黑塞、托马斯·曼、纪德、劳伦斯等众多现代文学大师的文本中都能够感觉到这种分裂的矛盾和痛苦：究竟是做一个感性的人，享受生命的快乐，还是做一个理性的人，追求灵魂的完美，这一直是困扰现代人的问题。而这种矛盾的根源就来自于对待世界和自我的二分模式。

不过值得追问的是，人和世界的真实状态是不是真的就像他们所认为的那样处在分裂之中呢？——要么是理性的，要么是感性的，要么是光明的，要么是黑暗的？这种规设本身是不是就值得推敲？随着认识的深入，许多伟大的思想家已经逐渐洞察到这种认知模式的虚拟和人为性，所谓感性和理性的分庭抗争只不过是人在思维领域为自己设下的牢狱，对人的本质做了某种提前预设，这种预设忽视了"存在"本身的复杂性。按照现代存在论的观念，研究本体论问题，不应该从作为实体存在的物质或者精神出发，即不应该从感性经验或理性思维出发，而应当从先于和超越主客、心物二分的人的存在本身出发。存在主义思想家认为必须转变传统的思维模式，

---

① 刘小枫：《现代性社会理论绪论》，上海三联书店1998年版，第309页。

不能将人和世界割裂开来，把世界看作人的认识或情感对象，只能试着通过"澄明之境"窥视到存在的真谛。本真的、始源性的存在要先于它的本质规定。因此，人们必须学会把存在作为关注的重点，而不是先于存在而探讨人的本质问题。无论是把人归结为理性还是感性都犯了这样一个错误，即先于存在而对人的本质作了某种实体性的预设。

著名哲学家海德格尔曾经从存在论的角度详细阐发了传统思维方式的局限。在海德格尔看来，从柏拉图以来的传统形而上学犯了一个根本性的错误，那就是：在没有了解存在者究竟怎样"存在"以前就肯定了其存在，并将其当作无须加以追问的事实。尽管拥有这样形而上学思想的人们对什么是真实的存在的具体回答各不相同（有的认为是精神之物，有的认为是物质之物），但基本上把它们当作了某种具有规定性的、对象化了的存在者（存在物）。在海德格尔看来，存在才是确定存在者作为存在者的那种东西，是使一切存在者得以成为其自身的先决条件；或者说，它是使存在者显示其为存在者的本源性的东西，因而与一切存在者相比必然具有优先地位。

一切存在者必须存在才能成为现实的、确定的存在者，没有存在就没有存在者。存在没有现实的、独特的规定性和本质，不能由某种认识形式和逻辑结构构成，存在的本质就是"存在着"这个事实。但是，以笛卡尔为代表的二元论把上帝以外的一切存在归属于心灵和肉体两种彼此独立的实体，这正意味着其将一切存在当作存在者，两者都不是存在者的存在，而是其存在者状态上的精神和自然的规定性。所以海德格尔认为在笛卡尔那里，存在始终处于"现成在手状态"，最终以存在者状态的规定性遮蔽了存在本身的意义。海德格尔还把从柏拉图以来的整个形而上学时代都称为"存在的遗忘时代"，他表示："形而上学不断以各种方式说到存在。形而上学表示并似乎确定，它询问并回答了关于存在的问题。实际上形而上学从来没有解答过这种问题。因为它从来没有追问过这个问题。当它涉及存在时，只是把存在想象为存在者。虽然它说及存在，指的却是一切存在者。自始至终，形而上学的各种命题总是把存在者和存在相互混淆……由

第六章 审美主义思潮的危机及其超越

于这种永久的混淆,所谓形而上学提出存在的说法使我们陷入完全错误的境地。"① 可见,人作为一个存在者,他的存在是极其复杂的,简单地把其本质规定为理性或者感性都是极端错误的,不论理性主义者还是审美主义者都在试图对人的生存状态进行某种本质性的规定,这样的结果必然如海德格尔所认为的那样遮蔽了真正的存在。

存在没有现实的、独特的规律性和本质,不能给它下定义。也就是说,存在不能由某种认识形式和逻辑结构如物质、精神、实体、感性、理性等等构成,因为这些东西所表达的实际上都只能是存在者,而不是存在本身。既然形而上学对于存在者状态的预先规定遮蔽了存在者的存在本身的意义,我们现在所要做的事情就是要让存在者回到它的存在状态,澄清和阐释它的复杂意义。如果说存在有着本质规定性的话,那只能是存在者"存在着"这个事实。

其实现代西方的许多伟大的作家已经深刻地认识到了这个问题,他们不再局限于对个人进行感性或者理性的本质性预设,而是不断尝试着从存在角度出发来看待人性的种种复杂表现,其中最有代表性的作家便是黑塞。作为20世纪一个伟大的文学家,黑塞一生都在不断探索着前行的道路。审美主义作为20世纪的一大重要思潮,自然对他产生过巨大的影响,其早期一系列作品中的主人公就经常徘徊在感性和理性、灵与肉的矛盾冲突之中。不过,黑塞的伟大就在于能够超越时代,他在《荒原狼》《德米安》等许多作品中对感性和理性分裂问题进行过深入思考。在《德米安》中,青年辛克莱笔下的两个世界已经不再是好与坏对立那么简单:象征光明的世界虽然单纯,但无法满足个体心灵探索的需要;象征黑暗的世界虽然有着丑陋恐怖面目,却包容着反叛的力量并为个体成长进步提供了巨大的动力。在《荒原狼》中,黑塞首次宣布了二元组合型人物的终结,他表示人的性格其实要复杂得多,是由上百种、上千种本质构成的,人的生活也不限于在两极之间摇摆,而是在上千对甚至无数对不同的极

---

① [德]海德格尔:《回到形而上学基础之路》,载刘放桐编著《新编西方现代哲学》,人民出版社2003年版。

性之间摇摆。① 在最后一部重要作品《玻璃球游戏》中，黑塞更是把世界看作包容多极矛盾并且不停处在循环流变中的透明球体，一切复杂多变的因素都孕育其中。其实这种思想在他的许多作品中都曾经闪现过，如《悉达多》中的河流、《克林格索尔的最后夏天》中的自画像、《德米安》中的母亲形象等等都是一些象征，它们是个体存在状态的显现，揭示了生存本身的复杂和荒诞。

第二节 个人主义：审美人难逃的牢笼

我可以分享他人的精神性情感（例如悲哀或者福乐），因为，这种情感离身体的状态定位较远；但感知他者的身体状态性感觉、痛感、痒感、快感，则根本不可能。他者身体的机体感和与机体相随的感性情感，是不可传达的，同样，我的身体感及其感性情感是不可分享的。不可传达和不可分享的身体感，恰是最属己的感觉；他人的身体感，我只能通过我的身体感来体知。如此体知的他者的身体感，最终只能是我的身体感。

——刘小枫：《现代性社会理论绪论》

在他们作为人来经验时，我把他们中的每一个都理解做和承认做一个像我自己一样的自我主体……每个人都有自己的位置并从这个位置上去看身边的事物，而且每个人将因此而看到不同的事物显相……尽管如此，我们与我们的邻人相互理解并共同假定存在着一个客观的时空现实，一个我们本身也属于其中的、事实上存在着的周围世界。

——胡塞尔：《纯粹现象学通论》

审美主义依旧建立在传统二元两分思维模式上，这是对人的存在进行提前预设的结果，从而为感性与理性、灵和肉之间的多重冲突埋

---

① 张弘：《论〈荒原狼〉与二重性格组合型人物的终结》，《外国文学评论》1996年第2期。

第六章 审美主义思潮的危机及其超越

下了伏笔,不过人们更需要加强警惕的是审美主义思潮所引发的那种走向极端的个人主义。个人主义的危机在西方文学中有着鲜明的表现,得到了许多伟大作家的高度重视。为了将个体从社会道德和规范的束缚中解放出来,他们肯定个体此岸感性生存的合理性,表露出某种审美主义倾向,然而却深深感受到了其中的个人主义危机,从而陷入了矛盾。纪德表示他在写完《人间粮食》之后,就感觉到极有必要写剧本《扫罗》,并且把后者当作前者的解毒剂、对立面,指出梅纳尔克的学说的危险。其实即使那些集中表现审美主义思想的作品如《大地食粮》和《背德者》的写作,也不是为了简单推崇享乐主义,特别是从米歇尔妻子的死亡中我们更看到了"背德"的危机。黑塞曾经表示他和马克思主义学说有着重大差别,那就是:"马克思想要改变世界,我则想改变个人。他面向的是群众,我则面向个人。"[①] 为此,他的一生都在为个人寻找前进的道路,感性的生命体验被看作个人成长无法逾越的阶段。不过,他在晚年认识到单纯个人主义的局限,写下了《东方之旅》和《玻璃球游戏》这两部重大作品,走上了寻找集体的道路。在谈及《东方之旅》的主题时,黑塞表示:"我们时代里注重精神生活者以及他们的需要,把个人的生活和行为加入超越个人的整体之中,参与一种想法、一种集体的需要。东方之旅的主题是:渴望服务,寻找集体,从艺术家孤独而无效的高深造诣中解脱出来。"[②] 审美主义思想中不顾一切的个人主义因素的确给自身和他人带来了巨大的危害。王尔德笔下的主人公对于艺术和美的追求显然带有个人主义印记,其最终目的多是为了满足自我享乐的需要,无辜的西碧儿、画家、施洗者约翰、阿拉伯青年都成了他们个人欲望的牺牲品。个人与他者似乎永远处在对立和冲突之中。劳伦斯曾经敏锐觉察到感性膨胀和个人控制欲之间的联系,试图寻找两性交流的平衡点,不过随着审美主义的感性扩张,到了亨利·米勒那里,性却完全变成了满足个体欲望的工具,两性之间再也谈不上什么平等交流了。

---

① [德]黑塞:《朝圣者之歌——黑塞诗歌散文集》,谢莹莹编,中国广播电视出版社 2000 年版,第 501 页。
② 同上书,第 106—107 页。

这种极端个人主义倾向还是在第二次世界大战之后"垮掉一代"的文学中表现最为突出,失去信仰的一代青年通过酗酒、吸毒、纵欲、暴力等等手段追求生命的冲刺和极端的快感,却给外界造成了巨大的威胁。即使不给别人带来伤害,他们也只能把生活局限在个人的小圈子当中,在审美的幻觉和感性的迷醉中失去和世界的一切联系,感性的解放最终退缩到肉身的索取之中。这一系列的危机都和审美主义极端个人化的立场有着密切的关系,是主体论逻辑发展的必然结果,它让拥有审美主义感性思想的个体最终走向了孤独封闭甚至带有一些歇斯底里的绝望深渊之中。

从"理性人"到"审美人",现代社会呈现出巨大的转折,这是社会矛盾激化的必然结果。不过,值得注意的是:无论是对理性侧面的强调,还是对感性侧面的强调,都是为了维护人的主体性。如前所述,现代性的一个重要特征就是人类夺取了以往被上帝长期占据的主导位置,成为一切价值的评判标准。在启蒙阶段,人认为可以依靠理性认识这个世界、改造自然,所以理性为人类找到了确证自己力量的方式;但是随着社会的发展,人们开始觉察到自己陷入了理性主义的牢笼之中,从上帝那里刚刚获取的自由之身似乎又被束缚在机器转动的齿轮上了。为了解放自我,他们分裂了自我,把内在感性和本能冲动看成是在理性社会重获身心自由的一种方式。由此可见,从理性到感性是现代人主体扩张的一个必然结果。这种扩张带来了更为严重的危机。

如果说人类在理性主义的威慑下还能够将自我约束在一定的道德规范当中,那么走向极端的本能释放就显得危险和可怕了,审美主义所引发的极端个人主义最终把个体带入了绝望的深渊。首先,由于审美主义过分夸大了主体人的感性本能,重视感官享受和生命体验,使得个人越来越封闭于自我的世界之中,在个人与他人、个人和外在世界之间设置了重重屏障,特别是当感性崇拜蜕化为身体崇拜之后,自我便完全退缩到了狭小的个人躯壳之中,完全和世界隔绝了。刘小枫曾经说过,身体感总是属己的和私人的,身体总是"我"的身体:"我可以分享他人的精神性情感(例如悲哀或者福乐),因为,这种

第六章 审美主义思潮的危机及其超越

情感离身体的状态定位较远;但感知他者的身体状态性感觉、痛感、痒感、快感,则根本不可能。他者身体的机体感和与机体相随的感性情感,是不可传达的,同样,我的身体感及其感性情感是不可分享的。不可传达和不可分享的身体感,恰是最属己的感觉;他人的身体感,我只能通过我的身体感来体知。如此体知的他者的身体感,最终只能是我的身体感。"① 可见,审美主义一旦走向对身体感觉的自恋当中,人与外在的交流之路就被阻隔了。

此外,虽然某些审美主义者期望通过张扬感性来拯救世界(卢梭、尼采包括后来嬉皮士们的反叛运动最初都有这样的意图),但是他们却忽视了感性冲动发展到极端冲出既定道德规范限制后的破坏。"审美人"大声疾呼审美无关道德、责任和义务,推崇身体的无辜性和生存的超善恶,夸大了感性本能的潜在力量,为此刘小枫认为审美主义思想是"人身上一切晦暗的、冲动性的本能的全面造反"。② 虽然这种感性力量冲破了工具理性对于个人的钳制,然而不能否认的是它所带来的破坏也是巨大的,弗洛伊德就曾经在他的著述中揭示了人的潜在本能难以抵挡的危害,希望能通过一个合理的方法对其进行疏导。总之,审美现代人所采用的拯救策略是用片面的感性来反抗片面的理性,因此它极有可能从一个极端走向另一个极端。尼采所期望的超人没有带领人们看到黎明的曙光,却被法西斯分子阴谋利用将世界带入了一片黑暗;马尔库塞所倡导的爱欲解放也没有给青年指出一条光明的道路,他们在酗酒、吸毒、纵欲中找到了幻想中的自我,甚至依靠暴力来展现所谓的强力意志。

可见,无论表现出自闭还是破坏倾向,审美主义思想都让个人和他人、外在世界产生了巨大的隔膜甚至构成了威胁,这种危机实际上还是根源于主体性自身的困境。我们知道,审美主义思想依旧建立在主体与客体、理性与感性两分的二元对立的模式之上,企图以片面的感性来纠正片面的理性,因此尽管颠倒了这个二元模式的两极,把原

---

① 刘小枫:《现代性社会理论绪论》,上海三联书店1998年版,第348页。
② 同上。

来属于理性的优先位置转而让给了感性，但却并没有动摇主体的中心位置，特别是对象化地看待世界的方式还存在着。作为客体的他者和世界永远被主体所控制，它或者被认识，或者被改造，或者被感受，总是处于与人相对立的位置。在高扬理性精神的时代，主体以征服和控制世界为目标，同样到了感性占据上风的时期，主体又把世界作为自己情感投射的对象。总之，在主体的控制之下，外在的一切都成为个人对象化的"他者"，永远处在被动的位置上，容易和人有某种程度的隔绝。审美主义者就是这样走向自我封闭的牢笼之中的。

人与他人、人与世界究竟可否交流、沟通，这的确是一个值得深入探讨的问题。面对现代审美主义在此问题上遭遇的困境，美学界开始将"主体间性"理论引入审美活动中来。现象学大师胡塞尔在他的先验哲学基础上首先提出了"主体间性"（intersubjectivity）的概念，承认自我和他人之间的交流对话的可能性。在他看来："我就是在我自身内，在我的先验还原了的纯粹意识生活中，与他人一道，在可以说不是我个人综合构成的，而是对我来说陌生的、交互主体经验的意义上来经验这个世界的。对每一个人来说，这个世界就存在在那里，它的所有对象都可以为每个人所通达的。"[1] 胡塞尔为了避免先验自我的"唯我论"嫌疑，企图寻找先验主体之间的可沟通性，他把基于"先验统觉"之上的个体之间达成共识的可能性称为"主体间性"。人和人之间是有着共同先验意识的，他表示："在他们作为人来经验时，我把他们中的每一个都理解做和承认做一个像我自己一样的自我主体……每个人都有自己的位置并从这个位置上去看身边的事物，而且每个人将因此而看到不同的事物显相……尽管如此，我们与我们的邻人相互理解并共同假定存在着一个客观的时空现实，一个我们本身也属于其中的、事实上存在着的周围世界。"[2] 不过，胡塞尔虽然表示了主体之间的可交流性，但是这种"主体间性"的提出仍然是在先验主体构造意向性对象的前提下谈论先验主体之间的关

---

[1] ［德］胡塞尔：《胡塞尔选集》，倪梁康选编，上海三联书店1997年版，第878页。
[2] ［德］胡塞尔：《纯粹现象学通论》，李幼蒸译，商务印书馆1992年版，第125页。

系，因此它是建立在主体"思我"的基础之上的，还未过多涉及生存世界。胡塞尔所关心的自我与他人之间的认识上的联系——也即我与他人之间的相互认识以及我与他人对于客观对象的认识论的认同，而这一任务是通过一种"视域互换"的"共同呈现"（appresetation）（也即"类比的统觉"）得以解决和完成的。后来他所提出的生活世界概念把主体交流的问题和社会世界联系起来，在很大程度上克服了这种先验性。与之不同，海德格尔一开始就更多关心的是"此在"与"存在"的不可分割性。

在海德格尔看来，人的存在不是孤立的、单一的，相反他是"存在在世界之中的"，[1] 是活生生地处在时间之维上、生存于世界中的"此在"，因此"此在"既不是"无世界的单纯主体"，也不是"无他人的绝缘的自我"，它是一种与他人的共同存在。海德格尔写道："世界向来已经总是我和他人共同分有的世界。此在的世界是共同世界'在之中'就是与他人共同存在。他人的在世界之内的自在存在就是共同此在。""此在本质是共在。""此在之独在也是在世界中共在。他人只能在一种共在中而且只能为一种共在而不在。独在是共在的一种残缺的样式，独在的可能性就是共在的证明。"[2] 所有这些精辟的言论最终都在说明一个真理，那就是：每一个此在或者存在者都有自己的世界，世界是众多乃至无数的此在或存在者和交互建构的世界的复杂的网络交织。这样看来，处于主体与主体关系中的人的存在是自我与他人的共同存在，主体和主体之间能够共同分享着一些经验，以此形成了主体之间相互理解和交流的信息平台。人们的活动在这种文化的氛围中进行，也就有了使所做的事情变得有意义的前提，因为每个人都能从他人身上看到自己，也能从自己身上看到他人。

"主体间性"的提出克服了主体性理论孤独封闭的局限，把自我的存在确定为自我和他人、自我和世界的交流互动。这样的存在才是人的和谐和本真的存在，不再把自我的控制欲望强加到对他人和世界

---

[1] ［德］海德格尔：《存在与时间》，陈嘉映、王庆节译，生活·读书·新知三联书店1999年版，第16页。

[2] 同上书，第140—146页。

的奴役之上，而是强调人与人、人与世界之间的和谐共处，双向和多向的交流，并通过交往、对话、理解、沟通建立起新型的人际关系。这样的交流融洽已经得到了现代许多思想家的首肯。伽达默尔以"主体间性"思想建构了现代解释学，他认为文本（包括世界）不是客体，而是另一个主体，解释活动的基础是理解，而理解就是两个主体之间的谈话过程；巴赫金提出了"复调理论"和"对话理论"，他认为文本不是客体而是主体，作品展开了一个独立于作者和读者的世界，这不是一个有许多客体的世界，而是有充分权力的主体的世界；哈贝马斯从社会交流角度强调的以交往理性为核心的现代性计划就是以"主体间性"的哲学为根基的，通过交往达到普遍认可的共识，使得主体和世界、主体与主体之间，以及主体与自身之间相互交融，在他看来："纯粹的交互主体性是由你和我（我们和你们），我和他（我们和他们）之间的对称关系决定的。对话角色的无限可互换性，要求这些角色操演时在任何一方都不可能拥有特权，只有在言说和辩论、开启与遮蔽的分布中有一种完全的对称时，纯粹的交互主体性才会存在。"① 所有的这些交互主体和交往理论都极大地克服了审美主义中个人主义的局限，为个人走出自我封闭的小圈子提供了学理和实践上的支撑。

其实已经有许多现代文学家开始为走出审美个人主义的困境而努力着。劳伦斯为了改变两性关系之间充满占有欲和控制欲的战争状态，提出了著名的"两条河流"和"星际平衡"的概念。在他看来，通过性虽然使得人类生命变得更为完整，但仅仅依靠性的占有却往往使两性之间出现危机。其实，两性关系之间并不是天生具有那种不共戴天的仇恨，人类必须为此而不断努力寻找到可以沟通和交流的层面，并能够同时保持自身的完整和独立。在对待个人和集体的问题上，黑塞也做出了积极努力。在《东方之旅》和《玻璃球游戏》中，主人公不但保持了独立个性，而且拥有了生活的集体并对社会做出了

---

① Jügen Habermas, "Social Analysis and Communicative Competence," *Social Theory*, Charles Lemer ed., Boulder: Westview, 1993, p. 416.

第六章 审美主义思潮的危机及其超越

贡献。特别是玻璃球大师克奈西特在达到精神上的至高境界之后,最终还是回归世俗社会,甘愿从家庭教师做起,和他人以及世界产生某种联系。尽管他最后溺死在河水之中,却已经摆脱了个人主义狭小的圈子,走上了新的探索历程。这样的探索虽然在某种层面上充满了理想主义的色彩,却也充分展现出了文学家的伟大,他们永远在积极寻找走出绝望的个人主义、走向新生的道路。

第三节 价值虚无:感性至上论的终点

心境的生命不过是一种纯然表面化的生命,不过是一种在意识的直接的积极状态表面上的心理本质的投影。生命在这种情况下并不能获取深度、内涵与独立,而仅是一种主观性意见,一种外表的独立而已。我们看到,这种个体主义是如此固执地以虚假来代替真实,以至于到了竟然相信那种虚假的产品已经就是真实的地步了。

——倭铿:《审美个体主义之体系》

倘若人不能依靠一种比人更高的力量努力追求某个崇高的目标,并在向目标前进时做到比在感觉条件下更充分地实现自己的话,生活必将丧失一切意义与价值。

——倭铿:《生活的意义和价值》

我并不想放弃现代性,也不想将现代性设计看作是已告失败的事业。我们应当从那些否认现代性的想入非非、不切实际的纲领中认识到失误。

——哈贝马斯

审美主义是建立在感性与理性二元两分基础上的思想潮流,这种分裂本身就有类型化、简单化的倾向,并且逃不出主体性本身所具有的困境。不过审美主义最突出的危机很显然直接来自于它的感性至上论。审美主义从感性角度来强调审美的地位和作用,将人对世界的价值设定和评判推向了极端。它不仅延续了理性主义的错误，把人看作世界的主宰，是世界一切意义的出发点，而且把人的感性本能和生命体验看作是确立世界终极价值的出发点，把一切价值的评判都建构在人的感知、感觉上面。不但其他的原则、规范、教条、道德等外在标准均遭受普遍的质疑，甚至具有积极建设意义的精神、理想问题也显得不再重要。不过，感性问题和感官享乐、欲望之间有着千丝万缕的联系，当感性蜕化到身体性，积极的反叛演变为欲望的放纵，审美主义内部所有隐藏的矛盾就会喷发出来。于是，现在的问题便集中在：感觉是否可以成为一切价值评判的中心？它自身有着哪些难以克服的顽疾？认识到这些问题才可以对审美主义感性至上的观点作一个最终的评判。

  首先，审美主义存在着多元和一元价值取向的矛盾。审美主义既然是在取消了神学和理性规则的外在统治基础上建立起来的，那么现在的一切都将由个人自己来决定，所有外在的价值规定和伦理规范都不再是一种硬性的规定。对于每一个自由的"审美人"来说，外在的一切束缚都不再算是束缚，对之没有绝对服从的义务和责任，我只是服从我的感觉，自己开始决定自己的命运。既然每一个个体都是自由的个体，每一个个体都可以自己为自己立法，那么从审美出发来设定世界的真正根基，无疑就使感性的多元特征得以彰显。这样一来，作为价值评判标准的唯一性就被取消了。张辉的阐释可谓一针见血，他说："审美的多元取向，否定了唯一的本质的存在。这一否定，同时也对唯一正确的解放途径的企图打上了巨大的问号。"[①] 审美主义在后现代社会大受欢迎，也正来源于它的多元取向，那种取消中心、众声喧哗的场景契合了其内在价值要求。每个人出于感觉的不同，形成的价值和知识结构千差万别，这样的对话和诠释很难形成共识，对话的意义也就随之消散了。缺乏了具有超越性的统一的价值中心，审美主义只能沦为每个个体的感觉呓语，难以避免相对主义的陷阱，失去其建设性。

[①] 张辉：《审美现代性批判》，北京大学出版社1999年版，第187—188页。

第六章　审美主义思潮的危机及其超越

其次，审美主义所推崇的个人感觉是否是真理还是值得追问的。倭铿曾经表示："像日常经验告诉我们的那样，在人的心境中，他的自我灵魂是极不稳定和缺少砥柱的，因为那纷繁复杂的各种环境，物理的与心理的，可见的与不可见的，大的与小的，影响并强迫着它。构成种种心境所关涉的真实情况的各种现象的暂时性，往往在所有固定的关系和生命的内在结构中消失掉，因为再没有比心境更流动不止更易主观地突然变化的东西了——除了那汹涌不息的海面以及那在急风中摇晃不息的芦苇。事实上，心境的生命不过是一种纯然表面化的生命，不过是一种在意识的直接的积极状态表面上的心理本质的投影。生命在这种情况下并不能获取深度、内涵与独立，而仅是一种主观性意见，一种外表的独立而已。我们看到，这种个体主义是如此固执地以虚假来代替真实，以至于到了竟然相信那种虚假的产品已经就是真实的地步了。"[1] 倭铿的这段话几乎揭示出所有感觉的易变、流逝、虚幻的特征。王尔德、于斯曼用艺术的王国代替现实的世界，"垮掉一代"依靠吸毒、幻想和酗酒来寻求人生的至高体验，但那究竟是现实人生还是幻觉的乌托邦？我们经常有这样的生活体验，在不同时间不同地点的心态条件下，我们的感觉往往变化很大，所作出的判断也是千差万别的，可见依靠感觉本身所得出结论的真实性是否可靠还是一个问题，它可否成为真理评判的标准更是存疑的。一个全然生活在自己感觉和激情中的审美主义者往往会被这种感觉和激情的假象所奴役，追求主体性的结果却往往失去了主体性，这在当下审美文化之中表现得最为明显。

最后，审美主义对感性感官的强调一旦走向极端，势必失去精神的内涵而只是剩下虚空的外壳。倭铿宣扬一种感官和精神相结合的生命哲学，他看出了感性主义的危机，表示："在个人主义中，精神与感官是混合一体的，这样对精神活动的一切要求和精神生活的一切独立性因此都全被放弃了，从而感官将必然地统治精神。结果造成一种

---

[1] ［德］倭铿：《审美个体主义之体系》，载刘小枫主编《人类困境中的审美精神》，东方出版社1994年版，第195页。

精神的简单退化，一种纯化过的感官，而这对于反对一种粗俗的愉快之闯入是无济于事的。"① 失去了精神上较高层次的价值追求的现代审美人必然把一种平庸的伦理学当作活着的最终目的，自觉向大众文化、庸人哲学靠拢，宣布活着就是为了享乐，冷也好热也好活着就好。他们将生命投射到那些日常生活中具有华美形式的物件的把玩之中，最终失去了积极奋进的激情。这样一来，他们必然排斥人性之中伟大而深刻的情感，停留在表面化、庸俗化的阶段，丢失了生命的价值意义和人生追求目标，因为："倘若人不能依靠一种比人更高的力量努力追求某个崇高的目标，并在向目标前进时做到比在感觉条件下更充分地实现自己的话，生活必将丧失一切意义与价值。"② 泛审美化和审美庸俗化倾向必然导致理性精神的全面丧失，最终造就了一个平面化、缺乏深度的世界。其实感性的这种危机在历史上许多阶段都已经被发现，早在莎士比亚时代人们已经对放任自流的人性产生了质疑，20世纪60年代学生运动的失败更是说明了感性反抗的无力。现代文明虽然呈现种种危机，但是让个体重新回到肉体狂欢和放纵无度的时代却过于荒谬，为此现代许多思想家开始重新构建新的理性和新的社会框架。这些精神理想既审视了现代文明的困境，吸收了审美主义合理面，也不再回避感性带来的价值危机。哈贝马斯在后现代理论众声喧哗之际，提出了自己对现代性的看法，他说："我并不想放弃现代性，也不想将现代性设计看作已告失败的事业。我们应当从那些否认现代性的想入非非、不切实际的纲领中认识到失误。"③ 因此，西方许多伟大文学家（如黑塞、纪德、劳伦斯、托马斯·曼等等）没有将感性看作个人停留的阶段，他们总是超越感性而寻找更有建设性的精神目标。这种对审美主义的扬弃在他们的文本中得到了颇为形象的呈现：在《荒原狼》中，黑塞让他的主人公和以赫尔米娜为代

---

① [德]倭铿：《审美个体主义之体系》，载刘小枫主编《人类困境中的审美精神》，东方出版社1994年版，第201页。
② [德]倭铿：《生活的意义和价值》，上海译文出版社1997年版，第41页。
③ 王岳川、尚水编：《后现代主义文化和美学》，北京大学出版社1992年版，第20页。

第六章 审美主义思潮的危机及其超越

表的阴性生活告别；在《死在威尼斯》中，托马斯·曼让它的主人公找到了美，却认识到了美和死的亲缘关系。

审美主义从萌发到孕育成熟再到变形扩张的发展道路已经向人们揭示了感性至上论的危险。如果说在现代社会发展的初期，即在浪漫主义者那里，个人感性的冲动还受到理性的限制约束，审美背后依然存在着由理性构建的深度模式，那么这种情形从唯美主义那里逐步开始有所转变。随着资本主义现代文明和产业生产规模的日益强大，城市迅速崛起，商品市场极度膨胀，功利主义和效率原则最先将艺术逼出了神圣的殿堂，让它变成了满足个人感官享受的消费品，日常生活开始日益审美化。随着社会的进一步发展，这种审美追求停留于个人感官的满足上，欲望的冲动开始超过理性的限制，美带给人们的不再是灵魂的升华，而是审美过程的纯粹快感享受，感性的解放逐渐沦为肉身的放纵，审美主义的感性追求和消费社会的审美享受在一定程度上不谋而合。现代社会里文化活动的消费性、生命精神的平庸化、日常生活的价值深度的消解，都成为当代"日常生活审美化"的具体表征，一个新的大众审美时代已经来临。对此，我们不应该只是盲目乐观，还需要进行反思：难道人类所追求的审美生活就是这样停留在表面，缺乏精神性？难道艺术和审美就是为了满足个体的感性和享乐的需求？难道我们就自愿沉沦在图像和影像构建的世界中自我沉醉？当人们从审美之梦中醒来的时候，究竟能够得到些什么呢？从感性到感官再到欲望，审美主义昭示了一条精神逐渐蜕化的内在线索，纪德、黑塞、托马斯·曼、劳伦斯等文本中频频出现的主人公的灵肉冲突最为直接的来源就是对感官堕落和欲望放纵的警醒，当前众声喧哗的消费文化热更是和极端的感性至上主义密切联系在一起的。这样看来，以钱中文先生为首的国内学界，在肯定审美主义的感性维度的前提下，提出"新理性精神"的建设，就显得迫在眉睫和极为必要了。

新理性精神绝对不是要回到理性，它包容理性和感性为一身，针对当下泛审美化和审美庸俗化的倾向，新的理性精神注重提升审美的精神性，它应该具体包括以下几个方面：艺术审美理想性的追求，即把艺术和审美从感性的束缚中解放出来，让它成为是其所是的东西；

必须强调日常生活的超越性问题，而不局限在个人享乐上，把审美的现实性和超越性结合起来；要用一种批判的眼光看待审美庸俗化的现状，而不能迎合那种为了满足个人欲望而进行的感官追求。只有这样，才能走出当下审美主义的现实困境。

首先，新理性精神意味着对感性艺术观重新审视。在审美主义这里，艺术已经从"形而上的美"的追求中解放出来，成为个体快感宣泄和世俗享乐的需要。它不再需要灵魂和精神上的攀升，不再追求真理，只是为了表达个体的当下体验和感性冲动，势必弱化了艺术的超越性，抹杀了艺术存在的独特价值。黑格尔关于"艺术终结"的论述正是出自情感的大量涌入对于现代艺术的侵蚀和冲击；海德格尔也曾经深刻指出"艺术进入美学的视界之内"，"艺术成为体验（erleben）的对象"，"艺术被视为人类生命的表达"是一件非常不幸的事情。① 这样的不幸在一些审美主义的文本和生活中都表现得很明显。于斯曼和王尔德在他们的作品中详细罗列了精致纤巧的具有完美形式的艺术品，如各种香料和制造香精的秘密、各色各样奇特的珠宝、具有异国情调的绣品和帷幕、华美艳丽的丝绸和锦缎等等。不过从这些华美的艺术形式和迷人炫目的物品罗列中，人们再也感受不到优秀的艺术作品曾经带给心灵的巨大震颤和精神上的伟大洗礼。具有强烈艺术感染力的艺术作品消失了，留给人们的只是一些华丽的外壳，用于满足日益膨胀的感性需要。其实很早就有人关注到审美主义所膜拜的抽空了内容的艺术所带来的苍白和空虚，纪德、黑塞和劳伦斯都曾经从各个角度对这种艺术观进行了批判，指明它缺乏生命力的本质特征，理论家倭铿更是直接对艺术在现代生活中的地位表示了担忧，他深刻地揭示出"为艺术而艺术"背后的巨大危险，告诫人们如果沿着这条路走下去，"艺术可能降低为仅仅是形式的娴熟，仅是高超技巧的迷人炫目的显示"，不会再对和谐完美的人性产生巨大影响，他表示："这种艺术能在感性经验的领域做出巨大发现；它能以一种难

---

① ［德］海德格尔：《世界图像的时代》，载《林中路》，孙周兴译，上海译文出版社2004年版，第77页。

以想象的方式丰富、完善我们的感性；它可以因克服了种种困难而扬扬得意，但它不能对人类灵魂带来一点好处，也不能使人感觉到它能提高精神生活。"① 艺术作为人类智慧的重要结晶，千百年来一直是金字塔顶的璀璨宝石，海德格尔更是把它提高到前所未有的位置，认为它开辟出真理"敞开之境"，因而具有超越于时代的内在优越性，充分表达了人类进取的创造精神。审美主义过分关注形式带来的愉悦，势必抹杀了艺术这种超越性。这正是现代艺术所面临的最重大的危机。

其次，新理性精神必须关注日常生活的审美化倾向，注重审美超越问题；不能只把日常生活看作满足个人享乐的需要，而要对现代社会的审美庸俗化和消费化的倾向提高警惕，保持该有的批判精神。从唯美主义"生活模仿艺术"观我们就可以看出来，尽管他们追求的初衷是提高生活的质量，想把生活提升到艺术的领域，但实际情况却是将生活和艺术等同起来，强调生活的感性或者感官特征。从王尔德、于斯曼等人追求的生活方式我们可以看出，他们往往扼杀了生活中的理想追求，仅仅强调世俗生存中的感性享乐并且采用审美的方式（如对艺术品的把玩、艺术化的消费）完成这种享乐，这种情况后来就突出表现在现代市民的感觉样态上来，他们把生活和身体的审美享乐看作是自己唯一的人生目标。新理性精神正是要克服感性这种堕落的趋势，对审美现状保持高度的警惕，采取一种批判的眼光。不然，这种感官欲望的放纵必然和消费主义产生某种程度的共谋，从而失去它最初积极的反抗意义。

费瑟斯通在其代表作品《消费文化和后现代主义》中曾经说道：19世纪末以王尔德为代表的唯美主义将生活转化为艺术作品的谋划实际上就是当代日常生活审美化的一个重要源头。② 他进一步表示，生活中最伟大的商品是由个人的情感与审美享受构成的，所以一旦过

---

① ［德］倭铿：《道德与艺术》，载刘小枫主编《人类困境中的审美精神》，东方出版社1994年版，第182页。
② ［英］迈克·费瑟斯通：《消费文化和后现代主义》，刘精明译，译林出版社2002年版，第96页。

于强调日常生活中的感性享乐，势必和消费文化产生共谋和勾结。唯美主义和消费文化之间的种种联系在现在已经成为研究的热点，国内也有人著书详细进行了论述，① 在此不再一一论及，现在关键需要认识这种"日常生活的审美化"究竟存在着怎样的弊端。艺术和生活之间本来有着很分明的界限，艺术高居象牙塔中而和世俗格格不入，它一旦进入日常生活领域必然降低了自身的价值追求，当前大众审美文化的种种弊端正根源于此：那就是过于沉溺于感官享受而忽略精神提升。正如倭铿分析的那样，真正的创造总是和平庸低劣相对立的，假如把艺术创造、欣赏和大多数人的兴趣和状况等同起来，艺术必然会遭到巨大的贬值，甚至从根本上遭受毁灭。出于个人感性享乐的审美化的生活方式毕竟太狭窄了，它必然排斥艺术审美内部那些伟大而深刻的东西，因为它"使人仅仅去培养和拓展其自身意识的积极状态，并允许那个享乐主义的本我（ego）将一切拉向它本身并牢牢把握"，② 另外，艺术审美一旦为了满足大众和市民的感觉样态，必然会受到消遣娱乐欲念的驱使，受到市场消费法则的推动，情趣爱好集中在"及时行乐"之上，这是消费社会感性审美的普遍危机。

综上所述，建立在感性一元论基础上的审美主义有其不可克服的内在弊病，它的二元对立的两分模式、难以克服的主体性困境和最为基本的感性陷阱往往使它危机四伏，这在现代西方文学中表现得充分而又明显。伟大的文学家和思想者没有停留在审美的狂欢之中，他们超越了审美的阶段为人类寻找新的前进方向，他们的探索为审视当下中国社会的种种审美热潮提供了某种警示和帮助。

---

① 最有代表性的专著为周小仪《唯美主义与消费文化》，北京大学出版社2002年版。
② ［德］倭铿：《审美个体主义之体系》，载刘小枫主编《人类困境中的审美精神》，东方出版社1994年版，第199页。

结　　语

在梳理和探究了现代西方审美主义思潮及其在文学上的表达概况之后，我们现在可以回到当下，重新审视目前中国社会纷繁复杂的审美热潮，如"美学热""审美化阅读""身体写作"、关于吃喝拉撒的"审美文化"活动等等，特别是面对日益严重的"日常生活审美化"倾向，应该学会作出清晰的判断。当下的审美现象无论呈现出如何绚烂多姿和华美灿烂的光彩，毕竟是和现代人的世俗感性冲动紧密联系在一起的，这才是审视和研究现代审美主义现象的根本出发点。

在今天，审美活动已经超出了纯粹的艺术、文学的范围而逐渐向大众文化活动中渗透。占据人们日常文化生活中心的已经不再是小说、散文、诗歌、戏剧、绘画、雕塑等经典艺术，相反，广告、流行歌曲、时装表演、电视电影包括城市规划、建筑设计、家居装潢都已经成为新兴的艺术门类，满足着人们日常生活审美的需要；以往在美术馆、音乐厅、歌剧院里表演的高雅艺术已经伸入大众日常生活的空间，今天的审美艺术活动更多地发生在街头、购物中心、超级市场、街头花园等等与其他社会活动没有任何界限的生活场所。在这些交融过程中，文化活动、审美活动、商业活动、社交活动之间更是没有了严格的界限。正如福恩特（Fuente）所说："西方的社会正在经历一场深刻的审美化（aestheticization）过程，以至于当代社会的形式越来越像一件艺术品。"[①] 现代化的过程是一个全球性的过程，审美主义

---

① Eduardo de Fuente, "Sociology and Aesthetics," *European Journal of Social Theory*, Vol. 3, No. 2, May 2000.

问题也是如此。不仅是西方社会，随着改革开放和市场经济的发展，中国社会也出现了同样状况，影视、广告、流行歌曲、MTV、时装表演、酒吧、发廊、美容院、动漫、游戏等等充斥着普通大众的日常生活，"日常生活审美化"现象被纳入审美文化研究的领域，已经成为当前学界的一个研究热点。

很显然，在这些审美文化中，感性已经以压倒一切的优势战胜了理性。曾经审美总是为着人类的精神和价值的提升而服务，例如鲍姆加登最初在使用和设定美学为感性认识科学之时，其最终目的是为了感性认识本身的完善，感性、情感等问题都属于认识论的范围。在德国古典美学家那里，审美被用来统一、融合感性与理性之间的对立，例如在黑格尔那里，美被看作"理念的感性显现"，"理性存在"是人类生存的最高和最后的价值归属。然而，在当前种种热闹的审美现象中，美却不再是一种抽象理性的附属品，也不再是具有终极本体属性的价值实现形式，感性开始向理性炫耀自身的力量，具有实用性、大众化和享受性等特征的感性文化氛围正在逐步形成。审美文化说到底是一种以主体的自由体验为主导的社会感性文化，表明了文化与当代人的生活活动、感性化生存方式之间十分密切的内在联系。与传统审美重视伦理教化、精神升华相反，当代审美文化紧贴个人的感性生活本身，紧贴人的生理欲望和本能冲动，紧紧依持于人的感性的消费和享受。从服饰、化妆品到MTV、商品广告，从流行歌曲、摇滚乐到健美比赛、娱乐综艺节目，审美感性追求日益高涨。文化娱乐、音像、演出、美术、广告、文化创作及艺术表演等等，凡是有文化活动的地方就有感性的形象和宣传。总之，当下日常生活和文化中的一切审美活动都和人的感性需求紧密联系在了一起。

审美文化感性特征的形成，根源于人们对于感性生存的追求和崇尚，他们一直试图将自己从长期呆板枯燥的生活状态中解放出来，最大限度地展现出个体本该拥有的生命活力（这也是许多伟大的现代西方文学家所做出的努力）。因此，有些人对当下种种审美现象大唱赞歌，表明这种审美的生存状态是一种有色彩、有质量的生活境界，符合人的本质发展的真实需求，是对人的潜在生命的全面呼应。然而，

结　语

更多的人却发现了一个普遍恼人的事实，那就是从席勒、歌德时代就开出的审美良方带来的后果却是令人失望的。

今天的时代已经是一个名副其实的审美时代，审美化的浪潮以铺天盖地之势席卷四面八方，装饰与时尚随处可见，从个人的外表延伸到城市的公共场所，从经济学延伸到生态学。按照韦尔施的说法，当前的公共空间——甚至在艺术进入之前——就已经被高度审美化了，"没有一块街砖，没有一柄门把手，没有哪个公共广场，能够逃得过这场审美化的蔓延"，"让生活更美好"是昨天的格言，今天它已经变成了"让生活、购物、交流和睡眠更加美好"。① 面对这场浩浩荡荡的审美浪潮，人们却表现出了普遍的厌倦和冷漠，甚至已经有人在大呼"审美疲劳"了。人类试图赋予生活世界以美，却最终对美产生了怀疑和厌恶，至少一些具有审美洞察力的人们已经察觉出了这场审美变革的可疑性。那么原因究竟是什么呢？真的如韦尔施所说的那样是因为审美过剩了，需要再重新寻找一些刺激和震惊的美吗？其实最根本原因并不在于此。在对西方审美主义思潮的梳理中，我们已经发现了这个问题的答案。费瑟斯通在分析当前"日常生活审美化"的时候曾经表示它已经有了悠久的历史，他说：

> 日常生活的审美呈现还指的是将生活转化为艺术作品的谋划。就艺术家与知识分子及潜在的艺术家、知识分子来说，这一谋划的诱人之处是，它已经有了悠久的历史。例如，在世纪之交的布鲁姆斯伯里文化圈中就可找到这样的谋划。其中，摩尔论述道，生活中最大的商品是由个人的情感与审美享受构成的。在十九世纪后期帕特和维尔德的作品中，也类似地把生活伦理当作艺术作品。维尔德的假设是，对理想的审美应该是"以多种形式及千万种不同方式来实现自己，并对一切新鲜感怀有好奇"。② 可

---

① ［德］韦尔施：《重构美学》，陆扬、张岩冰译，上海译文出版社 2002 年版，第 4—5 页。
② ［英］迈克·费瑟斯通：《消费文化和后现代主义》，刘精明译，译林出版社 2002 年版，第 96 页。

以说，后现代主义（尤其是后现代理论）早已带来了审美方面的问题。很清楚，在维尔德、摩尔及布鲁姆斯伯里文化圈及罗蒂（其认为善的生活标准是欲望的实现、自我的扩张，对新品位、新感觉的追求，探索越来越多的可能性）的著作之间，存在着一种审美探索的连续性。

把个人的情感、感官的享受、欲望的实现、自我的扩张、新品位新感觉的追求作为审美的内在动力，势必带来审美的危机，特别是随着商品经济的飞速发展以及消费社会的来临，这种感性倾向和消费主义在某种程度上产生了合谋。这种情况在当下中国也已经大范围地蔓延开来了，原本为了解放个体生命和反抗机械文明产生的审美主义开始向身体化、感官化和欲望化的庸俗层面扩张。

中国当下的审美化现象具有强烈的世俗和大众化特征。如前所述，传统美学话语中的美和艺术属于纯精神的价值范畴，它们更多强调的是观念上的纯粹、超然和非功利性，因此往往凌驾于日常生活形式之上，对现实起到某种引导和纠偏的作用。虽然审美活动和现实生活有着密切的联系，但是它所建立的艺术化的审美王国却比生活世界更接近存在的本真状态。王尔德提出"生活模仿艺术"的初衷也并不是想将艺术降到日常生活的水平线，而是想把生活提升到艺术的境界，只是他们的感性意图不由自主地将其引向了他们自己也不愿意面对的相反方向。当下的人们所追求的艺术审美却直接与现实人生、日常活动和感性生存方式直接联系在一起，它不是通过艺术美来实现某种精神超越，而是充分迎合了大众对日常生活的感性需求。审美文化通过强调并肯定大众生活的感性经验事实，通过对现实本身的价值揭示，确立了一种回到日常生活的立场，把本来属于精神世界的活动从超凡的世界拉回到平凡人生的实际经验之中，从而反映出生存方式的日常化、大众活动的现实化，强调了"世俗性"存在的普遍性和有效性。当前的许多审美活动更是直接取消了精神内涵，留下的只是形式的外壳，最终消退了它的神圣光环，只沦为世俗生活的赔笑舞娘，在她华丽的裙摆和艳美的舞姿背后藏不住的是内在生命的空虚苍白，这的确是审美的一次大堕落。

在剥离了精神内涵之后,审美最终只是为了满足个体的感性需求,这显然和消费社会的意图不谋而合。现在的人们已经不再满足于单纯物质性的消费,他们开始追寻梦想和情感的满足,审美文化正是在这种情况下大肆流行开来的。费瑟斯通曾经从多个视角关注过消费文化,深入指出过消费和人的情感、梦想、欲望等感性问题的联系,他表明:"在消费文化影像中,以及在独特的、直接产生广泛的身体刺激与审美快感的消费场所中,情感快乐与梦想、欲望都是大受欢迎的。""消费文化使用的是影像、记号和符号商品,它们体现了梦想、欲望与离奇幻想;它暗示着,在自恋式地让自我而不是他人感到满足时,表现的是那份罗曼蒂克式的纯真和情感实现。"[1] 因此,我们决不能把消费社会仅仅看作是占主导地位的物欲主义的释放,因为它还使人们面对无数梦幻般的、叙说着欲望的,使现实审美幻觉化和非现实化的影像,商品自由地承担了审美的功用。现代广告就是利用这一点,把欲望、快乐、舒适、梦想、情感等等感性需求附着在肥皂、洗衣机、摩托车及酒精饮料等平庸的消费品之上。当我们面对商品交易会琳琅满目的货物,面对百货大楼、商业街五彩斑斓的商品之时,消费已经用一种唯美的方式对人的灵魂进行了无情的剥夺。法兰克福学派已经清醒地警告人们要提防审美文化的美丽陷阱,并指明了其中潜在的意识形态控制。人们获得了梦寐以求的审美解放,却在消费社会中又重新沦为了金钱的奴隶。这个问题在身体和性方面表现得最为明显。劳伦斯曾经依靠性爱来呼唤生命的回归与人性的和谐,而在当前性解放呼声如此之高的时期,它却连同身体和金钱、商品的交易联系在一起。人不再是自己的主人,真正的主人是那潜藏的货币规则。

人们依靠自己的感觉来把握世界,甚至把身体作为一切判断的出发点是当前审美文化的一个重要特点,但是感觉本身的真实性却是值得怀疑的,人们已经分辨不清什么是真实,什么是虚幻了。在现代社

---

[1] [英]迈克·费瑟斯通:《消费文化和后现代主义》,刘精明译,译林出版社2002年版,第18、39页。

会中，实在与影像之间的差别已经消失，人们通过电视、报纸等大众传媒方式来了解自己周围的世界，仿真文化大肆流行。记号、影像和仿真模型的过度生产，导致了固定意义的丧失，并使现实以一种审美幻觉的方式呈现出来。大众就在这一系列无穷无尽、光怪陆离的万花筒前，被搞得晕头转向，经常错把幻觉当作真实。大众传播的直观性，不断刺激和强化着审美文化生产的感性取向与形象效应，这种形象以富丽堂皇的外观或者形式包装来复制现实，是依赖技术力量所制造出来的某种"类像"或影像，其内容和形式大多是游离的。特别是今天的传媒扩大了对于人们欲望、潜意识冲动的刺激，诱导人们及时享乐，更是呈现了一片幻觉景象。大众文化、时装表演、商业大片、明星包装无不以其华丽的外表改变着人们对于现实生活的看法，在重重包围的审美控制里，人们已经分不清什么是真实，什么是虚幻了。在这样现实的多重审美幻觉中，艺术与实在的位置颠倒了。

面对当前社会"过度"审美化的现状，重新审视西方审美主义思潮的源流显得极为重要。文学借助于形象化的手法深刻展示出了现代人的审美生存境况，这不但有助于人们正确认识和对待当前的种种审美现象，而且能帮助他们以一种清醒的姿态寻找走出审美陷阱的道路。

参考文献

中文相关文献（按姓氏拼音排列）

[美] 艾布拉姆斯：《镜与灯——浪漫主义文论及批评传统》，郦稚牛等译，北京大学出版社1989年版。

[美] 爱默生：《自然论》，胡仲持译，商务印书馆2000年版。

[美] 巴雷特：《非理性的人——存在主义哲学研究》，段德智译，上海译文出版社1992年版。

[德] 鲍姆加登：《美学》，简明、王旭晓译，文化艺术出版社1987年版。

[英] 拜伦：《拜伦诗选》，查良铮译，上海译文出版社1982年版。

[英] 伯林：《浪漫主义的根源》，吕梁等译，译林出版社2008年版。

[英] 鲍曼：《后现代伦理学》，张成岗译，江苏人民出版社2003年版。

[英] 鲍曼：《生活在碎片之中——论后现代道德》，郁建兴译，学林出版社2002年版。

[英] 鲍曼：《现代性与矛盾性》，邵迎生译，商务印书馆2003年版。

[德] 贝尔：《资本主义文化矛盾》，赵一凡译，生活·读书·新知三联书店1992年版。

[美] 贝斯特、凯尔纳：《后现代理论》，张志斌译，中央编译出版社1999年版。

[德] 比格尔：《先锋派理论》，高建平译，商务印书馆2002年版。

[法] 波德莱尔：《恶之花》，钱春绮译，人民文学出版社1991年版。

[法] 波德莱尔：《波德莱尔美学论文选》，郭宏安译，人民文学出版

社1987年版。

［法］波德莱尔：《我心赤裸：波德莱尔散文随笔集》，肖律译，中国广播电视大学出版社2000年版。

［美］伯曼：《一切坚固的东西都烟消云散了：现代性体验》，徐大建、张辑译，商务印书馆2003年版。

［法］柏格森：《形而上学导言》，刘放桐译，商务印书馆1963年版。

［希腊］柏拉图：《柏拉图全集》，王晓朝译，人民出版社2003年版。

［希腊］柏拉图：《柏拉图文艺对话录》，朱光潜译，人民文学出版社1997年版。

［希腊］柏拉图：《斐多篇》，杨绛译，辽宁人民出版社2000年版。

［丹麦］勃兰兑斯：《德国的浪漫派》，《十九世纪文学主流》第二分册，人民文学出版社1988年版。

包亚明编：《权力的眼睛——福柯访谈录》，严锋译，上海人民出版社1997年版。

陈定家选编：《审美现代性》，中国社会科学出版社2011年版。

陈嘉明：《现代性与后现代性》，人民出版社2000年版。

［法］笛卡尔：《第一哲学沉思录》，庞景仁译，商务印书馆1996年版。

［英］费瑟斯通：《消费文化与后现代主义》，刘精明译，译林出版社2002年版。

［法］福柯：《必须保卫社会》，钱翰译，上海人民出版社2010年版。

［法］福柯：《规训与惩罚》，刘北成、杨远婴译，生活·读书·新知三联书店1999年版。

［法］福柯：《疯癫与文明》，刘北成、杨远婴译，生活·读书·新知三联书店1999年版。

［奥］弗洛伊德：《弗洛伊德后期著作选》，林尘等译，上海译文出版社1997年版。

［奥］弗洛伊德：《性爱与文明》，滕守尧译，安徽文艺出版社1987年版。

［奥］弗洛伊德：《弗洛伊德文集·文明与缺憾》，傅雅芳等译，安徽文艺出版社1996年版。

［法］哈贝马斯：《合法化的危机》，刘北成、曹卫东译，上海人民出版社 2000 年版。

［德］哈贝马斯：《交往行动理论》，洪佩郁、蔺青译，重庆出版社 1996 年版。

［德］哈贝马斯：《交往与社会进化》，张博树译，重庆出版社 1989 年版。

［德］海德格尔：《海德格尔选集》，孙周兴译，上海三联书店 1996 年版。

［德］海德格尔：《林中路》（修订本），孙周兴译，上海译文出版社 2004 年版。

［德］海德格尔：《存在与时间》，陈嘉映、王庆节译，生活·读书·新知三联书店 1999 年版。

［德］豪格：《商品美学批判》，董璐译，北京大学出版社 2013 年版。

［德］荷尔德林：《荷尔德林诗选》，顾正祥译，北京大学出版社 1994 年版。

［爱尔兰］维维安·贺兰：《王尔德》，李芬芳译，百家出版社 2001 年版。

［德］黑塞：《荒原狼》，李世隆译，漓江出版社 1997 年版。此版本是《获诺贝尔文学奖作家丛书》系列之一，包括了黑塞《荒原狼》《彼得·卡门青德》《席特哈尔塔》《德米安》四部作品。

［德］黑塞：《纳尔齐斯与歌尔德蒙》，杨武能译，上海译文出版社 1984 年版。

［德］黑塞：《朝圣者之歌——黑塞诗歌散文集》，谢莹莹主编，中国广播电视大学出版社 2000 年版。

［德］胡塞尔：《胡塞尔选集》，倪梁康译，上海三联书店 1997 年版。

［德］胡塞尔：《纯粹现象学通论》，李幼蒸译，商务印书馆 1992 年版。

［英］华兹华斯：《华兹华斯抒情诗选》，黄杲炘译，上海译文出版社 1986 年版。

［英］华兹华斯：《〈抒情歌谣集〉序言》，曹葆华译，《十九世纪英国诗人论诗》，人民文学出版社 1984 年版。

［美］惠特曼：《草叶集》，楚国南、李野光译，人民文学出版社1987年版。

［德］霍克海默、阿尔多诺：《启蒙辩证法——哲学断片》，渠卫东、曹卫东译，上海人民出版社2003年版。

［法］纪德：《纪德文集》，人民文学出版社2002年版。（文学卷 共3卷）

［法］纪德：《纪德文集》，花城出版社2002年版。（传记日记游记文论评论 共5卷）

江怡主编：《理性与启蒙：后现代经典文选》，东方出版社2004年版。

［英］吉登斯：《现代性后果》，田禾译，译林出版社2000年版。

［美］金斯伯格：《金斯伯格诗选》，文楚安译，四川文艺出版社2001年版。

［美］金斯伯格：《金斯伯格文选——深思熟虑的散文》，比尔·摩根编，文楚安等译，四川文艺出版社2005年版。

［美］卡尔：《现代与现代主义》，陈永国、傅景川译，中国人民大学出版社2004年版。

［美］卡林内斯库：《现代性的五副面孔》，顾爱彬、李瑞华译，商务印书馆2002年版。

［美］凯鲁亚克：《在路上》，文楚安译，漓江出版社1998年版。

［德］康德：《判断力批判》，邓晓芒译，人民文学出版社2004年版。

［法］拉比诺：《超越结构主义与解释学》，张建超等译，光明日报出版社1992年版。

［英］劳伦斯：《白孔雀》，谢里宁译，北方文艺出版社1996年版。

［英］劳伦斯：《彩虹》，葛备等译，北方文艺出版社1996年版。

［英］劳伦斯：《查特莱夫人的情人》，赵苏苏译，中国人民文学出版社2004年版。

［英］劳伦斯：《儿子与情人》，陈良廷、刘文澜译，上海译文出版社1997年版。

［英］劳伦斯：《花季托斯卡尼——劳伦斯散文随笔集》，黑马译，中

国广播电视大学出版社 2000 年版。

[英] 劳伦斯:《劳伦斯书信选》,刘宪之、乔长森译,北方文艺出版社 1996 年版。

[英] 劳伦斯:《恋爱中的女人》,李政译,中国社会科学出版社 2004 年版。

[法] 利奥塔:《后现代道德》,莫伟民等译,学林出版社 2000 年版。

[英] 里德:《基督的人生观》,蒋庆译,生活·读书·新知三联书店 1989 年版。

李晓林:《审美主义:从尼采到福柯》,社会科学文献出版社 2005 年版。

刘放桐编著:《新编西方哲学》,人民出版社 2003 年版。

刘锋:《浪漫派与审美主义——施米特的〈政治的浪漫派〉》,《国外文学》2003 年第 3 期。

柳鸣九主编:《未来主义、超现实主义、魔幻现实主义》,中国社会科学出版社 1987 年版。

刘小枫:《诗化哲学——德国浪漫美学传统》,山东文艺出版社 1986 年版。

刘小枫:《现代性社会理论绪论》,上海三联书店 1998 年版。

刘小枫主编:《人类困境中的审美精神——哲人诗人论美文选》,上海东方出版中心 1996 年版。

[英] 卢克斯:《个人主义》,阎克文译,江苏人民出版社 2001 年版。

[法] 卢梭:《爱弥儿》,李平沤译,商务印书馆 1983 年版。

[法] 卢梭:《忏悔录》(第一部),黎星译,人民文学出版社 1980 年版。

[法] 卢梭:《忏悔录》(第二部),范希衡译,人民文学出版社 1982 年版。

[德] 马克思:《马克思恩格斯全集》,人民文学出版社 1972 年版。

[德] 马尔库塞:《爱欲与文明》,黄勇、薛民译,上海译文出版社 1987 年版。

[德] 马尔库塞:《单向度的人》,张峰译,重庆出版社 1988 年版。

［德］马尔库塞：《审美之维》，李小兵译，生活·读书·新知三联书店1989年版。

［德］曼：《托马斯·曼中短篇小说集》，刘德中译，上海译文出版社1980年版。

［德］曼：《魔山》，钱鸿嘉译，上海译文出版社1991年版。

［美］米勒：《亨利·米勒全集》，杨恒达主编，时代文艺出版社1996年版。（同时参照中国人民大学出版社2004年版全集。）

［美］米利特：《性政治》，宋文伟译，江苏人民出版社2000年版。

［美］纳博科夫：《洛丽塔》，主万译，上海译文出版社2006年版。

［德］尼采：《悲剧的诞生》，周国平译，生活·读书·新知三联书店1986年版。

［德］尼采：《查拉图斯特拉如是说》，黄明嘉译，漓江出版社2007年版。

［德］尼采：《权力意志——重估一切价值的尝试》，张念东、凌素心译，商务印书馆1996年版。

［德］尼采：《超善恶——未来哲学序曲》，张念东、凌素心译，中央编译出版社2000年版。

［德］尼采：《快乐的知识》，黄明嘉译，中央编译出版社2005年版。

［法］帕斯卡尔：《思想录》，何兆武译，商务印书馆1985年版。

潘知常：《诗与思的对话》，上海三联书店1997年版。

［德］施勒格尔：《雅典娜神殿断片集》，李伯杰译，生活·读书·新知三联书店1996年版。

［德］施米特：《政治的浪漫派》，冯克利、刘锋译，上海人民出版社2004年版。

［德］叔本华：《作为意志和表象的世界》，石冲白译，商务印书馆2004年版。

［美］舒斯特曼：《实用主义美学》，彭锋译，商务印书馆2002年版。

［美］梭罗：《瓦尔登湖》，徐迟译，上海译文出版社2004年版。

［英］王尔德：《王尔德全集》，赵武平主编，中国文学出版社2000年版。（共6卷本）

[德]韦伯:《新教伦理与资本主义精神》,黄晓京、彭强译,四川人民出版社1986年版。

[德]韦伯:《经济与社会》,林荣远译,商务印书馆1997年版。

[德]韦尔施:《重构美学》,陆扬、张岩冰译,上海译文出版社2002年版。

文楚安:《"垮掉一代"及其他》,四川大学出版社2002年版。

伍蠡甫、胡经之:《西方文艺理论名著选编》,北京大学出版社2004年版。

吴予敏:《美学与现代性》,人民出版社2001年版。

肖伟盛:《现代性困境中的极端体验》,中央编译出版社2004年版。

谢志熙:《美的偏至:中国现代唯美—颓废主义文学思潮研究》,上海文艺出版社1997年版。

谢中立、阮新邦主编:《现代性、后现代性社会理论:诠释与评论》,北京大学出版社2004年版。

[英]雪莱:《解放了的普罗米修斯》,邵洵美译,上海译文出版社1987年版。

[英]雪莱:《为诗辩护》,缪灵珠译,《十九世纪英国诗人论诗》,人民文学出版社1984年版。

[德]雅斯贝尔斯:《时代的精神状况》,王德峰译,上海译文出版社1997年版。

王海明:《伦理学原理》,北京大学出版社2001年版。

汪晖、陈燕谷主编:《文化与公共性》,生活·读书·新知三联书店2005年版。

汪民安、陈永国主编:《后身体:文化、权力和生命政治学》,吉林人民出版社2003年版。

王岳川主编:《中国后现代话语》,中山大学出版社2004年版。

王岳川、尚水编:《后现代主义文化和美学》,北京大学出版社1992年版。

[德]倭铿:《生活的意义和价值》,上海译文出版社1997年版。

吴国盛:《时间的观念》,北京大学出版社2006年版。

［希］亚里士多德：《诗学》，陈中梅译，商务印书馆1996年版。

杨春时：《现代性视野中的文学与美学》，黑龙江教育出版社2002年版。

殷曼婷：《艺术体制论与纯美学的祛魅》，《江汉论坛》2005年第11期。

张凤阳：《现代性谱系》，南京大学出版社2004年版。

张弘：《存在美学的构筑》，人民出版社2010年版。

张弘：《临界的对垒》，吉林人民出版社2000年版。

张弘：《美之魅——20世纪前的西方艺术和审美沉思》，汉语大词典出版社2004年版。

张辉：《审美现代性批判：20世纪上半叶德国美学东渐中的现代性问题》，北京大学出版社1999年版。

赵澧、徐京安主编：《唯美主义》，中国人民大学出版社1988年版。

周计武：《艺术终结的现代性反思》，社会科学文献出版社2011年版。

周小仪：《唯美主义与消费文化》，北京大学出版社2002年版。

周宪：《审美现代性批判》，商务印书馆2005年版。

周宪：《现代性的张力》，首都师范大学出版社2001年版。

英文相关文献（按首字母顺序排列）

Apter, T. E., *Thomas Mann: The Devil's Advocate*, Macmillan: The Macmillan Press, 1978.

Bauman, Zygmunt, *Modernity and Ambivalence*, Cambridge: Polity, 1991.

Berman, Marshall, *All That Is Solid Melt Into Air: The Experience Of Modernity*, New York: Penguin, 1988.

Berman, Russel A., "The Charismatic Novel: Robert Musil, Hermann Hesse, and Elias Canetti," *The Rise of the Modern German Novel: Crisis and Charisma*, Cambridge, Mass: Harvard University Press.

Bowie, Andrew, *Aesthetics and Subjectivity: From Kant to Nietzsche*, Manchester: Manchester University Press, 1900.

Bruford, W. H., *Thomas Mann: Der Zauberberg*, Cambridge: Cambridge University Press, 1975.

Calloway, Stephen, "Wilde and the Dandyism of the Senses," *Oscar Wilde*, peter Baby ed., London: Cambridge University Press, 2001.

Certeau, Michel, de. *The Practice of Everyday Life*, California: University of California Press, 1988.

Chai, Lenon, *Aestheticism: The Religion of Art In Post-Romantic Literature*, N. Y., Columbia University Press, 1900.

Comfort, Kelly ed., *Art and Life in Aestheticism*, N. Y., Palgrave Macmillan Press, 2008.

Compagnon, Antoine, *The Five Paradoxes of Modernity*, N. Y., Columbia University Press, 1987.

Dowling, Linda, *the vulgarization of art: the victorians and aesthetic democracy*, Virginia: Virginia university press, 1996.

Eagleton, Terry, *After Theory*, N. Y., Basic Books, 2000.

Evenson, Michael, *Modernism*, Cambridge: Cambridge University Press, 1999.

Foucault, Michel, *The Use of Pleasure: Volume 2 of The History of Sexuality*, Trans. Robert Hurley, New York: Pantheon Books, 1985.

Frachtenberg, "Alan, History on the side: Henry Miller's American Dream," *American Dreams, American Nightmares*, David Madden ed., Carbondale: Southern Illinois University Press, 1970.

Francke, Kuno, "German After War Imagination," *German After War Problem*, Harvard: Harvard University Press, 1927.

Freedman, Jonathan, *Profession of Taste: Henry James, British Aestheticism and Commodity Culture*, Stanford: Stanford University Press, 1990.

Frisby, David, *Fragments of Modernity*, Cambridge: The MIT Press, 1988.

Fuente de Eduardo, "Sociology and Aesthetics," *European Journal of Social Theory*, Vol. 3, No. 2, May 2000.

Gagnier, Regenia, *Idylls of Marketplace: Oscar Wilde and the Victorian*

Public, Aldershot: Scolar Press, 1986.

Gene, Bell-Villada, H. , *Art for Art's Sake and Literary Life*, Lincoln and London: University of Nebraska press, 1996.

Gordon, William A. , "The Volcano's Euruption," *The Mind and Art of Henry Miller*, Louisiana: Louisiana state University Press, 1967.

Habermas, Jügen. "Social Analysis and Communicative Competence," *Social Theory*, Charles Lemer, ed. , Boulder: Westview, 1993.

Harvey, David, *The Condition of Postmodernity*, Cambridge: Blackwell, 1990.

Hertz, Peter D. , "Steppenwolf As a Bible," *Georgia Review*, Vol. XXV, No. 4, Winter 1971.

Joughin, John & Malpas, Simon, Ed. , *The New Aestheticism*, New York: Manchester University Press, 2003.

Leavis, F. R. , *D. H. Lawrence: Novelist*, N. Y. , Penguin Books Press, 1985. Livesey, Ruth, *Socialism, sex, and the cultureof aestheticism in Britain*, 1900 – 1914, N. Y. , Oxford University Press, 2007.

Ludwig Lewisohn, *Thomas Mann at Fifty*, The Nation, December 9, 1925.

Mailer, Noman, "The White Negroes," *American Literature Survey*: Twentieth Century, Stern Milton ed. , N. Y. , The Viking Press, 1975.

Mulvey, Laura, *Visual Pleasure and Narrative Cinema*, Art in Theory 1900 – 1990, Charles Harrison & Paul Wood eds. , Oxford: Blackwell. , 1992.

Nabokov, Vladimir, *Speak, Memory*, N. Y. , Pyramid Books, 1966.

Schultz, H. Stefan, "On the Interpretation of Thomas Mann's 'DeZauberberg', " Modern Philosophy, May 1954.

Weber, Max, *Essays in Sociology*, N. Y. , Oxford University Press, 1946.

已发表文章附录

1. 《〈魔山〉与托马斯·曼的审美主义思想》,《常熟理工学院学报》2005 年第 3 期。
2. 《美学：超越二元对立》,《山西师范大学学报》2006 年第 1 期。
3. 《美与罪——从〈打鱼人和他的灵魂〉看王尔德审美的困境》,《丽水学院学报》2008 年第 6 期。
4. 《从文学到电影：〈莎乐美〉的现代性转折》,《电影文学》2008 年第 21 期。
5. 《审美主义者的危机与现代困境——重读〈洛丽塔〉》,《顺德职业技术学院学报》2008 年第 4 期。
6. 《颓废与审美现代性》,《国外理论动态》2008 年第 3 期，人大复印资料《美学》2008 年第 12 期全文转载。
7. 《是叛逆，还是堕落——从〈道连·葛雷的画像〉看"生活模仿艺术"观的悖谬》,《无锡职业技术学院学报》2010 年第 4 期。
8. 《审美主义的内在危机及其超越》,《北方论丛》2010 年第 5 期。
9. 《审美主义的"现代"定位及其"后现代"发展逻辑》,《社会科学家》2011 年第 6 期。
10. 《从浪漫主义到审美主义：现代审美思想的本体论转向》,《云南大学学报》2012 年第 6 期。
11. 《现代艺术的发展逻辑及其危机超越》,《中州学刊》2014 年第 10 期。
12. 《从尼采到海德格尔：审美精神的当代哲思变迁》,《东岳论丛》2014 年第 12 期。

13. 《走向生命和谐的伊甸园——读劳伦斯〈恋爱中的女人〉》,《名作欣赏》2015 年第 2 期。
14. 《西方文学中的审美现代性主题评述》,《外国文学》2017 年第 2 期。

后　　记

　　审美主义是极为复杂的现象，从博士阶段开始接触这一专题到如今已经整整13年了。尽管研究的是审美主义，言论上肯定着审美主义的合理与必然，但却从未真正像审美者那样生活过。特别是在研究领域，我一直恪守着理性者细致冷静的治学态度，以期给关心教导自己的师长一个满意的交代，当然更多的是给自己一个交代，用以抵抗四周笼罩的浓郁的虚无主义空气。在目前这一令人头晕目眩的审美时代，真正能做个局外人客观理性地分析和研究审美主义思潮中的种种现象，其吃力程度是可想而知的，特别是在阅读王尔德、纪德、劳伦斯、黑塞、托马斯·曼、纳博科夫这些伟大文学先驱者之时，往往也会和他们一样陷入灵与肉、美与罪、感性与理性、生活与艺术、个人与他人、反叛与妥协、短促与永恒、虚无与救赎的重重矛盾和痛苦之中，几乎难以自拔。

　　审美主义体现为一种凡俗的生存观，它从生命本身出发，正视生存的悲剧性，将生命的激情、生存的焦虑、情感的体验作为关注的中心，在生命的狂欢中表达拒绝平庸的决心和反抗绝望的勇气，真切地表达了现代人在上帝死后独特的此岸生存态度。可以说，这一研究触及了人类命运、人性秘密与生存意义等文学最本质的问题。然而，作为建立在感性一元论基础上的现代思潮，审美主义又易于滑入堕落、放纵、极端性与个人化的陷阱，寻找更高意义上的理性约束、生存真理与精神目标就显得尤为重要。本书初次尝试从文学内部切入这一思潮，关注大师们的思考、探索与超越，那些深陷尘世的泥沼，却依然渴望着星空的灵魂永远是指引芸芸众生凡俗生存的灯塔。写作过程也成了一个自省的过程。然而由于学识粗浅，琐事繁杂，本书很多层面的阐述未能尽意，只能有待以后进一步完善了。

在时间的长河中被裹挟着前行，转眼已近不惑。非常幸运的是，人生旅程中得到了许多良师益友的帮助。感谢张弘老师高屋建瓴的指导，他永远是我学术之路上的明灯。感谢顾胜老师父亲般的关怀，他的宽厚、仁爱帮助的点滴汇聚成我生命的甘泉。感谢武跃速老师，她让我明白了什么是永不妥协的文学精神。感谢父母给予我生命与无条件的关爱，感谢公婆帮我照顾家庭，感谢爱人梁峰的包容与支持，感谢那些细心倾听我诉说的编辑们。总之，在我眼中，没有什么比这本薄薄的小书更沉甸甸的东西了。

能不能过上审美的人生实际上并不重要，重要的是在穿越俗世迷雾的过程中，聆听过不朽者的笑声，这笑声背后蕴含的深意足以用来抵抗生存的虚无。

是为记。

顾梅珑

2017年7月，江南大学蠡湖家园